L'EAU
QUI DORT

L'EAU
QUI DORT

TONI ANDERSON

Traduit par Diane Garo
pour Valentin Translation.

AUTRES LIVRES DE TONI ANDERSON EN FRANÇAIS

Le sommeil des justes

Dans l'ombre de la loi
Par une nuit si froide
Entre chien et loup
L'eau qui dort
En clair-obscur (Bientôt disponible)
Comme l'ombre d'un doute (Bientôt disponible)

Consultez le site web de Toni Anderson pour connaître toutes ses nouvelles parutions en français :
www.toniandersonauthor.com/french-translations

Pour ma mère,
ma source d'inspiration.

CHAPITRE UN

Helena Cromwell se laissait entraîner vers le sommet de la plus haute dune qui bordait la pointe nord de Crane Island.

— Où allons-nous ? demanda-t-elle.

— Tu verras bien. Allez, viens, poule mouillée.

Jesse Tyson, le *quarterback* du lycée pour qui elle avait le béguin depuis six mois, devait crier pour couvrir le bruit de la tempête.

— Il fait trop sombre pour *voir* quoi que ce soit.

C'était un mensonge. Il faisait nuit noire, mais ses yeux s'étaient habitués à la pénombre et la pleine lune offrait de brefs éclats de lumière argentée qui les éclairaient lorsque les nuages s'écartaient l'espace de quelques secondes.

Elle vit une ombre bouger du coin de l'œil et tourna la tête, s'arrêtant brusquement.

— Tu as vu ça ? cria-t-elle.

Jesse essayait de la faire avancer, mais elle planta fermement ses talons dans le sol. Était-il possible qu'il y ait quelqu'un là dehors ? Un frisson lui parcourut l'échine. Elle scruta attentivement la nuit, mais lorsque la lune réapparut, elle ne vit que le sable tourbillonnant et l'herbe balayée par le vent.

— Il n'y a pas un chat. Allez, Helena, insista Jesse.

Il était évident qu'il n'y avait personne. Ce devait être un effet de la lumière, ou bien c'était la tempête qui la rendait nerveuse. Elle laissa Jesse la traîner encore sur quelques mètres. Personne d'autre ne serait assez fou pour sortir par ce temps, surtout pas le soir du Nouvel An. Elle leva les yeux au ciel. C'était une idée stupide, et si son père découvrait qu'elle était là, ou qu'elle avait menti en prétendant passer la soirée chez Kit, il allait la tuer.

— Où est passé ton esprit d'aventure ? la taquina Jesse.

— Au même endroit que le tien si nos parents découvrent où on est et ce qu'on fait, grommela-t-elle.

— On n'a encore rien fait.

Les yeux sombres de Jesse brillèrent dans l'obscurité.

Le cœur de la jeune fille manqua un léger battement, et elle déglutit péniblement.

Oh mon Dieu.

C'était la raison pour laquelle elle se trouvait sur les dunes, même si elle savait qu'elle n'aurait pas dû.

Le fait qu'ils aient tous les deux bu de l'alcool n'arrangeait pas son cas. Mais son père n'en saurait rien. S'il l'apprenait, il la priverait de sorties pendant un an, et pas seulement parce qu'elle avait menti sur le programme de sa soirée ou qu'elle était sortie avec un garçon. Personne n'était censé se promener dans les dunes de Parson's Point. Son père travaillait au service de l'aménagement du territoire du ministère des Ressources naturelles et prenait ce genre d'intrusion très au sérieux. La zone faisait partie d'une expérience de stabilisation qu'ils menaient pour essayer de protéger les Outer Banks contre l'érosion.

Elle connaissait le topo. S'il la découvrait sur les dunes, le fait qu'elle soit sa fille n'aurait aucune importance. En fait, le châtiment n'en serait que plus terrible.

La main qui la tirait était forte et confiante, ne lui laissant pas le loisir de rechigner ou de changer d'avis. Elle commença à glisser dans le sable meuble, mais Jesse la serra plus fort, la traînant derrière lui. Elle ne pouvait s'empêcher d'admirer ses muscles.

Ensemble, ils titubèrent jusqu'au sommet de la crête et glissèrent de l'autre côté. Des grains de sable volaient en tous sens. Elle eut un petit cri de terreur et ils tombèrent à genoux dans la vallée entre les dunes. Puis elle se mit à rire comme une hystérique.

— Espèce d'idiot.

Elle poussa son bras.

Jesse prit ses mains entre les siennes. Elle sentait qu'il la fixait dans l'obscurité. Pendant un instant, elle crut qu'il allait l'embrasser, mais au lieu de cela, il lui adressa un sourire – celui-là même qui faisait fondre toutes les filles du lycée – et l'aida à se relever. Ils escaladèrent la dune suivante, moins haute, et s'étalèrent près du sommet, couchés côte à côte dans le sable. Elle sentit quelque chose presser contre sa cuisse, et s'en écarta pour se rapprocher de Jesse.

Le vent mugissait, et elle frissonna.

— Tu as froid ?

C'était maintenant officiellement le mois de janvier et il y avait un vent à décorner les bœufs.

— Un peu.

Jesse ôta sa doudoune et la passa autour de ses épaules.

— Et toi, tu n'as pas froid ? demanda-t-elle, reconnaissante de la chaleur corporelle encore emprisonnée dans le tissu.

— Ça va, fit-il en haussant ses larges épaules qui touchaient les siennes.

Âgé de 18 ans et athlète star, il portait une chemise à carreaux rouge sur un t-shirt blanc et un jean.

— Je t'ai traînée jusqu'ici. Je ne veux pas que tu meures de froid avant même d'avoir pu t'embrasser.

Helena lui jeta un regard en coin. Au cours des derniers mois, elle l'avait surpris à la dévisager plusieurs fois, mais il sortait avec une fille du continent. Elle avait fini par rompre avec lui sur les réseaux sociaux – *la saleté* –, et juste avant Noël, il avait demandé à Helena de l'accompagner à la soirée du Nouvel An organisée par son ami. Elle avait été à la fois impatiente et nerveuse pendant toutes les vacances de Noël. Et maintenant, elle y était. Serrée contre lui, qui lui parlait de baisers. Elle sentit la chaleur lui monter aux joues et voulut s'éventer, mais n'osa le faire de peur qu'il ne la trouve ringarde.

Ce qu'elle était.

Jesse tendit la main et écarta les herbes qui leur cachaient la vue, révélant une bande de plage sans fin et des kilomètres de vagues venant s'écraser sur le rivage.

Le paysage était tout bonnement magnifique. Tout comme lui.

L'océan et le ciel fusionnaient dans un abîme noir. De temps à autre, la lumière d'un phare perçait l'obscurité par ailleurs impénétrable. Jesse passa son bras droit dans son dos, sa main s'accrochant à sa taille et la tirant plus près de lui. La bouche d'Helena devint aussi sèche que le sable sur lequel elle se trouvait. L'attirance se mélangeait aux deux shots de tequila qu'elle avait avalés à la fête avant qu'il ne la traîne sur les dunes. Elle avait les nerfs à fleur de peau. Elle n'arrivait pas à détourner ses pensées de sa main sur sa taille, son corps musclé serré contre le sien.

Essaierait-il de l'embrasser ? Le laisserait-elle faire ? Jusqu'où le laisserait-elle aller ? Elle serra les cuisses, légèrement choquée d'envisager de le faire avec Jesse Tyson.

Elle n'avait jamais eu de petit ami, sauf si on compte le fait de tenir la main à un garçon à l'école primaire. Elle ne faisait pas partie des filles « populaires » de l'école. Jesse la rendait nerveuse parce qu'elle l'aimait bien et qu'elle ne voulait pas avoir l'air d'une idiote en sortant avec le plus beau gars de l'école.

Pourquoi l'avait-il invitée à sortir avec lui ? Était-ce un pari ? Elle n'était pas si belle que ça. Sa meilleure amie Kit était bien plus jolie qu'elle, et plus intelligente. Jesse pensait-il qu'elle était une fille facile ? Était-ce la raison pour laquelle il l'avait amenée là ? Elle fronça les sourcils et chassa ses doutes. Kit n'arrêtait pas de lui dire qu'elle était belle, de se détendre et de s'amuser, d'avoir un peu confiance. Peut-être devrait-elle écouter son amie pour une fois.

Helena eut le souffle coupé lorsqu'une vague de six mètres vint s'abattre sur la plage, déclenchant les cris de mouettes qui allèrent se réfugier en lieu sûr. Les tempêtes la rendaient nerveuse. Elle avait grandi avec la crainte que la mer emporte sa maison et les noie tous dans leur sommeil. C'était ce qui se passait quand votre père débitait des discours alarmistes sur l'environnement à chaque repas.

Ils avaient eu de la chance cette fois. La tempête avait contourné les Carolines et se dirigeait vers le Maine et Terre-Neuve. Une autre se profilait à l'horizon. C'était la saison qui voulait ça. La main chaude de Jesse glissa un peu plus bas sur sa taille, s'arrêtant à la rencontre de son t-shirt et de son jean. Ses doigts jouaient au niveau de l'élastique de son pantalon, comme s'il cherchait à toucher sa peau nue.

Comment cela avait-il pu arriver ? *Elle.* En rencard avec le *quarterback* du lycée ?

— Tu en penses quoi ?

Il dut crier pour se faire entendre par-dessus les hurlements de la tempête et le rugissement féroce de l'océan. Pas vraiment romantique, mais son rire était si communicatif qu'il lui fallut un moment pour réaliser qu'il parlait de la tempête, et non du fait d'être avec lui.

— C'est terrifiant, admit-elle avec un sourire. Mais, ajouta-t-elle en regardant une autre vague s'écraser sur le rivage. C'est aussi palpitant – exaltant. C'est comme si ça dégageait une énergie…

— Tu trouves, toi aussi ?

Son bras se resserra sur sa taille.

— C'est comme s'il y avait des étincelles d'électricité dans l'air. La mer est si agitée que tu sais que si elle t'attrape, tu n'en sortiras pas vivant.

— Et ça t'excite ?

Peut-être qu'il était fou. C'était peut-être pour ça qu'il l'avait invitée à sortir avec lui.

— Sa puissance ?

Il la regarda alors, et se rapprocha d'elle.

Leurs lèvres n'étaient plus qu'à un centimètre.

— Tu sais ce qui m'excite vraiment ?

Elle leva un sourcil qu'il ne pouvait probablement pas voir dans le noir, montrant qu'elle n'était pas le moins du monde impressionnée. S'il lui sortait une phrase mielleuse, elle tournerait les talons.

— Le kitesurf.

Son souffle chaud effleura ses lèvres, puis il l'embrassa.

Le vent mugissait au-dessus de leur tête, mais elle ne prêtait plus attention aux éléments. Son cœur martelait ses côtes à la façon d'un tambour. Jesse la tourna face à lui et prit doucement son visage entre ses mains. Puis il l'embrassa à nouveau, sans excès de confiance, mais ses lèvres étaient fermes, chaudes, pas humides ou molles, se frayant un chemin entre les siennes, à la recherche de quelque chose.

Il avait un très léger goût de bière, mais aussi de menthe. Curieuse, tentée, elle s'ouvrit à lui et il approfondit le baiser. Puis sa langue toucha la sienne et elle sursauta.

— Désolée.

Elle sourit en reculant.

Un étrange souffle la fit se retourner. Elle laissa échapper un cri étranglé lorsqu'une silhouette sombre se profila derrière eux. La terreur serra son cœur si fort que des spasmes de douleur lui parcoururent le bras.

— Qu'est-ce que… ? hurla Jesse.

Avant que ses membres gelés ne puissent réagir, la silhouette souleva quelque chose au-dessus de la tête du garçon et l'abattit sur lui avec une force féroce. L'objet produisit un bruit horrible en s'écrasant sur la tête de Jesse.

— Jesse ! cria-t-elle.

Elle l'attrapa par la chemise, mais il restait étendu là, inerte et flasque. Elle essaya de s'en prendre aux jambes de l'agresseur, mais il était bien plus grand qu'elle.

Cours !

Elle dévala la dune en essayant d'appeler à l'aide, mais l'homme lança l'objet qu'il tenait comme une hache, et son extrémité plate la frappa à la tête.

Un cri retentit et elle réalisa, de manière quasi surréaliste, que c'était elle qui criait. La douleur explosa dans son cerveau alors qu'elle était propulsée au sol, atterrissant face contre terre. Elle entendit d'autres coups. *Oh mon Dieu.* L'homme frappait Jesse encore et encore, alors même qu'il restait allongé, inerte.

Elle se releva péniblement et fit face à leur agresseur.

— Laissez-le tranquille !

La silhouette se retourna et la regarda. *Oh, bon sang.* Ignorant la douleur fulgurante et la désorientation qui lui donnait l'impression que son cerveau était déconnecté de ses pieds, elle se mit à courir, refaisant le chemin inverse. Elle était légère et agile. Les gens la sous-estimaient en raison de sa taille, mais elle était rapide. Le sable meuble rendait sa progression difficile tandis qu'elle se frayait un chemin vers le haut de la dune, qui lui semblait soudain faire plus de quinze mètres. Elle escalada la pente, s'agrippant aux herbes tranchantes qui lui coupaient les doigts. Puis une main lui saisit la cheville et elle tomba face contre terre, avant d'être traînée dans la pente. Elle aurait voulu crier, mais le sable lui rentrait dans les yeux et la bouche. Elle suffoqua, bafouilla, essayant de chasser les particules de son nez et de respirer.

Une marée noire commença à envahir son cerveau. Le besoin d'oxygène chassait toute autre préoccupation. L'agresseur la mit sur le dos, et elle resta allongée là, manquant de s'étouffer. Le temps qu'elle évacue le sable de ses yeux et de sa bouche, l'homme avait aussi entraîné Jesse en bas de la dune et lui faisait les poches. Était-ce un vol ? Jesse respirait-il encore ? Faisait-il semblant d'être inconscient pour pouvoir prendre cet animal par surprise et les sauver tous les deux ?

Elle essaya de se relever et se figea lorsque l'agresseur se retourna vers elle. Il faisait plus de 1,80 m. Elle ne pouvait pas voir son visage, mais sa silhouette lui semblait vaguement familière. Il faisait sombre et il portait un bonnet baissé sur le visage. Il s'agenouilla à côté d'elle. Il agrippa sa gorge d'une main gantée et la serra. Elle attrapa son avant-bras, se débattant pour respirer. L'étau se resserra. Après quelques instants de gesticulations paniquées, elle se figea et il relâcha la pression.

Un avertissement.

Elle déglutit péniblement. Puis fit un signe de tête.

Elle avait compris.

L'homme se dirigea vers sa ceinture. Il défit sa boucle et ouvrit son jean. La terreur faisait battre son cœur plus vite qu'elle ne l'aurait jamais imaginé. Elle était allongée dans le sable glacial, la tempête faisait rage au-dessus de sa tête, Jesse était inconscient, en sang, peut-être même mort, à quelques mètres de là. Elle tremblait de tous ses membres. Elle savait ce qui allait se passer même si son esprit criait « non ». Ses dents se mirent à claquer tandis que l'homme faisait glisser son jean serré le long de ses jambes. Elle aurait voulu se débattre, lutter, au lieu de quoi elle resta totalement immobile tandis qu'il soulevait ses hanches pour lui enlever ses vêtements. Elle ne se débattit pas. Si elle ne luttait pas, si elle restait immobile, peut-être ferait-il ce qu'il avait à faire et la laisserait-il partir. Elle était lâche. Faible et effrayée.

Le sable glacial entra en contact avec ses fesses et ses cuisses nues, agressant sa peau. Elle ne s'était jamais retrouvée aussi exposée de toute sa vie. Si impuissante. Ses parents l'avaient mise en garde depuis toute petite : ne sors jamais seule. Mais elle n'était pas seule. Ses yeux dérivèrent vers l'endroit où gisait Jesse, en sang.

Je t'en supplie, ne meurs pas.

Finalement, le froid commença à l'engourdir et elle en fut reconnaissante. De gros doigts la touchaient. Pressaient son corps. Le sondaient. Ils faisaient ce qu'ils voulaient d'elle, tandis qu'il émettait de petits grognements qui donnaient des haut-le-cœur à Helena.

La lune apparut et elle se retrouva face à un visage qu'elle connaissait. Elle ouvrit la bouche sous l'effet de la surprise, mais l'homme passa ses doigts autour de sa gorge et serra jusqu'à ce que plus aucun son n'en sorte. Elle commençait à sombrer dans l'inconscience.

— Qu'est-ce que tu vois ? demanda-t-il, relâchant la pression.

L'horreur et le dégoût l'envahirent jusqu'à ce qu'elle bloque tout. Elle ne pouvait plus penser à ce qui se passait. À Jesse. À cet homme. Ou au fait qu'il la touche comme ça. Elle voulait s'en sortir. Elle voulait survivre.

Il continua à lui demander ce qu'elle voyait, mais son esprit dérivait. Ses doigts se faufilèrent dans le sable et trouvèrent la jambe de Jesse. Il était encore chaud, mais elle doutait qu'il soit encore vivant. Les larmes aux yeux, elle s'obligea à s'imaginer courant sur la plage, main dans la main avec le garçon dont elle était secrètement amoureuse depuis des mois. Elle les visualisa en train de s'embrasser innocemment, s'inquiétant de ce que leurs parents pourraient dire.

Sa vision commença à s'obscurcir tandis que le monstre la regardait droit dans les yeux comme s'il cherchait à sonder son âme. Toutes ces années à s'entendre dire de ne pas parler aux inconnus, de rester prudente… et pendant tout ce temps, il y avait un monstre parmi eux.

CHAPITRE DEUX

Izzy Campbell lança la balle à son retriever à poil plat et la regarda rebondir sur le sable dur tandis qu'il courait pour l'attraper. La marée était basse. Une rafale de vent propulsa la balle encore plus loin le long du kilomètre de plage. Barney se mit à courir à toute vitesse, la langue pendante, les pattes tendues, son souffle flottant derrière lui comme un petit nuage de fumée. Il attrapa la balle à mi-rebond, puis sans perdre un instant, fit demi-tour et la ramena à sa maîtresse, des fils argentés de bave s'enroulant autour de son museau.

— Adorable, dit-elle avec un sourire.

Il laissa tomber la balle à ses pieds et s'aplatit, prêt à jouer à nouveau.

Cette fois, elle donna un coup de pied dedans et il partit en trombe, ravi d'être dehors, indifférent au vent féroce ou aux embruns de la mer déchaînée. Elle le regarda attraper la balle puis s'allonger dans les vagues pour se rafraîchir. Aussi triste que cela puisse être, Barney était son meilleur ami. Pourquoi chercher la compagnie d'un homme quand on avait un chien ?

Izzy bâilla. Rencontrer un homme était le dernier de ses soucis. Elle devait déjà s'occuper d'une adolescente de 17 ans qui devait réussir sa dernière année de lycée et entrer à l'université. En tant qu'ex-capitaine de l'armée, elle avait appris à prendre la vie une tâche herculéenne à la fois, tout en essayant d'anticiper ce qui pourrait mal tourner. Avoir un homme dans sa vie compliquerait une situation déjà complexe. Le grand amour ou les fins heureuses n'étaient pas pour tout le monde.

À cette pensée, elle se retourna pour regarder les dunes ondulantes en haut de la côte. Une vague de regret s'empara d'elle. Les souvenirs fendirent son esprit comme un éclair, lui rappelant une nuit déchirante de tourments et de terreur. Elle en avait connu beaucoup d'autres depuis, trop pour s'y attarder, mais celle-là était différente. Elle avait constitué un tournant dans sa vie, et la seule personne qui était au courant était morte.

Pourquoi se sentait-elle obligée de revenir sur cette côte, encore et encore ? Était-ce une punition ? De l'autoflagellation ? Sa bouche se crispa. Peut-être. Ces îles étaient-elles vraiment chez elle ?

Ce n'était pas l'impression qu'elle avait. Elle se sentait comme une étrangère. Une intruse. Une maudite continentale.

Ce qu'elle avait fait des années auparavant était impardonnable, mais à l'époque, elle n'avait pas vraiment eu le choix. L'âge lui avait apporté un peu de sagesse, mais ses erreurs n'étaient pas quelque chose qu'elle pouvait réparer avec des excuses ou un programme en douze étapes. Elle avait fait une erreur, et elle ne savait pas comment la réparer sans gâcher d'autres vies, la sienne comprise. Elle se détourna. C'était de l'histoire ancienne. Personne ne le saurait jamais.

Le vent ramena ses cheveux dans ses yeux, l'aveuglant pendant un moment. Elle se tourna vers la mer et rassembla ses mèches folles en une longue torsade qu'elle rangea sous son bonnet. Elle l'abaissa au maximum sur son visage, ignorant les tiraillements de son cuir chevelu.

La nuit précédente, pendant qu'elle travaillait, une grosse tempête de nord-est avait frôlé les Outer Banks, mais heureusement, ils avaient été relativement épargnés. Une autre tempête couvait dans l'Atlantique et promettait une réelle partie de plaisir, selon la direction qu'elle déciderait de prendre.

Les tempêtes et les ouragans représentaient un danger permanent pour ces îles-barrières. Les locaux ne s'inquiétaient que lorsqu'ils le devaient, et elle était trop fatiguée pour ça. Elle n'avait pas fermé l'œil de la nuit, qu'elle avait passée de garde à l'hôpital local. Une fois que Barney aurait fait une bonne promenade, elle se reposerait quelques heures avant de retourner à l'hôpital pour une garde partagée le soir. Elle remplaçait quelques collègues qui étaient partis rendre visite à leur famille pendant les vacances. Elle espérait que sa sœur se souviendrait de ne pas faire trop de bruit lorsqu'elle rentrerait de chez Helena, mais elle n'aurait pas parié sur sa discrétion.

Elle siffla son chien trempé et couvert de sable, et se dirigea vers le chemin qui menait au système de dunes bouclé. Sur la route, un véhicule du ministère des Ressources naturelles était garé derrière une berline bordeaux qui était déjà là à son arrivée. Que Dieu ait pitié de cette pauvre âme quand Duncan Cromwell mettrait la main dessus. Ce type agissait tel un fanatique pour protéger ces dunes. Son SUV se trouvait à une centaine de mètres plus au sud, près du phare. Barney arriva à ses côtés, avec sa balle trempée. Elle attacha sa laisse à son collier et se dirigea vers le chemin.

Son chien commença à gémir quelques secondes avant qu'elle n'entende les sirènes.

— Tout va bien, mon grand.

Elle lui frotta le cou et ouvrit le coffre de son SUV, laissant le chien y monter avant de se retourner pour voir ce qui se passait. Une ambulance s'arrêta derrière le véhicule du service des ressources naturelles.

Et merde.

Aussi fatiguée qu'elle soit, elle ne pouvait ignorer la possibilité que quelqu'un ait besoin de son aide. Elle monta en voiture et s'approcha des deux véhicules. Elle se gara derrière l'ambulance, laissant assez de place pour une civière.

— Reste là, mon grand.

Elle sortit de sa voiture et passa à travers les barbelés, suivant le chemin que les ambulanciers avaient pris. Elle eut des sueurs froides en réalisant là où cela menait.

Oh oh.

Ses muscles la lançaient alors qu'elle gravissait la dune bordière abrupte, mais elle ne ralentit pas. Quand elle arriva au sommet, la scène en contrebas la fit tressaillir. Elle sentit la bile lui remonter dans la gorge, mais elle la ravala. En descendant le long de la dune, elle cria :

— Que se passe-t-il ?

Duncan Cromwell avait drapé son manteau sur sa fille, Helena, qui gisait immobile dans le sable à ses côtés. Il essayait de lui faire du bouche-à-bouche.

Izzy l'écarta et tâta le cou de la fille à la recherche d'un pouls. La peau d'Helena était froide comme de la glace. Ses yeux étaient troubles, son corps légèrement raide, mais aucun signe de lividité. Izzy sortit un mouchoir propre de sa poche et le passa sur la cornée d'Helena. La fille ne cilla pas. Pas de réflexe cornéen. Izzy plaça ses mains sur les yeux d'Helena et les maintint ainsi pendant de longues secondes. Quand elle les enleva, les pupilles d'Helena ne montrèrent aucune réaction à la lumière.

Bon sang.

— Fais quelque chose !

Cromwell lui attrapa le bras si fort qu'elle grimaça. Elle se dégagea.

— Elle est partie, Duncan.

Elle fut prise de sueurs froides en regardant la fille morte. Sa sœur avait passé la nuit chez les Cromwell. Frénétiquement, elle balaya les environs du regard.

— Où est Kit ?

— J'allais te poser la même question, dit Duncan d'un ton sinistre. Aide-moi à lui faire un massage cardiaque.

Izzy chassa les larmes qui menaçaient de couler et retrouva son armure professionnelle.

— Helena est partie, Duncan. Tu ne peux rien y faire.

— Non.

Il la repoussa et recommença à essayer de réanimer sa fille. Elle croisa le regard de l'ambulancier de l'hôpital, qu'elle reconnut, et un échange silencieux s'effectua entre eux. L'homme n'agissait pas rationnellement, et on ne pouvait pas lui en vouloir. Elle alla voir l'autre victime au sol, un jeune homme qu'elle reconnut comme étant Jesse Tyson, le fils du chef de la police. Son cuir chevelu était couvert de sang, et son nez semblait avoir été fracassé. Contrairement à Helena, il était entièrement vêtu. Sous les gouttes de sang, sa peau était d'un blanc aveuglant. Elle toucha son cou, mais ne trouva pas de pouls. Sa peau était tendre, aucun signe de rigidité. Elle fronça les sourcils et tira sur ses paupières. Ses pupilles étaient claires et réactives. Elle vérifia ses voies respiratoires, déchira sa chemise et palpa sa poitrine. Pas de plaies pénétrantes ou de contusions. Sans équipement adéquat, il était difficile de vérifier l'absence de pneumothorax ou d'hémothorax, mais elle fit ce qu'elle put. Elle défit son jean et enfonça ses doigts dans son aine, à la recherche d'un pouls fémoral. Pendant tout ce temps, elle surveillait sa poitrine pour voir s'il respirait.

Son torse avait-il bougé ? Ou était-ce le vent qui agitait sa chemise ?

Il faisait si froid dehors que même elle frissonnait. Puis sa poitrine eut un mouvement infime, se soulevant uniformément des deux côtés, elle en était certaine. Et elle sentait un pouls très léger au bout de ses doigts. Elle fit signe aux ambulanciers d'apporter une civière.

— Il est en vie. Assurez-vous de stabiliser sa colonne vertébrale avant de le déplacer. Couvrez-le avec toutes les couvertures que vous avez.

Son cerveau bourdonnait tandis qu'elle se rappelait comment gérer une hypothermie sévère.

— Déplacez-le *très* doucement pour ne pas provoquer de dysrythmie cardiaque – prenez le long chemin pour contourner la dune.

Elle vérifia s'il présentait des fractures, mais à ce niveau d'hypothermie, le plus important était d'amener le patient à l'hôpital le plus rapidement possible et sans à-coups. Elle composa le numéro des urgences. Il y avait 15 minutes de route jusqu'à l'hôpital.

— Préparez-vous à recevoir un patient avec un faible score sur l'échelle de Glasgow, des blessures apparentes à la tête et une hypothermie sévère.

Ils utiliseraient des matelas chauds, des couvertures de réchauffement, des perfusions chauffées, mais ils devraient procéder lentement dans un environnement hautement contrôlé.

— Il aura besoin d'un scanner complet et d'un bilan sanguin. Appelez le chef Tyson pour qu'il nous rejoigne à l'hôpital.

Elle raccrocha.

— Et Helena ? lança Duncan avec colère, toujours à genoux.

Izzy le fixa. Des tremblements secouaient son corps tandis qu'il essayait de maîtriser ses émotions. Ses yeux étaient hagards, ses traits tirés par le désespoir. Qui aurait pu le lui reprocher ?

Sa fille était la meilleure amie de sa sœur. La responsabilité pesait aussi lourd qu'un bloc de ciment sur ses épaules. Et si elle avait tort ? Et si Helena *pouvait* être sauvée ? Elle avait déjà entendu parler de miracles, surtout en cas d'hypothermie sévère. Une personne en hypothermie ne pouvait être considérée comme morte qu'après le réchauffement médical du corps.

— On l'emmène aussi. Mais, Duncan, ne te fais pas de faux espoirs, dit-elle en plaçant une main sur son bras.

— L'espoir est tout ce qui me reste.

Il dégagea son bras et grogna avant de courir chercher une autre civière.

Elle sortit son téléphone et composa le numéro de sa sœur, chaque sonnerie alimentant sa peur comme le vent alimente un feu de forêt. Les articulations de ses doigts lui faisaient mal tant elle tenait fermement le téléphone. On aurait dit qu'on avait soudé les os de sa mâchoire.

— Moui ? demanda Kit d'une voix vaseuse.

L'étau qui serrait la gorge d'Izzy se relâcha, et elle inspira profondément.

— Oh, mon Dieu. Tout va bien ?

— Ouaip. Pourquoi ?

Kit semblait fatiguée, grincheuse, mais pas bouleversée. Elle n'avait manifestement aucune idée de ce qui était arrivé à Helena.

— Où es-tu ? demanda-t-elle.

— À la maison. J'ai changé d'avis et je suis rentrée hier soir. Pourquoi ?

Elle n'avait pas vérifié la chambre de sa sœur quand elle avait récupéré Barney plus tôt, mais elle n'avait pas vu sa voiture. Elle avait supposé que Kit n'était pas rentrée.

— Je voulais m'assurer que tu allais bien.

Elle ne pouvait pas parler d'Helena à Kit au téléphone.

— Écoute, j'ai quelque chose à te dire. Il faut que tu t'habilles. Je passe te prendre dans dix minutes.

— Quoi ? Pourquoi ?

La torpeur céda la place à la méfiance.

Izzy ne voulait pas se disputer avec elle.

— Ne me pose pas de questions. Je t'aime.

Elle raccrocha. Elle allait priver sa sœur de sorties jusqu'à ses dix-huit ans, et peut-être même pour le restant de ses jours, pour la protéger. Duncan revint au niveau de la crête et commença à glisser sur les flancs de ses dunes bien-aimées. Elle se protégea des projections de sable alors qu'il fonçait vers elle. Ensemble, ils déplacèrent très doucement Helena sur le brancard, mais Izzy n'avait pas beaucoup d'espoir pour la fille. Son cœur était sur le point de se briser, mais elle parvenait à compartimenter ses sentiments pour pouvoir faire son travail. Ils contournèrent lentement la plus haute colline. Même si Helena était minuscule, Izzy avait du mal à tenir son côté de la civière.

— Il faut appeler la police, cria-t-elle pour couvrir le vent.

Son estomac se noua à l'idée de ce qu'ils pourraient trouver, mais la mort d'Helena devait faire l'objet d'une enquête. Il fallait trouver son agresseur.

— Je les ai déjà appelés, dit Cromwell.

Elle hocha la tête, ressentant l'envie de courir se cacher. Elle était lâche. Elle avait toujours été une foutue lâche. Le manteau recouvrant Helena glissa et Izzy vit le corps nu de la fille. Il y avait du sang sur ses cuisses et Izzy oublia immédiatement ses propres préoccupations. Puis ses yeux s'arrêtèrent sur un bijou sur le poignet fin d'Helena. Les poils de ses bras se dressèrent. Elle avait la chair de poule.

— Je ne savais pas qu'Helena portait un bracelet d'alerte médicale.

— Ce n'est pas le sien, répondit Duncan d'une voix grave et gutturale. Elle le portait quand je l'ai trouvée.

Sonnée, Izzy avançait aussi vite qu'elle le pouvait. Ça ne pouvait pas être le même bracelet. Ce n'était pas possible. Mais au fond d'elle, Izzy savait que c'était le même. Même si c'était impossible, quelqu'un connaissait son secret. Un tueur connaissait son secret.

———

ASSIS A SON bureau, Lincoln Frazer lisait une énième demande d'assistance, celle-ci concernant une série de viols survenus à Portland, dans l'Oregon. Il passa en revue les détails et envoya un e-mail à Darsh Singh pour qu'il jette un œil au dossier pour la réunion d'équipe du lundi suivant. C'était le 1er janvier, mais en tant que chef du DSC-4, qui enquêtait sur les crimes commis sur des adultes, ce n'était pas le moment de prendre des congés. Une semaine plus tôt, il avait contribué à disculper un innocent condamné pour trahison, mais entre les groupes de justiciers de haut rang, les demandes présidentielles, le terrorisme international, les assassins, les espions d'agence et les erreurs judiciaires, il avait pris du retard dans son travail quotidien.

Il n'avait pas vu passer Noël. Il n'avait pas mis les pieds dans son appartement depuis des jours. Il se douchait et mangeait à l'académie, appréciant la paix et le calme d'un bâtiment presque vide. Avec le passage à la nouvelle année, il espérait que la vie reviendrait à la normale et qu'il pourrait retourner à la traque de délinquants en série.

Son téléphone fixe sonna.

— Frazer.

— J'étais sûre que vous seriez au bureau.

La voix de l'agent Mallory Rooney contenait une touche de sarcasme.

— Remerciez votre intelligence vive pour ça.

Ça et le fait qu'Alex Parker avait probablement tracé son téléphone portable.

— Pas étonnant que je vous aie arrachée à l'anonymat pour venir travailler pour moi.

— Bien sûr, patron, *vous* m'avez arrachée à l'anonymat.

Le roulement d'yeux qui accompagna sa réplique était perceptible. Il sourit parce qu'elle ne pouvait pas le voir.

— Parker a fini de vérifier les antécédents de Madeleine Florentine ? demanda Frazer avant qu'elle puisse parler.

Le président Hague souhaitait remplacer son ancien vice-président par la gouverneure de Californie, et il commençait à s'impatienter.

— Ouaip, il a fini la nuit dernière. Florentine tient la route, *Dieu merci*. Mais ce n'est pas pour ça que j'appelle. Écoutez, continua-t-elle, le coupant alors qu'il ouvrait la bouche pour demander pourquoi il leur avait fallu si longtemps pour le contacter. J'ai reçu un appel d'un vieil ami, l'agent Lucas Randall de Charlotte. Vous savez, celui qui était en charge de l'affaire Meacher ?

Frazer consultait les dossiers en ligne du personnel en même temps. Il se souvenait du type.

— On l'a appelé sur une affaire dans les Outer Banks. Il voulait que j'aille l'aider.

Frazer chercha sur Internet les nouvelles de la région.

— Un homicide avec une seule victime ?

Il avait sur son bureau une pile d'affaires non résolues de plus de 30 cm de haut, sans compter qu'il essayait d'aider un certain espion à retrouver subrepticement la personne qui avait assassiné le vice-président le mois précédent. Tout cela demandait plus de compétences qu'une enquête sur un homicide dans une petite ville.

— Les flics locaux peuvent s'en occuper.

Il grimaça devant l'insensibilité de son ton. C'était ce qui arrivait quand des rapports d'une incroyable perversion arrivaient sur votre bureau chaque jour.

Rooney l'ignora.

— Deux adolescents qui s'embrassaient sur la plage hier soir ont été victimes d'une agression brutale. Tous deux ont été laissés pour morts, mais l'un a miraculeusement survécu. Mais ce *n'est pas* pour ça que Randall m'a appelée.

Frazer sentit un frisson lui parcourir l'échine. Il savait qu'il n'allait pas aimer ce qu'elle allait dire.

— La femme portait un bracelet d'alerte médicale.

— Et ?

La tension montait en lui.

— Ce n'était pas le sien.

Il entendit le murmure de voix, probablement Alex Parker disant à Mallory de raccrocher et de faire une pause en ce jour férié.

— Il appartenait à une femme appelée Beverley Sandal.

— Pourquoi est-ce que je connais ce nom ?

Il le tapa sur Internet.

— Et merde.

— Ouaip. Exactement.

Son cerveau passait en revue un certain nombre de facteurs.

— Ferris Denker doit être exécuté avant la fin du mois.

— Je sais.

— Ça pourrait être un imitateur qui essaie de lui obtenir un sursis de dernière minute.

— Je sais.

— C'était la première grosse affaire de Hanrahan, vous le saviez ?

Il ferma les yeux. Bien sûr qu'elle le savait. Rooney était un bourreau de travail, tout comme lui. *Bon sang.* La condamnation était solide. Denker transportait le corps d'une jeune femme qu'il avait tuée quand la police l'avait arrêté pour une infraction au code de la route. Il avait avoué une série de meurtres, bien que certains des corps n'aient jamais été retrouvés. La condamnation était solide, mais la dernière chose dont lui, Rooney ou Parker avaient besoin était que des enquêteurs fouillent dans les affaires de son ancien patron.

— Je veux que vous y alliez dès que possible…

— Je ne peux pas.

Sa colonne vertébrale se raidit. Quelque chose n'allait pas. Une autre voix se fit entendre à l'autre bout du fil.

— Ce qu'elle a omis de dire, c'est qu'elle est à l'hôpital.

Alex Parker avait pris le téléphone de Rooney.

— Elle, hmm… fit-il en s'éclaircissant la gorge. Mal a eu des saignements mineurs la nuit dernière, et les docteurs veulent la garder en observation pour faire d'autres tests. Peut-être la mettre au repos pendant quelques semaines. Vous allez devoir faire ça sans nous.

La peur s'empara de Frazer. Rooney, enceinte de Parker, en était au premier trimestre de sa grossesse. Frazer était habituellement plus prudent dans ses relations, mais son amitié avec la nouvelle recrue et l'assassin abîmé par la vie avait commencé dans des circonstances extraordinaires. Le lien qui les unissait était aussi fort que le tungstène, la seule chose qui pouvait le rompre était la mort – qui était une possibilité réelle si quelqu'un découvrait leurs secrets.

— Est-ce qu'elle va bien ? demanda-t-il prudemment.

— Ça ira.

Mallory Rooney était la meilleure d'entre eux. Si quelqu'un pouvait la protéger, c'était bien Alex Parker, mais même lui ne pouvait pas contrôler une urgence médicale. Frazer connaissait les pensées qui traversaient la tête de l'homme. La culpabilité. La peur que ce soit en quelque sorte *sa* faute. Le désespoir et la panique à l'idée d'être impuissant, malgré sa volonté de faire quelque chose.

Frazer comprenait, parce qu'il ressentait la même chose. Il poussa un profond soupir.

— Dites-lui de prendre tout le temps dont elle a besoin.

— Je l'ai déjà fait, dit sèchement Parker.

— Ouais, mais dites-lui que *c'est moi* qui le dis. Elle m'écoute.

Il éteignit son ordinateur de bureau.

— Je veux qu'elle soit en forme et en bonne santé pour

travailler, même si elle doit passer les neuf prochains mois au lit. J'ai des congés personnels qu'elle peut utiliser. Et d'autres agents feraient de même pour une collègue traversant une période difficile.

Le FBI était une famille. Ils prenaient soin les uns des autres.

Frazer passa son bras dans la manche de sa veste, ferma son ordinateur portable et le rangea dans sa sacoche. L'idée que Rooney et Parker puissent perdre le bébé lui serra la gorge et lui rappela pourquoi il était toujours préférable de garder ses distances. Trop tard maintenant.

— Vous devriez lui donner mon nom, vous savez, vu les circonstances.

Des circonstances qui remontaient à une forêt isolée au cœur de la Virginie-Occidentale et à la confrontation avec un autre tueur en série.

— Mal veut lui donner le nom de mon grand-père si c'est un garçon et celui de ma mère si c'est une fille.

La tension contrôlée dans la voix de Parker lui indiquait qu'il était terrifié.

Frazer sentit la boule dans sa gorge grossir.

Et merde.

— Veillez sur elle, Alex. Je m'occupe de la situation en Caroline du Nord.

— Appelez-moi si vous avez besoin de quelque chose. Je peux travailler sur l'affaire d'ici.

Entre autres choses, Parker était un expert en cybersécurité et pouvait effectuer des recherches dans son sommeil.

— J'en ai l'intention.

— Bonne année, Linc.

— Ce n'est pas gagné.

— Sans déconner.

Parker paraissait contrarié.

— C'est ma faute, vous savez. J'ai souhaité que les choses reviennent à la normale.

— Les tueurs en série vous manquaient ?

— Ouaip. Je dois être aussi taré qu'eux.

— Non, dit Parker. Vous êtes bien plus fou que ces enfoirés.

Un sourire réticent se dessina sur les lèvres de Frazer.

— Occupez-vous d'elle pour nous, Alex.

Puis il raccrocha et sortit de son bureau.

L'année s'annonçait formidable.

———

FERRIS DENKER REGARDAIT le cafard ramper par terre. Il planta un de ses pieds dans le sol, et l'insecte changea de direction. Il recommença et le cafard essaya de se faufiler sous le talon en caoutchouc de sa chaussure de toile. Pauvre créature incomprise. Il le ramassa et le laissa ramper sur ses mains. Les pattes de la créature étaient solides, mais fragiles, s'agrippant aux anfractuosités de sa paume.

Il retourna la main et l'insecte tomba par terre, sa fine carapace émettant un bruit sourd au moment de l'impact. L'insecte réapparut, et ils recommencèrent leur jeu. Les *Douze Grands Concertos* de Haendel sortaient de ses enceintes – changement bienvenu par rapport au vacarme constant des chants de Noël qui avaient résonné dans le couloir de la mort au cours des dernières semaines. Il essayait de ne pas se plaindre. Les gars avaient besoin d'un peu de joie dans ce gouffre de désespoir.

— Hé, Ferris.

Une voix familière l'appela de la cellule voisine. Billy Painter. Le type avait violé et assassiné une jeune femme, puis fait la même chose à sa grand-mère de 80 ans.

Comme le jury avait pleuré.

Le gamin était là depuis cinq ans et en était à son deuxième appel.

Ferris s'approcha de la porte. Sa partie supérieure était constituée de barreaux d'acier.

— Qu'est-ce qu'il y a, Billy ?

— Tu as eu des nouvelles de ton avocat ?

Billy l'aurait vu si Ferris avait reçu de la visite, mais le fait qu'il pose la question avait tout à voir avec son nouvel appel. Billy avait un QI équivalent à sa pointure. Le type chaussait peut-être une grande taille, mais il était bête comme ses pieds.

— Rien pour l'instant, Billy.

L'ordre d'exécution était posé sur ce qui lui faisait office de bureau. La directrice le lui avait remis la veille de Noël. Ce n'était pas étonnant pour une sadique refoulée. Bien qu'il ait eu des années pour se préparer, le fait de savoir qu'il devait mourir le 25 janvier le faisait trembler – même s'il ne l'aurait jamais admis. Ils le transféreraient à Columbia pour l'exécution. La dernière chose qu'il voulait était de faire ce dernier voyage de 160 km.

— Désolé, mec.

Billy s'affaissa contre les barreaux. Son expression était douloureuse.

— Je pensais que tu aurais eu des nouvelles.

— Merci, mec.

Les lèvres de Ferris se tordirent. C'était lui qui avait provoqué son destin. Il en avait trop dit avant que son avocat n'arrive. Il avait fanfaronné comme un enfant avant d'avoir signé le moindre accord. La femme dans son coffre n'était même pas froide quand on l'avait arrêté pour un minable feu arrière cassé. Il aurait pu s'en sortir s'il n'avait pas été totalement défoncé. Non, les flics l'avaient attrapé à la loyale, et il avait chanté comme un putain de canari.

Mais il n'avait pas l'intention de mourir tout de suite.

Vivre dans le couloir de la mort était une existence misérable. Même ceux qui méritaient de mourir ne méritaient pas d'être torturés de cette façon. Il avait traité ses victimes mieux que l'État ne traitait les détenus. Bien sûr, elles l'avaient supplié et avaient crié pendant quelques heures, mais il avait rapidement mis fin à leurs souffrances. Il leur avait peut-être infligé un châtiment cruel et inhabituel, mais il avait été rapide, contrairement au système judiciaire.

La justice ?

C'était ça, la *justice* ?

Il regarda autour de lui. Des vétérans souffrant de stress post-traumatique. Des hommes qui n'étaient guère plus que des enfants quand ils avaient commis leurs crimes. Poussés par de mauvaises influences et les circonstances de la vie. Tous étaient des victimes à part entière. Des hommes comme Billy qui savaient à peine distinguer le bien du mal et qui n'avaient aucune chance si on ajoutait la drogue ou l'alcool à l'équation.

Les lois sur la peine de mort étaient mauvaises à tous points de vue – leur coût, le fait qu'elles ne soient pas dissuasives, le fait que des hommes innocents continuent d'être disculpés dans les couloirs de la mort à travers le pays lorsqu'on réexaminait d'anciennes preuves.

Non.

C'était un système stupide. Et Ferris détestait la stupidité.

Il n'avait jamais prétendu être innocent, et il n'avait aucune chance de plaider un QI faible, car la dernière fois qu'il avait été testé, on lui avait trouvé un QI de 140. Mais il ne voulait pas mourir, et il ne voulait pas passer le reste de sa vie dans cet enfer.

— Prie pour moi, Billy.

Le jeune homme hocha frénétiquement la tête.

— On a eu un miracle cette année. Je peux prier pour qu'il y en ait un autre.

Ferris sourit. Il avait toujours été légèrement amusé par la camaraderie des hommes de cette unité et pourtant il la ressentait aussi. Ferris sentait qu'il était accepté pour ce qu'il était vraiment, et non pour ce que les gens attendaient de lui.

C'était une véritable bénédiction. Il avait déjà vécu cela par le passé, et il espérait que la puissance de cette relation était restée intacte.

Un des gardes entra dans le bloc, probablement pour faire sortir quelqu'un pour son heure d'air frais et d'exercice. Ferris ricana. On les bringuebalait d'une cage à l'autre, et pourtant ils avaient tous hâte de sortir de leur maudite cellule. Il fit un pas en arrière et entendit un craquement. Il regarda la tache noire et verte formée par le cafard mort sur le sol en béton. *Et merde.*

Il se pencha et utilisa un mouchoir en papier pour nettoyer. Puis il inclina le bocal et en sortit un autre cafard. La partie ne faisait que commencer.

CHAPITRE TROIS

UN PHARE ETAIT perché sur le promontoire, au milieu de l'avoine de mer qui fouettait sa base au gré des bourrasques. Le sable blanc contrastait avec la mer gris acier, parcourue de vagues en colère. Une barrière en bois se dressait parallèlement à la route, empêchant théoriquement les gens d'entrer. Elle faisait en réalité très mal son travail. Frazer franchit facilement l'obstacle. La zone était bouclée, car le service des parcs nationaux, en collaboration avec le ministère des Ressources naturelles, essayait de stabiliser la zone en appliquant des stratégies d'atténuation. Mais étant donné qu'ils luttaient contre l'océan Atlantique, ils avaient du pain sur la planche.

C'était un peu comme essayer d'endiguer la marée du mal qui pervertissait l'humanité avec seulement quelques professionnels dévoués des forces de l'ordre.

Quelle pensée réconfortante.

En escaladant les dunes jusqu'à la scène de crime, Frazer admira le paysage aride de cette île isolée. Il avait pris un vol commercial pour Norfolk, avait réussi à prendre un hélicoptère pour Elizabeth City et avait loué une voiture là-bas. Il se faisait tard à présent. Il restait moins de deux heures avant le coucher du soleil.

Il atteignit le sommet de la crête et inspecta la zone. C'était l'endroit idéal pour qui avait besoin d'intimité pour satisfaire un appétit tordu – surtout de nuit, pendant une tempête. Les cris étaient masqués par le vent, les appels à l'aide consumés par le paysage.

C'était l'endroit parfait pour tuer. L'endroit parfait pour se débarrasser d'un corps.

Cette région était généralement considérée comme sûre. Faible taux de criminalité. Faible densité de résidents permanents pendant les mois d'hiver. Était-ce le fait d'un local ? Il ne le savait pas encore. Les gens imaginaient que les tueurs se remarquaient, mais c'était rarement le cas, sauf s'ils étaient psychotiques. Auquel cas, ils étaient généralement faciles à traquer grâce à leur air hagard et aux traces de sang.

Il releva le col de son coupe-vent du FBI, mais cela ne suffit pas à le protéger de la brise glaciale. Son costume trois-pièces bleu marine fin était peut-être suffisant pour le bureau, mais il n'était pas conçu pour affronter une tempête hivernale. En se réveillant ce matin-là, la dernière chose à laquelle il s'attendait était de se retrouver sur une île balayée par le vent.

La vie était pleine de surprises.

La scène en contrebas était l'exemple parfait de ce qu'il ne fallait pas faire en matière de scène de crime, et il laissa échapper un soupir las. D'après ce qu'il avait compris, ils n'avaient même pas pris de photos. Ce matin-là, à huit heures, un agent du ministère des Ressources naturelles avait vu une voiture stationnée illégalement sur le bord de la route et était allé enquêter. Le type avait trouvé le corps nu de sa propre fille de dix-sept ans et celui d'un jeune homme sévèrement battu. Il avait essayé sans succès de ranimer son enfant. Quand les ambulanciers étaient arrivés, ils avaient emmené les deux victimes aux urgences en espérant qu'elles puissent être sauvées. Miraculeusement, le jeune homme l'avait été. La fille était morte à son arrivée.

Frazer chassa sa compassion pour l'homme. Ce qui était fait était fait, et rien de ce qu'il pourrait dire ne pourrait alléger son fardeau. Faire son travail, peut-être, mais ce travail demandait de considérer le père comme un suspect potentiel.

Le père, les ambulanciers, la police sans parler de la météo, avaient compromis l'intégrité de la scène, rendant son travail infiniment plus difficile. Il ne restait que du sable ravagé, un jean retourné, des sous-vêtements, un t-shirt, des chaussettes, un portefeuille ouvert, une doudoune et une pelle. Les objets avaient probablement été déplacés, mais ils devaient tous être catalogués et entrés dans la chaîne des preuves afin d'être au moins être analysés par la police scientifique et utilisés au tribunal le cas échéant.

Le travail de Frazer était de s'assurer qu'on en arrive là.

Un ciel d'étain s'étalait au-dessus de sa tête, rempli de nuages inquiétants bouillonnant d'énergie réprimée. La pluie risquait de détruire des preuves déjà peu nombreuses. La police scientifique photographiait la zone centimètre par centimètre. Les vêtements et l'autopsie révéleraient peut-être qui avait fait ça aux adolescents, mais ce n'était certainement pas Ferris Denker. Il pourrissait dans le couloir de la mort de Ridgeville, en Caroline du Sud, à plus de 600 km de là.

Peut-être que lorsque Jesse Tyson se réveillerait, il leur donnerait le nom de son ou ses agresseurs, permettant ainsi d'accélérer l'enquête et de mettre le coupable à l'ombre pour éviter de nouvelles victimes. En supposant que le gamin ne soit pas dans le coma ou n'ait pas de lésions cérébrales.

Même sans voir les corps, Frazer pouvait imaginer le genre d'expérience éprouvante que les adolescents avaient probablement endurée. Il regarda les vêtements de la fille. On lui avait dit qu'il y avait des indices de viol, mais il en saurait plus après l'autopsie. Les enfants avaient été traités comme des déchets, servant à satisfaire l'appétit du suspect. Les éléments auraient dû les tuer, et ce bâtard le savait.

Les gens traitaient les auteurs de ces crimes de monstres, mais ce n'étaient que des humains, des humains qui faisaient des choses inhumaines. Des psychopathes qui savaient que c'était mal, mais passaient quand même à l'acte.

Comment réagirait le suspect en sachant qu'une de ses victimes avait survécu ?

Frazer plissa les yeux. Ils devaient protéger le garçon jusqu'à ce qu'ils sachent exactement à quoi il pourrait leur servir. Il devait parler à l'adolescent dès son réveil. Cette attaque laisserait des traces. Le type de traces dépendrait du jeune homme lui-même. À l'âge de quinze ans, le monde de Frazer s'était effondré lorsque ses parents avaient été assassinés lors d'un cambriolage. Il n'était jamais redevenu le garçon qu'il était avant l'incident. Si Jesse Tyson était comme Frazer, les événements de la nuit précédente façonneraient le cours entier de sa vie.

Était-ce là le destin ?

Si tel était le cas, le destin craignait vraiment. Frazer aimait son travail, mais il y aurait renoncé immédiatement pour pouvoir changer le passé. Il chassa ces pensées. Il songeait rarement au meurtre de ses parents. Il honorait leur mémoire en se rappelant leur vie et non leur mort, en attrapant les tueurs et en s'assurant qu'ils ne puissent plus faire de mal à personne.

La vue du technicien de la scientifique en train de ramasser la culotte d'une jeune femme vint titiller une cicatrice dans son esprit. Il chassa cette émotion. Les sentiments n'aidaient pas à résoudre les crimes. La logique et une enquête méticuleuse oui. Il était conscient que les dangereux prédateurs opéraient souvent dans le même état dénué de sentiments que lui. Ce n'était pas qu'il n'éprouvait pas d'émotions ; il les mettait simplement de côté pendant qu'il faisait son travail et s'efforçait de ne jamais les ressortir.

L'objectivité émotionnelle était une chose qu'il essayait d'inculquer aux autres agents qui travaillaient dans son unité, en particulier à son ami, l'agent Jed Brennan, qui l'avait aidé à attraper son premier tueur en série dans le chaos de la guerre en Afghanistan. En résumé, s'ils s'impliquaient émotionnellement dans toutes leurs affaires, ils devraient troquer leurs vestes de costume contre quelque chose de blanc avec des manches beaucoup plus longues.

Les visages des victimes l'empêchaient déjà de dormir la nuit. Le burnout n'était qu'à un pas, et il n'avait pas l'intention de prendre cette route. Il pouvait vivre avec des cauchemars, mais pas avec des peines de cœur.

Le cri d'une mouette le ramena au présent. Une plage isolée. Les Outer Banks. Au premier jour d'une enquête sur un meurtre. C'était reparti.

Un autre agent s'approcha et Frazer descendit à sa rencontre.

L'agent du FBI Lucas Randall était basé au bureau régional de Charlotte et Frazer l'avait rencontré pendant l'affaire Meacher. C'était un ex-militaire, au regard à la fois vif et fatigué. S'il fut surpris de voir le chef du DSC-4, il le cacha bien.

— ASAC Frazer, dit Randall en lui tendant la main. Content que vous ayez pu venir.

— Agent Randall.

Frazer hocha la tête pendant qu'ils se serraient la main.

— Le bracelet est-il authentique ?

Cet objet changeait la donne. C'était la raison de sa venue.

— On dirait bien.

Randall sortit le sachet de sa poche et le lui tendit.

Frazer examina la chaîne à travers le plastique transparent. Des maillons épais en acier inoxydable et une étiquette robuste avec un numéro de téléphone dessus. Une personne à contacter en cas d'urgence. Du sable s'était incrusté dans certains des maillons, un soupçon de rouille et de pourriture décolorait le métal. Il semblait avoir passé beaucoup de temps dans le sable, or la fille avait été tuée moins de douze heures auparavant.

Le tueur en série Ferris Denker avait avoué avoir tué Beverley Sandal dix-sept ans plus tôt. Alors comment son bracelet avait-il fini sur un nouveau cadavre ?

— C'est la seule chose que la victime, Helena Cromwell, portait quand ils l'ont trouvée. Son père savait que ce n'était pas le sien, et le chef de la police locale l'a mis sous scellés. Son fils est le gamin en soins intensifs. Il a fait sécuriser la scène par des agents et il a mis la police scientifique sur le coup, puis il m'a appelé. Le corps de la fille est à la morgue de l'hôpital local en attendant d'être transporté au bureau du médecin légiste le plus proche.

— Vous connaissez personnellement le chef ?

Randall tentait de lutter contre le vent tranchant.

— On a servi ensemble dans l'armée il y a des années et on est restés en contact.

Randall avait la réputation d'être bon dans son travail et facile à vivre. Quoi que les gens puissent dire de Frazer, ce n'était certainement pas qu'il était facile de travailler avec lui.

Mais avec l'implication de Randall et son lien avec Rooney, ils devraient pouvoir garder la situation sous contrôle. Frazer comptait bien s'en servir.

— J'aimerais que le médecin légiste vienne ici pour faire l'examen préliminaire.

Il fronça les sourcils.

— En fait, dites-leur que je veux que Simon Pearl s'en occupe personnellement. Appelez-les. Persuadez-les. Il peut m'appeler s'il le souhaite. Je veux aussi qu'on prélève le sang et les tissus sur la victime, dès que possible. L'analyse toxicologique devrait révéler d'éventuelles drogues du viol et leur taux d'alcoolémie.

Randall haussa les sourcils, surpris.

Sans le bracelet, il aurait pensé qu'Helena avait probablement été tuée par quelqu'un qu'elle connaissait, ou pendant une sorte de viol collectif alcoolisé qui aurait terriblement mal tourné – même si les viols collectifs ne pouvaient *jamais* bien tourner. Il se pinça l'arête du nez pour essayer de soulager le mal de tête qui le gagnait. Le viol collectif lui faciliterait la vie par rapport à l'alternative, et cette prise de conscience le poussa à faire taire ses sentiments et à se concentrer sur les faits. C'était tordu. Il fallait faire avec.

— Des preuves suggérant que Ferris Denker serait passé par là ?

Randall secoua la tête.

— Pas que je sache.

Devant le regard interrogateur de Frazer, il ajouta :

— J'ai demandé à un ami qui travaille à Columbia de m'envoyer une copie des dossiers de Denker. Je lui ai dit que j'avais un intérêt personnel dans l'affaire. Les agents concernés supposent que Denker n'a jamais quitté le continent.

Les suppositions étaient dangereuses.

— Je vais avoir besoin d'une copie de ce dossier.

Il aurait pu passer par les canaux officiels, demander à Hanrahan ses notes personnelles sur l'affaire, mais il n'était pas encore prêt à franchir cette étape. Denker avait rendez-vous avec une injection, et Frazer allait faire tout ce qui était en son pouvoir pour qu'il n'y échappe pas.

— Avez-vous mentionné Sandal ou Denker au chef de la police ?

Randall secoua la tête.

— Dès que j'ai vu les numéros sur le bracelet, j'ai reconnu le nom et ce que ça signifiait. J'ai appelé Rooney parce que je savais que le DSC voudrait être impliqué.

— Vous en avez déjà parlé à votre patronne ?

Randall secoua la tête en plissant les yeux.

— Non, mais je vais devoir lui dire très bientôt.

La SSA Petra Danbridge était agréable à regarder et désagréable pour tout le reste.

— Vous avez ouvert un dossier ?

Randall secoua la tête. Le DSC pouvait seulement être consulté sur des affaires. Ils n'étaient pas aux commandes, ce qui mettait Frazer dans une position délicate.

— Retenez l'information aussi longtemps que possible. Après, vous pourrez dire à Danbridge que j'ai fait jouer mon grade.

Les lèvres de Randall se tordirent.

— Ce n'est pas ce que vous faites ?

— Si.

Il fixa l'homme pour voir si cela lui posait un problème quelconque.

— Très bien.

Randall hocha la tête. Il paraissait soulagé. Peut-être avait-il une meilleure idée de ce qui se passait que Frazer ne l'avait cru. Contrôler le flux d'informations et, par conséquent, contrôler la presse était vital dans cette enquête. Randall poursuivit :

— Le chef Tyson n'est sur les Outer Banks que depuis quelques années. Il ne sait pas si la rumeur d'un retour de Denker a déjà couru ou non. L'ancien chef a pris sa retraite à Roanoke.

— On doit parler à ce chef de police retraité. Pour savoir si quelqu'un a déjà signalé avoir vu Ferris Denker dans les Outer Banks.

— À quoi pensez-vous ? demanda Randall.

Frazer balaya la zone du regard. Éloignée. Calme. Tranquille. Le parfait charnier.

— Denker a avoué avoir tué Beverley Sandal, mais son corps n'a jamais été retrouvé.

— Vous pensez qu'il l'a enterrée par ici ?

Frazer haussa les épaules.

— Ça pourrait expliquer que son bracelet ait été trouvé sur une nouvelle victime.

— Alors, où est le corps de Beverley ?

Les yeux de Randall balayèrent les dunes, tout comme ceux de Frazer. Frazer savait où il aurait caché un corps qu'il ne voulait pas qu'on trouve.

Randall enfonça ses mains plus profondément dans les poches de sa veste et poussa un juron.

— Quelqu'un a peut-être découvert les souvenirs de Denker et a décidé de se frotter aux forces de l'ordre. Denker pourrait orchestrer ça de l'intérieur. Peut-être dans l'espoir de faire suspendre l'exécution en jetant le doute sur sa condamnation ?

Frazer acquiesça. Il n'avait aucun doute que le psychopathe sadique était impliqué.

— Mais le fait est que Denker est en prison et qu'une jeune femme est morte, donc quel que soit le mobile, nous avons un nouveau tueur à attraper.

Et ce n'était pas un débutant. Faire deux victimes à la fois ? Tous deux jeunes et en forme ? Ce n'était pas le travail d'un novice qui prenait ses marques.

La myriade d'entailles dans le sable, les traces de pas serpentant dans toutes les directions signifiaient qu'il y avait peu de chances de trouver quoi que ce soit d'utile sur place. Sauf peut-être concernant la pelle. Du ruban isolant jaune était enroulé autour d'une partie de la poignée, formant un motif distinctif. Quelqu'un pourrait la reconnaître, ou elle pourrait contenir de l'ADN ou des traces.

Frazer réfléchit à l'affaire à voix haute.

— Celui qui a mis le bracelet à la fille a commis le même type de meurtre que celui pour lequel Denker a été condamné, une agression éclair, probablement un viol, suivi d'une strangulation. Mais il – ou elle – nous a laissé les corps, alors que Denker a toujours essayé de dissimuler ses victimes.

Denker avait fait bien autre chose à ses victimes.

— Il a peut-être été interrompu ?

— Peut-être, admit Frazer à contrecœur. Quoi qu'il en soit, ce suspect voulait envoyer un message et ce message implique Beverley Sandal et Ferris Denker. Le timing est trop précis pour être une coïncidence. Les crimes sont trop similaires.

Frazer rendit la preuve à Randall.

— Envoyez ceci et cette pelle à Quantico pour une analyse rapide. Dites que la demande vient de moi et que c'est urgent.

Frazer prit des photos de la pelle avec son téléphone portable.

— Vous ne pensez pas que Denker est innocent, n'est-ce pas ? demanda Randall.

— Ce type est plus coupable que le péché.

— Vous pensez qu'il avait un acolyte ?

Le regard de Randall se durcit.

— Ou un disciple. On en saura plus après l'autopsie.

Dix-sept ans plus tôt, Ferris Denker avait été condamné pour le meurtre de sept jeunes prostituées et de trois autres jeunes femmes qui n'exerçaient pas de professions à risque. Frazer ne doutait pas que l'homme avait dissimulé l'étendue de ses crimes et, après avoir épuisé tous les recours, il orchestrait désormais un petit jeu pour gagner un peu plus de temps sur Terre. Frazer n'avait pas l'intention de laisser l'homme se soustraire à sa punition.

Son ancien mentor, le SSA Hanrahan, avait rédigé le profil qui avait permis d'épingler Denker, à grand renfort de détails, depuis le fait qu'il était l'aîné de sa famille jusqu'à sa petite pointure. Frazer ne doutait pas de la solidité de la condamnation, mais, après ce qui s'était passé dans les bois de Virginie-Occidentale au début du mois de décembre, la dernière chose dont il avait besoin était que quelqu'un se penche d'un peu trop près sur les affaires de Hanrahan.

Son ancien patron avait commis l'erreur de fournir des informations à une puissante organisation de justiciers appelée le projet Gateway, qui traquait et éliminait les pédophiles et les tueurs en série avant leur entrée dans le système judiciaire. La complicité de Hanrahan avait été révélée en présence d'un tueur en série vicieux qui avait menacé de faire tomber non seulement le groupe de justiciers, mais aussi le DSC. Frazer avait tué l'homme, épargnant ainsi la réputation du FBI, les vies des personnes impliquées dans le projet Gateway, sans oublier des millions de dollars aux contribuables. Depuis lors, Rooney, Alex Parker et lui cherchaient à s'assurer que le projet Gateway avait bien été dissolu, mais il restait un dernier détail à régler.

Frazer était devenu agent fédéral pour protéger ceux qui ne pouvaient pas se protéger eux-mêmes. Légalement, ce qu'il avait fait était mal, éthiquement, il avait peu de scrupules. Le tueur en série qu'il avait abattu avait enlevé une fillette de neuf ans dans sa chambre et l'avait gardée captive pendant près de dix-huit ans. Quand elle était morte, le tueur s'était mis à tuer à tour de bras, cherchant la parfaite remplaçante. Frazer voyait toujours les visages meurtris de ces femmes dans ses rêves.

Tuer cet homme avait rendu service au monde. Dans ces circonstances, Frazer n'avait pas vraiment eu le choix, mais le prix à payer était une tache sombre sur son âme. Cela lui prouvait qu'il n'était pas aussi droit qu'il l'aurait cru. Le système judiciaire n'était pas toujours « juste ». C'était peut-être pour cela que Hanrahan s'était éloigné du droit chemin, mais il avait mis Frazer dans une position intenable.

Art Hanrahan était la raison pour laquelle Frazer avait rejoint le FBI en premier lieu. Dire qu'il l'avait déçu était un euphémisme.

L'exécution de Denker étant prévue quelques semaines plus tard, le nouveau tueur disposait d'une marge de manœuvre réduite pour avoir un impact. Si ce meurtrier se mettait à faire des folies pour mettre en doute la condamnation de Denker, il y aurait d'autres victimes. Frazer chassa ces pensées de son esprit. Il s'occuperait de l'affaire, une victime à la fois, jusqu'à ce qu'il ait quelque chose de solide sur quoi travailler.

Les enquêteurs de la police scientifique mettaient les vêtements sous scellés. Randall et lui se protégeaient les yeux des rafales de vent chargé de sable. Il serait impossible de relever des preuves sur place. Si le jeune homme à l'hôpital ne savait rien, leur meilleure chance était l'ADN de contact, le sang ou le sperme. Peut-être une empreinte digitale sur la pelle ou le corps de la fille – en supposant qu'ils puissent établir une correspondance.

Le vent chargé de sable lui égratignait la peau.

— Rooney m'a dit que vous étiez amis quand vous étiez enfants. Vous devez être déçu de me voir ici à sa place.

— La réponse politiquement correcte à cela est « Non, monsieur », « C'est un honneur de travailler avec vous, monsieur ».

Randall essaya d'évaluer l'aptitude de Frazer à encaisser la vérité.

— Mais honnêtement, je connais Rooney depuis longtemps, et nous travaillions très bien ensemble à Charlotte. C'est un très bon agent.

Il inspecta l'horizon. Un bateau de pêche avançait sur l'eau déchaînée de la baie de Pamlico.

— Je ne lui ai pas parlé depuis quelques semaines. Parker la tient en laisse en ce moment.

— En laisse ? demanda sèchement Frazer.

Randall grogna.

Bien qu'ils soient censés être amis, il ne savait pas qu'elle était à l'hôpital, et ce n'était pas à Frazer de révéler son secret.

— Nous avons été assez occupés, dit Frazer avec un rictus.

Tueurs en série, terroristes, espions russes. Rooney et Parker avaient bien mérité leurs vacances de Noël, mais les passer à l'hôpital n'avait rien de réjouissant. Il sentit l'inquiétude pour son agent l'assaillir.

— Je croyais que vous étiez aussi ami avec Alex Parker ?

Il rentra son visage dans son col.

Randall consulta sa montre comme s'il avait quelque chose à faire. Il était clairement mal à l'aise avec la tournure qu'avait prise la conversation.

— On a servi ensemble dans l'armée, et je lui demande de m'aider sur les questions de cybercriminalité. Ce type est un putain de génie, mais vous le savez déjà, sinon vous ne l'auriez pas récupéré pour votre unité.

Les véritables circonstances dans lesquelles Frazer avait transféré l'ancien assassin dans son unité n'étaient connues que d'une poignée de gens, et nul ne piperait mot. Une mouette se posa près de lui et le regarda comme une cible.

— On dirait que vous avez des problèmes avec lui, dit prudemment Frazer.

Randall haussa les épaules et se mit à tourner en rond, essayant peut-être de chasser le froid en bougeant. Ou peut-être d'éviter la question.

— Que s'est-il passé ? insista Frazer.

Randall le regarda comme pour lui indiquer de s'occuper de ses affaires.

— L'agent Rooney est comme une sœur pour moi.

— Vous ne pensez pas qu'il est assez bien pour elle ?

Bizarrement, malgré tout ce qu'il savait sur Alex Parker, Frazer pensait qu'ils allaient très bien ensemble.

— Elle a vécu un enfer.

Randall poussa un profond soupir.

— Parker a de l'argent, mais…

— Elle n'est pas intéressée par son argent.

Frazer dévisagea l'homme.

— Vous êtes sûr que votre intérêt pour elle est *fraternel* ?

— Quoi ? Oh non, vous n'y êtes pas.

Randall secoua la tête en signe de dénégation. Il s'interrompit et haussa les épaules.

— Je suppose que leur relation m'a pris par surprise. Rooney et moi avons été partenaires pendant plus d'un an. Un mois après avoir quitté Charlotte, elle est folle amoureuse et vit avec un homme qu'elle connaît à peine ? Un type que je lui ai présenté ?

— Ils forment une équipe solide. Alex mourrait pour la protéger, et sacrifierait son âme si elle le lui demandait. Vous n'avez pas à vous inquiéter pour elle…

Il était sur le point de dire qu'il n'avait jamais vu deux personnes plus amoureuses, mais au cours des deux derniers mois, il y avait eu une flambée de romance dans l'unité de Frazer. La maladie semblait contagieuse et potentiellement fatale, mais pas encore mortelle.

Frazer n'avait pas l'intention de l'attraper. Il était déjà passé par là, les papiers du divorce le prouvaient.

Il vit une silhouette au sommet d'une dune, à environ trois cents mètres de là, qui prenait des photos avec un téléobjectif. Il secoua la tête avec dégoût et fit signe à l'agent en uniforme de se débarrasser de lui. Les vautours.

— Les enfants ont-ils apporté la pelle, ou appartient-elle au suspect ? Si le suspect l'a apporté, était-ce une arme ou un outil ? Cette attaque était-elle préméditée ou ont-ils été victimes des circonstances ?

Frazer posa la question qui le tracassait depuis son arrivée.

— Est-ce l'œuvre d'un seul tueur – ou non ?

La scène présentait des preuves contradictoires.

— Le bracelet pourrait-il être une tentative pour nous détourner de la véritable raison du viol et du meurtre d'Helena Cromwell ?

Il ne pouvait pas se permettre d'ignorer des pistes.

Randall gardait le silence. Il le laissait réfléchir.

Frazer jeta un coup d'œil sur la vaste étendue des dunes.

— J'ai l'intuition que le suspect est venu déterrer quelque chose, d'où la pelle.

Ce qui suggérait un criminel organisé.

Les pupilles de Randall se dilatèrent. L'indice évident était le bracelet de Beverley Sandal, ce qui signifiait que Beverley Sandal elle-même était peut-être quelque part dans le coin.

— Je pense que nous devons élargir notre scène de crime, déclara Frazer. Peut-être que le suspect a été interrompu, ou peut-être qu'il a repéré les adolescents une fois qu'il avait fini de creuser, et qu'il s'est mis à les observer. Puis son désir ou son manque de contrôle ont pris le dessus et il n'a pas pu s'empêcher de prendre ce qu'il voulait.

Helena Cromwell.

— Ce qui pourrait suggérer un criminel désorganisé, dit Randall.

Frazer fronça les sourcils.

— Peut-être, mais il a veillé à éliminer la menace la plus importante en premier, Jesse. Il envoie des signaux mixtes, ce qui est fréquent dans la plupart des meurtres.

Mais son instinct lui disait qu'ils avaient affaire à un psychopathe sexuel expérimenté, très compétent et organisé en matière de meurtre.

— Et maintenant ? demanda Randall.

— On enquête. En se faisant discrets.

Frazer adoucit son ordre.

— Je ne veux pas que les médias fassent le lien avec Denker. Nous laisserons la police locale prendre les devants et fouiller les dunes, à la recherche de zones récemment fréquentées ou tout autre indice. S'il n'y a rien d'évident à l'œil nu, je ferai venir un radar à pénétration de sol.

— Pour chercher des corps ?

Frazer fixait la vallée entre les dunes où une jeune femme avait trouvé la mort.

— Oui.

Randall étouffa un juron.

— Les flics locaux connaissent la région, ils connaissent les gens. Je veux qu'ils soient impliqués dans l'affaire. Je veux que vous retraciez les dernières heures des victimes.

Une victimologie détaillée était la pierre angulaire pour rédiger un profil utile. Le sentiment qu'ils n'avaient pas beaucoup de temps lui pesait. Ce tueur avait une longueur d'avance sur eux, et Frazer devait absolument l'attraper avant que quelqu'un d'autre ne meure.

CHAPITRE QUATRE

I LS COMMENCERENT A redescendre vers la route. Frazer ne voulait pas que des dizaines d'agents du FBI ou de la police de l'État fourrent leur nez dans cette affaire. Pas encore. Il voulait d'abord en savoir plus sur ce crime, peut-être même le résoudre avant que la presse n'ait vent de l'histoire juteuse impliquant un nouveau meurtre et un tueur en série condamné. Il devait voir le corps de la fille et parler au médecin légiste, contacter Hanrahan, peut-être interroger Denker, parler à Jesse dès que le gamin se réveillerait, et au père qui avait découvert la scène de crime intacte.

Ça promettait.

D'autant qu'il n'était pas encore prêt à l'exclure de la liste des suspects. La grande majorité des meurtres étaient commis par des amis ou des membres de la famille. Frazer devrait probablement s'estimer heureux de ne pas en avoir beaucoup, bien qu'il se soit fait suffisamment d'ennemis pour compenser.

Un SUV argenté s'arrêta derrière la voiture de police sur la route principale. Une femme en sortit, portant des bottes qui lui arrivaient aux genoux, un jean noir et une veste en peau de mouton sur une chemise en lin. Grande. De type caucasien. La petite trentaine. La brise jouait avec les longs cheveux blonds cachés sous un bonnet de laine gris. Elle contourna le capot et ouvrit la portière passager, se penchant à l'intérieur pour prendre quelque chose. Il surprit Randall en train de mater ses fesses et se retint de lever les yeux au ciel. Elle se redressa avec un porte-gobelet contenant quatre boissons chaudes, et il se mit à saliver.

Il aurait tout donné pour boire un café.

Ils se dirigèrent vers l'officier en uniforme qui parlait à la nouvelle venue. Il leur tendit un gobelet à chacun.

— C'est gentil. Merci.

Frazer leva sa boisson en direction de la femme. Elle hocha la tête, sans réellement croiser son regard.

— Je vous présente Izzy Campbell. Sa sœur est…

L'officier Wright se racla la gorge.

— Euh *était* la meilleure amie de la victime.

La femme tressaillit. Elle avait la peau pâle comme l'ivoire et des taches de rousseur sur le nez. Des pommettes hautes, une bouche large. Ses yeux étaient d'une douce couleur sombre, la même couleur que l'avoine de mer qui recouvrait les dunes. Le vent avait fait rougir ses joues, mais ses lèvres étaient exsangues, fait souligné par un grain de beauté au-dessus de sa bouche, côté gauche.

Le grain de beauté le prit par surprise, sans qu'il sache pourquoi. C'était l'une de ces soi-disant imperfections qui mettaient plutôt en valeur.

Elle se tenait droite, résistant au vent assez fort pour le faire reculer malgré ses talons plantés dans le sol.

Randall lui serra la main et Frazer lui tendit la sienne pour se présenter. Les doigts de la femme étaient chauds, sa poigne ferme. Son regard croisa finalement le sien avec un détachement qui reflétait le sien. À sa façon de pincer les lèvres, elle savait qu'il l'évaluait et n'aimait pas ça. Les gens appréciaient rarement qu'on les juge.

Elle haussa ses fins sourcils clairs, car il n'avait pas lâché sa main. Elle ne la retira pas d'un coup sec, mais il sentit les muscles de ses doigts se contracter comme si elle le voulait.

— Je vais devoir interroger votre sœur, Mme Campbell.

Il l'observa attentivement, mais elle se contenta d'un hochement de tête pour toute réaction.

— *Docteur* Campbell, corrigea le policier.

Frazer lui lâcha la main.

— Izzy travaille à temps partiel à l'hôpital local. En fait, elle promenait son chien ce matin et elle a aidé à sauver le jeune Jesse.

Sa bouche eut un sourire triste.

— L'ambulance était déjà là et les urgentistes ont fait le reste. J'ai été contente de pouvoir aider.

L'officier de police avait un accent bien particulier, avec certaines sonorités qui s'étiraient en longueur. Ce n'était pas le cas de la femme.

Quelque chose en elle suscitait son intérêt. Ce n'était pas son physique en soi. Elle avait ce côté éthéré qui le poussait généralement à faire machine arrière, mais elle n'avait pas l'air fragile ou délicate. Son langage corporel distant, sa structure osseuse scandinave, sa posture rigide et son expression légèrement agacée l'intriguaient. Elle ne portait pas de maquillage et avait des taches sombres sous les yeux. Elle ne faisait aucun effort pour plaire aux hommes, mais elle captait quand même leur attention. Le patrouilleur et Randall étaient tous deux fascinés par bien plus que son récit de témoin oculaire.

— Quelle est votre spécialité ? demanda Frazer.

— J'aide les urgences quand ils ont besoin d'une paire de bras supplémentaire.

— Le Dr Campbell était médecin urgentiste dans le corps médical de l'armée américaine. Elle a servi dans tous les points chauds du globe.

L'officier afficha un large sourire.

— Nous sommes tous très fiers de notre Izzy.

Il était plus que fier d'elle, il en était épris, et tous deux semblaient être assez proches si elle lui apportait son café.

— Où avez-vous servi ? demanda Randall.

— J'étais stationnée au Texas, à Fort Hood, mais je suis allée en Allemagne et en Afghanistan.

— Landstuhl ? demanda Randall.

Elle acquiesça.

— J'ai passé six mois compliqués sur la base aérienne de Ramstein en 2000, dit Randall.

— Je croyais que vous aviez servi dans l'armée ? demanda Frazer.

— Exactement, dit Randall.

— Bagram ? demanda Frazer à la femme.

Elle hocha brièvement la tête.

— Je suis sûr que vous avez vu des choses assez intéressantes dans votre carrière, Dr Campbell, dit Frazer.

— Même chose pour vous, agent Frazer.

Son expression était imperturbable, mais une petite lueur dans ses yeux verts indiquait que cette passivité était un leurre.

Il fit un signe de tête. Elle n'avait pas vraiment répondu à la question.

— Que pouvez-vous me dire sur les événements de la nuit dernière ?

Sa réserve disparut et elle se blottit dans son manteau.

— J'ai assuré les gardes de nuit pendant la période de Noël et je travaillais encore la nuit dernière. Ma sœur m'a dit qu'elle passait la nuit avec Helena – c'est la fille qui est m-morte.

La voix d'Isadora Campbell se brisa, mais elle ravala son émotion. Elle devait avoir un système de défense semblable au sien, un moyen de se dissocier de ses émotions, sans quoi elle ne serait pas capable de faire son travail. Certaines personnes prenaient ça pour de l'arrogance ou du détachement. Pour lui, c'était un mécanisme de survie. Elle avait passé un bras sur son ventre tandis qu'elle sirotait son café de l'autre.

— Helena a dit à ses parents qu'elle dormait chez Kit – c'est ma sœur. Au lieu de ça, elles sont apparemment allées à une fête sans que je sois au courant.

Son expression criait la culpabilité parentale. Était-elle la tutrice de sa sœur ?

Les filles avaient eu un comportement typique d'adolescentes. Personne ne méritait de mourir pour ça.

— La fête a eu lieu à l'hôtel des Cirencester. C'est une famille du coin, intervint l'officier Wright.

Il s'était redressé après s'être affalé contre le capot de sa voiture de police.

— Les parents n'étaient pas sur l'île et ne savaient rien de tout ça. Des tas de jeunes ont participé à la fête. Les parents sont sur le chemin du retour. Quelque chose me dit que le jeune Franky va être puni pendant un an.

— Une idée de ce que Jesse Tyson et Helena Cromwell faisaient là pendant la tempête ? demanda Randall.

L'officier se frotta la nuque.

— Selon Franky, qui est le meilleur ami de Jesse, il voulait aller voir la tempête et a demandé à Helena de l'accompagner parce qu'il avait le béguin pour elle. Ce sont de braves enfants, mais ils avaient bu quelques verres…

Une fille était morte. Frazer ne se souciait pas de la fête, sauf si elle était directement liée à la mort d'Helena Cromwell.

— Je veux que tous les policiers disponibles quadrillent les dunes dès que possible, à 300 mètres de part et d'autre de l'endroit où les victimes ont été trouvées, indiqua Frazer.

Ils perdaient du temps.

— Vous pouvez pousser une trentaine de mètres plus loin de chaque côté si les premières recherches ne donnent rien.

L'officier regarda le ciel qui s'assombrissait.

— Qu'est-ce qu'on cherche exactement ?

— Tout. N'importe quoi.

Il ne voulait pas leur faire part de ses soupçons.

— Signes de perturbations récentes, vêtements, détritus, préservatifs.

Le visage du Dr Campbell pâlit.

L'officier regarda le ciel.

— Je m'en occupe. Mais je ne suis pas sûr que l'on puisse régler ça avant la nuit. C'est probablement mieux de prévoir la fouille aux premières lueurs de l'aube.

Même si Frazer était frustré, il hocha la tête. Ils ne pouvaient pas se permettre de passer à côté de quelque chose en raison d'une faible luminosité. Ils n'avaient plus qu'à prier pour qu'il ne pleuve pas.

— C'est d'accord. Il faut que la zone soit gardée toute la nuit. Pouvez-vous arranger ça aussi ? demanda Frazer.

L'officier hocha la tête.

— Kit vous ment-elle souvent ? demanda Frazer en se retournant vers la doctoresse.

Une attaque-surprise était le meilleur moyen d'obtenir une réaction sincère.

Un soupçon d'émotion passa sur son visage. La micro-expression disparut en un instant, mais Frazer savait que tout ce qui sortirait ensuite de sa bouche serait un mensonge.

— Kit est une brave fille.

Elle s'éloigna de lui d'un pas.

— Je dois aller la retrouver. Elle était bouleversée quand je lui ai parlé au téléphone…

— Vous ne l'avez pas encore vue ?

— Si, un peu plus tôt.

Une autre mèche de cheveux s'échappa de son bonnet. Inexplicablement, ses doigts mourraient d'envie de la toucher. C'était un tout autre genre d'enquête, qu'il refusait de mener au milieu d'une affaire de meurtre.

— Après avoir trouvé Jesse et Helena, j'ai déposé mon chien à la maison, et Kit est venue avec moi à l'hôpital. Quand Helena a été déclarée morte à l'arrivée, Kit était bouleversée et elle est rentrée à la maison. Je devais rester avec Jesse jusqu'à l'arrivée d'un spécialiste du continent. Quand j'ai pris un café en rentrant chez moi, je me suis dit que les agents en service apprécieraient de boire quelque chose de chaud aussi. Maintenant je dois rentrer voir Kit avant de retourner au travail.

Était-ce de la gentillesse ? Ou une façon de s'immiscer dans l'enquête ?

— Comment va Jesse ? demanda l'officier Wright.

— Sa température est revenue à la normale, mais il ne s'était pas réveillé quand je suis partie. Ils étaient sur le point de faire passer un scanner cérébral.

— Pourquoi ne viendrions-nous pas avec vous maintenant pour interroger votre sœur ? Histoire que ce soit fait ? suggéra Randall.

Frazer consulta sa montre. C'était la fin de l'après-midi et il avait vu ce dont il avait besoin.

— Connaissez-vous un endroit où nous pourrions dormir ?

— Pourquoi pas ta maison de plage ? suggéra l'officier de police au médecin. Tu te plains toujours qu'elle est inhabitée en hiver.

La bouche du Dr Campbell s'ouvrit et se referma. Elle n'était visiblement pas satisfaite de cette idée.

Pourquoi ? La mettaient-ils mal à l'aise, ou était-elle juste fatiguée ?

— Il me faudra une heure ou deux pour faire les lits.

— Vous pouvez faire ça pendant que je parle à votre sœur. L'agent Randall va interroger les autres ados qui étaient à la fête hier soir.

Randall plissa les yeux en le regardant, appréciant moyennement le rôle qu'il se voyait attribuer.

— Il lui faudra l'adresse de l'hôtel Cirencester, dit Frazer à l'officier Wright.

— Vous ne soupçonnez pas Kit de quoi que ce soit, n'est-ce pas ?

Les muscles autour des yeux du Dr Campbell se contractèrent.

— Nous faisons seulement notre travail en interrogeant les personnes qui connaissaient le mieux la victime et qui l'ont vue en dernier.

— Izzy, on doit savoir ce qui s'est passé la nuit dernière. Kit n'aurait pas fait de mal à Helena.

L'officier voulut poser sa main sur son bras, mais elle s'écarta juste assez pour éviter le contact. Ils n'étaient pas ensemble alors. Des amis. Intéressant.

— Et nous savons tous que les enfants sont plus enclins à parler librement si leurs parents – ou leurs tuteurs – ne sont pas là. On se souvient tous de ce que c'est d'avoir dix-sept ans.

Elle laissa échapper un soupir.

— J'ai détesté mes 17 ans. Est-ce qu'elle a besoin d'un avocat ?

— Relax, Izzy. Elle n'a pas besoin d'un avocat.

L'officier Wright mit ses mains sur ses hanches et sourit galamment.

— Vois le bon côté des choses, au moins tu peux faire payer le prix fort à ces gars-là.

Il essayait clairement d'aider, et Frazer appréciait sa bonne volonté, mais son humour ne trouva pas d'écho auprès du médecin.

— Il y a deux chambres ? demanda Randall.

Frazer nota la note de crainte dans sa voix.

Le Dr Campbell hocha la tête en reculant vers sa voiture.

— Ce sont les deux premières maisons sur la droite le long de l'autoroute.

Elle indiqua le nord de la route 12.

— Je vis dans la maison bleue à côté du cottage. Venez me trouver quand vous en aurez fini. Je vais tout préparer pour votre séjour.

— Ne vous donnez pas trop de mal. Je doute que nous y passions beaucoup de temps.

Le sourire de Randall était d'un charme enfantin.

L'officier de police se renfrogna.

Frazer se dit que l'homme n'avait pas réalisé qu'il était en concurrence pour l'affection de la femme jusqu'à ce moment-là. Heureusement, la doctoresse n'était pas son genre. Parfaite à l'extérieur. Totalement butée à l'intérieur. Il connaissait ce type de personnes. Il en avait une devant lui tous les jours dans le miroir.

———————

ALORS QU'IZZY CONDUISAIT sur la route 12, l'horreur de ce qui était arrivé à Helena finit par la rattraper, ainsi qu'une autre sensation indésirable : du soulagement. Du soulagement à l'idée que ce ne soit pas sa petite sœur qui ait été violée et assassinée dans ces dunes, et qui soit étendue à la morgue.

Sa gorge lui faisait mal à force de lutter contre l'émotion. Elle avait réussi à se contenir jusque-là parce qu'elle n'avait pas eu le choix, mais Helena était une personne douce, gentille avec tout le monde, qui travaillait dur à l'école. Elle avait eu une bonne influence sur Kit à un moment où sa sœur en avait désespérément besoin. Izzy appuya une main sur son sternum, s'efforçant de ne pas vomir. Elle ne pouvait pas se permettre de s'effondrer.

Qu'un meurtrier soit en liberté était déjà assez grave, mais qu'il puisse savoir ce qu'elle avait fait…

Peut-être que quelqu'un avait trouvé le bracelet sur la plage ? Peut-être qu'Helena elle-même l'avait trouvé dans le sable et l'avait mis avant de mourir, comme une sorte de maléfice. Izzy appuya sur l'accélérateur, luttant contre le vent qui menaçait de la faire sortir de la route. Elle avait besoin de retrouver Kit, de prendre sa sœur dans ses bras et de la serrer fort pour se rassurer et voir qu'elle allait vraiment bien.

Il lui restait un kilomètre à parcourir jusqu'à leur proprié-té, qui se trouvait à la limite de Rosetown. D'habitude, elle aimait la tranquillité des îles en hiver, les rivages abandonnés et les vagues, la paix, l'isolement, l'absence de touristes. Mais à cet instant, le vide était oppressant et la confortait dans sa décision : dès que Kit serait diplômée, Izzy vendrait et déménagerait. Les mauvais souvenirs l'emportaient sur les bons. La culpabilité la rongeait.

Les maisons apparurent. Le cottage de location était légèrement plus proche de la mer que leur propre maison. Les deux maisons reposaient sur des pilotis et étaient peintes dans de jolies nuances de bleu et de vert avec des porches enveloppants. Elle avait rafraîchi les boiseries blanches elle-même l'été précédent, sans expliquer à Kit pourquoi. Comme tout le monde sur les Outer Banks, elle s'inquiétait de l'érosion. Elle craignait que les propriétés ne perdent de leur valeur à mesure que la mer gagnait du terrain, mais pour l'heure, elles étaient en bon état et elle avait bien l'intention d'en tirer parti. Vendre les maisons, envoyer Kit à l'université, et trouver quoi faire du reste de sa vie.

Cela lui semblait être un bon plan.

Izzy se gara devant leur maison et prit son sac. Elle sortit et courut jusqu'au porche arrière. La porte n'était pas verrouillée, et il faisait sombre à l'intérieur, les volets anti-tempêtes étant tirés. Barney l'accueillit en la léchant et en remuant la queue. Elle lui fit un câlin et embrassa ses moustaches.

— Kit ? appela-t-elle en laissant tomber son sac à côté de la porte.

Personne ne répondit. Elle fut prise de panique.

— Kit !

— Quoi ? fit l'adolescente en se levant du canapé.

Son pouls se calma et Izzy alluma les plafonniers. Elle s'approcha de sa sœur et la prit dans ses bras. Elle la serra si fort qu'elle dut lui faire mal. Elle était tellement en colère contre elle. Pourtant Kit avait seulement menti pour aller à une fête, ce que tous les adolescents faisaient un jour ou l'autre.

Elle réprima un sanglot. La cruelle réalité avait finalement rattrapé Kit, et il n'y avait pas moyen de la protéger cette fois.

— Le FBI est en route pour t'interroger sur ce qui s'est passé hier soir.

Kit s'extirpa de ses bras. Le sang quitta ses joues, et ses yeux bleus détrempés devinrent énormes.

— Quoi ?

Izzy aurait probablement dû se sentir coupable de lui donner cette information de façon si directe, mais les événements de la journée, ajoutés à une nuit blanche, l'avaient trop éreintée pour qu'elle fasse dans la subtilité. Si elle ne dormait pas rapidement, elle allait être plus un handicap qu'un atout, mais l'hôpital manquait de personnel et ils avaient besoin d'elle.

— J'ai apporté un café à Hank en rentrant. Il était toujours à la plage. J'y ai rencontré deux agents du FBI.

Kit sanglota et Izzy la ramena contre sa poitrine, frottant la colonne vertébrale de sa sœur. Elle était allée à la plage en espérant que Hank lui dirait qu'ils avaient attrapé l'agresseur, et qu'ils pourraient tous dormir sur les deux oreilles. Cela aurait été trop facile.

— L'un d'eux m'a suivie pour te parler d'Helena.

Le beau blond, qui l'avait regardée comme si elle avait quelque chose à cacher.

— Il devrait arriver d'un instant à l'autre.

Elle frissonna. Il l'avait un peu effrayée avec ses yeux perçants qui fouillaient les moindres recoins sombres de son âme.

— Tout est de ma faute, Izzy. Si je ne t'avais pas menti sur notre destination hier soir, Helena serait encore en vie, poursuivit Kit.

Sa sœur s'effondra à nouveau, les larmes coulant sur ses joues et son menton. Le cœur d'Izzy se fissura. Elle caressa ses cheveux fins comme ceux d'un bébé. Elle aurait tant aimé pouvoir la soulager de ce fardeau également.

— J'aurais préféré que tu ne me mentes pas sur l'endroit où tu allais hier soir, mais ce n'est pas pour ça qu'Helena est morte.

Elle était morte parce qu'un animal l'avait brutalement tuée. Un monstre qui n'avait que faire du caractère sacré de la vie humaine ou des souhaits d'un autre être humain. Izzy se battait pour sauver des gens presque tous les jours. Sa vocation était la seule chose qui lui permettait de vivre avec son passé. Son estomac se retourna quand elle se souvint du corps nu d'Helena. Des ecchymoses autour de son petit cou. Du sang sur ses cuisses.

Combien de monstres y avait-il dans ce monde ? Comment faisait-on pour les combattre ?

Le souvenir des agents du FBI se tenant résolument sur la plage dans leurs gilets pare-balles sombres lui revint en mémoire. Ils les combattaient. C'était leur travail. Elle poussa un soupir résigné. Pas étonnant que les yeux de l'agent soient si froids. Il devait avoir de la glace dans les veines pour faire ce travail.

— Pourquoi le FBI est-il là ? chuchota Kit. Je croyais qu'ils ne s'occupaient que des grosses affaires ?

C'était une bonne question, et Izzy n'avait pas la réponse. Elle avait l'horrible impression que c'était lié au bracelet qu'Helena portait, et cette pensée lui retourna l'estomac.

— Ils veulent te demander ce qui s'est passé la nuit dernière. Peut-être qui était à la fête. À quelle heure Helena est partie.

— Tu penses que quelqu'un de la fête l'a tuée ?

Kit recommença à pleurer, et Izzy essaya de réconforter la

jeune femme qui lui semblait parfois être une étrangère, et d'autres fois être plus proche qu'une sœur. Lorsque leur mère était décédée l'année précédente, Izzy avait démissionné et déménagé pour que Kit puisse terminer le lycée sans être perturbée, mais les choses ne s'étaient pas vraiment déroulées sans heurts. Une fois Kit diplômée, Izzy déménagerait. Peut-être qu'elle se réengagerait. Peut-être trouverait-elle un emploi dans un hôpital urbain très fréquenté où elle pourrait mettre à profit ses compétences pour aider les gens. Il y avait une autre option. Une question qui lui trottait constamment dans la tête.

Kit se calma et s'essuya les yeux. Elle était si jolie et si intelligente. Izzy l'aimait et la protégeait depuis le ventre maternel. Elle aurait voulu pouvoir la prendre dans ses bras, la garder en sécurité pour toujours. Mais plus vous essayiez de protéger les gens, plus ils se rebellaient. Le monde n'était pas sûr. Sa sœur devait ouvrir les yeux et comprendre le réel danger qui existait dehors. Apprendre que sa meilleure amie avait été assassinée n'était pas la manière la plus douce de le découvrir.

— C'est une bonne chose que des agents fédéraux enquêtent sur le meurtre d'Helena. Ils devraient retrouver le tueur avant qu'il ne frappe à nouveau.

Elle chassa la peur qui l'aurait rendue folle. Elle n'était pas une adolescente sans défense.

— Les fédéraux vont loger au cottage pendant la durée de l'enquête, je dois le préparer avant de retourner au travail.

— Quoi ? fit Kit, l'air horrifié.

— C'est Hank qui l'a suggéré.

Izzy fit la moue. Hank Wright était un bon ami de son oncle.

— Crois-moi, on pourrait avoir besoin de l'argent, mais

j'aurais préféré qu'il n'ouvre pas sa grande bouche.

— Est-ce que tu dois *vraiment* aller au travail ? demanda Kit.

Ses yeux étaient écarquillés et implorants.

— Ils sont en sous-effectif jusqu'à demain.

Elle ne pouvait pas les laisser sans praticien.

— Ensuite je serai en congé et on passera du temps ensemble. Plus que quelques heures. Tu devrais aller te coucher et dormir un peu après le départ du FBI. Où es-tu allée hier soir après la fête ?

— Je suis rentrée.

Sa sœur avait dû entendre la question qu'elle n'avait pas formulée. *Sans Helena ?* Elle voulut l'embrasser sur le front, mais Kit s'écarta.

Tant pis.

Izzy poussa un profond soupir et se dirigea vers l'armoire où elle rangeait le linge de maison pour le cottage de vacances.

— Je dois préparer le cottage. Tu veux me tenir compagnie ?

Kit serra un coussin et secoua la tête. Rien d'étonnant à cela.

— Je ne veux pas leur parler. Je ne veux pas parler à personne. Je n'arrive pas à croire qu'Helena soit morte. C'est ma meilleure amie – comment ai-je pu la laisser partir sans moi ?

La pensée que Kit aurait pu être tuée elle aussi…

Izzy attrapa des draps, des serviettes et des couettes, se débattant avec la pile impressionnante tout en se dirigeant vers la porte. Le son des sanglots de Kit lui brisait le cœur, mais elle continua ce qu'elle faisait. Izzy était habituée aux situations stressantes et faisait face en tâchant de s'occuper. C'était peut-être pour cela qu'elle s'était dirigée vers la médecine d'urgence.

Un maximum de chaos, un minimum de temps pour réfléchir.

Elle prit les clés sur le support à côté de la porte.

— Si les fédéraux peuvent aider à attraper le tueur d'Helena, c'est une bonne chose. Dis-leur tout ce que tu sais.

— Mais je ne sais rien, hurla Kit.

À une exception près, Izzy était une grande adepte du respect des règles, ce qui avait fait d'elle un sacré bon officier de l'armée. Elle ouvrit la porte et se trouva nez à nez avec l'agent fédéral, Frazer.

C'était l'un de ces individus si ridiculement beaux que vous pouviez à peine les regarder. Le pire, c'était qu'il le savait.

— Kit, cria-t-elle. Le FBI est là, bébé.

Barney vint à la rencontre du nouveau venu. Izzy s'attendait à ce que l'homme soit trop imbu de sa personne pour saluer le chien, mais il se baissa et gratta le cou de Barney. Après quelques instants d'adoration mutuelle, l'homme se releva. Le bleu de sa cravate était assorti à l'océan dans ses yeux.

— Comment s'appelle-t-il ?

— Barney – ou Dingo, selon le jour.

Elle soutint son regard, et il lut le défi dans ses yeux.

— Vous pouvez parler à Kit en tête à tête, mais si elle décide qu'elle ne veut plus vous répondre, elle n'a pas à le faire.

Elle lança par-dessus son épaule :

— Tu as entendu, Kit ? Je serai au cottage. Si tu es mal à l'aise avec l'agent…

Elle se retourna vers lui.

— Désolée, quel est votre nom déjà ?

— ASAC Frazer.

Ses yeux brillèrent. Il n'était visiblement pas habitué à ce que les femmes oublient cette information. Ou peut-être savait-il qu'elle avait menti pour se donner un peu de pouvoir alors qu'elle se sentait si impuissante.

— Si tu ne veux pas parler à l'ASAC Frazer, viens me retrouver au cottage, d'accord ?

Kit marmonna quelque chose qui pouvait aller de « salope » à « ça marche ». Ce n'était certainement pas « merci » ou « je t'aime ».

Le manque de reconnaissance de sa sœur et son impression générale d'être dans son bon droit étaient stupéfiants, et Izzy ravala sa peine et son ressentiment. Leur mère avait gâté la cadette, et le manque de considération de Kit pour les autres rendait Izzy folle. Une autre raison pour laquelle elle avait passé tant de temps loin de chez elle.

Sa perte momentanée de sang-froid n'échappa pas à l'agent fédéral aux yeux perçants. Elle masqua sa réaction, chose pour laquelle elle avait toujours été douée, mais l'armée avait perfectionné cette compétence, la transformant en un masque que personne ne pouvait percer. Cela promettait une sacrée partie de poker.

— Si vous la contrariez, vous découvrirez où je cache mon arme.

Frazer plissa les yeux, mais ne se laissa pas intimider.

— Holster à l'épaule gauche, vous êtes donc droitière. Ça ressemble à un Glock-17, mais difficile à dire avec certitude de là.

Le regard du type glissa sur sa poitrine avec une indifférence glaciale, mais elle comprit alors que c'était aussi de la comédie. Un mur. Son propre mécanisme de défense.

Ses yeux se posèrent sur sa bouche, sur le grain de beauté juste au-dessus de sa lèvre supérieure. Elle résista à l'envie de se toucher le visage d'un air gêné. La chaleur lui monta aux joues, et elle sentit qu'elle rougissait. En tant que médecin et ancien soldat, rougir ne faisait pas partie de son répertoire. Elle passa devant lui, le cœur battant frénétiquement en passant la porte.

Ces dernières heures avaient été riches en émotions, voilà tout. Elle n'était pas attirée par ce type. Elle aurait encore préféré sortir avec Hank, et il avait arrêté de lui demander depuis des mois. Son chien resta derrière, et elle les laissa tranquilles. Elle voulait que l'ASAC Frazer trouve le tueur et les laisse tranquilles. Elle avait assez de problèmes dans sa vie sans y ajouter un grand et bel agent fédéral.

CHAPITRE CINQ

I ZZY EMPRUNTA LE chemin séparant les deux maisons. Elle tourna à l'angle du cottage et faillit hurler en heurtant quelqu'un.

— Pour l'amour du Ciel, oncle Ted. Tu m'as fait une peur bleue !

Le frère de sa mère lui adressa un sourire repentant.

— Désolé, je me suis dit que j'allais venir voir si tu tenais le coup. J'ai appris pour Helena. Je me suis dit que Kit risquait d'être secouée.

Izzy, les bras chargés de linge, lui fit signe qu'elle devait passer.

— C'est le cas, mais elle est occupée pour le moment, et je dois aller faire les lits.

— Vous avez des invités ?

Elle entendit son pas lourd sur les marches derrière elle.

— Deux agents du FBI pendant qu'ils enquêtent sur le meurtre. Hank a suggéré qu'ils logent ici.

Elle leva les yeux au ciel, même si son oncle ne pouvait pas la voir.

— Le FBI ? Dis donc, soupira Ted. C'est du Hank tout craché. Toujours chercher à résoudre les problèmes. Il ne se rend pas compte que tu as assez à faire comme ça.

Elle arriva en haut de l'escalier et posa les draps sur le

lourd banc en bois qui trônait sur la terrasse. Rapidement, elle ouvrit les volets anti-tempêtes et Ted l'aida en ouvrant les autres fenêtres.

Elle rassembla le linge et mit la clé dans la serrure, mais se figea en constatant que la porte était déjà déverrouillée. *Kit.*

À l'intérieur, elle fut accueillie par une forte odeur d'herbe. Bon sang, c'était donc pour ça que sa sœur avait l'air effrayée à l'idée que les fédéraux logent sur place. Elle avait dû revenir là quand elle avait quitté la fête sans Helena – et Izzy doutait qu'elle ait été seule.

Ted renifla l'air.

— Ça remonte à quand la dernière fois que tu es venue ?

— Il y a plus d'un mois, fit-elle d'un ton amer. Si le FBI n'était pas là, je la tuerais de mes mains.

Elle tressaillit devant son choix de mots.

Ted gloussa et commença à ouvrir les fenêtres.

Il allait falloir une sacrée dose de désodorisant pour masquer cette odeur.

— Si elle a un petit ami et qu'elle fait l'amour dans ce cottage…

Les doigts d'Izzy se crispèrent de frustration devant toutes les choses qu'elle ne pouvait pas contrôler.

— Elle a dix-sept ans, Iz-biz. Tu n'avais pas de petit ami à dix-sept ans ?

Ce commentaire lui fit l'effet d'un coup de couteau. Elle croisa son regard, mais il ne paraissait pas regretter ses mots.

— Et regarde comment ça s'est terminé.

Shane avait dix-sept ans lorsqu'il avait encastré sa voiture dans un poteau téléphonique. Il était ivre et roulait trop vite. Un autre souvenir douloureux qu'elle essayait en vain d'oublier.

Elle le chassa. C'était il y a longtemps. Elle était fatiguée, en colère et malheureuse. Elle jeta les draps sur le canapé et fouilla sous l'évier de la cuisine pour trouver des gants en caoutchouc et un spray nettoyant. D'autres personnes traversaient une période bien pire qu'elle, se rappela-t-elle.

Elle revit les tentatives futiles de Duncan Cromwell de ressusciter Helena d'entre les morts. *Grand Dieu.* Son cœur s'emballa. Le fait que sa sœur aille à des fêtes en cachette, qu'elle fume de l'herbe et qu'elle joue la comédie n'était pas si grave comparé à ça. Mais c'étaient des problèmes qu'Izzy devrait régler tôt ou tard. Pour l'heure, elle n'avait ni l'énergie ni l'expertise pour s'y pencher.

Elle pulvérisa tous les comptoirs et commença à les essuyer.

— Besoin d'aide ? demanda Ted.

— Je peux me débrouiller.

— Je vais rester là à te regarder, alors.

Il mit ses mains dans les poches de sa veste et s'affala contre le mur du salon.

Elle grogna, puis trouva une autre paire de gants sous l'évier et les lui lança.

— Très bien, commence par la salle de bain. Il y a du désinfectant sous le meuble du lavabo.

Ted sourit.

— C'était si dur que ça ?

Demander de l'aide n'était pas facile pour elle. Déléguer des tâches au travail était différent. Tout le monde avait un rôle à jouer. Chacun avait une responsabilité pour laquelle il était formé et payé. Elle consulta sa montre.

— Écoute, je reprends le service dans un peu plus de 90 minutes. J'ai besoin que l'odeur d'herbe disparaisse, que les lits soient faits et que l'endroit soit assez propre pour que deux agents du FBI puissent y emménager dans la foulée. Alors, aide-moi ou laisse-moi tranquille. Je n'ai pas le temps de bavarder.

Ted gloussa en se dirigeant vers l'arrière de la maison.

— Toujours le bon mot, Isadora Campbell. C'est étonnant que les hommes ne fassent pas la queue pour sortir avec toi.

Elle s'apprêtait à lui servir une réplique cinglante, mais referma les lèvres. Il avait raison, alors pourquoi se donner la peine de le contredire ? Elle ne mâchait pas ses mots. Elle était réaliste. Pragmatique. Elle ne flattait pas les egos et ne perdait pas son temps avec des commérages. Elle ne posait pas de questions, à moins qu'elles ne concernent son travail ou sa sœur, et apparemment, elle était loin d'être au niveau, car elle en savait très peu sur la vie de Kit.

Dans l'armée, Izzy s'était facilement intégrée au système et était devenue une partie intégrante de la machine. Dans le monde civil, elle intimidait les gens, surtout les hommes. Ou elle n'était pas attirée par ceux qui étaient assez courageux pour l'inviter à sortir. Hank, par exemple. Et elle n'était pas du genre à se laisser adoucir par des demandes répétées. Elle était têtue, et c'était une bonne chose.

Elle était bien toute seule.

Elle fronça les sourcils, essayant de se rappeler la dernière fois qu'elle avait eu un rendez-vous. Cela remontait à l'armée, c'était certain. Bien plus d'un an auparavant. Et quant au sexe… Elle renifla en nettoyant sous le grille-pain. Si ça ne tenait qu'à elle, l'*homo sapiens* serait en voie d'extinction. Elle avait eu quelques relations au fil des ans, et le sexe était un bon moyen d'évacuer le stress, ce qui était important lorsque le monde partait en vrille et voulait vous emporter avec lui. Mais la façon dont l'armée déplaçait les gens et les règles strictes sur la fraternisation avaient eu raison de la plupart de ses relations.

Mais il lui arrivait parfois de se sentir seule.

Elle chassa l'image de l'agent du FBI qui se trouvait à côté, dans sa maison. Il avait l'air arrogant et distant, mais on ne pouvait nier qu'il était sexy. Elle se sourit à elle-même, essayant de l'imaginer dans sa maison avec ses canapés féminins et son ambiance maritime décontractée. C'était impossible. Il ne cadrait pas avec le décor. Elle *pouvait* par contre l'imaginer nu sous la douche, et sa connaissance détaillée de l'anatomie fit s'emballer son cerveau. Des cheveux mouillés ramenés en arrière, des cils hérissés, des muscles robustes bien dessinés sous une peau chaude recouverte de gouttes d'eau. Une fine couche de poils dorés qui descendait vers… *Stop !* Elle regarda ses gants jaunes et secoua la tête. De qui se moquait-elle ? Même si elle était intéressée par quelqu'un comme lui, il ne regarderait jamais une femme comme elle. Il était fait pour la lingerie noire en soie et en satin. Elle portait des gants en caoutchouc et du coton blanc. Lui, c'était le brandy cher, elle était le *Lysol.* Il appartenait aux forces de l'ordre – une boule se forma dans sa gorge – et pas elle.

Elle chassa cette image de lui. Elle ne pouvait pas se permettre de baisser la garde, pas même dans ses rêveries.

Ted se mit à siffler dans l'autre pièce et elle sursauta. Elle avait presque oublié qu'elle n'était pas seule. Ted et Kit étaient la seule famille qu'il lui restait. Kit était peut-être un peu dissipée, mais Izzy était la même à dix-sept ans. Elle réglerait ça. Elle parlerait à Kit. Elle la remettrait sur la bonne voie pour qu'elle termine le lycée et intègre une bonne université.

Elle essaya de ne pas penser à Jesse Tyson, inconscient à

l'hôpital. Elle ne voulait surtout pas penser à la pauvre Helena ou à sa famille au cœur brisé. Elle jeta les chiffons dans l'évier de la cuisine et sortit la serpillière. Le meurtre laissait une tache indélébile sur les gens. Plus vite les fédéraux attraperaient ce bâtard, mieux ce serait, même si cela impliquait qu'elle finisse en prison.

FRAZER SE TENAIT au milieu d'une pièce aux volets clos, avec Kit Campbell, une version plus jeune et moins coincée de sa sœur, assise en tailleur sur le canapé. Elle partageait les cheveux blonds et la beauté naturelle de la doctoresse. Il aurait parié que les garçons de l'école faisaient des pieds et des mains pour attirer son attention et qu'elle ne le remarquait même pas.

La méfiance dans son regard était due à la jeunesse, pas à l'expérience. Elle avait les poings serrés. La mâchoire contractée. Elle avait l'air effrayée et sur la défensive, ce qui n'était pas bon lorsqu'on voulait obtenir des informations. Si sa sœur n'avait pas été aussi surprotectrice, il aurait suggéré l'hypnose, mais il gardait cela pour un autre jour.

Peut-être pourrait-il alors se servir de ce qui avait fait sa renommée dans certains milieux.

— Et si tu mettais un manteau et qu'on allait promener le chien sur la plage ?

Kit fronça les sourcils, visiblement confuse, et renifla bruyamment.

— Je croyais que vous vouliez parler d'Helena.

— Ça me dirait bien d'aller me dégourdir les jambes et, oui, j'aimerais en savoir plus sur ton amie, Helena. C'est important pour attraper la personne qui lui a fait ça.

D'énormes yeux bleus remplis de chagrin croisèrent les siens, comme si elle avait enfin réalisé qu'il n'était pas là pour elle. Elle hocha la tête et se leva, puis disparut dans le couloir, sans doute pour enfiler quelques couches de vêtements supplémentaires.

Le chien poussait sa main avec insistance. Frazer avait toujours eu un faible pour les animaux. Son ex avait pris leur chien, disant qu'il passait trop de temps au travail pour s'en occuper correctement. Pour oublier ce qu'elle lui avait fait d'autre, il câlina le chien. Il n'avait pas le temps d'avoir un animal de compagnie dans sa vie parce que ses horaires étaient déments, mais cette affection lui manquait.

Il leva les yeux, se demandant où était l'adolescente. La pénombre de la pièce était déprimante. Il se rapprocha des portes-fenêtres, sortit et écarta les volets anti-tempêtes, les verrouillant à l'extérieur. Il revint à l'intérieur et ferma la porte pour se protéger du vent glacial. Même si le soleil se couchait, la lumière naturelle du soleil permettait d'atténuer les ombres. Barney remua la queue en signe d'approbation.

Il mit à profit ce temps seul pour fouiner. Le parquet était en bois massif, avec des tapis de couleur vive éparpillés partout. Un faux sapin de Noël de taille moyenne trônait dans un coin, mais les lumières n'étaient pas allumées. Il y avait un canapé bleu pâle parsemé de coussins blancs en dentelle et fleuris, un fauteuil blanc qui semblait en sursis en présence de Barney, qui suivait partout Frazer comme son nouveau meilleur ami, attendant qu'il fasse quelque chose d'intéressant. Un poinsettia rose trônait sur la table de la salle à manger. Des pots peints dans des couleurs pastel décoraient le rebord des fenêtres. Il y avait des plantes partout. Beaucoup de plantes en bonne santé.

Son ex avait dit un jour que même une plante d'intérieur ne pourrait survivre à sa négligence. À présent, son bureau en était rempli. Il n'était pas amer.

Il avait toujours su exactement ce qu'il allait faire de sa vie, chose que son ex n'avait pas comprise, même s'il le lui avait dit dès le début. Faire respecter la loi semblait bien plus glamour que ça ne l'était réellement. La majorité des mariages ne survivaient pas à la pression – une autre statistique merdique d'un métier qui prenait autant qu'il donnait. Mais il n'en aurait changé pour rien au monde. On lui avait proposé des postes bien mieux payés et il les avait refusés sans le moindre regret. Il était destiné à chasser les tueurs.

La maison était douillette, chaleureuse, apaisante même. Un cadre très féminin, qui contrastait avec la personnalité distante du Dr Campbell – non pas qu'il ne la voyait pas comme une femme, ce qu'elle était clairement, mais... Il regarda à nouveau, essayant de mettre le doigt sur ce qui le dérangeait dans cette juxtaposition. S'était-il attendu à un dénuement plus militaire ? C'était possible.

Cette femme était une énigme séduisante et il était friand d'énigmes. Mais il se retrouvait à penser à une femme alors qu'il aurait dû penser à une adolescente assassinée.

Il observa les photographies sur la cheminée. De nombreuses photos de Kit à différents âges. Quelques-unes avec une femme plus âgée aux traits presque identiques à ceux des deux autres femmes – leur mère ? Probablement. Une photo d'Isadora Campbell dans son uniforme militaire attira son attention. Des cheveux plaqués sur son crâne. Ce maudit grain de beauté attira son attention sur ses lèvres. Elle était impeccable et brillante comme un sou neuf, mais ses yeux étaient sombres. Elle cachait quelque chose, il ne savait pas ce que c'était ou s'il devait s'en soucier.

Les personnes qui se dévouaient à leur pays avaient son respect, mais cela ne signifiait pas qu'il leur accordait une confiance aveugle. Il devait vérifier son alibi et consulter ses états de service. Voir ce que Parker pourrait déterrer. Il jeta un coup d'œil à sa montre – dix-sept heures – et décida d'appeler Parker plus tard. Rooney et lui avaient des choses plus importantes en tête en ce moment et Frazer n'était même pas sûr de savoir pourquoi il s'intéressait au Dr Campbell. Elle n'était pas suspectée du meurtre et, sur le plan personnel, il serait parti dans quelques jours. Il ne penserait probablement plus jamais au Dr Isadora Campbell.

Il se moqua de lui-même. Alors comme ça, ce n'était pas son type. Attirante et passagère, c'était *exactement* son type. Mais il avait du travail. Pas besoin de compliquer les choses.

Il inspecta les photos, à la recherche de plus d'indices sur les deux sœurs. Une photo de la mère et d'un homme aux cheveux bruns en tenue de mariage avait été glissée derrière les autres cadres de la cheminée, presque après coup.

— C'est mon père.

Kit était revenue en silence dans la pièce et l'observait attentivement. Elle avait enfilé un autre sweat gris et une veste à capuche doublée de polaire.

— Il est mort avant ma naissance.

— Je suis désolé de l'apprendre.

Elle haussa les épaules.

— Je ne l'ai jamais connu, alors ce n'est pas grave.

Ce qui n'était probablement pas vrai.

— Maman est morte en mai dernier.

Izzy a quitté l'armée pour s'occuper de moi.

— C'est dur de perdre ses deux parents quand on est si jeune.

Il le savait par expérience.

— Tu as de la chance d'avoir ta sœur qui veille sur toi.

L'adolescente haussa les épaules comme si ce n'était rien. Sa sœur avait abandonné ce qui était vraisemblablement une carrière réussie pour s'occuper d'elle, mais elle considérait que c'était normal. Elle n'avait aucune idée de la chance qu'elle avait.

— Je suis prête si vous voulez toujours faire cette promenade.

L'impatience était perceptible dans son ton.

Il haussa les sourcils, mais elle ne sembla pas le remarquer. Il était certain que la doctoresse aurait préféré rempiler dans l'armée plutôt que d'élever une ado de 17 ans. Son respect pour cette femme monta d'un cran.

Kit se dirigea vers les portes-fenêtres sans s'embarrasser d'une laisse ou d'une clé. Elle laissa le chien décamper et sortit sur la terrasse, laissant la maison grande ouverte.

— Vous devriez peut-être commencer à fermer à clé, suggéra-t-il en essayant de garder un ton modéré.

Elle écarquilla les yeux en se tournant vers lui.

— Vous ne pensez pas que le tueur est toujours dans le coin, n'est-ce pas ?

Personne ne voulait croire qu'un membre de sa communauté ou quelqu'un qu'il connaissait pouvait être un tueur. Un danger venu de l'étranger était beaucoup plus facile à encaisser, mais représentait en réalité une très faible proportion des meurtres.

— Jusqu'à ce que la police l'ait arrêté, il vaut mieux faire preuve de prudence.

Elle ne prit tout de même pas la peine de verrouiller la porte. En voyant son regard acerbe, elle fit la grimace.

— Izzy est juste à côté.

Puis elle descendit les marches en bois.

Il fronça les sourcils.

— Donc le tueur doit l'attaquer en premier ?

L'adolescente eut un rire gras.

— Ce serait un idiot de s'en prendre à Izzy. Elle lui botterait le cul.

Était-elle vraiment aussi stupide, ou aussi insensible ?

— Je suis sûr que Jesse Tyson ressentait la même chose.

Sa mâchoire inférieure se décrocha, puis elle resta sans voix pendant un moment. Frazer lui fit signe d'avancer, en essayant de masquer son impatience. Le chien courait en reniflant l'herbe. La marée était basse et les oiseaux fouillaient le sable à la recherche de vers avec leurs becs fins et pointus tandis le crépuscule commençait à poindre.

— Que peux-tu me dire au sujet de la nuit dernière ?

Le regard de Kit se dirigea vers la maison de plage.

Frazer jeta un coup d'œil par-dessus son épaule, mais il n'y avait personne. Il fronça les sourcils.

— Je cherche seulement à trouver la personne qui a tué Helena. Je ne dirai pas à ta sœur ce que tu pourras me confier.

Il se souvint de ses années au lycée. Tout ce qui l'intéressait, c'était d'avoir les meilleures notes et de ne pas se faire renvoyer afin d'obtenir une bourse pour aller à l'université. Rien d'autre ne comptait.

Il doutait que Kit ait la même expérience du lycée.

— Qu'est-ce que vous voulez savoir ? souffla la jeune fille en s'éloignant du cottage.

Avec la marée basse, ils pouvaient marcher jusqu'à la

prochaine plage sans se mouiller les pieds.

— Tu as dit à ta sœur que tu dormais chez Helena la nuit dernière ? insista-t-il.

Il avait trouvé moins difficile d'interroger certains psychopathes que la jeune fille.

Elle acquiesça et se mit enfin à parler.

— Helena voulait aller à la fête de Franky Cirencester. Jesse l'avait invitée à sortir avec lui. Elle n'en revenait pas, parce qu'elle craquait pour lui depuis des mois.

Elle couvrit son visage de ses mains et commença à pleurer.

— Je ne réalise pas ce qui s'est passé. J'attends toujours qu'elle m'appelle pour me parler de son rendez-vous. C'est comme si ça avait viré au film d'horreur.

Sauf qu'Helena ne se relèverait pas à la fin de la scène. Elle ne respirerait plus jamais. Elle était morte. Ce n'était pas un rôle. Il n'y aurait pas de nouvelle prise.

— C'était leur premier rendez-vous ?

Elle acquiesça.

— Jesse est populaire au lycée ?

Kit hocha à nouveau la tête.

— Helena ne l'était pas ?

L'emploi du passé fit couler les larmes.

— S'il vous plaît, mon Dieu, faites que ce soit une terrible erreur.

Elle déglutit et commença à faire de l'hyperventilation.

La douleur de la jeune fille lui contractait l'estomac. Une part de lui savait qu'il aurait dû la réconforter, mais ce n'était pas sa façon de fonctionner. La distance, telle était sa méthode. Et pour de bonnes raisons. Cela lui permettait d'avoir une vision d'ensemble.

— Mets tes mains en coupe devant ta bouche et essaie de respirer lentement, dit-il.

Si sa sœur s'effondrait, Isadora Campbell le pendrait probablement par les couilles.

Kit reprit le contrôle après quelques respirations lentes et profondes.

— Helena ne faisait pas partie des populaires. Elle était intelligente, jolie et trop gentille pour faire partie du clan des garces.

Il plissa les yeux. Son ton laissait-il entendre qu'elle se reprochait quelque chose ?

— Et toi ? Tu fais partie des populaires ?

Un éclair passa dans ses yeux et elle éclata d'un rire amer.

— Vous me demandez si je suis une garce ?

Elle acquiesça.

— Ouaip, je peux l'être. Helena était la meilleure partie de moi.

Au fond de ses yeux, on voyait les ombres qui la hantaient.

— Je pense que c'est pour ça que Jesse l'a invitée à sortir avec lui. C'est la personne la plus gentille que je connaisse. Est-ce qu'il va s'en sortir ?

Sa voix était tendue et inquiète. Kit semblait moins être une garce qu'une adolescente irréfléchie.

— Il est en vie, probablement grâce à l'expertise de ta sœur.

Le jeune homme n'avait pas encore repris conscience, mais c'était encore un peu tôt. Il avait subi un grave traumatisme crânien. Il était possible qu'il souffre de lésions cérébrales. Ils ne sauraient rien jusqu'à ce que le gamin se réveille et ouvre la bouche.

— Tu es allée à la fête. Que s'est-il passé là-bas ?

Elle croisa les bras et le détourna le regard.

— C'était bondé. On a traîné pendant un moment. Dansé. Mangé – tout le monde devait apporter quelque chose.

Elle regarda ses pieds.

— Puis ils ont commencé à jouer à des jeux débiles.

Elle avait l'air en colère.

— Je me suis énervée et je suis allé à la piscine de l'hôtel.

— À quelle heure ?

— Juste après minuit.

Pendant que Frazer et sa sœur étaient au travail, essayant de sauver le monde. Il ne voulait pas voir de similitudes entre sa personnalité et celle d'Isadora, mais c'était immanquable.

— Tu es allée te baigner seule ?

Elle pinça les lèvres et secoua la tête. Les larmes lui montèrent aux yeux.

Il sentit l'impatience le gagner.

— Avec qui étais-tu ?

Elle se frotta les bras.

— Un mec.

Il attendit.

— Il vient d'arriver au lycée. Il s'appelle Damien Ridgeway. Je, hum, suis allée nager avec lui.

Frazer ne lui demanda pas si elle avait gardé ses vêtements. Ce n'était pas sa sœur.

— Est-ce que tu as vu Helena partir avec Jesse ?

Kit hocha la tête.

— Elle est venue et m'a demandé si je voulais venir avec eux à la plage. Je me suis moquée d'elle.

Ses yeux étaient gonflés. Elle les tamponna avec un mouchoir en papier humide.

— C'est la dernière fois que je l'ai vue. Je me suis moquée

d'elle et je l'ai regardée comme si elle était stupide. C'était évident que Jesse ne voulait pas que je vienne avec eux.

Elle attrapa la manche de la veste de Frazer.

— Si j'étais parti avec elle, elle serait encore en vie, n'est-ce pas ? Personne n'aurait attaqué trois personnes.

— Il est peu probable que quelqu'un ait cherché à s'en prendre à trois individus à la fois surtout sans arme. Mais le meurtre n'est pas une science exacte, et il t'aurait peut-être tuée aussi.

Un frisson parcourut son corps.

— C'était quelqu'un de bien.

Elle se tenait devant lui, le regardant de ses yeux bleus féroces sous sa frange.

— Est-ce qu'elle a été violée ?

Il soutint son regard.

— Nous n'en sommes pas certains et tout ce que je dis maintenant est confidentiel. Ce ne sont pas des choses à raconter à l'école.

Il prenait un risque, mais il avait travaillé sur suffisamment d'affaires pour savoir qu'il avait probablement raison de le faire. Il avait besoin que Kit Campbell lui fasse confiance parce qu'il avait besoin de savoir ce qui se passait à tous les niveaux de la vie d'Helena, et cela incluait le lycée.

— Elle a probablement été violée.

Frazer dut rattraper Kit quand ses genoux se dérobèrent sous son poids. Sa douleur et son angoisse résonnèrent, portées par la brise. Barney se précipita pour voir ce qui n'allait pas, mais Kit se tut et ses cris se transformèrent en sanglots et elle s'accrocha à lui, les larmes imprégnant sa chemise.

— Ce n'est pas juste. Ce n'est pas *juste*, putain ! Helena se réservait pour quelqu'un de spécial, et il lui a volé ça !

Elle écrasa son poing contre sa poitrine.

— Il l'a volé comme s'il en avait le droit.

Il la tint par les coudes, essayant de la stabiliser et regrettant de ne pas avoir confié cette mission à Randall. Les drames d'adolescents n'étaient pas son truc, même s'il était peut-être un peu insensible. Elle venait de perdre sa meilleure amie.

— Elle était vierge ?

— Je ne sais même pas si elle avait déjà embrassé quelqu'un.

Ses yeux étaient si rouges qu'on aurait dit qu'ils saignaient.

— C'était la personne la plus gentille que j'aie jamais connue. Comment vivre en sachant ce qui lui est arrivé ?

Elle se jeta dans ses bras et Frazer se retrouva à passer un bras autour de la jeune fille pour la maintenir debout. Il déglutit péniblement. Il y avait eu une époque où il s'était demandé comment continuer à vivre après la mort de ses parents, mais il avait trouvé sa vocation. Kit devrait trouver la sienne. Il regarda en direction du cottage. Il vit Isadora Campbell qui les regardait depuis la terrasse, avec une expression indéchiffrable.

Il n'avait pas d'expérience personnelle en matière de fratrie, mais comprenait leur dynamique d'un point de vue psychologique. Les frères et sœurs plus âgés avaient tendance à être plus responsables que les plus jeunes. Ils étaient plus sages, moins casse-cou.

Kit s'écarta finalement de lui, et il ne fut pas mécontent de la voir s'éloigner.

— Quelqu'un d'autre a-t-il quitté la fête en même temps qu'Helena et Jesse ? demanda-t-il.

— Je ne m'en souviens pas.

Sa voix était sombre à présent.

— J'étais à la piscine. Je suis restée à boire de la bière et à faire des choses avec Damien. *Voilà* ce que je faisais pendant que ma meilleure amie se faisait violer et assassiner à Parson's Point.

Elle essuya les poignets de sa veste à capuche sur son visage marqué.

— Où es-tu allée après ?

Ses pupilles s'élargirent.

— Comment ça ?

— Tu as dit à ta sœur que tu dormais chez Helena. Elle a dit à ses parents qu'elle dormait ici. Où es-tu allée ? Qu'as-tu fait ?

— Je suis rentrée à la maison.

Elle croisa les bras et refusa de croiser son regard.

— J'ai froid. Je veux rentrer.

Frazer la fixa pendant un long moment. Elle cachait quelque chose. Au fil des ans, après des milliers d'enquêtes, il savait que c'était parfois le fait le plus étrange ou un heureux hasard qui permettait de résoudre une affaire. Une bonne enquête impliquait de poser les questions auxquelles personne ne voulait répondre. Frazer comprenait la nécessité du secret et de la discrétion – raison pour laquelle il s'intéressait toujours aux zones d'ombre. Décidant de ne pas chercher pour l'heure à faire la lumière sur cet aspect, il hocha la tête et ils prirent la direction du cottage. Barney les suivit.

— Sais-tu qui aurait pu vouloir faire du mal à Helena ou Jesse ?

Elle secoua la tête.

— Non. Absolument pas. Personne ne faisait attention à Helena, et tout le monde aimait Jesse...

Puis sa bouche s'agrandit.

— Sauf l'ex-petite amie de Jesse. J'ai vu ce qu'elle a écrit sur lui en ligne hier soir quand il a posté une photo d'Helena et lui à la fête. Elle a traité Helena de pute.

Les larmes lui montèrent aux yeux.

— J'ai envie de la frapper pour ça.

Elle se tourna vers lui.

— Vous ne pensez pas qu'elle a quelque chose à voir avec ça, n'est-ce pas ?

En raison du bracelet, ainsi que du viol et du fait que le tueur avait dû s'occuper de deux victimes en même temps, Frazer doutait qu'une adolescente jalouse ait commis le meurtre de la nuit précédente.

— Je ne peux pas écarter quoi que ce soit à ce stade.

Sauf Ferris Denker qui était assis dans sa cellule en attendant son exécution.

— Nous suivrons toutes les pistes, mais si la fille est impliquée, c'est *moi* qui m'assurerai qu'elle réponde de ses actes. Ne frappe personne, d'accord ?

Lui-même avait fait bien pire pour faire respecter la justice.

Elle hocha la tête à contrecœur, puis croisa son regard.

— Promettez-moi que vous trouverez qui a fait ça.

Il jeta un coup d'œil à Isadora qui les observait depuis la terrasse, et pensa à cette jeune femme innocente à qui on avait volé son avenir. Il ne faisait pas de promesses qu'il ne pouvait pas tenir.

— Je ferai tout ce qui est en mon pouvoir pour attraper la personne qui a fait ça, Kit. Mais tu dois promettre de me dire tout ce que tu sais, et tout ce que tes camarades de classe te disent. Tu n'as pas besoin de dire à qui que ce soit que tu me parles, mais je veux connaître toutes les rumeurs et tous les potins. C'est d'accord ?

Il soutint son regard jusqu'à ce qu'elle acquiesce à contre-cœur.

— C'est d'accord.

CHAPITRE SIX

LES LUMIERES QU'IL avait accrochées autour de la fenêtre clignotèrent. Il était assis avec sa bière et un paquet de chips devant le journal du soir. « Premier homicide de l'année », voilà l'information sur laquelle s'ouvrait le JT. Il se redressa dans son fauteuil. Il n'y avait pas pensé, mais au moins, cela resterait dans les annales.

La journaliste était l'une de ces blondes effrontées aux lèvres rouges et fines et aux seins inexistants qui se croyaient spéciales. Elle ne l'était pas. Ils montrèrent une photo en arrière-plan des Outer Banks, mais c'était une photo du Cap Hatteras, pas du phare de Crane Island.

Sérieusement ? Ils n'avaient même pas pris la peine d'envoyer une équipe de journalistes pour faire de nouvelles prises ? Ils avaient juste recyclé de vieilles images du reportage sur la tempête de la veille.

Agresseur inconnu. Une victime morte. L'autre avait miraculeusement survécu. *Bah*. Ses lèvres se tordirent. Ce connard de sportif aurait dû mourir. Il l'avait frappé assez fort pour transformer sa cervelle en crêpe, mais visiblement cela n'avait pas été suffisant.

Il sourit. Il avait pris ce que le garçon voulait, et ça avait été magnifique. Le gamin ne l'avait pas vu ; il ne pourrait pas l'identifier. Ce serait probablement un légume à son réveil, obligé de s'alimenter avec une paille. De quoi distraire le chef de la police et les flics locaux qui étaient une belle bande de crétins de toute façon. Il but une gorgée de bière. Le FBI serait-il plus malin ? *Nan.* Il savait comment couvrir ses traces, et il s'en était toujours sorti. Il œuvrait pourtant depuis plus longtemps que la plupart d'entre eux.

Il revit le moment où la lune était apparue et où il avait regardé Helena dans les yeux. Ça l'avait fait frissonner quand elle l'avait reconnu. Il sentit l'excitation le gagner à ce souvenir. C'était si jouissif de savoir que quelqu'un avait enfin compris ce qu'il était et comment il les avait tous dupés.

Les flics étendraient le périmètre de recherche le lendemain. Il leva les yeux au ciel. Il était temps. Qu'attendaient-ils, un carton d'invitation ? Quelqu'un allait avoir une vilaine surprise. Quelques-unes, à bien y réfléchir.

La présentatrice passa à une vague de cambriolages de maisons vides pendant les vacances.

Il se redressa. Sérieusement ?

C'était *tout* ?

Rien d'autre ?

Il repoussa la bière sur la table et fixa l'écran, attendant la suite. Mais le journal télévisé se termina sans un mot de plus sur le meurtre d'Helena Cromwell ou de Beverley Sandal. Il resta assis dans son fauteuil, abasourdi.

C'était tout le temps d'antenne auquel il avait le droit ? Et ils disaient qu'il était insensible. L'excitation disparut à mesure que la colère grandissait. Et le bracelet ? Il fallait qu'ils parlent du bracelet, bon sang, mais peut-être n'avaient-ils pas encore fait le lien. Ils ne pouvaient quand même pas être aussi stupides ?

Denker était dans le couloir de la mort et se pissait dessus à l'approche de son dernier jour. Il s'avérait que cette mauviette avait peur de mourir. C'était drôle quand on y pensait. Toutes ces salopes qui avaient imploré sa pitié des années plus tôt, en vain. Il ne croyait pas vraiment au karma, mais il trouvait l'idée plutôt amusante. Mais Denker était son ami. Probablement son seul véritable ami, car il le comprenait, lui et ses besoins, et n'était pas une mauviette.

Ils étaient allés à l'école ensemble. Ils avaient commis leur premier meurtre ensemble. Une fille qui faisait de l'auto-stop seule sur une route sombre, la nuit. Une véritable bénédiction pour eux. Elle leur était pratiquement tombée toute cuite dans le bec. Ils s'étaient arrêtés, l'avaient emmenée, et sans même en discuter, ils l'avaient traînée dans des bois isolés. Elle avait hurlé jusqu'à ce qu'il la frappe si fort qu'il lui avait fendu le crâne.

Elle n'avait jamais été retrouvée.

Parfois, ils tuaient ensemble. D'autres fois, ils agissaient seuls. Tous deux avaient des besoins et des appétits différents, mais il y avait des tas de femmes disponibles quand on savait où chercher. Les prostituées et les fugueuses étaient presque invisibles. On s'attendait presque à ce que les toxicomanes meurent. Denker et lui s'employaient à les faire disparaître.

Ferris avait été un bon ami. Ils avaient beaucoup appris l'un de l'autre. Ils avaient expérimenté. Ils avaient échangé sur la meilleure façon d'éviter de se faire prendre. Quand la vie les avait séparés, ils avaient perdu le contact. Quand Denker avait été arrêté à cause d'un feu arrière cassé, alors qu'il avait un corps dans le coffre, il avait pleuré l'incarcération de son ami, mais aussi ri aux éclats. Ferris avait toujours pensé qu'il était le plus intelligent. L'ironie du sort.

Les aveux de Ferris lui avaient permis de se débarrasser

des flics, mais cela lui avait fait mal qu'il ait revendiqué tant de victimes comme étant les siennes. Peu de temps auparavant, Ferris lui avait fait passer une lettre en douce, lui demandant de l'aide. Ils avaient élaboré un plan pour tromper les flics et retarder l'inévitable.

Il n'avait pas peur de mourir – il attendait la mort avec impatience, mais l'idée de se faire prendre ne lui plaisait pas du tout.

Le plan était assez facile à mettre en œuvre, et ça ne le dérangeait pas de donner un peu d'espoir à son ami, surtout à partir du moment où il pouvait reprendre ce qui lui appartenait. Se moquer des autorités aussi était amusant, mais il ne voulait pas se faire prendre.

Il entra dans sa chambre d'amis et ouvrit le placard. Il regarda les rangées de chaussures qu'il avait stockées là. Des talons hauts rouges mélangés à des sandales et des ballerines. Il prit l'une des petites baskets qu'il avait récupérées la nuit précédente, enleva un peu de sable au niveau des orteils et sentit son sexe durcir.

Il était shooté à l'adrénaline quand il avait quitté la plage. Satisfait de son travail de la nuit, et du plaisir intense qu'il s'était refusé depuis trop longtemps. Il assouvissait toujours son appétit sur le continent, se contrôlant sur les îles. La communauté était trop insulaire ici, surtout en hiver, et il ne voulait pas que l'on pose trop de questions ou que l'on établisse des liens.

Il prit la petite chaussure dans ses grandes mains, frottant son pouce contre le talon en caoutchouc dur. C'était si bon.

Pour la première fois depuis des mois, il se sentait vraiment vivant. Stimulé. Victorieux. Rassasié.

Il avait une bonne idée de l'endroit où Beverley avait été

enterrée, mais il lui avait quand même fallu plus d'une heure avec un détecteur de métaux pour déterrer le bracelet. Son plan initial était d'aller sur le continent ce jour-là et de trouver une offrande appropriée à laisser aux flics, mais les adolescents étaient apparus dans les dunes et l'occasion était trop belle pour y résister.

La pelle… *merde.*

Sa peau devint moite quand il réalisa son erreur. Il l'avait laissée derrière lui… Il avait mis des gants pour creuser. Mais il avait enlevé les gants pour se faire la fille. Pour toucher sa peau. Pour absorber la douceur de sa chair. Elle avait été parfaite. Étonnamment consentante. C'était dommage qu'il ait dû la tuer si vite. Il l'avait toujours appréciée.

Ensuite, il s'était empressé de partir, craignant que d'autres ados ne viennent chercher les deux premiers. Il avait été imprudent. Il aurait dû prendre quelques minutes pour s'assurer qu'il n'avait rien laissé derrière lui. Il ne pensait pas qu'ils pourraient relier la pelle à lui. Il avait prévu de la remettre en place après coup, et il ne portait pas de gants quand il l'avait prise. Mais risquait-on de reconnaître l'outil ?

Et merde.

Sa bonne humeur disparut.

Bien sûr qu'Izzy la reconnaîtrait. Les flics enquêteraient, chercheraient des empreintes, et il finirait dans une cellule comme Denker. Il avait été stupide de la prendre, mais il n'avait pas pu résister au symbolisme de la chose.

Il jeta un coup d'œil dehors au crépuscule venteux. Il n'avait vraiment pas envie de sortir à nouveau ce soir-là. Il voulait rester chez lui à boire quelques bières. Il les méritait après tout son dur labeur et ses nuits blanches.

Les souvenirs lui revinrent en mémoire et ses mains tremblèrent. L'afflux de sang. La folle défonce qui le faisait se sentir invincible. Il s'allongea sur le lit et sortit son téléphone, regardant les photos qu'il avait prises. Il plaqua la basket contre sa poitrine. Il se souvenait de la peur, de la douleur. La fille était vierge et il aurait aimé pouvoir recommencer. Elle était morte trop facilement, elle ne lui avait rien dit de ce qu'il voulait savoir. Le plaisir intense que les souvenirs avaient suscité l'incita à fermer les yeux et à se toucher.

Il était désolé pour Ferris, privé de véritable plaisir pendant toutes ces années. Avait-il vu les informations ? Était-il jaloux ? Il gémit en se rappelant chaque détail. Chaque souffle. Chaque tressaillement. Ses jolis yeux marron. Ses longs cheveux soyeux.

Comment un homme pouvait-il vivre sans ça ? *Lui* n'en serait pas capable. Et c'était pourquoi il devait réparer sa petite erreur avant que quelqu'un ne s'en rende compte. Il chassa cette pensée de son esprit pour l'instant. Il s'en chargeait plus tard, une fois la nuit tombée. Et peut-être qu'il n'attendrait pas aussi longtemps la prochaine fois. Ou peut-être qu'il les garderait en vie plus longtemps et se donnerait le temps d'apprécier le frisson. Mais c'était risqué. Il avait juste besoin d'un endroit tranquille où jouer pendant quelques heures. Quelque part où personne n'interromprait ce qu'il avait à faire.

———

— TAILLE : un mètre cinquante-huit. Poids : quarante-cinq kilos.

Le médecin légiste Simon Pearl leva les yeux de ses notes.

— Elle n'a que la peau sur les os. C'est un petit gabarit.

Frazer acquiesça. Helena Cromwell, 17 ans, gisait nue,

enfermée dans une housse en plastique, sur une grande table en acier inoxydable. Elle était fluette. Des os fragiles. Des doigts élégants. De petits seins. Des pieds étroits. Sa peau était blanche, sauf là où le sang s'était accumulé. Elle n'était guère plus âgée qu'une enfant, mais son âge n'avait pas d'importance pour l'homme qui avait enroulé ses mains autour de sa gorge et avait serré.

Il savait qu'elle n'aurait jamais voulu qu'un étranger la voie comme ça. Une autopsie était une invasion de la vie privée à grande échelle.

Frazer se sentit honteux. Lorsque Rooney l'avait appelé au sujet d'un homicide avec une seule victime, il avait considéré que ce n'était pas de son ressort. Le fait qu'il ait pensé que l'assassinat d'un vieil homme puissant était plus important que la destruction d'une telle innocence le rendait malade. La douceur d'Helena, sa bonté, par rapport au mal dont avait fait preuve un politicien tordu qui avait manié le pouvoir comme une arme, sans se soucier de ceux qui se trouvaient sur son chemin, était infiniment plus digne de son temps. De ses efforts.

C'était sa spécialité. Il était à sa place. Pas occupé à s'entretenir avec des présidents, mais à décortiquer des crimes. Trouver les méchants avant qu'ils ne blessent d'autres innocents. Mais son travail était empreint de politique, et s'il ne jouait pas le jeu, quelqu'un le ferait pour lui.

Même s'il essayait de garder une distance émotionnelle, le fait de voir des cadavres lui faisait prendre conscience de ses responsabilités. Les photos de scènes de crime n'avaient pas cet effet-là. Mais les jeunes filles de dix-sept ans mortes et nues comme celle qui se trouvait devant lui, oui… Elle lui appartenait maintenant, et il ferait tout ce qui était en son pouvoir pour trouver la personne qui lui avait ôté la vie. Puis il lui rendrait la pareille.

— Les vêtements et les preuves ont été mis sous scellés ? demanda Simon Pearl.

— On l'a retrouvée nue. Les preuves ont été mises sous scellés et envoyées à Quantico.

Mais il avait l'horrible sentiment d'avoir manqué quelque chose d'important et devait revoir la liste des preuves dès qu'il en aurait l'occasion.

Le médecin légiste pinça les lèvres, le regard sombre et furieux.

— Que voulez-vous que je cherche exactement ? Pourquoi ne pas l'avoir envoyée directement à Raleigh pour une autopsie complète ?

Le médecin légiste était un vétéran de 50 ans, et ils avaient déjà travaillé ensemble. Plus précisément, l'homme avait travaillé sur les victimes de Denker. Frazer voulait son avis impartial sur cette affaire. Il croisa les bras sur sa poitrine. Sans rien dire.

Le médecin légiste prit une profonde inspiration.

— Vous savez que je suis marié, pas vrai ? J'ai une femme qui m'attend à la maison. Une femme qui s'énerve quand je travaille alors que je suis censé être en congés. Peut-être que si *vous* faisiez une pause de temps en temps…

— C'est important, dit simplement Frazer.

Simon grogna et continua à le fixer pendant un moment. Frazer avait passé des années à recueillir des faveurs. Il les avait toutes utilisées au cours des derniers mois et il avait le sentiment qu'il n'avait pas encore fini.

Simon chassa son agacement et recommença à parler dans le dictaphone. Il consigna l'âge, la taille, le poids, le sexe, la couleur des cheveux et des yeux. L'état de nutrition d'Helena. La présence de cicatrices – elle en avait une petite sur la clavicule qui ressemblait aux séquelles de l'opération d'une clavicule cassée. Pas de tatouages. Le médecin légiste regarda ses dents – elle avait un sourire parfait. Le fait qu'elle ne sourirait plus jamais donna à Frazer l'envie de frapper quelqu'un, mais il refoula ses émotions et chassa ces pensées. Il n'était pas du style à se mettre en colère. Il se chargeait d'obtenir justice.

Simon prenait des photos au fur et à mesure. Contusion sur le côté droit du cuir chevelu où elle avait été frappée par un objet rigide. Frazer aurait parié qu'il s'agissait de la pelle. L'ADN aiderait à le vérifier.

Des marques rouges et des bleus sombres recouvraient sa gorge. Le médecin légiste écarta ses paupières.

— Hémorragie pétéchiale suggérant qu'elle est morte d'asphyxie. On dirait une strangulation manuelle. Je n'en serai sûr qu'après l'autopsie.

Il nota quelques autres marques et abrasions.

— Il n'y a pas de blessures de défense évidentes. Une fois que l'agresseur a mis la main sur elle, je pense qu'elle a été complètement dépassée par la force de l'homme et probablement par sa propre peur.

— Pas d'indications qu'elle ait été droguée, attachée ou tasée ?

L'homme qui avait tué la sœur de Mallory Rooney avait utilisé un pistolet paralysant sur ses victimes avant de les traîner dans son repaire. Frazer était content que le tueur en série soit mort, mais il n'était pas ravi d'avoir dû mettre en personne une balle dans la tête de ce bâtard.

Le médecin légiste secoua la tête.

— J'ai prélevé des échantillons de tissus pour analyse, et je ne vois aucune marque évidente de Taser.

Il poursuivit et Frazer se força à ne pas réagir lorsque l'homme écarta les jambes de la jeune femme et photographia le sang sur ses cuisses.

— Il y a des traces d'activité sexuelle. De préservatif.

Il s'éloigna pour prendre un kit de prélèvement. Quand il revint, il marqua un temps d'arrêt :

— Qu'est-ce que… ?

Il ne finit pas sa phrase.

Frazer se crispa.

Le médecin légiste s'approcha de la victime, prit une paire de pinces et saisit quelque chose qui se trouvait dans le corps de la jeune fille. Lentement, il retira l'objet. C'était une coquille de palourde.

Pendant un moment, le bruit sourd du sang dans ses oreilles fut la seule chose que Frazer put entendre dans le sous-sol froid. Il croisa le regard du médecin légiste.

— Vous vous foutez de moi ?

La voix de l'homme vibrait de colère.

— Est-ce que Ferris Denker a un imitateur ?

— Ou un acolyte qu'on n'a jamais attrapé.

Frazer déplia les bras et se rapprocha du légiste. Le fait que Denker plaçait toujours quelque chose dans le vagin de sa victime n'avait pas été divulgué, que ce soit à la presse ou pendant le procès. Cela signifiait que le tueur était étroitement lié à Denker. Il était assez proche de lui pour connaître des détails intimes sur le mode opératoire du tueur. Denker aimait passer du temps à jouer avec ses victimes, à faire grandir leur peur et son propre plaisir, puisqu'il se nourrissait de la douleur de la victime. Frazer ne savait pas si ce suspect partageait les penchants de Denker pour la torture ou non. Helena n'avait pas été mutilée, mais son meurtre semblait précipité. Comme si elle était victime d'un crime d'opportunité plutôt que planifié. Le moyen de délivrer un message tout en assouvissant un appétit pervers. Mais Frazer n'était pas sûr de parvenir à différencier ce nouveau suspect de Denker.

Quelle était sa signature ? Qu'est-ce qui le motivait ?

Frazer se mit à parler à voix basse. Il ne voulait pas que quelqu'un les entende.

— Nous avons trouvé le bracelet d'alerte médicale d'une femme nommée Beverley Sandal sur le poignet de cette fille.

Il fit un signe de tête vers Helena.

— Beverley Sandal est l'une des femmes que Denker a admis avoir tuées lorsqu'il a été condamné, mais son corps n'a jamais été retrouvé.

Ils se regardèrent pendant un moment. Tous deux étaient furieux, mais les yeux de Simon affichaient désormais une lueur de pardon et de compréhension. Il savait désormais pourquoi Frazer avait demandé à ce qu'il s'en charge personnellement. Il savait pourquoi il l'avait traîné hors de sa belle maison chaude et loin de sa famille.

Frazer aurait préféré avoir tort. Il aurait préféré qu'il s'agisse d'une folle coïncidence, mais le bracelet constituait une carte de visite distinctive. Un défi lancé aux autorités.

— Vous pouvez la ramener à Raleigh maintenant et finir l'autopsie.

Il lui tendit un sachet pour la coquille, et Pearl le glissa à l'intérieur. Frazer avait ce dont il avait besoin, mais il était loin d'être heureux de ces découvertes.

— J'envoie ça à Quantico pour analyse. On aura peut-être de la chance. Il a peut-être laissé des empreintes, des cheveux ou autre chose.

Ils se tournèrent tous les deux pour regarder la victime allongée sur la table. La mort n'était jamais facile, mais c'était pire quand la victime était jeune.

— Cette information ne doit pas fuiter.

— La presse s'en donnerait à cœur joie, convint Simon. Je n'en parlerai à personne. Je veux que ce bâtard récolte ce qu'il a semé et qu'il hurle jusqu'en enfer.

Le portable de Frazer vibra dans sa poche. Il consulta l'écran et pinça les lèvres.

— On dirait que nous avons de bonnes et de mauvaises nouvelles. Jesse Tyson s'est réveillé et il parle. La mauvaise nouvelle, c'est qu'il demande à voir Helena.

IL ETAIT PLUS de 22 heures. Les urgences étaient calmes, et Izzy n'avait plus que quelques minutes avant de pouvoir rentrer chez elle et dormir pendant une semaine. La dernière fois qu'elle s'était sentie aussi épuisée, c'était dans un hôpital de campagne en Afghanistan, après qu'une invitation à une réunion tribale s'était révélée être un piège. Ils avaient perdu deux soldats ce jour-là, et un autre jeune homme avait dû être amputé des deux jambes sous les genoux. Le fait que ces hommes et ces femmes soient allés faire la guerre pour protéger sa liberté était une leçon d'humilité. Surtout étant donné que, si les autorités savaient ce qu'elle avait fait dix-sept ans plus tôt, elles lui auraient ôté la sienne. Mais utiliser ses compétences pour aider les gens était une façon de rendre la pareille. C'était forcément plus utile que de se tourner les pouces en prison. Du moins c'était ce qu'elle se disait.

Ce meurtre était-il lié à ce qui s'était passé toutes ces années plus tôt ? Izzy ferma les yeux et se frotta les tempes. Elle n'en savait rien. Comment était-ce possible ? Ça ne l'était pas, mais les doutes s'insinuaient dans son esprit comme des éclats de verre brisé. Et le lendemain, ils allaient fouiller la plage. Sa main tremblait alors qu'elle remplissait les notes des patients. Elle devait être prête. Elle devait se préparer à ce qu'ils trouveraient.

Le fait de savoir qu'une jeune femme avait été violée, la pensée que cela aurait pu être Kit, que cela aurait pu être elle, la rendait malade. Tuer pour le plaisir était l'antithèse de tout ce en quoi elle croyait. Elle ferait tout ce qui était en son pouvoir pour aider à attraper le type, mais elle priait également pour qu'il soit parti depuis longtemps, et qu'ils n'entendent plus jamais parler de lui.

Elle finit de mettre à jour les notes des patients au bureau des infirmiers, et se retourna. Elle sursauta en réalisant que quelqu'un se tenait juste à côté d'elle.

— Désolée. Je ne voulais pas vous faire peur.

— Chef Tyson.

Elle s'agrippa au bureau pour garder son équilibre et essaya de se rappeler la dernière fois qu'elle avait mangé. Ça faisait un moment.

L'homme avait l'air hagard. De profonds sillons creusaient son front, et ses yeux étaient rougis et gonflés par la fatigue. En temps normal, c'était un bel homme, mais les événements de la journée avaient fait des ravages. Elle doutait qu'elle ait l'air beaucoup mieux.

— Comment va Jesse ? demanda-t-elle.

— Il s'est réveillé et il parle. Il sait qui nous sommes et qui il est, dit Tyson.

— Pas de vertiges ou de douleurs ?

Tyson secoua la tête.

Un poids d'une tonne venait de quitter ses épaules.

— C'est une excellente nouvelle. Je suis si contente.

Lee Tyson se frotta le visage.

— J'ai l'impression que je devrais être en train d'enquêter, pour trouver celui qui les a attaqués. L'expression torturée sur son visage contrastait avec sa réserve habituelle.

— Le FBI est sur place. Ils trouveront qui a fait ça, dit-elle. Vous devez prendre soin de votre fils.

Il fit un signe de tête.

— Je suppose. Le Dr Bengali pense qu'il va s'en sortir. J'avais besoin d'une pause, et je voulais vous remercier pour ce que vous avez fait ce matin.

Mal à l'aise avec la gratitude, elle la balaya d'un revers de main.

— Je ne faisais que mon travail, Chef. Comme vous faites le vôtre tous les jours. Je suis contente qu'il se remette. A-t-il dit quelque chose à propos de l'agression ?

Tyson secoua la tête.

— Il ne se souvient de rien concernant la nuit dernière. Perte de mémoire à court terme, d'après le médecin.

L'amnésie dissociative était fréquente après un incident traumatique comme celui-ci, surtout ceux qui impliquaient un traumatisme crânien. Elle l'avait souvent vu chez les soldats.

— Ça pourrait lui revenir.

Ou pas. Elle grimaça. Pauvre enfant.

Il regarda par-dessus son épaule.

— L'ASAC Frazer a suggéré d'essayer l'hypnose sur Jesse dans la matinée, pour voir s'il se souvient de quelque chose… en supposant que son état le permette.

Izzy écarquilla les yeux.

— L'hypnose ?

Frazer ne semblait pas être du style à proposer cette méthode.

— Eh bien, je suppose que ça ne peut pas faire de mal. Sauf…

Les yeux de Tyson devinrent sombres.

— Sauf quand mon fils découvrira que Helena a été assassinée lors de leur premier rendez-vous.

Et merde.

— L'ASAC Frazer est l'un des meilleurs analystes du comportement criminel du FBI. Je vais devoir lui faire confiance.

Izzy n'était pas surprise. Frazer l'avait analysée dès le départ. Il ne manquait rien et son regard était aussi aiguisé qu'un scalpel.

Tyson mit ses poings sur ses hanches.

— Je vais passer la nuit ici, mais maintenant qu'on sait que Jesse va s'en sortir, je veux que Charlene rentre à la maison pour être avec Ricky, notre petit dernier. Sa mère est chez nous.

Il marqua une pause, la regardant attentivement.

— Je pourrais demander à l'un des patrouilleurs de la ramener, mais soit ils sont en service, soit ils doivent se lever à l'aube pour fouiller la plage. Une des infirmières a dit que vous étiez sur le point de partir.

Il s'éclaircit la gorge.

Elle comprenait enfin où il voulait en venir.

— Vous voulez que je dépose Charlene chez vous ? demanda-t-elle.

Les Tyson vivaient à l'autre bout de Rosetown. Elle passait donc littéralement devant leur porte.

— Pas de problème.

Elle consulta sa montre.

— J'ai terminé il y a une minute. Laissez-moi signer le registre, prendre mon manteau et je descends retrouver Charlene dans la chambre de Jesse.

— Merci.

C'était le moins qu'elle puisse faire. Dix minutes plus tard, elle se trouvait devant la chambre de Jesse. Ses signes vitaux étaient bons d'après ce qu'elle pouvait voir sur les moniteurs. Le risque à présent, c'était l'œdème cérébral – lorsque des saignements intracrâniens provoquaient une accumulation de sang, un gonflement du tronc cérébral et une pression sur la moelle épinière. Izzy se dit que s'il passait la nuit, tout irait bien. Comparé à l'état dans lequel elle l'avait trouvé ce matin-là, ce qu'elle avait sous les yeux était un miracle. Elle s'appuya contre le montant de la porte pour ne pas gêner. La tête bandée de Jesse reposait sur les oreillers, mais sa peau avait repris ses couleurs. Il souriait à quelque chose que son père avait dit. Serait-il encore capable de sourire quand il se rappellerait ce qui s'était passé la veille au soir ? Il était important qu'ils essaient de le protéger aussi longtemps que possible, mais la police avait besoin de réponses.

Frazer, le bel agent fédéral aux yeux arctiques se tenait derrière le chef de la police, attentif à chaque détail. L'image de lui tenant Kit dans ses bras sur la plage plus tôt lui contracta la poitrine. Elle voulait être là pour Kit, mais ne savait pas si elle serait capable d'apporter à sa sœur le soutien dont elle avait besoin. Frazer jeta un regard dans sa direction et, pendant un long moment gênant, ils se regardèrent fixement. Quelque chose d'inattendu se passait entre eux. Une douleur aiguë qu'elle voyait dans son regard et qu'il ne voulait pas explorer plus qu'elle, mais qu'ils devaient tous deux admettre.

Sa peau était tendue, et elle retint son souffle.

Charlene Tyson désamorça la tension en reculant sa chaise pour se lever. Elle embrassa son fils sur le front.

— Tu es sûr que tu ne veux pas que je reste aussi ?

Son mari se leva, prit ses mains dans les siennes et embrassa ses doigts.

— Il va s'en sortir, mon amour, mais le personnel n'autorise qu'une seule personne à rester pour la nuit et ce sera moi.

La main du chef se posa momentanément sur son arme. Le regard d'Izzy s'arrêta sur Frazer. Il l'observait, attendant presque de voir si elle allait comprendre. Le tueur ne voulait pas que Jesse survive. Son père restait à son chevet en tant que parent, mais également comme garde du corps.

L'appréhension la gagna et son pouls s'accéléra. La menace était toujours là. Le danger était bien réel. Elle s'éloigna du mur. Elle devait rentrer chez elle et s'assurer que Kit allait bien.

Le chef et sa femme sortirent de la pièce, et l'ASAC Frazer les suivit.

— Puis-je vous parler un moment ? lui demanda Frazer.

Sa main se posa sur le bas de son dos tandis qu'il l'éloignait des autres. Elle sursauta quand il la toucha. Ses pupilles s'élargirent, et sa bouche se crispa pendant une fraction de seconde avant qu'il ne la lâche.

Il était bon de savoir qu'elle n'était pas la seule à être affectée.

— Votre sœur n'est pas très portée sur la sécurité domestique.

Elle ne savait pas à quoi elle s'était attendue, mais certainement pas à ça.

— Je ne pense pas qu'elle sache même comment verrouiller une porte.

— Apprenez-lui.

Ses yeux bleus brillants brûlaient d'intensité.

— Vous pensez que le tueur est toujours là, n'est-ce pas ?

Une vague glacée se répandit le long de sa colonne vertébrale. Elle avait vécu dans la peur pendant des années – peur pour sa mère, peur que quelqu'un découvre leur secret, peur pour ses patients, peur de la prochaine guerre. C'était différent. La peur viscérale d'une situation potentiellement fatale.

Frazer prit un air grave.

— Vous devriez vous mettre à fermer vos portes à clé.

Elle acquiesça.

— Très bien. Je vais lui dire.

Et prier pour qu'elle écoute.

Charlene Tyson alla l'attendre près du bureau des infirmiers.

— Je dois y aller.

— Encore une chose, dit Frazer.

Elle attendit en silence.

— Je voudrais tous les doubles des clés de la maison de plage.

Elle resta impassible.

— Vous ne me faites pas confiance ?

— Pourquoi le ferais-je ?

Sa voix était douce comme le miel et lui donna la chair de poule.

Elle laissa échapper un petit rire.

— Bien vu. Mais alors qu'est-ce qui vous dit que je ne vais pas garder une clé ?

— Parce que si vous le faites et que je vous attrape, je vous arrêterai pour avoir interféré avec une enquête fédérale.

Elle le regarda avec amusement. Mais elle voulait qu'il fasse son travail et attrape le tueur. Rien d'autre ne comptait.

— Je vous les apporterai ce soir. À quelle heure prévoyez-vous de rentrer ?

— Je peux attendre jusqu'à demain matin. Vous êtes visiblement épuisée.

Parce qu'elle avait vraiment une sale tête. Elle sourit. *Sympa.*

— J'aurais peut-être le temps de vous les apporter ce soir, selon l'heure de votre arrivée. Je ne veux pas que vous vous inquiétiez que je vienne fouiner pendant que vous dormez. Il faut que je mange et que je me repose pendant quelques heures de toute façon.

La lumière dans ses yeux passa d'un intérêt détaché à l'idée qu'elle fouine, à la faim – pas du genre sexuel.

— Qu'est-ce que vous mangez ce soir ?

— Un plat à emporter chinois. J'ai appelé pour commander avant de venir.

Il consulta sa montre.

— Appelez-les et triplez la commande. J'en ai encore pour un quart d'heure à parler au chef Tyson, puis je vais chercher Randall au poste et on rentrera dormir quelques heures avant que les recherches ne commencent à l'aube.

Elle haussa les sourcils.

Il s'éclaircit la gorge.

— S'il vous plaît ? ajouta-t-il, l'air soudain mal à l'aise, comme s'il venait de se rappeler qu'elle ne travaillait pas pour lui.

Elle était habituée aux personnalités alpha, mais elle avait été capitaine dans l'armée, médecin, et possédait elle-même une certaine dose d'alpha. Mais sa requête était purement pratique et Izzy était la reine du pragmatisme.

— Très bien. Et que fait votre copain ?

Frazer parut amusé qu'elle utilise le terme « copain ».

— Il doit gérer une crise d'ado.

Elle fit semblant de frissonner et lui fit signe d'arrêter.

— Je préfère encore être aux urgences. On se retrouve au cottage. J'ajouterai le total à votre facture.

Elle allait tourner les talons, mais il lui attrapa le poignet pour l'attirer vers lui. Son cœur battait si fort qu'elle se sentait comme un lapin pris au piège. Il lui parla doucement à l'oreille, et elle sut qu'il pourrait hypnotiser n'importe qui s'il le souhaitait.

— Je sais que vous portez une arme, dit-il à voix très basse, mais faites quand même attention.

Elle essaya de dissimuler sa surprise. Elle ne pouvait pas se permettre de le laisser la déstabiliser. Son inquiétude n'était pas personnelle. Il ne faisait que son travail. Et peut-être savait-il qu'elle avait quelque chose à cacher. Elle s'éloigna, sentant son regard dans son dos, mais refusant de se retourner. Elle arriva au bout du couloir et sourit à Charlene Tyson, qui attendait patiemment.

— Désolée pour l'attente. Ça va ? demanda-t-elle gentiment.

La femme hocha la tête, mais elle avait l'air plus épuisée qu'Izzy. Elle jeta un coup d'œil par-dessus son épaule et surprit le regard de Frazer. Il lui sourit. Bon sang, comme il était sexy.

La chaleur lui monta aux joues pour la deuxième fois de la journée. Ce n'était pas parce qu'elle était attirée par lui qu'elle devait faire quoi que ce soit avec ce type. Certes, il n'avait rien à se reprocher d'un point de vue esthétique, mais sa personnalité ? Trop autoritaire à son goût. C'était hors de question. Il était bien trop intelligent pour qu'on s'y frotte, même si elle soupçonnait que ces frottements seraient bien agréables. Mais elle avait fréquenté d'autres types qui avaient l'air bien en apparence et qui savaient autant faire plaisir à une femme qu'un poisson savait faire du vélo.

Et elle avait quelque chose en commun avec le poisson sur le vélo – ils pouvaient tous deux descendre sans aucune aide. Pas besoin d'un bel agent du FBI.

CHAPITRE SEPT

FRAZER LEVA LES yeux lorsque Lucas Randall ouvrit la porte, tenant son sac de voyage d'une main et le sac avec leur commande de l'autre. Il huma l'air.

— Vous avez fumé de l'herbe ?

— Ouaip, grillé.

Frazer s'étira jusqu'à faire craquer ses épaules.

Randall entra.

— Ça me rappelle le dortoir de mon université.

Le nettoyant ménager parfumé au pin mêlé au cannabis créait un mélange particulier. Frazer avait ouvert toutes les fenêtres et augmenté le chauffage. L'air frais lui permettait d'y voir plus clair, et il ne comptait pas échouer à un test de dépistage de drogues à cause de l'odeur persistante.

— Je soupçonne la sœur du Dr Campbell d'avoir organisé sa propre fête ici la nuit dernière, ce qui explique pourquoi elle n'a pas réalisé l'absence de son amie ce matin et n'a pas été loquace sur ses activités après la fête.

— Quel âge a-t-elle exactement ?

Randall jeta un trousseau de doubles de clés sur une étagère à côté de la porte.

— Dix-sept ans, répondit Frazer, en regardant les clés et en espérant qu'elles étaient toutes là.

L'autre agent jeta le sac avec leur commande sur la grande

table basse en verre. Puis il alla déposer son sac dans la deuxième chambre. L'odeur de la nourriture chinoise mit l'eau à la bouche de Frazer.

— Les jeunes de la fête disent qu'elle est partie avec un certain Damien Ridgeway vers 2 h. Vous pensez qu'elle est revenue ici ?

Frazer acquiesça.

— On dirait bien. Vous avez parlé à Ridgeway ?

— Non. Pas encore. C'est quoi le truc avec Izzy et sa sœur ? Où sont les parents ?

Randall demandait ça à titre professionnel, mais il ne pouvait masquer son intérêt personnel. Le désir soudain qui avait frappé Frazer lorsqu'il avait touché Isadora Campbell à l'hôpital un peu plus tôt l'avait poussé à faire machine arrière. C'était pour cela qu'il avait envoyé Randall chercher leur repas.

— Leur mère est morte en mai dernier d'un cancer du pancréas. Le capitaine Campbell a démissionné de son poste dans le corps médical de l'armée et est rentrée pour s'occuper de sa sœur. Kit m'a dit que son père était mort avant sa naissance, mais je n'ai pas vérifié.

Frazer inspecta le contenu du sac et sortit un plat de bœuf avec une sauce aux haricots noirs. Il piocha dedans à l'aide des baguettes fournies, affamé. Il n'avait pas mangé depuis plus de vingt-quatre heures et il l'avait oublié jusqu'à ce qu'Isadora parle de nourriture.

Isadora. Un nom ridiculement beau. Il avait toujours eu un faible pour les jolis noms et les grains de beauté.

— Sacrée différence d'âge entre les sœurs, commenta Randall depuis la cuisine ouverte.

— Dix-sept ans – le docteur a exactement le double de l'âge de Kit. Je me demande si elles ont le même père. Ou même si Isadora pourrait être la mère de Kit.

— Pourquoi le cacher ? demanda Randall.

Frazer haussa les épaules. Cela avait un côté un peu victorien, mais il exposait juste des idées.

Randall avait enlevé sa cravate et sa veste de costume et avait attrapé l'un des plats à emporter.

— Les accidents arrivent, même dans les mariages heureux, dit-il entre deux bouchées. Je suis beaucoup plus jeune que ma sœur aînée et ce n'était absolument pas prévu. Mon père m'a dit que j'étais né des suites d'une bonne bouteille de gin.

— Sympa.

Frazer éprouvait de la sympathie pour ce type. Et depuis qu'Alex Parker l'avait appelé quelques minutes plus tôt, la terrible tension en lui s'était enfin relâchée d'un cran. Son état s'était stabilisé, mais les médecins insistaient pour que Rooney reste hospitalisée pendant quelques jours. Elle et le bébé allaient bien. Parker restait également sur place. Il aurait fallu une équipe de SEAL pour forcer l'ancien agent de la CIA à quitter le chevet de Rooney. Frazer n'était pas assez fou pour s'y risquer, et il ne le voulait pas.

Il respectait l'amour et la dévotion, même si cela n'avait pas fonctionné pour lui.

Son ex et lui étaient tous deux obstinément indépendants.

Frazer trouvait l'idée de passer chaque instant avec un autre être humain étouffante, confinant à la claustrophobie. La compagnie constante lui vrillait le cerveau. Des rapports sexuels réguliers pouvaient le compenser en partie, mais Frazer aimait avoir son propre espace, tant mental que physique. Et voilà qu'il pensait au sexe, après s'être efforcé de ne pas y songer depuis qu'Isadora Campbell s'était retournée pour le regarder et avait rougi quand il l'avait surprise.

La bonne nouvelle était qu'elle ne voulait pas s'intéresser à lui, pas plus qu'il ne voulait s'intéresser à elle. Ou peut-être était-ce une mauvaise nouvelle, étant donné qu'ils semblaient tous les deux perdre le combat contre leur attirance physique.

Heureusement, il était expert dans l'art d'ignorer non seulement ses propres désirs et besoins, mais aussi les désirs et besoins des autres.

Il fit un signe de tête vers le tableau qu'il avait emprunté au département de la police et qu'il avait posé contre le mur de la salle à manger pour faire le point sur le meurtre. Il y avait mis des photos d'Helena, de Jesse, des dunes, du père d'Helena, de la pelle et du bracelet, qui représentait toutes sortes de complications dont il se serait bien passé.

— Les autres adolescents présents à la fête ont dit quelque chose d'intéressant ?

Randall cracha une nouille.

— Disons que je ne me souviens pas que les choses étaient aussi… avancées… quand j'étais au lycée. Ou peut-être que j'étais beaucoup plus innocent que je ne le pensais.

— Des drogues ? demanda Frazer.

— Drogues, sexe, et rock'n roll. Quelques jeunes ont admis que des stimulants circulaient pendant la soirée, mais rien de bien « méchant ».

Il forma des guillemets en prononçant le mot et se remit à engouffrer son plat. Il mâcha pendant un moment.

— L'alcool coulait à flots et le fils Cirencester risque de prendre cher si ses parents perdent leur licence de vente d'alcool à cause de ça.

Il pointa ses baguettes en direction de Frazer.

— Ce qui m'a vraiment sidéré, c'est un jeu où les gars

jetaient tous leur téléphone portable dans un bac et celui qui était choisi avait le droit à une pipe d'une des filles.

— Bonne année, dit Frazer avec ironie. Qui a gagné ?

— Damien Ridgeway.

Il grimaça.

— C'est Kit qui lui a offert le prix ?

Randall haussa les épaules.

— Apparemment. Ils ont disparu ensemble.

— À la piscine ?

Randall acquiesça.

Frazer avait dit à Kit qu'il ne révélerait pas ses secrets à sa sœur, mais cela ne voulait pas dire que les autres se tairaient. Ce n'était pas son problème, mais il ne pouvait s'empêcher d'avoir de la peine pour Isadora, et d'être furieux du comportement de sa sœur. Les gens avaient tendance à blâmer le tuteur, mais si lui avait pu reprendre sa vie en main à quinze ans, il n'y avait aucune excuse à dix-sept ans.

Ce n'étaient pas ses affaires.

— Quel était le sentiment général envers Helena ?

— Une gentille fille – peut-être un peu trop. Pas intéressée par la drogue ou la drague. Bonne élève, travailleuse acharnée. Une danseuse. Des parents surprotecteurs, surtout le père.

Frazer repensa à ses pieds étroits et à ses longs orteils. Ce pouvait en effet être des pieds de danseuse.

Le côté « parents surprotecteurs » déclenchait des signaux d'alarme, mais les parents étaient suspectés dans toutes les enquêtes pour meurtre.

— Je vais devoir interroger la famille demain. Le chef Tyson m'a dit que les parents ont dû être mis sous sédatif. Un agent reste avec eux ce soir. C'est une amie de la famille.

Ce qui pouvait s'avérer précieux, tant qu'elle s'efforçait de les aider à découvrir la vérité.

— Et pour Jesse ? Quel était le sentiment général à son sujet ?

— Personne n'avait rien à lui reprocher. Excellent élève, capitaine de l'équipe de football, sans être un connard. Toutes les filles voulaient sortir avec lui. Tous les gars voulaient traîner avec lui.

Randall haussa les épaules.

— Et maintenant ? Ma patronne veut un rapport. Je ne vais pas pouvoir la faire attendre éternellement.

Frazer se pinça l'arête du nez. Petra Danbridge était une vraie compétitrice, qui avait été vexée que le DSC ait embauché Rooney à sa place. Heureusement, elle ne connaissait pas les raisons de ce choix, même si, rétrospectivement, il préférait avoir affaire à Rooney au quotidien plutôt qu'à la SSA de Charlotte. Hanrahan avait fait un sacré bon choix pour des tas de mauvaises raisons. Frazer n'était pas l'agent en charge, mais il était plus gradé qu'elle, et il connaissait les bonnes personnes. Il ne voulait pas tirer trop de ficelles et attirer l'attention sur ce qui se passait avant d'y être obligé.

— J'ai besoin de vingt-quatre heures de plus si possible.

Même ce délai ne serait pas suffisant. Danbridge retirerait Randall de l'enquête, parce qu'un homicide avec une seule victime n'était pas une affaire fédérale, ou elle mettrait plus d'enquêteurs sur l'affaire et découvrirait le lien avec Denker.

— Je vais faire de mon mieux, mais si je me retrouve avec un blâme dans mon dossier… fit Randall, dubitatif.

— Je m'en chargerai, promit Frazer. Le médecin légiste a trouvé un coquillage dans le vagin de la victime.

Randall se figea et reposa ses baguettes. Le fait que Denker aimait insérer des objets dans ses victimes figurait au dossier.

Randall savait ce que cela signifiait.

— Donc ce type est soit un ancien associé, soit un nouvel ami de Denker. Dans tous les cas, ils ont dû communiquer.

Frazer acquiesça.

— J'ai appelé la directrice pour essayer d'obtenir des copies de ses e-mails et des enregistrements de ses appels téléphoniques. Elle ne m'a pas encore rappelé. Je parie qu'il manigance quelque chose et je veux être prêt.

Il avait également demandé à Parker d'en découvrir le plus possible sans passer par les canaux officiels. Le fait d'avoir un expert en cybersécurité dans son équipe lui avait fait repenser toutes ses méthodes de communication électroniques. Il n'y avait pas de secrets dans le cyberespace, sauf si vous étiez le roi du code et de la manipulation des données.

— Vous pensez que Denker va soudainement plaider innocent ? Prétendre que ses aveux ont été forcés ?

— J'en doute, la victime était dans le coffre de sa voiture et le préservatif qu'il a utilisé pour la violer était dans un sac poubelle avec ses vêtements. En plus, il perdrait la face et son ego ne pourrait pas le supporter s'il déclarait tout à coup qu'il n'est pas réellement le grand méchant tueur en série, mais un pauvre trou du cul trop stupide pour plaider innocent. Tout ce qu'il peut vraiment espérer, c'est que sa peine soit commuée en prison à vie, sans possibilité de libération conditionnelle.

— Je préférerais encore recevoir une balle.

— Oui, mais ce n'est pas vous qui êtes face à une mort imminente, et Denker tient à sa propre personne. Il fera tout ce qu'il peut pour éviter l'exécution.

Et Frazer n'avait pas l'intention de le laisser s'en tirer.

Il se retourna vers le tableau. Il dessina une flèche entre le bracelet et le nom « Beverley-1998 ». Bon sang, c'était l'année où Helena Cromwell était née. Au-dessus se trouvait une autre case avec les initiales « FD ». Il ne voulait pas que quelqu'un fouine et divulgue le nom de Ferris Denker aux médias.

Beverley avait été portée disparue en février. Denker avait été arrêté plus tard cet été-là. Frazer devait déterminer le lien avec les Outer Banks.

— Comment savoir si ce nouveau tueur est un ancien acolyte ou un imitateur ?

Frazer termina son plat et posa la barquette sur la table. Il avait travaillé sur des milliers de crimes au fil des ans et il commençait toujours de la même façon.

— On examine la victime, les preuves. On établit un profil en utilisant des méthodes inductives et déductives. On fait le moins de suppositions possible jusqu'à avoir des preuves. Pour l'instant, on ne sait même pas si l'agresseur était un homme seul. On a besoin des résultats médico-légaux dès que possible. L'angle Denker n'est qu'un aspect du problème. On ne doit pas se laisser distraire par ça.

Randall hocha la tête, mais il n'avait pas l'air convaincu.

— Vous avez la liste des preuves ? demanda Frazer.

Randall récupéra ses notes et les lui transmit. Frazer les parcourut deux fois avant de comprendre ce qu'il avait manqué.

— Où sont passées les chaussures d'Helena ?

IZZY ETAIT ALLONGEE dans son lit et fixait les ombres pâles du plafond de sa chambre en écoutant le clapotis rythmé des vagues en arrière-plan. Une image lui revint – l'image d'une petite fille courant dans les vagues, son père suivant chacun de ses pas et veillant à ce qu'elle ne soit pas emportée alors qu'elle gloussait comme une folle et se laissait soulever dans ses bras.

Sa gorge lui faisait mal. Cela faisait longtemps qu'elle ne s'était pas souvenue de quelque chose de positif de son enfance sans être submergée par d'autres souvenirs. Elle s'agita sous les couvertures, incapable de s'installer confortablement alors que le passé et le présent s'entremêlaient.

Était-il temps d'avouer ?

Et merde. C'était pour s'assurer que Kit ne serait pas envoyée en famille d'accueil qu'elle avait quitté l'armée et était rentrée chez elle. Avouer signifierait que ce sacrifice aurait été vain. Sa sœur découvrirait la vérité – en plus de perdre sa meilleure amie, elle devrait tout affronter seule, puis lâcherait probablement l'école et devrait redoubler sa dernière année de lycée. Vu le chemin qu'elle avait emprunté dernièrement, Izzy ne pensait pas que ce soit une bonne idée.

Elle n'avait qu'à attendre que Kit soit diplômée. Après tout ce temps, quelle importance cela avait-il vraiment ?

Le bruit du vent faisant claquer les volets était à la fois effrayant et familier, réconfortant. La cadence de l'océan l'apaisait et l'aidait généralement à s'endormir rapidement, mais pas ce soir-là. La mer était la seule chose qui lui avait manqué pendant ses longues années d'absence – pas sa mère ni sa petite sœur. Elle les voyait régulièrement, bien que rarement, mais elles ne lui manquaient pas. Pas comme elles auraient dû. Elles formaient une entité, et elle avait l'impression d'être une étrangère.

Cela n'avait fait qu'accroître sa culpabilité quand sa mère était morte. Elle n'avait pas été une très bonne fille. Raison de plus pour faire ce qu'il fallait. Mais revenir dans la ville où elle avait grandi n'était pas facile.

Cela confinait à la claustrophobie de vivre dans une communauté où les gens pensaient vous connaître juste parce qu'ils connaissaient vos proches. Ses sombres secrets de famille les auraient fait frémir, et Kit et elles seraient devenues des parias. Elle chassa ces pensées. Kit ne devrait jamais l'apprendre – peut-être l'ignorance était-elle le seul vrai cadeau qu'elle pouvait faire à sa sœur.

Elle se retourna, frustrée. Elle était si éreintée en rentrant chez elle qu'elle avait eu du mal à garder les yeux ouverts. À présent, les pensées tourbillonnaient dans sa tête à toute vitesse. Le plancher grinça et elle se figea, avant de réaliser que c'était Barney.

Quand elle était rentrée chez elle, après avoir mis le plat chinois au four pour le garder au chaud, elle avait fouillé la maison, l'arme au poing, regardant dans chaque armoire, dans les douches, sous chaque lit. Pas de monstres. Pas aujourd'hui. Kit s'était endormie dans sa chambre avec ses écouteurs et la télé allumée.

Juste au moment où Izzy commençait à se détendre, l'agent Randall avait frappé à la porte d'entrée et elle avait failli avoir une attaque. Elle lui avait remis le repas et le double des clés en l'avertissant que si quelque chose était endommagé à la maison de plage, elle en parlerait à son patron. Il lui avait fait un clin d'œil et promis de bien se comporter. Il flirtait ouvertement avec elle et n'avait pas peur de le faire.

Lucas Randall était exactement le genre d'homme à qui une femme comme elle aurait dû sourire en retour. Il était beau, intelligent, drôle et accessible. Il avait un joli nom, un joli visage, un corps qui semblait valoir le détour sous son costume d'agent du FBI.

Mais quand elle fermait les yeux, ce n'était pas lui qu'elle voyait.

Elle frappa son oreiller.

Un faible bruit de frottement métallique la fit se redresser dans son lit. Qu'est-ce que c'était que ça ? Elle repoussa les couvertures, se dirigea vers la fenêtre et regarda dehors. Sa chambre était orientée au sud avec une vue sur l'avoine de mer, le sable et l'océan. Elle enfila un sweat sur le t-shirt vert olive « go-army » trop grand pour elle, qu'elle portait pour dormir. Elle prit le Glock-17 sur sa table de nuit et vérifia qu'il y avait une balle dans la chambre. Elle la garda pointée vers le sol, tout en faisant attention à ne pas la diriger vers son chien, toujours partant pour de nouvelles aventures. Par la fenêtre du salon orientée au nord, elle pouvait voir le cottage faiblement éclairé, comme si quelqu'un était dans le salon ou avait laissé une lumière allumée. La maison avait l'air calme, paisible.

Il y avait peu de chances que le bruit provienne du cottage de location. Un autre léger bruit semblable la poussa à tendre l'oreille, pour essayer d'en déterminer la source exacte. On aurait dit que cela venait de *sous* la terrasse.

Des ratons laveurs ? Des poneys ? Le fantôme de son père ?

— Bon sang.

Elle passa une paire de tongs près des portes-fenêtres et hésita, la main sur la poignée de la porte. Elle pouvait laisser Barney sortir chasser l'intrus, mais s'il se faisait attaquer par un animal sauvage, une excursion de cinq minutes se transformerait en une aventure de toute une nuit chez le vétérinaire. Mais si c'était l'homme qui avait tué Helena la nuit précédente ? Il n'aurait eu aucun scrupule à blesser son chien.

Que ferait-il sous ta terrasse, bécasse ?

Mais si c'était le cas ? Elle frissonna.

L'arme rassurante était plaquée contre sa cuisse. Elle était armée et n'avait pas peur d'affronter qui que ce soit, surtout pas avec le FBI qui logeait à côté. Elle n'était pas une jeune fille fragile de 17 ans. La vérité, c'était qu'elle ne l'avait jamais été. Si c'était l'homme qui avait tué Helena, cette histoire serait terminée. Le FBI quitterait les Outer Banks et ses secrets resteraient bien gardés.

Elle attrapa la lampe de poche qu'elle gardait derrière le rideau sur le rebord de la fenêtre.

— Reste là, dit-elle à Barney en ouvrant doucement la porte, la refermant avant qu'il ne puisse s'enfuir dans la nuit.

Si c'était un animal sauvage, il s'enfuirait dès qu'il la verrait. Si c'était une personne, Izzy était armée, et le FBI était juste à côté. Elle pouvait tirer, se défendre et crier à l'aide. Elle s'arrêta sur la terrasse et regarda la maison de plage. Aucun mouvement.

Si c'était un raton laveur, elle n'avait aucune envie d'être vue avec son arme. Elle n'avait pas besoin d'être la risée générale.

Il faisait sombre, mais le ciel nocturne était clair. Soudain, elle prit conscience des battements de son cœur qui martelaient ses tempes, d'une intensité assourdissante. Elle ne devait pas se laisser distraire.

Allez, Izzy, un peu de nerfs. Tu n'as pas oublié ta formation ?

Elle prit son courage à deux mains en descendant les escaliers, prise entre l'envie de faire fuir l'intrus et de l'attraper. Elle serra la crosse de son pistolet, son doigt non loin de la détente.

En bas des marches, elle tenta d'allumer la lampe de poche et réalisa qu'elle avait commis une grave erreur. Le bouton cliqueta dans le vide et rien ne se produisit. Un sentiment de danger fendit l'air et la chair de poule gagna ses bras nus. Le sentiment de menace grandissait à mesure que le silence s'étirait. L'espace sous la maison était plongé dans les ténèbres, et elle sentait la peur s'insinuer dans sa gorge. Elle secoua la lampe de poche et la frappa contre sa cuisse en désespoir de cause. Même cliquetis inutile. *Et merde.*

— Qui est là ?

Elle se sentait idiote de s'adresser aux ombres, mais elle rendit sa voix aussi assurée que possible. Rien ne bougeait, sauf la mer derrière elle et le vent qui bruissait dans l'herbe des dunes avec le sifflement des serpents.

Un grincement soudain la fit hurler et reculer d'un demi-pas. Elle mit son doigt sur la gâchette alors qu'un gros matou passait devant elle, bondissant vers le cottage. *Oh, mon Dieu.* Son cœur battait la chamade. Elle poussa un soupir et baissa son arme, s'affaissant contre la balustrade en se retournant pour regarder l'animal s'enfuir. Un chat. Elle avait failli tirer sur un foutu chat.

L'instant d'après, sa tête fut projetée contre la balustrade et un éclair de douleur se propagea en cascade le long de son corps dans une explosion d'agonie. Visant le sable avec son Glock, elle pressa la détente, à genoux. Le coup de feu résonna dans la nuit, porté par l'eau. Elle entendit quelqu'un jurer, puis le bruit de pas qui couraient alors qu'elle luttait pour se lever. Elle fut prise de nausée. Du sang s'écoulait de son cuir chevelu.

Quelques secondes plus tard, une porte claqua et d'autres pas dévalèrent les marches en bois du cottage voisin.

— Dr Campbell ? Tout va bien ?

L'ASAC Frazer.

Elle était heureuse de le voir. Il lui prit son Glock des mains et elle ne formula aucune objection.

L'agent Randall apparut ensuite, sortant en courant du

cottage. Il peinait à enfiler un t-shirt sur un torse à la musculature impressionnant quand il arriva.

Elle lui adressa un sourire mal assuré. Pas assez mal en point pour ignorer des abdos bien dessinés apparemment. C'était bon signe.

— Il y avait quelqu'un sous ma maison, qui m'a écrasé la tête contre la balustrade quand je l'ai confronté.

Sa voix était un croassement, mais elle se hissa à l'aide du poteau, comptant jusqu'à dix pour trouver son équilibre.

— J'ai tiré dans le sable et il s'est enfui.

— De quel côté est-il parti ? demanda Frazer, visiblement tenté de poursuivre l'individu, mais contraint de rester avec elle.

— Vers la route. Allez-y. Je vais bien.

Le son d'un petit moteur parvint jusqu'à eux – une moto-cross probablement. Randall partit en courant. Frazer resta debout à la regarder comme si elle était folle.

— Que s'est-il passé exactement ? demanda-t-il.

Elle toucha sa tempe avec précaution. Elle aurait voulu fermer les yeux et faire cesser les vertiges. Elle appuya ses deux mains sur ses cuisses, tentant de chasser la douleur, regrettant de ne pas avoir appelé la police dès le début. « Têtue » était un euphémisme.

— J'ai entendu un bruit en bas. J'ai décidé d'aller voir.

Elle s'éclaircit la gorge.

— Un chat est sorti en courant et je me suis retournée pour le regarder s'enfuir, en pensant que c'était lui le coupable. J'ai baissé ma garde.

Elle pinça les lèvres, contrariée.

— Quelqu'un m'a frappée par-derrière.

— Avez-vous vu quelque chose ? Un visage ?

— Une lumière blanche et des petits oiseaux.

Elle ne se donna pas la peine de voir s'il appréciait son humour. Elle serra les dents et se redressa, vacillant légèrement alors que sa vision se brouillait.

— Je n'ai rien vu qui puisse permettre d'identifier quelqu'un. C'était un homme, mais c'est tout ce que je sais.

— Qu'est-ce qui vous fait dire que c'était un homme ?

Izzy fronça les sourcils.

— Sa taille et la sensation de sa main sur ma tête. Il était plus grand que moi et je ne suis pas vraiment petite.

Elle plissa les yeux.

— J'ai peut-être vu une paire de bottes de travail noires ?

Frazer alluma sa lampe de poche et éclaira sous la terrasse. La porte de sa petite cabane à outils était ouverte.

— Qu'est-ce que… ?

Elle voulut faire un pas en avant, mais il passa un bras autour de ses épaules, l'empêchant d'avancer. Peut-être savait-il qu'elle était à deux doigts de tomber à la renverse.

— Pourquoi quelqu'un entrerait-il par effraction dans ma cabane à outils ?

— Attendez.

Frazer plissa les yeux en examinant la scène. Izzy détestait l'attention qu'elle accordait à la force de son bras, à la chaleur de ses doigts qui la touchaient.

— Pouvez-vous me dire si quelque chose a été volé ?

Elle voulut faire un nouveau pas en avant, mais il la serra plus fort, la forçant à rester exactement où elle était. Elle leva les yeux.

— D'ici ?

Il fit un signe de tête.

Elle s'accrocha alors à lui, moins stable sur ses pieds qu'elle ne l'avait réalisé. Elle reporta son attention sur sa cabane à outils, essayant d'y voir plus clair. Tondeuse à gazon, débroussailleuse, marteau, cisailles, tournevis. Quelques bulbes séchés. Des pots de fleurs vides. Une truelle. Un demi-sac de terre.

— Tout a l'air d'être là.

— Vous en êtes certaine ?

L'intensité de la question la poussa à regarder à nouveau. Bon, très bien. *Fais plus attention.* Tout semblait normal… Ses yeux s'arrêtèrent sur un support mural vide. Un sentiment d'effroi s'insinua entre ses côtes et elle eut du mal à respirer.

— La pelle. La pelle a disparu.

Izzy crut que ses genoux allaient la lâcher, mais Frazer l'aida à tenir bon.

S'il avait remarqué sa détresse, il ne fit pas de commentaire. Il sortit son téléphone portable, parcourut quelques images d'une seule main, puis lui mit l'écran sous le nez.

— C'est votre pelle ?

Elle écarquilla les yeux en reconnaissant la pelle de la scène de crime. Les dunes où Helena était morte. Une pelle posée dans le sable. *Sa* pelle – identifiable au ruban isolant jaune que sa mère avait enroulé autour de la poignée, des années auparavant. Elle n'y avait pas prêté attention plus tôt, plus préoccupée par les adolescents. Mais c'était bien sa pelle, et elle avait été utilisée pour frapper Jesse à la tête.

— Oui.

Elle vacilla, un bourdonnement grondant dans ses oreilles. Elle dut tituber, car il la serra soudain contre lui. S'accrochant à lui, elle posa sa joue sur la surface lisse de sa poitrine et ferma les yeux, juste un instant, pour essayer d'empêcher le monde de tourner si violemment.

Il sentait le lin chaud avec un léger parfum d'après-rasage.

Il l'entoura de ses deux bras, et elle s'accrocha fermement au tissu de sa chemise. À quand remontait la dernière fois qu'elle s'était appuyée sur quelqu'un ? Elle n'en savait rien. Il lui était impossible de se souvenir. Elle inspira profondément à plusieurs reprises pour calmer son pouls, essayant de reprendre le contrôle d'elle-même. Au bout d'un moment, elle se rendit compte qu'elle respirait son parfum et pressait son corps contre le sien, des genoux à la poitrine.

Et merde.

Elle s'écarta d'un pas mal assuré.

— Je vais bien, merci. J'ai besoin de m'asseoir.

— Ne touchez à rien, la prévint-il.

Ses yeux bleus dégageaient une autorité froide plutôt qu'un réconfort chaleureux. Cela lui rappela qui il était et la raison de sa présence. Elle hocha la tête, puis marcha lentement jusqu'à la plage et s'effondra lourdement sur le sable sec. Son corps tremblait. L'homme qui avait tué Helena était venu sous sa maison ce soir-là. Il avait volé *sa* pelle et l'avait utilisée pour battre Jesse. Puis il était revenu ; pourquoi ? Était-elle une cible ? Ou Kit ? Cela n'avait aucun sens, et pourtant… Quelque part, les implications étaient terribles.

Tous les muscles de son corps se tendirent. Cela ne pouvait pas être une coïncidence. Il savait ce qu'elle avait fait et la torturait.

Elle se leva péniblement. Elle aurait dû dire au FBI tout ce qu'elle savait, mais alors ils l'auraient arrêtée et il était hors de question qu'elle laisse sa sœur sans protection. Elle serra les poings. Elle pouvait presque entendre les cris hystériques de sa mère se répercuter dans sa tête.

Elle ferait tout ce qu'il faudrait, mais elle ne laisserait pas ce fils de pute s'approcher de Kit, même si cela signifiait mentir comme un arracheur de dents au FBI, y compris au type qui faisait fondre ses entrailles chaque fois qu'elle le voyait. Pire, elle se sentait en sécurité et protégée avec lui, mais elle savait qu'il se retournerait contre elle en un instant si jamais il découvrait la vérité. Et elle ferait tout pour l'empêcher.

CHAPITRE HUIT

L INCOLN FRAZER ETAIT énervé, et cela lui arrivait rarement. À quoi pensait cette femme en allant enquêter seule dans l'obscurité, une nuit après un viol et un meurtre brutaux à quelques kilomètres de là ?

En même temps… Qu'était-elle censée faire ? Appeler les flics chaque fois qu'elle entendait un bruit étrange ? Cela deviendrait vite lassant. Isadora Campbell avait été un soldat. Elle était armée. Elle n'était pas une idiote pleurnicharde, mais il était quand même énervé. Il n'était pas un connard sexiste. Il était convaincu que tout le monde devait pouvoir se protéger, car les policiers ne pouvaient pas être partout à la fois. Les hommes et les femmes devaient apprendre l'autodéfense. Les enfants devaient savoir se défendre. Alors quel était le problème ?

L'image d'Isadora Campbell, portant une étiquette attachée à l'orteil. Voilà son putain de problème.

Elle avait refusé d'aller à l'hôpital et Frazer avait insisté pour qu'elle aille au lit à la place. Les docteurs étaient vraiment les pires des patients. Elle avait l'air fatiguée et épuisée, et il n'avait pas besoin de distraction. Le fait qu'elle devienne une distraction était une autre raison de sa colère.

Lorsqu'elle s'était accrochée à lui plus tôt, moulant ses courbes douces et ses longs membres contre les siens, il l'avait tenue non pas pour la réconforter, mais parce qu'il aimait l'avoir dans ses bras.

Il serra les poings. Certaines personnes dépassaient les limites. Lui les définissait.

Quand il l'avait vue sortir plus tôt dans la soirée, il avait délibérément détourné le regard. Il s'était dit qu'elle allait probablement sortir son chien, et ne se faisait pas confiance pour la suivre sur une plage au clair de lune.

Au lieu de cela, elle était tombée directement dans les bras du tueur d'Helena Cromwell et ses « sentiments » auraient pu la conduire à sa perte. Le fait que le tueur ait été si proche était à la fois frustrant et curieux. Frazer regardait la technicienne de la scientifique chercher des empreintes dans la cabane à outils. Randall était avec un autre technicien qui photographiait les traces de pneus de la moto que le suspect avait utilisée pour s'enfuir.

Izzy avait identifié la pelle utilisée lors de l'attaque de la nuit précédente, ce qui lui avait appris plusieurs choses.

Le tueur était probablement du coin. Et il avait commis une erreur.

Avait-il volé la pelle des femmes Campbell simplement parce que leur maison était en bordure de la ville, et que la remise était facile à forcer ? Peut-être que le tueur savait que le docteur était de garde à l'hôpital pour le jour de l'an et ne serait pas là. Frazer sentait que le suspect n'avait pas l'intention de laisser la pelle derrière lui sur la scène du crime la veille. Ils pourraient tirer cela à leur avantage.

Le gars avait fait un mauvais calcul en revenant ce soir-là. Frazer comptait bien se servir de cette erreur. L'une des femmes Campbell pouvait-elle être impliquée ? Elles avaient toutes les deux un alibi, aucune n'avait de mobile et aucune n'était assez forte pour maîtriser simultanément les deux victimes.

Mais le nouveau petit ami de Kit était un facteur inconnu...

Frazer avait besoin d'établir la chronologie exacte des activités de Kit et Ridgeway parce qu'ils avaient fini par venir se défoncer juste à côté. Ridgeway aurait pu avoir les moyens et l'opportunité de commettre le crime. Même s'il n'était pas le tueur, Kit ou lui auraient pu voir quelque chose d'utile. Ils devaient parler au gamin dès que possible et mener des recherches approfondies sur les adolescents.

On pouvait supposer que le tueur était revenu parce qu'il craignait que quelqu'un reconnaisse la pelle et qu'il voulait effacer toutes les preuves potentielles qu'il avait laissées – ce qui semblait disculper Kit et Izzy. C'était leur pelle, leur remise. Pas besoin de prétendre qu'elles n'y avaient pas touché.

La technicienne recula.

— Il y a du sang sur la balustrade derrière vous, fit-elle remarquer.

Frazer jeta un coup d'œil derrière lui.

— C'est celui du Dr Campbell, mais vous devriez quand même le prélever.

Elle s'était cogné la tête assez violemment, avait utilisé des sutures adhésives et avait déclaré qu'elle allait « bien ».

Têtue.

Il laissa la voie libre à la scientifique. Il avait toujours le Glock d'Isadora dans sa poche. Si elle n'avait pas été armée, elle aurait pu mourir. L'idée de ce qui aurait pu se passer à quelques mètres seulement de l'endroit où il était assis, essayant de ne pas penser à elle, était plus que perturbante.

C'était pour cela qu'il n'aimait pas s'impliquer. Cela déplaçait sa concentration du tueur à la proie – mais n'était-ce pas pour ça qu'il avait agi ainsi ? Parce qu'il s'inquiétait pour la proie ?

— J'ai terminé.

La technicienne de la scientifique remballa son kit et il la remercia d'un signe de tête tandis qu'elle retournait à sa voiture. Avec un peu de chance, elle trouverait quelque chose qui permettrait de coincer le type. Qui permettrait d'en finir.

La bonne nouvelle, c'était que Frazer avait désormais de nombreuses informations à digérer pour établir un profil – ce n'était pas un processus facile et il n'y avait rien de magique là-dedans. Il ne s'agissait pas de deviner correctement. Il utilisait un raisonnement inductif, s'appuyant sur des années de recherche et de données. Le problème du profilage par induction était qu'il reposait sur un échantillon de criminels qui avaient été arrêtés, ce qui biaisait forcément les données. Cela supposait également une cohérence comportementale – à savoir qu'un délinquant se comportait de la même manière sur une période donnée, même s'il commettait des crimes différents – et le principe d'homologie – l'hypothèse de similitude entre différents délinquants commettant des crimes similaires.

Aucun de ces deux éléments n'avait été prouvé.

Mais Frazer était convaincu que le tueur devait avoir un ego surdimensionné. Le fantasme devait jouer un rôle important dans la façon dont il commettait et peaufinait ses meurtres. Il avait probablement une intelligence moyenne ou supérieure à la moyenne. Il était sexuellement actif. C'était probablement l'aîné de la famille ou un enfant unique.

Le raisonnement déductif était plus précis, mais il fallait beaucoup plus de temps pour obtenir des informations utilisables. Le bon sens jouait également un rôle dans le profilage – l'assaillant était assez robuste pour marcher dans les dunes, manier une pelle et conduire une moto-cross, ce qui réduisait légèrement le nombre de suspects.

Maintenant qu'il avait réalisé que les chaussures d'Helena manquaient, il lancerait des recherches dans le ViCAP pour voir s'il pouvait trouver des liens avec d'autres crimes. Puis il demanderait à Felicia Barton de travailler sur un profil géographique afin de déterminer où le suspect était le plus susceptible de vivre en fonction du lieu de ses crimes.

L'intuition et l'instinct issus d'années d'expérience jouaient également un rôle important dans ses méthodes de profilage. Frazer se doutait que ce tueur ne serait pas facile à attraper. Il avait l'horrible pressentiment qu'il leur échappait depuis des années.

Quel était son lien avec Ferris Denker ? S'il s'agissait de compatriotes, le tueur devait avoir entre 40 et 60 ans – assez âgé pour un tueur en série qui n'aurait jamais été arrêté. Mais si le suspect était un disciple, tous les paris étaient ouverts, même s'il était probablement plus jeune et plus facilement influençable.

Frazer n'aimait pas les devinettes. Il aimait les faits et devait se concentrer sur ce qu'il savait réellement.

Il mit la main dans sa poche et toucha le pistolet du médecin. Il valait mieux le lui rendre avant d'aller se coucher. Il monta les marches en bois de sa terrasse et passa par les portes-fenêtres. La lampe dans le coin était allumée. Barney s'approcha et il gratifia le chien d'une caresse. Le bruissement des couvertures attira son regard vers le canapé. Quelqu'un s'asseyait. Isadora.

— Où est Kit ? demanda-t-il à voix basse.

Il avait supposé que la jeune femme serait là, elle aussi. Jouant le rôle de chaperon en quelque sorte.

— Elle portait des écouteurs et ne s'est pas réveillée. Je l'ai laissée dormir.

Il serra les lèvres. La jeune fille avait besoin de comprendre ce qui se passait et la choyer ne l'aiderait pas. La protéger était dangereux pour toutes les deux. Il lui en parlerait le lendemain.

— Vous avez trouvé quelque chose ?

Elle fut prise d'un large bâillement en s'étirant.

— Désolée, dit-elle en mettant sa main devant sa bouche.

— Les échantillons ont été envoyés au laboratoire. Kit et vous devrez fournir vos empreintes digitales et votre ADN pour qu'on puisse les exclure.

Elle acquiesça.

— Et ensuite ?

Elle avait l'air pensive et il la regarda attentivement. Il y avait des cernes sous ses yeux. Malgré sa mâchoire contractée, elle semblait fragile. À quand remontait la dernière fois qu'elle avait dormi ? Elle avait travaillé la nuit précédente et n'avait même pas eu le temps de faire une sieste dans la journée.

— Vous devriez vous reposer, lui dit-il.

Elle secoua la tête, alors il lui prit la main et la força à se lever, ignorant ses protestations.

— Au lit.

Elle émit un rire rauque et feint, destiné à détourner son attention du fait qu'elle n'avait manifestement pas envie de dormir.

— Vous êtes un peu trop rapide pour moi, agent Frazer.

Le fait qu'elle ne cesse de le rétrograder était intéressant. Elle comprenait les concepts de rang et le pouvoir associé.

Essayait-elle de le chercher ? Si c'était le cas, elle serait déçue. Le rang ne signifiait rien d'autre que la capacité à donner des ordres – ce dont il se servait pleinement. La chose la plus importante pour lui était de faire son travail. Être le meilleur était important aussi, mais pas pour satisfaire son ego. C'était à cause de ses promesses aux victimes et à son pays. Il pensait rarement à autre chose.

Son rire le dérangeait davantage. Il lui effleurait la chair comme des ongles égratignant la peau.

Passe à autre chose.

Il la fit passer devant lui, essayant de ne pas regarder la courbe de ses hanches ou de ses fesses. Il gardait habituellement ses pensées pour lui – y compris les attirances occasionnelles qu'il pouvait éprouver au travail. Heureusement que Parker n'était pas là, réalisa-t-il. Il se serait fait des idées. Frazer avait une réputation de glace, pas de feu. C'était ironique qu'il soit attiré par une personne en tous points comme lui. Pas quelqu'un qui s'effondrait et pleurait face à l'adversité, mais quelqu'un qui tenait bon, vous regardait dans les yeux et vous disait que ça ne faisait pas mal.

Il y avait clairement un feu qui couvait sous l'apparence froide d'Isadora Campbell.

Et merde.

Il détestait voir ça en elle. Il savait pourquoi il gardait les gens à distance. Quelle était son excuse ? Et que se passerait-il s'ils laissaient tous deux tomber leur armure pour une seule nuit ?

Il n'en avait pas besoin. Elle non plus. Il était l'homme d'une nuit et elle était impliquée dans une affaire. Leur seule préoccupation devait être de mettre ce tueur hors d'état de nuire.

La porte de sa chambre était grande ouverte. Il lui tendit l'arme, puis le chargeur de balles, et la poussa à entrer. Il désigna le lit.

— Dormez un peu. Je fermerai en partant.

Elle rangea son Glock et ses munitions dans le tiroir de sa table de nuit, enleva son pantalon ample de survêtement et le plia proprement avant de le poser sur une chaise à côté du lit. Il ne pensait pas qu'elle s'était déshabillée devant lui pour le séduire, c'était plutôt le geste de quelqu'un qui avait l'habitude de se changer en compagnie d'autres personnes et qui n'était pas du tout pudique.

Mais le vert olive ne lui avait jamais semblé aussi beau. Le t-shirt descendait à mi-cuisses et révélait de longues jambes minces et pâles. Il avait réussi à garder les yeux sur son visage plus tôt. Mais à présent qu'elle tirait sur l'ourlet de son t-shirt, le tissu moulait ses mamelons qui pointaient.

Était-ce le froid, ou pensait-elle à la même chose que lui ?

Il détacha ses yeux ce qui semblait être un corps parfait tandis qu'elle se glissait sous les couvertures. La tension sexuelle était palpable.

Elle se racla la gorge et regarda partout sauf dans sa direction.

— Merci de vous être occupé de la police scientifique.

— C'est mon boulot.

Elle tressaillit devant son ton sévère.

Et merde. Il l'avait mise mal à l'aise. Il tourna les talons.

— Est-ce l'homme qui a tué Helena qui se cachait sous ma terrasse ce soir ?

Il hésita. L'air contenait un autre type de tension à présent.

— Probablement.

— Pourquoi a-t-il volé ma pelle ?

Elle lui jeta un regard perçant, mais il n'avait pas la réponse.

— Est-ce qu'on est en danger, Kit et moi ? Est-ce qu'il va revenir ?

Ses yeux se dirigèrent vers l'endroit où elle cachait son Glock.

— Mieux vaut être vigilant.

Bon sang. Il se comportait comme le connard sans cœur qu'il était.

Elle inspira profondément, puis serra ses bras autour de ses genoux pliés.

— La plupart de ces tueurs ont un type spécifique, n'est-ce pas ?

Frazer se retourna pour lui faire face.

— Je n'en sais pas assez sur ce tueur pour le dire. Pour l'instant.

Elle fit un signe de tête et grimaça. Elle toucha la bosse sur sa tête.

— Espérons que vous l'attraperez avant qu'il n'attaque quelqu'un d'autre.

Un rappel qu'il n'avait pas fait son travail correctement.

— On était juste à côté. Pourquoi ne pas avoir décroché le téléphone ?

C'était peut-être pour ça qu'il était en colère. Elle avait entendu un bruit, mais plutôt que de lui demander de l'aide, elle avait enquêté toute seule et avait fini par être blessée.

— Je ne voulais pas passer pour une idiote si c'était juste un raton laveur.

— Vous préférez garder votre dignité plutôt que votre vie ? Il recula d'un pas.

Elle rit.

— Pas ma dignité…

— Votre indépendance ? Je suis un agent du FBI.

— Et j'étais un soldat, dit-elle sèchement.

— Ça ne veut pas dire que vous devez tout faire vous-même.

Il s'assit lourdement sur le côté de son lit, tendit la main et écarta ses cheveux pour regarder sa plaie. Ses cheveux étaient doux et de la couleur du soleil à la lumière de la lampe. Le soupir qu'il poussa renfermait toute sa frustration.

Elle soutint son regard.

— Ne prétendez pas que vous êtes différent de moi.

Il fut choqué de constater qu'elle pensait la même chose de lui. Il se renferma sur lui-même.

— La prochaine fois, appelez-moi.

Il posa une de ses cartes sur sa table de chevet.

Elle leva le menton, mais hocha la tête. Puis elle déglutit nerveusement. Le mouvement se répercuta dans sa gorge, et il ne put s'empêcher de le suivre tout du long. Elle avait le plus joli cou et les plus belles clavicules. S'ils s'étaient rencontrés dans d'autres circonstances, il aurait fait tout son possible pour pouvoir goûter à sa peau.

Il leva les yeux vers son visage. Il ne pensait pas avoir déjà vu quelqu'un avec de tels yeux verts auparavant. Un vert chaud et profond, sans aucune trace de marron ou de noisette. Un lourd silence s'installa entre eux. Un silence qui palpitait de questions et de messages non exprimés. Quel goût avait-elle ? Quel son ferait-elle s'il l'embrassait ?

Il se leva. C'était dangereux et ne pouvait mener à rien.

— Avez-vous pris quelque chose pour le mal de tête ?

Elle se lécha les lèvres, et son sexe réagit instantanément.

— Je n'aime pas prendre des analgésiques.

— Bien sûr que non, dit-il sèchement.

— Qu'est-ce que ça veut dire ?

Elle leva les yeux vers lui.

Il fit un autre pas en arrière, déconcerté de voir qu'il cherchait le conflit pour instaurer à nouveau un peu de distance. La distance était généralement innée chez lui.

— Rien. Dormez un peu. Je vous verrai demain matin.

Il referma la porte sur son expression énervée et poussa un soupir de soulagement : il avait réussi à ne rien faire de stupide.

C'était déjà ça.

Il ne faisait pas même pleinement confiance au Dr Isadora Campbell, et il n'avait certainement pas l'intention de céder à l'attirance qu'il y avait entre eux. Il verrouilla les portes-fenêtres de l'intérieur, prit une clé sur l'étagère près de la porte d'entrée et se glissa dehors. Les vagues venaient lécher le rivage. Il n'aimait pas la tournure des événements ce soir-là, ni sur le plan personnel ni sur le plan professionnel.

Et pire que d'avoir affaire à Isadora Campbell, il ne pouvait plus repousser le moment d'appeler son ancien patron.

L'ancien SSA Art Hanrahan avait pris sa retraite du DSC avant Noël, et ils s'étaient quittés en mauvais termes. Frazer pinça les lèvres. Il devrait faire avec, car Hanrahan était l'expert de Ferris Denker et de ses crimes. Hanrahan saurait si le tueur avait déjà pris les chaussures de ses victimes. Il connaîtrait la liste de ses complices probables.

La lune disparaissait déjà et il devait être à Parson's Point à l'aube. Autant travailler une heure de plus. Il avait des rapports à lire et des e-mails de son équipe à traiter. Il ne voulait pas rester coincé là plus longtemps qu'il ne le devait alors qu'il y avait tant de choses à faire en Virginie.

L'image du corps pâle d'Helena Cromwell lui traversa l'esprit – une parmi des centaines, peut-être des milliers. Il savait déjà qu'elle rejoindrait les victimes qui ne le quittaient jamais. Peut-être était-ce dû au fait qu'elle était à l'aube de l'âge adulte et qu'on le lui avait brutalement volé. Peut-être était-ce le fait qu'elle lui rappelait sa propre mère.

Il serra la mâchoire. Aussi satisfaisant que cela puisse être d'attraper un tueur, il aurait aimé que cela n'impliquait pas d'arriver toujours trop tard pour la première victime. Il aurait tout abandonné pour sauver une seule personne. Sa gorge devint sèche en pensant à ses parents, mais il chassa ces souvenirs. Soudain, penser à toutes les choses qu'il aimerait faire à une Isadora Campbell nue ne semblait pas être une si mauvaise façon de passer son temps. C'était bien mieux que de se remémorer son enfance brisée.

———

QUELQUES HEURES PLUS tard, Lincoln Frazer détaillait les dunes qui protégeaient Parson's Point. Son travail était trop laid pour faire dans la poésie, mais il y avait de rares moments où il savait apprécier le charme d'une situation. Des moments où il s'arrêtait dans sa chasse aux prédateurs assez longtemps pour être sensible à la beauté du monde. Parfois, c'était quelque chose d'intangible, une émotion, un sentiment – comme l'amour qu'il avait vu grandir entre Rooney et Parker. Ou la foi en un idéal – comme la confiance absolue de Scarlett Stone en son père, un homme que le monde avait abandonné depuis longtemps. Parfois, c'était physique – il pensa à Isadora Campbell et à son satané grain de beauté.

Et en cet instant, c'était une bande de terre à moitié immergée. Le jaune vif du soleil faisait ressortir le miel et l'or de la plage. Les teintes pêche et rose du lever du soleil se déversaient dans l'océan. Le vent était tombé et l'air était chaud.

Les îles possédaient une beauté fragile qui pouvait être balayée par la colère de l'océan, mais leur force résidait dans leur capacité d'adaptation.

Les habitants de l'île avaient peut-être raison. Le sable dans ses chaussures évoquait des vacances en famille et une atmosphère décontractée. Des enfants pieds nus jouant dans les eaux peu profondes, des chevaux sauvages au galop. Il balaya du regard les dunes de sable. Il était regrettable que son monde et celui-ci se soient rencontrés, apportant au passage la laideur qui constituait son quotidien. Il avait l'horrible sentiment que la situation n'était pas près de s'arranger.

Il se trouvait entre deux hommes, sur un sentier qui s'étendait entre deux sections de dunes protégées, attendant que les recherches commencent. Un cri s'éleva et tout le monde commença à avancer lentement. Il y avait une vingtaine d'officiers de part et d'autre de lui. L'officier Wright se tenait sur la plus haute dune près de la route, dirigeant les opérations. Pour l'heure, Frazer ne voyait pas d'inconvénient à le laisser aux commandes. Il marchait d'un pas ferme dans le sable, balayant systématiquement le sol devant ses pieds.

Il avait envoyé Randall interroger le jeune Ridgeway. Ayant parlé aux autres adolescents, il était le plus à même de relever toute incohérence dans son témoignage. Mais Frazer avait fait quelques recherches sur le nouveau venu en ville. Il avait eu des problèmes de discipline dans son ancienne école et avait été élevé par une mère célibataire, qui était très pieuse si l'on en croyait ses dons mensuels. Ridgeway valait vraiment la peine qu'on s'y attarde.

Un cri s'éleva sur sa droite et ils se figèrent tous. Un technicien de la police scientifique courut pour photographier et collecter ce qu'on venait de trouver. Ce pouvait être tout et rien. Ils recommencèrent à avancer. Ce qui avait été une ligne droite d'officiers de police était maintenant brisé par le paysage. Certains agents des forces de l'ordre se trouvaient au sommet des dunes, d'autres à l'abri des regards dans les vallées.

De temps à autre, un cri retentissait et ils s'arrêtaient tous pour que les preuves soient étiquetées et mises sous scellés. Il doutait que ces résidus récupérés dans l'herbe aient une grande signification ou soient recevables devant un tribunal, mais il ne voulait pas dévoiler précisément ce qu'il s'attendait à trouver ce jour-là.

Les rayons de l'aube projetaient des ombres allongées sur le sable. Ils atteignirent la zone où Helena et Jesse avaient été attaquées. Elle était vide désormais, à l'exception des empreintes qui recouvraient le moindre centimètre de la zone. Peut-être que les chaussures se trouvaient dans le coin. Son esprit se remémora les traits délicats et les yeux vitreux d'Helena. Les ecchymoses sur son cou. Il sentit sa mâchoire se crisper et chassa la tension qui le gagnait. Ne pas penser à Helena. Mais à son assassin.

Qu'est-ce que tu faisais là ?

Je crois que j'ai ma petite idée.

Il escalada une autre dune, traversa une section de crêtes intriquées, puis monta à nouveau jusqu'à trouver enfin ce qu'il cherchait. Il se figea. Il leva la main et s'accroupit, examinant le sol devant lui. Un cri retentit et tout le monde attendit. Une technicienne de la police scientifique arriva en courant. C'était la femme qu'il avait rencontrée la veille au soir.

— Il faut qu'on arrête de se voir comme ça.

Elle était essoufflée par sa course. Il lui adressa un sourire, tout en sachant qu'il n'atteindrait pas ses yeux. Elle détourna nerveusement le regard.

— Pouvez-vous photographier cette zone pour moi ?

Il désigna la zone du doigt.

— Bien sûr. Elle se mit à genoux à côté de lui et prit des photos.

— Je peux les voir ? demanda-t-il.

Elle lui tendit l'appareil photo et il vérifia les clichés. Ils confirmaient ce que son œil avait vu. Un creux de la taille d'une tombe dans le sable, presque indiscernable à moins de le chercher. Il appela l'officier Wright.

— Je veux que cette zone de dunes soit bouclée, mais continuez les recherches autour.

Il désigna les lignes de crête.

— Et je veux que tous les techniciens de la scientifique viennent ici.

Wright glissa ses mains dans sa ceinture. Puis il se frotta la nuque.

— Pour faire quoi ?

La technicienne se releva, l'air crispé.

— Creuser. On va creuser.

Elle avait repéré la même chose que lui.

Frazer acquiesça.

Wright enleva son couvre-chef et essuya la sueur de son front.

— Bon sang.

Frazer consulta sa montre.

— Allez-y, les gars. Le bureau du médecin légiste est prêt à envoyer un hélicoptère si vous trouvez quelque chose qui ressemble à des restes humains.

— Où allez-vous ? demanda l'officier Wright, visiblement contrarié.

— Appelez-moi si vous trouvez quelque chose.

Il allait hypnotiser Jesse, et interroger l'homme qui avait trouvé le corps – pour savoir si un père avait pu violer et assassiner sa propre fille. Ce métier était un plaisir sans cesse renouvelé.

CHAPITRE NEUF

L ORSQU'IZZY PARVINT A s'extirper du lit, Kit était partie depuis longtemps. Izzy l'avait appelée et avait laissé un message sur son portable, lui disant de faire attention, car les fédéraux pensaient que le tueur d'Helena était toujours sur l'île. Elle lui raconterait les détails de la nuit précédente dès qu'elle la verrait.

Plutôt que de se détendre, Izzy était allée au magasin faire des réserves de tout ce dont elles avaient manqué pendant qu'elle travaillait. Elle avait fait une liste de courses et demandé à Kit de s'en occuper, mais elle aurait pu aussi bien parler en bas allemand. Izzy ne savait comment s'y prendre avec sa petite sœur. Elle ne pouvait pas continuer à refuser systématiquement les corvées et à ne témoigner aucun respect pour ses aînés.

Izzy mit ses courses à l'arrière de son SUV, puis entendit quelqu'un marteler une vitre. Elle regarda autour d'elle et vit son oncle Ted dans le *diner* d'à côté, assis avec ses acolytes dans leur box préféré. Il tapa à nouveau sur la fenêtre et elle étouffa un juron. Le bruit devint plus fort et plus insistant. Elle soupira en fermant le coffre.

Elle se dirigea vers le restaurant, défaisant sa veste lorsqu'une bouffée de chaleur et l'odeur du bacon l'assaillirent. Kit travaillait là plusieurs fois par semaine. Le *diner* était de style rétro avec des tables à carreaux noirs et blancs et des banquettes en vinyle rouge. Izzy aimait y manger en hiver. En été, on pouvait à peine passer la porte.

— Comment ça va, Izzy ? demanda Mary Neville, la serveuse.

Elle avait une petite sœur qui était dans la classe d'Izzy au lycée. Cela lui rappela qu'elle avait des racines dans la région qui remontaient à des décennies. Mais peut-être que les racines ne comptaient pas pour beaucoup sur une île de sable.

— Juste un café, s'il te plaît, Mary.

— Viens te joindre à nous !

Le pasteur Rice lui fit signe de les rejoindre dans le box de son oncle. C'était un homme mince, avec des cheveux sablonneux qui commençaient à peine à grisonner. C'était un bel homme, qui lui rappelait un peu Kevin Costner.

Elle afficha un sourire amical, redressa les épaules et s'approcha, tirant une chaise au bout de la table.

— Ted nous a dit que c'était la meilleure amie de ta sœur qui a été assassinée.

Le sourire du pasteur faiblit.

— Je suis vraiment désolé. Transmets-lui mes condoléances et si elle ressent le besoin de parler, je suis là.

— Alors comme ça on cherche encore à recruter ?

Seth Grundy était assis contre la fenêtre, en face. C'était le garagiste du coin et il leur faisait toujours un bon prix. Il était chauve, avec d'épais sourcils noirs et des yeux marron qui ne manquaient rien.

— Répandre la parole de Jésus, c'est mon métier, Grundy. Ça ne ferait de mal à personne d'aller à l'église de temps en temps.

— Je suis un ancien catholique, rétorqua Seth. La culpabilité, je la mange au petit-déjeuner.

— Hé, je vais à l'église, rétorqua M. Kent, qui avait été son professeur de sciences au collège.

Hank Wright était le cinquième membre de leur bande hétéroclite, mais il avait à faire ce jour-là. À l'exception de Hank, les amis de son oncle avaient tous la cinquantaine ou plus. Ils se retrouvaient généralement au *diner* le samedi matin plutôt que le vendredi, mais comme on était un jour férié, ils avaient fait une exception. Le samedi soir, ils allaient chez Bert, le bar de la grande rue, et une partie de poker hebdomadaire était organisée tour à tour dans chacune de leurs maisons. À les écouter, aucun d'entre eux ne semblait jamais gagner.

Mary apporta son café à Izzy et remplit les tasses vides sur la table. Elle récupéra les assiettes vides et poursuivit son chemin. Izzy remarqua que M. Kent reluquait le derrière de Mary quand elle tourna les talons, et le pasteur lui donna un coup de coude qui lui fit renverser son café.

— Quoi ? protesta M. Kent.

Même si cela faisait des années qu'elle avait été son élève, elle ne pouvait pas le voir autrement que comme M. Kent.

— Tu sais bien, dit le pasteur.

Son ancien professeur de sciences haussa les épaules.

— Il n'y a pas de mal à regarder.

— Pourquoi tu ne l'invites pas à sortir avec toi ? suggéra le pasteur. Au lieu de juste regarder ?

— Ne sois pas ridicule.

— En quoi ce serait ridicule ? demanda Ted.

De la sueur se forma sur le front de M. Kent qui jeta un coup d'œil à Izzy.

— C'est l'une de mes anciennes élèves.

— Ça remonte à une éternité, rétorqua le pasteur Rice en

secouant la tête. Et elle vient de divorcer, glissa-t-il en se penchant sur la table.

— Ça ne me paraît pas correct.

M. Kent baissa les yeux sur son café.

— Si tu ne le fais pas, quelqu'un d'autre le fera, insista Seth.

M. Kent lui adressa un regard noir.

— Bas les pattes, Grundy.

— Je disais ça comme ça.

Seth sourit. Selon son oncle Ted, Seth avait une certaine réputation auprès des dames.

M. Kent lui lança un regard noir, puis se leva lentement et se dirigea vers Mary qui nettoyait les tables de l'autre côté du restaurant. Il y avait quelques lycéens qui ricanaient sur leurs téléphones. Un couple de retraités qu'elle avait déjà vu en promenant Barney, et un kinésithérapeute du sport qu'elle avait à l'hôpital.

Mary leva les yeux en voyant M. Kent s'approcher, et un instant plus tard, elle rougit. Izzy se détourna pour leur donner un peu d'intimité.

— J'ai entendu dire qu'il y avait eu du grabuge chez toi la nuit dernière.

Ted la fixait avec le même regard direct que sa mère. La ressemblance l'avait toujours déstabilisée. Probablement parce que sa mère ne lui avait jamais rien épargné.

— Pourquoi tu ne m'as pas appelé ? demanda-t-il.

Ça ne lui avait même pas traversé l'esprit.

— Quelqu'un s'est introduit dans la remise.

Elle haussa les épaules.

— Des enfants, probablement. Le FBI était juste à côté.

Ses cheveux détachés et le bonnet de laine qu'elle portait

cachaient la croûte qui cicatrisait sur sa tête. Elle ne voulait pas qu'on en fasse tout un plat. Son Glock était bien calé sous sa veste, et elle n'avait pas l'intention d'aller où que ce soit sans lui dans un avenir proche.

— Que pensaient-ils trouver dans ton abri de jardin ? demanda Ted en fronçant les sourcils.

— De l'herbe ? ricana Seth.

Izzy le regarda avec insistance. Savait-il que Kit fumait de la marijuana, ou était-ce une plaisanterie ?

— Je n'en ai aucune idée.

Elle prit une gorgée de café. Les fédéraux ne voudraient pas qu'on apprenne que sa pelle avait servi pour agresser Jesse et Helena. Elle n'était pas stupide.

— Les enfants volent tout ce qui n'est pas solidement fixé, dit M. Kent en revenant à la table et en glissant un morceau de papier dans la poche de sa veste.

Il portait toujours un blazer et avait l'air d'un professeur même en dehors de l'école.

— Alors ? demanda le pasteur en haussant les sourcils.

M. Kent essaya de cacher un sourire, mais la lueur dans ses yeux ne mentait pas.

— Je l'emmène dîner demain soir.

— Tu n'as pas intérêt à foirer, sinon on va tous le payer.

Seth passa une main sur sa bedaine.

— Ta panse me remercierait.

— Ma panse est très bien comme elle est, merci.

— On verra comment il s'en est sorti s'il a le droit à un supplément bacon, ajouta Ted à voix basse.

— Tant qu'il n'a pas un supplément saucisse, dit le pasteur d'un ton sévère, et ils éclatèrent tous de rire.

C'était comme dîner avec des collégiens. Izzy but une

gorgée de café. Elle aurait aimé qu'il ne soit pas aussi brûlant pour pouvoir s'échapper plus vite.

Ted reporta son attention vers elle.

— Est-ce qu'ils ont volé quelque chose ?

— Non, dit-elle en évitant son regard aiguisé et en haussant les épaules. Ce n'était rien. Juste des enfants qui s'amusaient. Viens voir par toi-même si tu ne me crois pas.

Elle remarqua l'échange de regards autour de la table.

— Tu avais ton arme sur toi ? demanda Ted.

Elle n'aimait pas voir qu'ils étaient tous pendus à ses lèvres comme des chiens attendant une friandise.

— Ouaip.

— Tu leur as foutu la trouille ? insista-t-il.

Elle sentait son inquiétude pour elle et Kit.

— Probablement.

Elle se força à sourire. En réalité, c'était l'inverse. L'assaillant l'avait effrayée à mort.

— Mais j'essaie de ne pas tirer sur les gens pendant mes jours de congé. C'est trop de travail de les soigner après, et mon patron désapprouve les conflits d'intérêts.

Les hommes éclatèrent de rire, car ils savaient qu'elle était médecin, et l'atmosphère se détendit. Ce sentiment de communauté lui manquerait-il quand elle partirait ? Un peu, mais pas assez pour rester. Quand ils recommencèrent à parler du meurtre d'Helena, cela lui rappela toutes les raisons pour lesquelles elle devait partir.

— Je n'arrive pas à croire que quelqu'un puisse faire quelque chose comme ça à une jeune fille, murmura le pasteur. Et attaquer le fils du chef de la police ?

— Il faut avoir des couilles, dit Seth en avalant son café.

— Le FBI a une idée du coupable ? demanda le pasteur

Rice.

Elle le regarda avec amusement.

— Vous pensez sérieusement que le FBI se confie à moi ?

— Eh bien, tu es un médecin, et ils logent chez toi.

— Ils louent le cottage d'à côté, ils ne campent pas dans mon salon.

— Peut-être que tu pourrais jeter un coup d'œil aux preuves en faisant le ménage, suggéra son ancien professeur de sciences, les yeux pétillants.

C'était justement pour *ça* que Frazer lui avait demandé toutes les clés.

— Je ne pense pas.

Izzy doutait que le FBI reste là aussi longtemps. Ces hommes étaient pires que de jeunes recrues en matière de commérages.

— Si ce meurtre vous intéresse, pourquoi ne pas aider pour les recherches ?

Ses mains tremblaient lorsqu'elle porta à nouveau sa tasse à ses lèvres. Pauvre Helena.

— Ils ont refusé notre aide, dit Seth en boudant.

Ils s'étaient donc portés volontaires. Elle s'en doutait.

— Ils ont dit que c'était réservé aux forces de l'ordre.

M. Kent jouait avec les sachets de sucre au centre de la table.

La pensée de ce qu'ils pourraient trouver ce jour-là lui tordait les tripes, raison pour laquelle elle devait rester occupée. Son esprit jouait son jeu habituel de cache-cache avec sa conscience.

— Kit tient le coup ? demanda Ted.

Et la raison de son silence la rattrapa. Il n'était pas seulement question d'abandonner le lycée, sa sœur serait exposée à un tueur. En plus de cela, Kit découvrirait la vérité sur ses parents. Izzy ne pouvait pas lui faire ça. Ça aurait été trop douloureux.

— Pas vraiment, admit-elle. Elle n'arrête pas de pleurer.

— Pauvre enfant.

Les yeux bleu pâle du pasteur étaient illuminés par une ferveur intérieure. Elle ne doutait pas qu'il serait là pour lui offrir son réconfort spirituel.

— Tu crois que ça va faire fuir les touristes ? demanda Ted.

— Ça ? Tu veux dire le meurtre brutal d'une jeune fille innocente ?

Izzy serra sa mâchoire. Les locaux étaient vraiment terre à terre.

— Je voulais juste dire…

— Tiens. Voilà Hank, interrompit M. Kent.

L'agent Wright franchit la porte, parla à voix basse à Mary, lui tendit un thermos, puis s'approcha et s'assit lourdement sur le bord de la banquette à côté de M. Kent.

— Je n'ai que dix minutes. Je ramène des boissons chaudes aux gars de la plage.

Hank posa son bras le long de la table, s'asseyant maladroitement. Son visage était pâle.

— Vous avez trouvé quelque chose ? demanda M. Kent, en remuant le sucre de son café.

Izzy sentit les muscles de son cœur se contracter.

— La police scientifique est en train de mettre à jour ce qui ressemble à une tombe peu profonde.

Izzy sentit la bile monter, mais elle lutta contre l'envie de vomir et masqua le goût avec une gorgée de café. Ne pas réagir. Ne pas réagir.

Le pasteur resta bouche bée.

— Ils pensent que quelqu'un d'autre a été assassiné là-bas ?

— Personne d'autre n'a été porté disparu.

Hank se cura les dents avec son petit doigt et haussa les épaules.

— Mais le FBI veut utiliser un radar à pénétration de sol.

Izzy se leva brusquement.

— Tu t'en vas ? demanda Ted.

Il avait l'air déçu et Hank aussi, mais elle ne pouvait pas rester assise à écouter cette conversation sans vomir.

— Je dois ramener les courses à la maison avant qu'elles ne décongèlent.

— C'est ton premier jour de congé depuis des semaines et c'est ta façon de te changer les idées ?

Ted serra les poings sur la table.

— Tu penses que ce serait mieux si je restais assise toute la journée à bavarder avec vous ?

Elle haussa un sourcil, puis essaya d'adoucir son ton.

— Je vais aller promener Barney. Aller courir. Peut-être faire du yoga, et ensuite enlever les décorations de Noël. Elles ne sont plus appropriées.

Ted baissa les yeux.

— Tu as raison. Je suis désolé. Je voulais juste essayer de te remonter le moral un peu, Iz-biz.

Izzy regarda le visage sombre de Hank et sentit le poids dans sa poitrine devenir aussi lourd qu'une étoile à neutrons. Avec la mort d'Helena et les fouilles du FBI à la plage, il n'y avait rien au monde qui pourrait lui remonter le moral ce jour-là. Ce qui lui rappelait qu'elle devait encore parler à Kit de la nuit précédente et la confronter au fait qu'elle fumait de l'herbe. Ses projets pour la journée étaient totalement chamboulés, mais mieux valait s'atteler sans plus attendre aux choses pénibles et trouver comment aller de l'avant. Elle parlerait au conseiller de l'école et obtiendrait un rendez-vous pour Kit.

Elle repensa à tous les espoirs et les promesses que la nouvelle année avait suscités à peine trente-six heures auparavant. Le mois de janvier aurait difficilement pu commencer plus mal.

LANNIE, LA MERE d'Helena Cromwell, était assise en face de son mari sur une chaise à dossier ajouré. Elle avait de longs cheveux raides, et de grands yeux marron qui avaient probablement été beaux avant que son monde ne s'écroule. Elle lui rappelait sa propre mère, avec une beauté naturelle, à la fois simple et sans âge. La prise de conscience de l'effet fulgurant de la mort sur la beauté le frappa de plein fouet. Il regarda autour de lui pour que la mère ne puisse pas lire ses pensées.

La maison familiale était chaleureuse et confortable, avec une cuisine datée et un grand calendrier au mur, rempli de caractères gras et colorés. Un gros chat au poil soyeux passa entre les pieds de la table. Sa gamelle était vide. On avait oublié de le nourrir. Un miaulement sonore rompit le silence, mais personne ne prêta attention à la pauvre créature.

— Que faisait-elle sur les dunes ? demanda soudain le père d'Helena, Duncan. Elle sait combien il est important te ne pas s'approcher des dunes. Elle sait mieux que quiconque qu'il ne faut pas aller dans cette zone. Je le lui ai *dit*.

L'homme ne cessait de crisper et décrisper les poings, pris d'une colère noire.

— Combien de fois l'ai-je emmenée avec moi pour m'assurer que personne ne s'y aventurait ? Combien de discussions avons-nous eues sur l'importance de protéger les systèmes de dunes pour préserver l'existence même de ces îles ? Je pensais qu'elle avait compris. Comment a-t-elle pu être aussi *stupide* ?

— Bon sang. Qu'est-ce que ça peut faire ? lâcha la femme comme si elle le détestait. Tout le monde se fiche de tes stupides *dunes*. Helena est morte et tout ce qui t'intéresse, c'est le travail ? Elle est *morte*.

Le chagrin se manifestait de différentes manières, et Frazer ne savait jamais à quoi s'attendre, sauf à l'inattendu. Il les observait attentivement, pour ne rien manquer. Il devait tout voir. Chaque nuance. Chaque interaction.

Ils étaient clairement encore sous le choc. Les pressions sur leur relation seraient énormes et ne feraient que s'accentuer. Les parents d'enfants assassinés avaient souvent du mal à rester ensemble. S'il y avait des fissures dans le mariage, elles devenaient des gouffres, notamment parce qu'ils étaient sur le point d'être scrutés à la loupe en tant que suspects potentiels. Les autres enfants des Cromwell, âgés de douze et quatorze ans, étaient assis au salon à regarder la télévision. Un âge terrible pour vivre une perte aussi dévastatrice. Assez âgés pour savoir ce qui se passait et ne pas supporter d'être exclus, surtout pour un adolescent. Un adolescent voulait être traité comme un adulte.

Si cela n'avait tenu qu'à lui, Frazer aurait dit aux enfants ce qui se passait, en leur épargnant peut-être les détails les plus scabreux. Il n'y avait pas toujours de corrélation entre l'âge et la capacité à encaisser la réalité. Les enfants étaient plus résistants que leurs parents ne le pensaient, et c'était leur sœur qui était morte si brutalement. Il leur aurait donné assez d'informations pour comprendre les événements et être préparés aux choses cruelles que les autres enfants pourraient dire à l'école. Mais Frazer n'était pas père, alors qu'en savait-il ?

— Où étiez-vous le soir du Nouvel An ? demanda-t-il.

— On s'est couchés à onze heures.

Duncan Cromwell leva les yeux vers lui.

— On n'est pas vraiment des fêtards.

Sa femme détourna le regard comme si elle ne pouvait pas supporter la vue de son mari.

— Certaines années, on essaie de rester debout, mais quand les enfants étaient petits, on a perdu cette habitude et maintenant…

À présent, elle cherchait un sens à sa vie.

Le silence s'étira.

Elle se retourna vers lui.

— Est-ce qu'elle a été violée ?

Ses yeux le suppliaient de lui dire non.

Mais il ne pouvait pas mentir.

— C'est probable.

Ses yeux s'emplirent de larmes.

— Mon pauvre bébé.

— Comment savez-vous qu'elle n'a pas couché avec ce garçon ? Jesse Tyson ?

Duncan Cromwell cracha les mots.

— Comment savez-vous qu'il ne l'a pas violée ?

Sa haine était palpable. Était-il sorti sur les dunes ? Avait-il vu Jesse et Helena faire l'amour et les avait-il attaqués, fou de rage ? C'était à Frazer de le découvrir.

— Je ne peux pas être sûr à cent pour cent de quoi que ce soit, c'est pourquoi je dois vous poser plus de questions sur le moment où vous les avez trouvés. Vous ne saviez pas qu'Helena sortait avec Jesse Tyson ?

Ils secouèrent la tête.

— Elle ne nous l'a jamais dit.

Lannie Cromwell plaqua sa main sur sa bouche.

— Elle vous a dit qu'elle dormait chez Kit Campbell ?

Duncan plissa les yeux.

— Pourquoi Izzy ne veillait pas sur elles.

Frazer ressentit le besoin de la défendre.

— Elle était au travail et pensait que Kit était ici avec Helena.

— Elle n'a jamais pensé à vérifier ? demanda Duncan avec amertume.

— L'avez-vous fait ? rétorqua Frazer.

Le regard de Duncan ricocha sur le sien.

— Je faisais confiance à Helena. Elle ne m'aurait jamais menti avant de traîner avec Kit Campbell. Elle ne serait jamais partie avec un garçon sans que cette petite salope ne l'encourage.

— Vous semblez très en colère à l'idée qu'Helena ait eu un petit ami, dit prudemment Frazer.

— Elle était trop jeune. À cet âge, les jeunes hommes ne cherchent qu'une chose.

— Et Helena savait ce que vous en pensiez ?

Duncan acquiesça.

— C'est pour ça qu'elle nous a menti, cracha Lannie.

Duncan passa une main agitée dans ses cheveux clairsemés.

— Je sais que j'ai fait des erreurs, mais je ne suis pas le seul. La chose la plus importante est d'attraper le bâtard qui a fait du mal à Helena.

Le regard désespéré de l'homme rappela à Frazer du verre brisé. Des parties de lui étaient tranchantes, d'autres éclatées. Il s'effondrait de l'intérieur.

Les tueurs en série finissaient souvent par s'effondrer à un moment donné. Les parents en deuil également.

Frazer prit les choses en main.

— Nous n'en sommes qu'aux premiers stades de l'enquête. J'aimerais beaucoup vous parler de la scène que vous avez découverte hier matin, M. Cromwell. Idéalement, j'aimerais vous hypnotiser pour puiser dans votre subconscient.

L'homme écarquilla les yeux et resta bouche bée. Il regarda sa femme à plusieurs reprises, puis secoua la tête.

— Je ne peux pas. Pas devant Lannie.

— Je veux tout savoir.

La voix de sa femme était un grognement guttural.

— Je *dois* savoir.

Choquée par son comportement, elle regarda vers la porte vitrée où leurs autres enfants regardaient la télévision. Il n'y avait aucun bruit provenant de l'autre pièce.

— Ce n'est pas une mauvaise idée de partager ce que vous avez vu avec votre femme, M. Cromwell. Je réalise que l'horreur et le chagrin sont bruts, mais l'imagination peut être pire.

— Non. Non. Rien n'est pire que ça. Rien.

Duncan Cromwell pressa ses paumes contre ses yeux et se leva. Le chat passa entre ses jambes et l'homme trébucha.

— Bon sang !

Frazer retint son souffle.

Duncan se pencha et attrapa le chaton, serra la créature contre lui et enfouit son visage dans la fourrure blanche.

— Je n'arrive pas à me sortir son image de la tête, Lannie. Chaque fois que je ferme les yeux, je la vois allongée dans le sable comme un jouet cassé. Je ne veux pas que tu voies ça. Je ne veux pas que tu souffres aussi.

Le son de sa voix était déchirant.

— Je souffre déjà, D. J'ai besoin d'entendre ce qui est arrivé à Helena. J'ai besoin de tout savoir.

Pour savoir précisément à quel point elle avait laissé tomber sa fille. Frazer connaissait les étapes.

L'homme fixait sa femme, la défaite imprégnant chaque ride de son visage. Frazer l'aida à se rasseoir.

— Inspirez profondément. Retenez votre respiration. Puis expirez lentement.

Frazer lui fit effectuer quelques exercices de respiration, et remarqua que Lannie Cromwell l'imitait. La plupart des gens tentaient l'expérience. Cela ne pouvait pas faire de mal.

— Détendez-vous, lui dit-il, et fermez les yeux.

Il n'abusait pas de la confiance qui accompagnait l'hypnose, bien qu'il ait déjà essayé de piéger Rooney pour qu'elle réponde à une question alors qu'elle était supposée être en transe. Mais elle s'en était rendu compte.

Le chat se débattit pour échapper à Cromwell. Il le laissa sauter par terre.

Idéalement, Frazer aurait encouragé l'homme à s'allonger et à s'installer confortablement. Il aurait mis de la musique new-age pour créer l'illusion d'un environnement sûr. Mais c'était accessoire. L'essentiel était de calmer l'esprit et de l'amener à se concentrer sur ce que l'on voulait.

— Travaillez-vous toujours les jours fériés ?

Sa femme eut un petit rire.

Un sourire triste s'afficha sur le visage de Cromwell.

— Je n'arrête jamais de travailler. Il y a toujours quelque chose à faire. Des recherches à vérifier. Des rapports à rédiger. Des données à collecter.

— Vous aimez votre travail ?

— C'est ce que j'ai toujours voulu faire, depuis que je suis tout petit. Protéger la terre. Ne pas me contenter d'en parler comme le font certains écologistes, mais faire réellement la différence.

— C'était une matinée venteuse. La mer était agitée. Pourquoi êtes-vous allé à Parson's Point ?

— On m'a signalé un phoque échoué sur la plage de Rodanthe. Je voulais aller voir. J'ai vu qu'il y avait une voiture garée sur le côté de la route près du phare.

La voiture de Jesse Tyson. Elle avait rejoint les autres preuves.

La respiration de Cromwell était calme et profonde.

— Alors je me suis arrêté pour m'assurer que personne n'était sur les dunes.

— Qu'avez-vous vu quand vous êtes arrivé ?

— Il y avait plusieurs séries d'empreintes de pas dans le sable. Je me souviens avoir été en colère. Les gens d'ici se plaignent de l'érosion, mais la plupart d'entre eux ignorent les panneaux interdisant l'accès, quelle que soit leur taille. Je me souviens que j'ai défait ma veste tellement j'étais en colère.

La même veste qu'il avait drapée sur le corps nu de sa fille. La même veste qui attendait d'être traitée au titre de preuve, comme le reste des vêtements de Cromwell.

— Que s'est-il passé ensuite ?

— J'ai franchi la dune bordière, prêt à en découdre avec

quelqu'un. Je suis arrivé au sommet et j'ai regardé en bas…

Il déglutit péniblement.

— Je n'en croyais pas mes yeux.

— Pouvez-vous me décrire la scène en détail ? Dites-moi tout ce que vous voyez.

Frazer craignait qu'il ne sorte de son état de rêve, mais après quelques respirations superficielles, Cromwell s'affaissa lourdement contre le dossier de chaise en bois.

— J'ai vu le garçon, Jesse, en premier. Il était allongé sur le dos, la tête penchée sur le côté. Le sable était maculé de sang. Une fraction de seconde plus tard, j'ai vu le corps nu d'une jeune femme – ses genoux étaient pliés et écartés. Elle était – il respira lentement et profondément – étendue bras et jambes écartées dans le sable.

Le sexe bien en apparence. Une mise en scène destinée à choquer. À rabaisser la victime plus encore. Le fait que le père ait trouvé le corps avait pu augmenter l'excitation du tueur. Affreux à réaliser, mais important à savoir.

La mère mit une main devant sa bouche. Les larmes lui montèrent aux yeux.

— Une partie de mon cerveau se disait que j'avais interrompu deux personnes qui faisaient l'amour, mais elles étaient si *immobiles*… ça ne semblait pas naturel. J'ai essayé d'analyser la scène.

Duncan Cromwell se balançait légèrement sur sa chaise, mais cet état de conscience altérée lui permettait d'affronter ses émotions.

— J'ai réalisé que c'était Helena. J'ai eu l'impression qu'on m'avait frappé avec une brique quand j'ai pris conscience de ce que je voyais. J'ai couru…

Des larmes coulaient sur les joues de l'homme, ce qui était

fréquent pendant l'hypnose et le deuil.

— Où étaient les mains d'Helena ?

— Elles étaient posées sur son ventre. C'est là que j'ai vu le bracelet.

L'homme était de plus en plus agité. Il n'était pas sous hypnose profonde, mais Frazer le nota quand même.

— Portait-elle d'autres bijoux quand elle est sortie ?

La mère acquiesça vigoureusement, mais Frazer leva la main pour la faire taire.

— Elle portait des boucles d'oreille en or, en forme d'étoile. Sa mère les lui avait achetées quand elle avait réussi son examen de maths l'année dernière.

— Ses yeux étaient-ils ouverts ou fermés ?

— Ouverts. Grand ouverts. J'attendais qu'elle cligne des yeux. Quand je me suis approché, j'ai vu qu'ils étaient injectés de sang et vitreux. Il y avait des marques sur son cou, et du sang sur ses cuisses.

Il se mordit la lèvre.

— Je n'arrive pas à croire que quelqu'un ait fait ça à Helena. On ne traiterait même pas un animal de cette façon.

Helena s'en était tirée à bon compte par rapport à certaines victimes – surtout celles de Denker – et c'était probablement la pensée la plus triste de la journée.

Cromwell poursuivit.

— Je l'ai couverte avec ma veste. Puis j'ai appelé les secours et j'ai commencé à lui faire du bouche-à-bouche.

Lannie tendit la main à son mari, mais il ne la vit pas. Frazer vit ses doigts se recroqueviller et revenir lentement sur ses genoux.

— L'ambulance est arrivée et ensuite Izzy Campbell est arrivée à peu près au même moment, mais elle n'a même pas essayé de sauver Helena.

Son ton s'était fait mauvais.

— Helena était déjà morte, M. Cromwell.

L'homme le savait inconsciemment, il avait même dit que ses yeux étaient vitreux.

— Il faisait froid, et elle n'a même pas essayé.

La rage de Cromwell s'était déplacée, ce qui perturba Frazer.

— Elle a aidé à sauver Jesse Tyson, dit-il prudemment.

— Qu'est-ce que ça peut bien me faire ?

Son ton était acerbe, et il ouvrit les yeux. Frazer soutint son regard, mais ne dit rien. Il souffrait. Il avait perdu son enfant, et Isadora Campbell était une cible facile. On ne choisissait pas toujours d'être rationnel ou non.

Il répéta les exercices de respiration profonde avec l'homme pour le calmer à nouveau et passa à autre chose. Il avait besoin de voir la scène clairement.

— Alors Helena était allongée sur le dos. Où était Jesse par rapport à votre fille ?

— Il formait un angle droit avec elle. Ses bottes près de ses hanches.

Frazer aurait aimé le voir de ses propres yeux. On aurait dit que le tueur avait mis en scène les corps d'une certaine façon.

— Le garçon avait-il l'air d'avoir été déplacé ?

Le père cligna des yeux.

— Oui, il avait été déplacé. Il y avait des traces le long de la dune.

Il fronça les sourcils, comme s'il revoyait une image dans son esprit.

— Mais pas Helena. Je n'ai vu aucune marque indiquant

qu'on avait traîné son corps.

Certains indices suggéraient un agresseur désorganisé. L'accès de violence, l'absence de retenue, le fait que les corps aient été laissés en évidence là où ils avaient été tués – tous les traits d'un soi-disant tueur désorganisé. Mais pour lui, la scène de crime reflétait le contrôle. L'absence de preuves physiques – aucune trace n'avait été trouvée sur la victime en termes de cheveux, de sperme ou de sang. Le médecin légiste allait faire des prélèvements sur sa peau pour tenter de trouver de l'ADN de contact. L'agresseur avait peut-être pris les adolescents par surprise et neutralisé Jesse avec la pelle. Puis il avait pris son temps pour s'en prendre à Helena, qui était sa véritable cible. Elle n'avait pas résisté, d'où l'absence de blessures défensives. Le tueur avait laissé le bracelet sur son petit poignet pour délivrer le message de Denker. En supposant que Jesse n'ait pas participé à l'agression. Rien ne le laissait penser, mais Frazer refusait d'écarter quoi que ce soit à ce stade. Le bracelet indiquait clairement que d'autres facteurs entraient en jeu. Il fit défiler le scénario dans sa tête. Si Jesse était dans le coup, pourquoi battre le gamin et le laisser pour mort ? Non, tous les deux avaient été agressés. Jesse représentait la plus grande menace, alors il fallait d'abord l'éliminer. Que pouvait faire Helena ?

— Elle a couru, dit Frazer.

— Et il l'a attrapée, dit la mère qui semblait sur le point de vomir.

— Le portefeuille du garçon était posé sur le sable à côté de lui. J'ai vu des billets dedans. Pourquoi sortir le portefeuille du gamin sans lui voler son argent ?

Duncan fronçait les sourcils, comme s'il était debout sur la plage à regarder la scène – exactement ce que Frazer avait besoin qu'il fasse.

— Je vais vérifier ses cartes de crédit.

Mais le cerveau de Frazer était en ébullition. Le suspect cherchait-il quelque chose d'autre dans ce portefeuille ? Quelque chose qu'il gardait sur lui au cas où il aurait un jour miraculeusement des relations sexuelles. Si c'était le cas, ce crime n'avait certainement pas été planifié, car la plupart des violeurs expérimentés étaient assez avisés pour prendre un préservatif.

— Avez-vous vu une pelle sur les lieux ? demanda Frazer.

Duncan ferma les yeux à nouveau.

— Oui. Sur la gauche en regardant la mer. Je n'y ai pas prêté attention. Je n'arrêtais pas de voir les vêtements d'Helena éparpillés et de penser qu'il avait fait si froid la nuit dernière. Elle avait dû avoir si froid.

Ses épaules tremblaient tandis que des larmes coulaient sans retenue sur ses joues.

La mère serrait son ventre d'un bras et se couvrait le visage de l'autre.

— Saviez-vous qu'Helena fréquentait le jeune Tyson ?

Il répétait les questions posées plus tôt parce que c'était ce que faisaient les enquêteurs.

— Elle ne le fréquentait pas.

Le déni du père avait un côté désespéré. Il ne voulait pas croire que sa petite fille lui avait menti.

— Cette fille Campbell a une mauvaise influence sur Helena.

Duncan Cromwell écarquilla les yeux.

— Avait. *Avait* une mauvaise influence.

Sa voix se brisa.

— Je pense que je ne m'habituerai jamais à employer le

passé.

— Depuis combien de temps étaient-elles amies ?

— Elles ont commencé à se fréquenter après la mort de la mère de Kit l'année dernière. Helena est attiré – était attirée – vers les gens qui souffraient.

— C'était visiblement une âme charitable.

— Elle se laissait facilement entraîner, cracha Cromwell. Elle ne serait jamais allée à cette fête si Kit Campbell ne l'avait pas convaincue de nous mentir.

— Saviez-vous qu'elle buvait de l'alcool ? demanda Frazer.

Selon les autres enfants, elle avait bu quelques verres de tequila.

— Elle n'aurait jamais… bafouilla Duncan.

Puis il secoua la tête.

— De toute évidence, je ne connaissais pas très bien ma fille.

— De tout ce qu'on m'a dit, c'était une enfant formidable. Vous devriez en être très fier.

— Elle nous mentait, avait un petit ami en secret, buvait, et Dieu sait quoi d'autre, mais vous trouvez que c'était une bonne fille ? Je ne reconnais pas ma fille dans votre description, ASAC Frazer.

— Les filles vous ont menti parce qu'elles voulaient aller à une fête. Tous les adolescents font ça. Personne n'aurait pu prévoir les conséquences.

Lui aurait pu. Toutes ces années passées à voir des victimes de meurtres signifiaient que s'il avait des enfants, il les garderait sous surveillance 24 heures sur 24. Dieu seul savait comment Alex Parker ou Mallory Rooney allaient gérer la situation, mais il imaginait bien un dispositif de traçage électronique.

— Vous n'avez jamais quitté la maison la nuit du meurtre d'Helena ?

Frazer gardait les yeux rivés sur l'homme.

— Non. J'aurais aimé. Si j'étais allé du côté des dunes, j'aurais peut-être pu arrêter ça.

Duncan Cromwell se leva et recommença à faire les cent pas.

— Où était Kit Campbell quand Helena a été agressée ? Elles sont censées être les meilleures amies du monde. Elles étaient censées être ensemble. Où était cette petite salope ?

Waouh.

— Ce n'était pas non plus la faute de Kit, M. Cromwell.

L'homme ne parut pas faire attention à ses mots. Le chagrin était une hideuse créature.

Le chat recommença à mendier, et Cromwell se dirigea vers le placard et en sortit une boîte de croquettes, qu'il versa dans la gamelle vide. Le chat se jeta sur les croquettes. L'homme releva les yeux.

— C'est le chat d'Helena. C'est elle qui le nourrit habituellement.

Ils échangèrent un regard et réalisèrent qu'Helena ne reviendrait jamais pour nourrir son chat. Cette pensée viendrait les frapper tous les jours pendant des années, généralement quelques secondes après avoir ouvert les yeux.

— Quand pourrons-nous l'enterrer ? demanda Lannie.

Frazer vit la force dans son regard. Il espérait que ce serait suffisant pour permettre à la famille de traverser cette épreuve.

— Cela dépend si une seconde autopsie est jugée nécessaire.

La mère parut effrayée par cette idée. C'était déjà assez mauvais de subir ça une fois, mais deux ? Ou peut-être que tout devenait insignifiant quand votre bébé avait été assassiné. Peut-être que rien ne pouvait être pire que ça.

— Je vous promets de vous tenir au courant et de faire de mon mieux pour que le corps de votre fille vous soit rendu le plus vite possible.

— Merci.

Elle hocha la tête avec raideur. Elle semblait à la fois plus forte et plus fragile que Duncan.

— Vous possédez deux véhicules ?

— Un seul, fit Duncan en secouant la tête. J'ai un pick-up pour le travail et on a un minivan.

— Des vélos ou des motos ?

— Non. Enfin, rectifia-t-il en fronçant les sourcils, ce n'est pas tout à fait vrai. On a des vélos dans le garage. Les enfants utilisent les leurs.

Il désigna du menton la porte communicante.

— Mais Lannie et moi n'avons pas fait de vélo depuis cet été.

— Et Helena ?

L'expression de Duncan se décomposa.

— Elle allait partout dans la Volkswagen de Kit Campbell. Elle n'a pas touché son vélo depuis des mois.

Le téléphone de Frazer vibra dans sa poche, mais il l'ignora. Il était pratiquement sûr que Duncan Cromwell lui avait dit tout ce que son cerveau pouvait supporter à ce stade. Frazer ne l'écartait pas de la liste des suspects, mais il attendrait d'avoir des preuves avant de passer à l'action. Ce n'était pas un viol-meurtre ordinaire, pas si Ferris Denker était impliqué.

— La police locale pourrait avoir d'autres questions à vous poser.

Il n'avait pas mentionné qu'officiellement ce n'était pas son affaire, mais comme il était un agent expérimenté du FBI, il était peu probable que quelqu'un s'arrête sur ce détail.

Il s'apprêtait à partir, puis hésita sur le seuil de la porte d'entrée.

— Je sais que c'est douloureux, mais vous devriez parler à vos autres enfants du meurtre d'Helena.

Cromwell secoua la tête.

— Ils sont trop jeunes pour comprendre.

Il regarda l'homme dans les yeux.

— Je ne dis pas qu'il faut leur donner des détails, mais qu'il faut leur en dire assez pour qu'ils comprennent ce qui se passe – parce que si vous ne le faites pas, les autres enfants de l'école le feront. Et ils ne seront pas tendres. Ils seront brutaux.

Il glissa une carte à Duncan Cromwell.

— Voici le nom d'un psychologue que je recommande pour les familles traversant un deuil. Faites-le pour vos enfants. Faites-le pour vous. Mais faites-le.

Il sortit et consulta le message sur son téléphone.

Les techniciens de la police scientifique avaient découvert des restes humains à la plage. Parson's Point était officiellement un charnier.

CHAPITRE DIX

A PRES AVOIR RANGE ses courses et enlevé les décorations de Noël, Izzy décida qu'il était temps d'affronter Kit. Elle s'arrêta devant un petit collège au nord de Rosetown, juste à côté de l'église St Olaf. La vieille Coccinelle de sa mère était garée sur le trottoir. C'était la voiture de Kit à présent.

La maison du pasteur Rice se trouvait de l'autre côté de la route, face à l'église. Un petit cimetière s'étendait derrière le bâtiment pittoresque en briques rouges avec sa flèche en bois blanc. Sa mère y était enterrée.

Izzy mit sa main sur la poignée de la portière et l'ouvrit. Barney l'observait attentivement depuis l'arrière du SUV, les oreilles dressées.

— Dix minutes, lui dit-elle.

Parce qu'il comprenait chaque mot et, apparemment, savait lire l'heure. Elle laissa toutes les fenêtres entrouvertes pour lui. C'était une journée fraîche et elle n'en aurait pas pour longtemps.

Elle regarda à droite et à gauche avant de traverser, mais il y avait peu de trafic. On était le 2 janvier. Un vendredi. Certaines personnes avaient repris le travail, mais beaucoup avaient pris leur journée pour s'offrir un week-end prolongé.

Le cottage vers lequel elle se dirigeait appartenait à l'église, qui le louait à un prix raisonnable aux familles dans le besoin.

Il avait été récemment repeint dans un blanc éclatant. Ses volets étaient bleu ciel, et les bardeaux avaient été remplacés depuis sa dernière visite, le jour où la pierre tombale de sa mère avait été installée. Elle frappa à la porte d'entrée. Pas de bruit à l'intérieur.

Elle attendit, mais personne ne vint. La voiture de Kit était là. Izzy ne comptait donc pas regagner son véhicule bredouille. Elle se dirigea vers la porte arrière et frappa à nouveau. La pelouse était un peu haute, mais tout de même entretenue. Son regard se dirigea vers le garage ouvert au bout de l'allée. Il était principalement occupé par une camionnette Chevrolet amochée, mais une moto noire était garée sur un côté. Un frisson parcourut l'échine d'Izzy. Toujours pas de réponse en provenance du cottage.

Kit l'évitait-elle ? C'était fort possible. Mais il y avait aussi la possibilité que sa sœur soit en danger. Izzy sortit son portable et recomposa son numéro. Une sonnerie s'éleva depuis le cimetière, de l'autre côté d'un haut mur. Puis elle entendit un autre son – des voix. Ces dernières gagnèrent en intensité. Des gens se disputaient et l'une des voix ressemblait beaucoup à celle de Kit.

Izzy fouilla dans sa veste, saisit son Glock et courut dans le sens inverse vers la porte principale, en essayant de se détendre. Le souvenir des yeux morts d'Helena refusait de la quitter et accentuait sa peur, qui avoisinait la panique totale. Elle accéléra le rythme, mais ralentit ensuite, se plaquant contre le mur de l'église tout en regardant au coin. Un grand type trapu accrochait le bras de Kit d'une main, tenant une cigarette de l'autre. Il était penché sur elle et lui criait au visage.

— Ce n'était pas ma putain d'idée, et les flics vont me

crucifier s'ils le découvrent.

Waouh !

Le jeune homme avait des cheveux noirs d'encre, raides, et des traits étroits et pincés. Elle ne le connaissait pas. Elle tenait l'arme à deux mains, la pointant vers le sol tout en s'assurant qu'elle était visible lorsqu'elle sortit de derrière le mur et s'approcha des adolescents qui se tenaient au bout d'un chemin en béton fissuré.

— Éloigne-toi d'elle, grogna Izzy.

La mâchoire de Kit se décrocha et elle eut l'air incrédule.

— Oh, mon Dieu. Va-t'en, Izzy. Ça n'a rien à voir avec toi.

Izzy garda une expression neutre face à l'accueil peu chaleureux de sa sœur. *Sympa.*

— J'ai dit, enlève tes mains de ma sœur, répéta Izzy au sale type.

Sa remarque au sujet des flics avait mis ses sens en alerte. Qu'avait-il fait pour qu'ils le crucifient ?

Il dit à Kit.

— Alors c'est *elle* ta sœur ? Tu as raison, elle est vraiment trop conne.

Izzy tressaillit et sa bouche devint sèche. Le jeune homme ne parut pas la reconnaître, ce qui signifiait que s'il était son agresseur, il ne savait rien de ses délits passés.

Kit se dégagea de l'emprise du garçon.

— Ferme-la, Damien.

Elle se retourna vers Izzy.

— Qu'est-ce que tu fais là ? Et pourquoi tu as sorti ton putain de *flingue* ?

— Je l'ai vu t'attaquer.

Damien secoua la tête et leva les yeux au ciel. On aurait dit que Kit allait taper du pied comme une enfant de deux ans.

— Bon sang, Izzy, on se disputait. Si tu tires sur toutes les personnes sur lesquelles je crie, autant commencer par toi-même.

Aoutch. Elle ignora ses paroles blessantes et remit l'arme dans son étui, mais sans le refermer.

— Alors, pourquoi est-ce que vous vous disputiez ?

— Ce ne sont pas tes affaires, marmonna Kit.

Izzy les regarda en plissant les yeux.

— Très bien. Pourquoi ne pas l'ajouter à la liste des sujets potentiels ? Si tu te drogues encore chez moi, dit-elle en désignant le type qu'elle supposait être Damien Ridgeway, tu recevras la visite de la police.

Il ricana.

— Mais ça ne vaut pas pour ta chère sœur ?

— Sérieusement ? Grandis un peu. Elle va avoir affaire aux flics, mais ce n'est pas elle qui fournit.

Elle soutint le regard de Kit en plissant les yeux.

— Elle sera aussi punie jusqu'à la fin de l'année scolaire.

Kit croisa les bras sur sa poitrine. Elle portait un t-shirt à manches longues et un jean si serré qu'Izzy pouvait voir les articulations de ses genoux.

— Tu ne peux pas me punir, Izzy. Tu n'es pas ma mère.

— Dieu merci.

Izzy sourit de son sourire professionnel.

— Mais je suis ta tutrice légale et je peux réduire ton argent de poche au point que tu ne puisses même pas te permettre d'acheter de l'essence, encore moins du cannabis.

— Sal me donnera plus d'heures au restaurant, fit Kit avec un sourire narquois. Et, de toute façon, je n'ai pas besoin de l'*acheter.* Je peux avoir tout ce que je veux si je demande assez gentiment.

Damien eut un rictus en regardant le sol.

Le mot « demande » impliquait clairement un acte sexuel.

— Bon sang, Kit, tu as 17 ans. Ne gâche pas ta vie, tu es si jeune.

Kit secoua la tête.

— Pourquoi je suis la seule lycéenne qui se fait engueuler pour être normale ? Tout le monde le fait. Pourquoi tu es toujours aussi rigide ?

— Helena ne se droguait pas, rétorqua Izzy.

Les yeux bleus de Kit brillèrent.

— Helena est morte, Iz. Merci de me le rappeler.

— Et c'est comme ça que tu honores sa mémoire ? En sortant des rails ?

Les larmes montèrent aux yeux de Kit.

— Qu'est-ce que ça peut faire ? Elle ne le saura jamais !

Izzy savait qu'elle s'y prenait mal. Si quelqu'un se cassait la jambe, elle était tout à fait capable d'y remédier. Mais lorsqu'il s'agissait d'émotions comme l'amour et la culpabilité, elle parvenait tout juste à affronter ses propres problèmes. Alors s'il fallait raisonner une jeune fille aux hormones en ébullition, qui avait perdu sa mère et sa meilleure amie la même année… Une partie d'elle aurait voulu prendre Kit dans ses bras et la dorloter, l'autre partie voulait lui faire entendre raison.

Kit valait mieux que ça, même si elle se débrouillait très bien pour le cacher. Le gouvernement devrait rétablir le service militaire obligatoire pour inculquer à ces jeunes le sens du travail, du sacrifice et du service. Penser à ces adolescents comme des « jeunes » lui fila un sacré coup de vieux.

Damien bougea les pieds, ramenant l'attention d'Izzy sur lui.

— Où étais-tu la nuit dernière, Damien ? l'interrogea Izzy.

Il resta silencieux. Était-ce lui qui s'était introduit dans la cabane à outils ? Lui qui avait volé sa pelle ? Il était trop jeune pour l'avoir vue sur la plage toutes ces années auparavant, mais aurait-il pu tuer Helena ? Izzy ne parvenait pas à lire en lui.

— Où est ta mère ?

— Ça ne vous regarde pas.

— Je vois que tu as une moto-cross.

Ses sourcils se rejoignirent.

— Et alors ?

Elle se tourna vers Kit, car cette petite fouine de Damien ne comptait rien lui dire.

— La nuit de la fête, quand vous êtes revenus au cottage, est-ce que vous avez vu quelqu'un dehors, près de la maison ?

L'expression de Kit changea, puis elle secoua la tête.

— Je n'ai rien vu, Izzy. J'étais tellement bourrée que je n'aurais rien remarqué à moins de me faire mordre.

Damien sourit d'une manière qui ne plut pas à Izzy. Elle le regarda en plissant les yeux, et son expression disparut.

— Et toi ? Tu as vu quelque chose ?

— J'étais trop occupé à regarder le cul de Kit pour regarder par la fenêtre.

Elle fondit sur lui, le plaquant contre le mur de briques. Ses yeux s'écarquillèrent et il devint livide.

— Tu veux que je dise aux flics que tu fournis de l'herbe à une jeune de 17 ans ?

Kit lui cria de le lâcher et Izzy le repoussa.

Il se tut, mais son regard était brûlant de colère. Après un moment de tension, il tira une autre longue bouffée de sa cigarette, laissa tomber le mégot et l'écrasa par terre avec son talon.

— Je ne pense pas que tu connaisses ta chère sœur aussi bien que tu le crois, salope.

Elle serra les dents devant l'insulte. Ce n'était pas la première fois qu'on l'appelait ainsi. Ce ne serait probablement pas la dernière. Quant au fait de ne pas bien connaître Kit, elle l'avait réalisé.

— À plus, Kit.

Il tourna les talons et longea le mur jusqu'à une porte qu'Izzy n'avait pas vue plus tôt.

Kit lança un regard exaspéré à Izzy et s'éloigna sur le chemin.

— Je n'arrive pas à croire que tu viennes de faire ça.

— Il te faisait mal quand je suis arrivée.

Kit frotta son bras.

— Il s'accrochait à mon bras. Bon sang. Je l'aurais frappé s'il avait tenté quoi que ce soit.

Et ensuite, il aurait pu l'assommer, de la même façon qu'un trou du cul avait neutralisé Jesse et Helena.

— Damien pourrait être le tueur.

— C'est un ami à moi, le défendit Kit.

— Il ne m'a pas semblé être un ami.

— C'est parce que tu n'en as pas, Izzy. Tu es trop fière pour les gens d'ici.

Izzy encaissa le coup. Elle n'avait pas le temps de s'apitoyer sur son sort, pas avec un tueur en liberté.

— La nuit dernière, quelqu'un s'est introduit dans la cabane à outils, et m'a frappé à la tête quand je suis allée voir.

L'expression de Kit devint un masque d'horreur totale.

— À quelle heure ?

— Environ deux heures.

— Pourquoi tu ne m'as pas réveillée ?

— Comme mon coup de feu ne t'a pas réveillée, je me suis dit que tu devais être éreintée et que tu avais besoin de repos.

— Tu as tiré sur quelqu'un ?

Sa sœur était bouche bée.

Izzy secoua la tête.

— J'ai juste tiré dans le sol pour attirer l'attention du FBI.

— Mais tu ne m'as pas réveillée ?

— Tu avais tes écouteurs…

— Et tu te demandes pourquoi je ne te parle pas ?

Pour une fois, Kit avait l'air d'être déçue par sa sœur, plutôt que l'inverse.

Une vague de honte déferla sur Izzy. Kit avait raison, elle aurait dû la réveiller, mais il était trop tard pour revenir en arrière. Elle avait l'habitude de faire les choses par elle-même. Izzy poursuivit, car ce qu'elle avait à dire était plus important que des problèmes entre sœurs.

— Le fait est que, quand l'ASAC Frazer et moi avons jeté un coup d'œil à la remise, j'ai réalisé que notre pelle n'était pas à, et…

Elle dut déglutir à plusieurs reprises avant de prononcer la suite.

— L'ASAC Frazer m'a montré une photo de la pelle qui a été utilisée pour frapper Jesse l'autre nuit, et… c'était la nôtre.

Elle se rapprocha pour que ses mots ne soient pas emportés par le vent.

— Celui qui s'est introduit dans la remise la nuit dernière conduisait une moto-cross. Est-il possible que Damien t'ait laissée toute seule à un moment donné dans la soirée du Nouvel An, pendant que tu dormais ?

Kit la regarda fixement.

— Je suppose que ce que je veux dire c'est, est-ce que tu

penses qu'il aurait pu le faire ? S'en prendre à Helena ? termina maladroitement Izzy.

Les lèvres de Kit s'entrouvrirent et elle secoua la tête.

— Je ne pense pas.

Vraiment ?

— Alors pourquoi a-t-il dit que les flics le crucifieraient s'ils le découvraient ? S'ils découvraient quoi ?

Kit se retourna et marcha vers la tombe de leur mère. Izzy la suivit à distance. Sur la pierre tombale, il y avait des fleurs fraîches et un petit sapin de Noël, probablement déposé par Kit ou leur oncle Ted.

— Ce n'est pas ce que tu crois, Iz.

Kit ramassa son sac à main, qui se trouvait à côté de la tombe.

— Damien a déjà eu des problèmes avec la justice. S'ils découvrent qu'il fumait de l'herbe, il sera renvoyé de l'école et il veut obtenir son diplôme et essayer de trouver un emploi décent.

Elle leva la tête, les yeux suppliants.

— Je ne pourrais pas être avec lui si je pensais qu'il avait fait du mal à Helena.

Au bout d'un moment, Izzy hocha la tête. Que pouvait-elle faire d'autre ?

— Promets-moi une chose.

Sa sœur ferma les yeux.

— Quoi ?

— *Si* tu as des rapports sexuels – ce qui ne devrait pas arriver, mais Dieu sait que tu ne serais pas la première adolescente de 17 ans à le faire – je t'en prie, je t'en supplie, protège-toi.

Elle leva les mains quand Kit ouvrit la bouche pour rétorquer quelque chose.

— Je ne veux rien entendre d'autre que cette promesse, tout de suite.

— Je ne suis pas stupide.

Le visage de sa sœur se ferma.

— Bien sûr, je te le promets.

Kit s'agenouilla à côté de la tombe et arracha des touffes d'herbe longue. Elle resta ainsi pendant quelques minutes, le temps que la colère et le chagrin des derniers jours se dissipent.

— J'aimerais que maman soit enterrée à côté de papa.

Un frisson parcourut Izzy à cette idée.

— Elle disait toujours à quel point elle l'aimait.

Izzy ferma les yeux et serra les poings pour essayer de contenir les émotions qui montaient. Elles l'avaient toutes les deux idolâtré.

— Je suis contente qu'elle ne soit pas là pour voir ça.

Izzy hocha la tête. Elle était contente, elle aussi. Pour des raisons différentes.

Kit réarrangea les fleurs, puis récupéra le petit sapin de Noël avant de se lever.

— Helena l'a déposé là avant Noël.

Elle ravala ses larmes, l'adolescente lunatique se transformant en une jeune femme en deuil.

— On ferait mieux de l'enlever.

Des larmes ruisselaient sur les joues de Kit. Cette fois, elles coulaient aussi sur celle d'Izzy.

Elle renifla.

— Je suis désolée de ne pas avoir pu la sauver, Kit.

Kit lui adressa un sourire tremblant.

— Moi aussi.

Le téléphone d'Izzy vibra. Elle sécha ses larmes et consulta l'écran. Une vague d'effroi la submergea. Le chef de la police avait besoin de la voir, de toute urgence.

———

IL ROULAIT SUR une autoroute qu'il n'avait pas empruntée depuis l'arrestation de Ferris Denker. Il sifflait l'air d'une mélodie rock qui passait à la radio, plus heureux qu'il ne l'avait été depuis longtemps. Il rit en se rappelant la frayeur qu'Izzy Campbell lui avait faite la nuit précédente. Il avait eu une peur bleue. D'abord le chat qui s'était frotté contre sa jambe pendant qu'il effaçait ses empreintes sur la serrure et la porte, puis Izzy qui était sortie avec son putain de pistolet. Heureusement, elle n'avait pas vu son visage.

Si elle n'avait pas réussi à tirer, il aurait pu l'enlever. L'idée d'avoir Izzy Campbell à sa merci était tentante. L'enlever sous le nez du FBI ? Électrisant. Izzy était différente. Il l'admirait. Elle était intelligente et jolie. Mais sous cette façade froide se cachaient des secrets délicieusement sombres. Toutes ces années, il avait observé la famille dans l'ombre, se demandant si le jour viendrait où il révélerait ce qu'elle avait fait. C'était donc aussi bien qu'il ne l'ait pas enlevée la veille au soir parce qu'alors le spectacle aurait pris fin, et ça aurait été dommage de précipiter les choses. Il se lécha les lèvres. Il sentit de nouveau l'excitation le gagner et il jeta un coup d'œil à l'arrière de la camionnette. Il avait enlevé une pute. Il lui avait donné de la coke et l'avait attachée si fort qu'elle serait au supplice à son réveil, mais pas morte. Pas encore. L'attente le rendait fou, mais il devait faire les choses correctement, et il n'était pas un amateur incapable de se contrôler – enfin, sauf pour Helena et il s'en était bien tiré. Son pote Ferris comptait sur lui et il adorait le fait de tout orchestrer depuis l'extérieur, alors que Ferris s'était toujours considéré comme le cerveau de leur petit club.

Encore trente minutes et il tourna. Le panneau était si usé et décoloré qu'il n'aurait pas pu le lire à moins de savoir ce qu'il indiquait. « École pour garçons St Joseph. »

Il s'engagea sur une route pleine d'ornières et de végétation, ses suspensions malmenées par le sol irrégulier. Il passa devant le bâtiment de briques rouges en ruine avec son clocher central. L'école avait été abandonnée trente ans plus tôt, mais le bâtiment avait commencé à tomber en ruine bien avant cela. La plupart des fenêtres étaient cassées, celles du rez-de-chaussée étaient condamnées pour éviter les effractions. Il ne comprenait pas pourquoi ils s'en souciaient. Il y avait des chauves-souris dans le clocher et des rats dans les caves, de l'humidité et de la pourriture à tous les niveaux intermédiaires. Un incendie avait détruit une aile du bâtiment quelques années après la fin de leurs études. Cela avait été la goutte d'eau qui avait fait déborder le vase et l'école avait fermé ses portes pour toujours. Peut-être Ferris était-il à l'origine de l'incendie.

Il aurait aimé y penser le premier.

Il continua, passant devant les courts de tennis et la piste d'athlétisme envahis par la végétation. Son estomac se retourna en se souvenant de tous ces garçons aux jambes maigres et aux genoux cagneux. Les vestiaires avaient été réduits en cendres des années plus tôt. Ferris et lui y avaient veillé, occupés à fumer de l'herbe tout en pissant dans les flammes.

Il aurait aimé que le prof de gym soit encore en vie pour

pouvoir le tuer. Ses mains tremblaient de fureur en repensant à ce que l'homme lui avait fait. Ferris avait toujours dit que ce type les avait libérés, qu'il leur avait permis de devenir qui ils étaient vraiment, mais il ne le croyait pas. Il avait été créé par le désir tordu d'un homme et ce qu'il était devenu était lié à son besoin de se venger, car personne ne lui avait prêté attention.

C'était tellement cliché que les victimes de violence deviennent des agresseurs, mais c'était une école et elle lui avait enseigné bien des choses.

Il continua à rouler jusqu'à ce qu'il atteigne la lisière d'un bois. Il chercha le chemin, mais il était tellement envahi par la végétation qu'il était invisible. *Et merde.* Ferris lui avait dit de déposer le cadavre portant le bracelet de Beverley directement au-dessus de l'endroit où ils avaient enterré leur première victime, sous le nez de leurs professeurs. Évidemment, il avait dû adapter ce plan lorsqu'Helena l'avait interrompu dans les dunes, mais cela fonctionnerait tout de même. Pour attirer l'attention, deux meurtres marchaient bien mieux qu'un. Il se gara et sortit, écartant les ronces là où il estimait que le chemin devait se trouver. Les épines s'accrochaient à ses vêtements, mais il les écartait avec ses épais gants de travail. Il poursuivit et repéra l'abri qui recouvrait le puits. La voilà.

Il sourit et retourna à la camionnette, ouvrit les portes arrière, tira la bâche.

La pute roula sur le dos, se débattant contre ses liens, ses pupilles dilatées lui indiquant qu'elle était encore défoncée. Il lui attrapa la cheville et la traîna brutalement vers lui, se penchant pour la faire passer par-dessus son épaule. C'était une prostituée qu'il avait ramassée, avec une mini-jupe, un bustier en cuir noir et des yeux désespérés. Les talons en cuir verni noir avaient brillé au soleil, attirant son attention. C'était comme ça qu'il l'avait choisie. C'est comme ça qu'il avait su que c'était la bonne.

Il s'enfonça dans le sous-bois dense avec la femme sur ses épaules, repoussant les ronces. C'était impressionnant. La zone avait été presque totalement reconquise par la forêt. C'était hallucinant de voir à quelle vitesse la nature reprenait ses droits. Son cœur se mit à battre plus vite à l'idée de ce qui allait suivre. Son sexe tendu butait contre sa fermeture éclair tandis que la femme se débattait contre lui. L'effet de la coke se dissipait. Elle commençait à comprendre que ce n'était pas une hallucination alimentée par la drogue. C'était réel.

Il passa devant le puits. Au-delà se trouvait un grand chêne américain qui avait probablement été planté avant la révolution. Il tourna à droite, écartant arbustes et buissons. Il déboucha enfin dans une vaste clairière où trônaient une série de pierres imposantes qui formaient un cercle d'environ trois mètres de diamètre. Il laissa tomber la femme par terre.

Ses yeux terrifiés rencontrèrent les siens, plus clairs qu'ils ne l'avaient été lorsqu'elle lui avait annoncé le prix et était montée dans son véhicule. Elle ne valait pas ce qu'elle demandait, mais il n'avait pas l'intention de la payer. Il enleva ses gants, sortit un préservatif de sa poche arrière et l'enfila. Tout l'ADN qui nageait dans son vagin occuperait les flics pendant un an. Cela vaudrait à quelques clients des visites intéressantes de la police, c'était certain. Il remit avec précaution l'emballage du préservatif dans la poche de sa veste, qu'il referma. Il s'était rasé pour ne pas laisser de poils derrière lui. Il ne commettrait pas d'erreur cette fois-ci. Il remit ses gants. Il aurait aimé pouvoir la toucher comme il le voulait, mais il savait que c'était impossible. Elle était un pion. Un cadeau bon marché pour Ferris. Son appétit était de plus en plus fort, comme si en s'autorisant à prendre Helena, il avait détruit le contrôle dont il s'était toujours enorgueilli.

C'était temporaire.

Ferris avait des problèmes et lui-même laissait à son monstre intérieur un peu plus de liberté pour satisfaire ses pulsions. Cette fenêtre se refermerait bientôt. Il enchaînerait et soumettrait ce monstre pour éviter de finir dans une cellule comme celle de Ferris.

Il se pencha et arracha le ruban adhésif de sa bouche.

Il se fichait qu'elle fasse du bruit. Il n'y avait personne à des kilomètres à la ronde.

Elle cria et il la frappa, son excitation grandissant à mesure qu'elle se débattait. Peut-être que la coke lui donnait de la force, mais elle avait plus d'énergie qu'il ne l'avait imaginé. La vue de ces talons martelant la terre le poussa à bout. Son cerveau brûlait de désir.

Elle lutta et se débattit, mais finalement, cela ne prit pas longtemps.

— Est-ce que tu le vois ? lui demanda-t-il.

Mais le moment où la lumière commença à s'éteindre dans ses yeux fut le moment où il explosa et il continua, se rappelant combien il était bon de mourir. Il se souvint de la blancheur aveuglante et de l'appel des anges. Il aurait tant aimé pouvoir rester là avec eux.

Il finit par s'arrêter, le souffle rauque. Il aurait aimé que ça ne finisse jamais, mais il savait qu'il n'avait pas le choix. Il repoussa les cheveux de la femme de son front. Elle était mieux là où elle était. Il lui avait rendu service. Il savait qu'il y avait un au-delà, il l'avait entrevu – un monde d'une telle beauté, un tunnel blanc de lumière, et un sentiment de paix, de tranquillité et d'accueil inégalé sur cette terre.

C'était un échange de bons procédés. En prenant ce qu'il voulait par la force brute, le sexe devenait un million de fois plus satisfaisant. En échange, il les envoyait dans un endroit meilleur.

Ferris, lui, avait besoin de torturer ses victimes pour leur infliger la plus grande douleur possible ; il voulait juste les voir mourir.

Il nettoya les lieux. Lui ôta ses vêtements et les cordes. Le ruban adhésif. Il mit en scène le corps, plus par déférence envers Ferris que pour suivre ses propres penchants. Bien qu'il ne puisse nier qu'il aimait regarder les choses qu'il possédait. En général, il devait cacher ou déguiser le fruit de son travail, sans jamais être reconnu et, surtout, sans jamais se faire prendre, contrairement au pauvre vieux Ferris. Cela en valait la peine, mais il comptait bien profiter de ce court intervalle de jeu à découvert dans le but d'aider un vieux copain.

Il se pencha et inséra quelque chose à l'intérieur de son corps, visible de tous. Il prit du plaisir à le faire, même si ce n'était pas sa folie qu'il recréait. Ferris disait qu'il ne pouvait pas laisser son ADN sur les victimes. Il ne pouvait pas les laisser vivre avec leurs souvenirs, alors il les marquait avec autre chose. Quelque chose de tangible.

Il se pencha et ramassa les talons noirs vernis avec des mains tremblantes, les berçant doucement contre sa poitrine. Il ne savait pas pourquoi il prenait toujours les chaussures de ses victimes. Le prof de gym leur avait toujours fait enlever leurs chaussures à la porte – apparemment, même les pédophiles aimaient avoir un sol propre. Pour une raison quelconque, les chaussures lui rappelaient chaque acte de totale domination. Tout ce qu'il avait à faire était de toucher leurs chaussures, et il pouvait revivre ce moment où elles avaient quitté leur corps, tandis que le plaisir l'envahissait.

Cela rendait les choses réelles pour lui, encore et encore.

Il devrait bientôt s'en débarrasser. Il le savait aussi. Tout comme des photos. Il y avait des preuves le reliant au meurtre et il n'était pas idiot.

Il inspecta chaque centimètre carré du terrain, vérifiant dans sa poche qu'il avait toujours ses clés et son portefeuille. Il avait laissé son téléphone dans son véhicule, désactivant la batterie et la carte SIM dès qu'il avait quitté les îles. Il avait pris toutes les précautions.

Satisfait d'avoir pensé à tout, il prit du recul et admira son travail. Elle n'était pas jolie de son vivant, mais à présent, elle était belle.

— Dors bien, mon ange.

Il sourit.

CHAPITRE ONZE

DES GRAINS DE sable entouraient le dôme pâle du crâne à moitié enterré. Une mouette criait au-dessus de sa tête, attendant de voir si elle allait ou non pouvoir se délecter des restes du cadavre.

Pas sous sa surveillance.

Frazer se tenait debout, les bras croisés, surplombant le site de fouilles.

Dès qu'ils avaient découvert le premier os, ils avaient appelé le médecin légiste. Simon Pearl avait envoyé un de ses assistants, car il était occupé à terminer l'autopsie d'Helena Cromwell. Constatant l'état de détérioration du corps, l'assistant avait également pris des dispositions pour qu'un anthropologue médico-légal les retrouve au laboratoire. Le squelette avait depuis longtemps été nettoyé de sa chair par les créatures qui vivaient dans le sable. Il ne restait pas grand-chose d'autre que des morceaux de tissu gris en lambeaux, probablement du ruban adhésif. Les techniciens de la scientifique avaient examiné méticuleusement les différentes couches meubles. Passant au crible le moindre grain de sable à la recherche de preuves potentielles.

Randall arriva depuis la plage et tous deux s'éloignèrent des autres.

Frazer prit soin de baisser la voix.

— Je veux qu'aucune information ne fuite concernant la victime jusqu'à ce que nous soyons sûrs à cent pour cent de son identité. Comparons les dossiers dentaires et l'ADN avant d'informer la famille.

Le seul point positif quand on retrouvait le corps d'un proche, c'était d'enfin savoir ce qui lui était arrivé. Il suffisait de demander à Mallory Rooney.

Randall acquiesça. C'était ce qu'ils avaient craint tous les deux lorsqu'ils avaient reconnu le nom sur le bracelet d'alerte médicale. L'affaire Denker faisait déjà la une des journaux à l'approche de son exécution. Le lobby anti-peine de mort était sur le pied de guerre, déplorant l'injustice de la situation pour le prisonnier condamné. Ils n'auraient pas eu le même avis si c'étaient leurs proches qui avaient été assassinés, et il n'y avait jamais eu le moindre doute que Denker était coupable à 100 %. Mais ce n'étaient pas les affaires de Frazer.

Qu'elle soit bonne ou mauvaise, la peine de mort figurait dans les textes de loi de certains États américains et il ferait tout son possible pour que justice soit faite. C'était sans doute un peu hypocrite, étant donné qu'il avait déjà fait justice lui-même par le passé, mais quand il s'agissait de peser le bien et le mal, il avait la conscience tranquille.

— Vous avez pu parler à Damien Ridgeway ? demanda Frazer.

Randall secoua la tête.

— J'ai organisé un rendez-vous avec lui cet après-midi, ainsi qu'avec sa mère. Le gamin a été renvoyé de son ancien lycée pour avoir vendu de la drogue. Il possède une moto-cross.

Il avait eu l'opportunité de passer à l'action, mais il n'avait pas de mobile clair, à moins qu'il n'ait eu un lien avec Denker d'une manière ou d'une autre.

— Il a dix-huit ans ?

Randall acquiesça.

— Renseignez-vous sur ses parents et creusez son passé avant de l'interroger. Ne posez pas de questions trop révélatrices. Ne dévoilez pas notre jeu.

C'était un suspect certain, mais Frazer n'était pas prêt à rayer qui que ce soit de la liste à moins que la personne n'ait un alibi béton.

Isadora Campbell avait passé le Nouvel An en compagnie d'un groupe de médecins et d'infirmiers qui avaient célébré le passage à la nouvelle année avec du café et des brownies. Elle s'était ensuite occupée de divers patients, dont un bébé avec une forte fièvre, une femme de trente ans avec une inflammation de l'appendice, et un fêtard qui avait un peu trop forcé sur la boisson et avait réussi à se casser la cheville en allant d'un bar à l'autre. Et tout ça avant deux heures du matin. Elle n'aurait pas pu disparaître pendant 40 minutes au milieu de ce chaos, pas sans que son absence soit remarquée.

Il regarda l'un des techniciens retirer soigneusement le crâne du sable et le placer dans une boîte garnie de sachets en plastique stériles. Cette plage n'était pas le pire lieu de repos qu'une personne puisse espérer. L'océan dégageait une tranquillité qui semblait appropriée pour quelqu'un qui avait probablement enduré des horreurs avant de mourir.

Était-ce Beverley Sandal ? Il ne servait à rien de donner de faux espoirs aux parents. Il fallait attendre les résultats de l'autopsie. Elle avait disparu depuis dix-sept longues années. Quelques jours de plus ne feraient pas de différence. Certains tueurs se livraient à des jeux sadiques avec les familles des victimes et il ne comptait pas laisser l'homme en prison blesser ces gens plus qu'il ne l'avait déjà fait.

La police scientifique soulevait délicatement les os restants et les plaçait dans la boîte.

La femme médecin légiste se leva et s'étira, dévoilant un ventre arrondi par une grossesse qui lui fit penser à Rooney – pour qui tout irait bien. Il avait parlé à Parker et ils avaient exclu la prééclampsie et d'autres maladies graves. La femme le regardait comme s'il lui avait gâché son Noël. Il avait l'habitude.

Elle s'approcha lentement de l'endroit où il se tenait. Elle effectua quelques torsions et étira son dos.

— Vous ne faites pas partie de ces hommes qui pensent que les femmes enceintes ne peuvent pas faire leur travail correctement, n'est-ce pas, ASAC Frazer ?

— Non, je doute des compétences de tout le monde jusqu'à ce qu'on me prouve le contraire, enceinte ou non.

Il n'aimait pas du tout le sentiment de responsabilité accompagnant la présence d'un enfant à naître sur une scène de crime. Il prit soudain conscience de leur vulnérabilité – une petite personne totalement dépendante du bien-être de la femme qui la portait. Il changea de sujet.

— Vous pouvez m'apprendre quelque chose sur notre victime ?

La femme eut un sourire en coin.

— Si je gagnais un dollar chaque fois que les forces de l'ordre me posent cette question, je serais une femme riche.

Il attendit en silence.

— J'ai entendu dire que vous n'aviez pas le sens de l'humour.

Il fronça les sourcils.

— J'ai le sens de l'humour.

Randall détourna le regard.

— Non, dit-elle en secouant la tête. Vous en êtes dépourvu.

Frazer plissa les yeux. Elle avait peut-être raison. Il s'en fichait.

— C'est une femme, à en juger par la taille des os et la forme du bassin, mais mon collègue pourra nous donner plus de détails de retour au laboratoire.

— Vous savez depuis combien de temps le corps était enterré ?

Elle haussa un sourcil comme pour dire « Vous vous moquez de moi ? », mais ne dit rien.

— Des années plutôt que des mois ?

Elle grogna.

— C'est difficile à dire.

Bien sûr que ça l'était.

— Certainement des mois plutôt que des jours.

Formidable. Pour l'heure, elle ne lui avait rien appris qu'il ne savait déjà.

— Et c'est moi qui manque d'humour, marmonna-t-il à voix basse.

Il y eut un cri depuis le site de fouille.

— Qu'est-ce que vous avez trouvé ? demanda le médecin légiste en redescendant le chemin qu'ils avaient emprunté dans le sable.

Duncan Cromwell allait faire une attaque en voyant les dégâts qu'ils avaient causés, à supposer qu'il ne devienne pas fou de chagrin avant.

Frazer et Randall suivirent le médecin légiste. Ils regardèrent tous dans la fosse peu profonde, choqués de voir un autre crâne apparaître.

— Merde.

Randall exprima tout haut ce que Frazer pensait.

Était-ce un charnier ? Une vague de chagrin la frappa. Avec un peu de chance, l'ADN de la seconde victime figurerait dans la base de données des personnes disparues. S'il s'agissait d'une autre victime de Denker, cela pourrait permettre à la famille de tourner la page au moment où elle en avait le plus besoin, avant que le tueur n'emporte ses secrets dans la tombe. Mais si la victime était inconnue…

Une nouvelle enquête pourrait demander le report de l'exécution de Denker et la réouverture de l'ancienne affaire. Indépendamment du fait que Denker était un tueur sadique, et non un homme innocent. Le système judiciaire semblait conçu pour garder ces tueurs en vie aussi longtemps que possible, sans tenir compte des preuves, ou du mal que cela faisait aux familles des victimes…

Il se censura lui-même. C'était exactement ce genre de raisonnement fallacieux qui avait poussé à la création du projet Gateway. Il avait fait tomber l'organisation, et avait globalement foi dans le système judiciaire, y compris la peine de mort, aussi imparfaite soit-elle. Cela lui rappela que son ami Patrick Killion, agent de renseignements de la CIA, l'avait appelé pour lui dire qu'il suivait une piste sur la femme qui avait assassiné le vice-président. Après avoir vu le cadavre délicat d'Helena Cromwell, cela ne semblait plus si important, surtout qu'ils ne pouvaient pas arrêter l'assassin de toute façon. Tout ce qu'ils pouvaient faire, c'était veiller à ce qu'elle sache que le projet Gateway n'existait plus et qu'elle était surveillée. Ils devaient juste la trouver les premiers.

Mais ces tueurs en série qui déchiquetaient des êtres humains pour le plaisir ? C'étaient des gens qu'il voulait traquer jusqu'à l'extinction. Il était prêt à mourir pour les anéantir.

Le médecin légiste s'accroupit pour examiner de plus près le deuxième crâne. Frazer avait rendez-vous à l'hôpital, mais il était réticent à partir.

— On dirait que la journée va être longue.

Elle sourit, mais il y avait de la fatigue dans ses yeux. Il voulait lui dire de faire une pause, mais il savait qu'elle lui ferait la peau s'il s'aventurait à faire la moindre remarque.

— Vous savez que c'était le territoire de Barbe-Noire ? demanda-t-elle.

Un autre tueur en série sadique.

Frazer garda la mine sévère.

— Tenez-moi au courant si vous trouvez un cache-œil.

Elle fit la grimace et il cacha un sourire.

Son téléphone sonna et il consulta l'écran. Sa bouche s'assécha.

— Excusez-moi, je dois répondre.

Il tourna les talons et s'éloigna. Il redoutait cette conversation depuis que Rooney l'avait appelé.

— Hanrahan ? Merci de m'avoir rappelé. J'ai besoin de votre aide.

— JE NE sais pas trop ce que je peux faire, Chef. Je n'ai pas vraiment d'expérience en matière d'hypnose.

Izzy se frotta les bras. Kit avait ramené Barney chez elles et avait proposé de le promener. Sa sœur lui avait promis d'être plus prudente et de fermer à clé lorsqu'elle serait à la maison à l'avenir. Elle semblait enfin comprendre que le danger rôdait, mais elle refusait catégoriquement l'idée que Damien

Ridgeway puisse être impliqué dans la mort d'Helena.

Ils étaient dans le couloir de l'hôpital devant la chambre de Jesse aux soins intensifs. Le chef Tyson se rapprocha d'elle pour pouvoir parler sans être entendu.

— Le Dr Bengali n'a pas pu se libérer sur son temps de visite et il a suggéré que je vous appelle.

Ses yeux étaient sympathiques, mais ils contenaient cette pointe d'autorité à laquelle elle réagissait automatiquement. Après des années dans l'armée, elle avait constaté que son dos se redressait, que son menton se relevait.

— D'accord, mais il faut d'abord vérifier que les fédéraux sont d'accord.

— C'est déjà fait.

Tyson désigna quelque chose derrière son épaule.

Elle se retourna. L'ASAC Frazer marchait à grands pas dans le couloir, vêtu de son costume marine avec son coupe-vent du FBI par-dessus, comme la veille à la plage. Elle fut frappée une fois de plus par la beauté froide de l'homme. Ses pommettes saillantes, les lignes tranchantes de son visage. Ses yeux bleus la détaillèrent de haut en bas, puis passèrent à autre chose.

Dieu merci.

La tension sexuelle qui s'était manifestée entre eux la nuit précédente était cachée sous un mur d'indifférence glaciale, mais elle savait qu'elle était là à présent, évoluant sous la surface comme un grand requin blanc. Izzy se rappela que ce n'était pas parce qu'il y avait des requins dans l'océan qu'elle devait se faire mordre.

— Comment va votre fils ? demanda Frazer au chef de la police.

— Il veut savoir ce qui se passe. Il veut voir Helena, dit

sombrement Tyson à voix basse.

— Il est temps de voir si nous pouvons lui faire retrouver la mémoire. Je ne vais pas vous mentir, ça va être compliqué pour le gamin. Il va revivre la scène et vivre un véritable choc, d'où l'importance de le placer sous surveillance médicale.

Le regard qu'il jeta à Izzy suggérait qu'il faudrait s'accommoder à sa présence au vu des circonstances.

— Habituellement, il s'agit d'un processus individuel. Au vu des circonstances, vous pouvez rester tous les deux, mais il faut que vous gardiez le silence, peu importe ce que vous entendrez. Et ne vous mettez pas dans son champ de vision, au cas où il ouvrirait les yeux.

Le chef hocha la tête et se dirigea vers la chambre d'hôpital de son fils. Izzy fit mine de le suivre, mais Frazer l'attrapa par le bras. Ses doigts effleurèrent accidentellement sa poitrine. Elle sursauta. Il déplaça sa main tout en la gardant sur son bras. Une vague de chaleur se répandit dans tout son corps à partir du point de contact.

— Ce que Jesse pourrait dire ne doit pas sortir d'ici.

Elle fut agacée de voir qu'il parvenait à la décontenancer si facilement, avant de l'insulter totalement. Tout cela était-il calculé ? La lueur dans les yeux de Frazer ne lui apporta pas la réponse. Elle se dégagea.

Il était évident qu'il ne lui faisait pas confiance pour faire son travail et c'était le seul domaine où elle avait une confiance absolue en ses capacités.

— Je suis coutumière du secret médical.

— Mais votre sœur est concernée. Peu importe ce que dira Jesse, vous ne pourrez pas révéler ce que vous savez, pas même à Kit.

Les yeux bleus de Frazer se dégelèrent quelque peu.

— Je sais que c'est dur pour elle et pour vous, mais c'est une enquête criminelle, et ce sont les affaires de Jesse… Il pourrait être amené à témoigner à la barre.

Elle fit un pas en arrière.

— Croyez-le ou non, je ne suis pas stupide.

— Je n'ai jamais pensé que vous l'étiez.

Un sourire agita le coin de sa bouche.

— Deuxième chose : il est possible que nos déclarations au grand public ne reflètent pas ce qui se dira réellement ici aujourd'hui. Je vous demande de ne pas contredire les canaux officiels.

Elle fronça les sourcils.

— Vous voulez manipuler le tueur ?

Il fit un signe de tête. Elle n'aurait pas dû être aussi attirée par lui, mais apparemment, l'intelligence et la beauté l'excitaient, indépendamment de la personnalité dominatrice de l'homme ou du danger potentiel qu'il représentait pour sa liberté.

Elle se mordit la lèvre.

— Damien Ridgeway a une moto-cross, lâcha-t-elle soudain.

— Je sais.

— Oh. D'accord.

Elle cligna des yeux, la mine défaite.

— Bien.

Il fit mine de s'éloigner, mais cette fois, ce fut elle qui lui attrapa le bras et tenta de faire comme si cela ne l'affectait pas.

— Je l'ai entendu se disputer avec Kit. Il a dit que si les flics le découvraient, ils le crucifieraient.

— Découvraient quoi ?

Elle lâcha son bras.

— Je ne sais pas. Il ne m'a rien dit et Kit non plus.

— Quand l'avez-vous vu ?

La voix de Frazer se réduisit à un faible murmure et il s'approcha suffisamment près pour qu'elle puisse sentir la chaleur de son corps.

— Un peu plus tôt. Je suis allée chercher Kit et elle était chez lui – enfin, dans le cimetière d'à côté.

Il fronça un sourcil.

— Notre mère est enterrée là. Kit passe beaucoup de temps à s'occuper de sa tombe. Bref, j'ai pensé que je devais vous dire ce que j'avais entendu.

— Bien.

Sur cette réponse monosyllabique, il tourna les talons et entra dans la chambre de Jesse. Izzy leva les yeux au ciel et soupira. Elle le suivit lentement et referma la porte derrière elle. Elle adressa à Jesse un sourire rassurant et consulta ses moniteurs pour s'assurer que ses signes vitaux étaient stables. Bien qu'il n'ait pas de vertiges et que la douleur et les nausées soient sous contrôle, ils lui avaient fait passer un autre scanner, probablement parce que c'était un miracle qu'il soit indemne. Elle lut son dossier – la pression sanguine et les niveaux d'oxygène étaient bons. Fréquence cardiaque stable. Elle leva la main pour attirer l'attention de l'ASAC Frazer et indiqua une porte adjacente. Elle voulait s'assurer qu'un anesthésiste soit prêt à lui administrer un sédatif au cas où les choses tourneraient mal. Frazer acquiesça sans interrompre sa conversation avec Jesse. Elle s'éclipsa pour parler à l'un de ses amis qui lui donna une petite dose de sédatif au cas où Jesse deviendrait agité, et promit d'être là en cas d'urgence. Izzy mit trente secondes de plus pour ranger sa veste dans son casier et prendre sa blouse blanche et son stéthoscope. Équipée pour faire son travail, elle se glissa dans la pièce.

Il faisait sombre à l'intérieur à présent, à l'exception de la lueur des moniteurs. Les lumières étaient éteintes, les stores baissés. Le chant des oiseaux et le bruit des vagues emplissaient la pièce. Cela la ramena immédiatement à la plage. Elle s'assit sur une chaise dans le coin de la pièce, à côté du chef de la police qui surveillait son fils comme une maman grizzly veille sur son petit.

Frazer était assis sur une chaise à côté du lit. Jesse était allongé et le regardait. Frazer murmurait d'une voix grave qui semblait s'enfoncer dans ses os et la réchauffer de l'intérieur.

Puis il fit faire des exercices de respiration profonde à Jesse. Il avait enlevé le coupe-vent et la veste de costume, retiré sa cravate et défait les deux premiers boutons de sa chemise. Quelque chose dans son apparence lui plaisait, mais elle se dit qu'il devait faire le même effet à la plupart des femmes.

— On va faire un exercice simple. Je vais compter à l'envers jusqu'à cinq et tu vas revenir au réveillon du Nouvel An. Il effectua le compte à rebours.

— Où es-tu, Jesse ?

— Chez Franky. Sa mère et son père sont absents et il a invité presque toute l'école à une fête là-bas. Ses parents ne le savent pas. Ça va être super.

Il avait l'air si excité qu'Izzy eut envie de mettre un terme à l'hypnose sans plus attendre, pour le laisser vivre dans une ignorance béate. Mais cela ne pourrait pas durer, et il pourrait détenir une information qui pourrait aider à attraper le tueur.

— Les parents de Franky ne sont vraiment pas au courant ?

— On l'a caché à tous les vieux. Ni ses parents ni mon père ne nous auraient laissés organiser une fête sans surveillance.

Jesse eut le petit rire d'un jeune homme inconscient.

Le chef Tyson croisa les jambes et Izzy sentit la tension s'échapper de lui par vagues.

— Tu as l'air impatient ?

— J'ai invité Helena Cromwell.

L'excitation dans la voix de Jesse lui fit l'effet d'un coup de couteau dans la poitrine. Elle serra ses poings sur ses genoux.

— Elle est jolie ?

Le sourire de Jesse s'élargit.

— Oh, mon Dieu, elle est magnifique. Mais le plus important, c'est qu'elle est gentille. J'ai appris à éviter les filles méchantes, même si elles sont sexy.

Elle sentit une tension s'exercer sur sa corde sensible.

— Ma dernière petite amie était – disons qu'elle n'est *pas* gentille, mais Helena a quelque chose de spécial. Je suis choqué qu'elle n'ait pas déjà un petit ami.

Il avait touché sa corde sensible. *Grand Dieu.*

— Je te comprends. Mon ex-femme était parfaite en apparence, mais il me suffisait de ne pas remarquer sa nouvelle coupe de cheveux ou sa dernière manucure pour l'énerver. Elle me menait alors la vie dure pendant une semaine. La vie est trop courte pour s'occuper de ces conneries.

— Sans blague, répondit Jesse.

Sa voix était devenue plus calme. Se souvenait-il ?

— Peux-tu me dire ce que tu as fait quand tu es arrivé à la fête ?

— C'était sympa pendant un moment, mais ensuite certaines filles ont commencé à faire des conneries. Elles ont décidé de jouer à un de ces jeux stupides où on tire le téléphone portable d'un gars au sort et où l'on choisit une fille pour lui faire une fellation. Mais c'était un coup monté pour afficher le nouveau.

— Alors le nouveau a gagné une pipe ? Qui a eu l'honneur de la lui faire ?

— Kit Campbell.

Izzy regarda en direction de Frazer, qui l'ignora. C'est pour cela qu'il lui avait dit de se taire. Elle serra les dents pour s'empêcher de parler.

— Kit était-elle dans le coup ?

— Non. Les filles « populaires » ne l'aiment pas.

Jesse fronça les sourcils.

— Pourquoi on les appelle « populaires » alors que personne ne les aime ?

— C'est un phénomène propre au lycée. Qu'a fait Kit ?

— Elle les a pris au mot et a traîné le gars à la piscine avec elle.

Jesse rougit.

— Mais je ne sais pas ce qui s'est passé là-bas. Helena a dit que Kit pouvait se débrouiller toute seule.

Izzy fronça les sourcils. Helena avait laissé Kit s'enfuir ? Puis elle pensa à sa sœur – tu n'as pas *laissé* Kit faire quoi que ce soit. Elle l'a fait, un point c'est tout.

— Que s'est-il passé ensuite ?

La voix calme et douce de Frazer provoquait quelque chose en elle. Elle réduisait son agitation. Calmait son rythme cardiaque. Peut-être l'avait-il hypnotisée, elle aussi. C'était une pensée terrifiante.

— J'avais besoin de sortir de là. Ça devenait n'importe quoi. Je voulais aller voir la tempête et être seul avec Helena. Je lui ai demandé si elle voulait faire une promenade.

Il s'arrêta brusquement comme si quelque chose l'avait effrayé.

— Tu l'as emmenée dans les dunes ?

— Je sais qu'on n'aurait pas dû. M. Cromwell nous tuera s'il l'apprend et mon père sera le prochain sur la liste.

Les mots résonnèrent dans la pièce comme un coup de feu et Frazer croisa le regard d'Izzy pendant un instant. Le père d'Helena pouvait-il être impliqué dans son meurtre ? Izzy chassa cette idée. Il était dévasté, mais elle savait par expérience que certaines personnes étaient de formidables acteurs.

— Ce n'était pas l'idée d'Helena. C'était la mienne.

Le gamin endossait une responsabilité plus grande qu'il ne le pensait.

— Je ne veux pas qu'elle ait des problèmes.

— Tu l'as embrassée ?

Jesse rougit. Les jointures du chef blanchirent sur ses genoux. Il était forcément conscient que si Jesse avait tué Helena, son fils s'incriminerait très probablement dans les instants qui suivraient, ce qui pourrait détruire sa vie à jamais.

— Je l'ai embrassée.

— Avez-vous fait l'amour ? demanda Frazer.

— Non, dit fermement Jesse. Helena n'est pas comme ça. Elle est assez prude. Je pense qu'elle n'avait même jamais embrassé quelqu'un avant ça.

La question suivante de Frazer ne fut pas ce à quoi elle s'était attendue. De toute évidence, elle pensait de façon trop linéaire.

— Combien d'argent liquide avais-tu sur toi ?

Jesse fronça les sourcils.

— Environ 50 dollars. Je voulais avoir un peu d'argent au cas où Helena aurait faim et voudrait aller quelque part pour manger quelque chose.

— Qu'y a-t-il d'autre dans ton portefeuille ?

— Une carte de crédit que mes parents m'ont donnée l'année dernière et m'ont dit de ne jamais utiliser sauf en cas d'urgence.

Il rit.

— Ma carte d'étudiant, mon permis de conduire, de vieux tickets de caisse, un préservatif.

Le pied du chef tressaillit.

— Tu avais un préservatif sur toi, mais tu ne t'attendais pas à faire l'amour ?

Jesse secoua la tête.

— Franky l'a mis dans mon portefeuille quand je sortais avec Jessica.

Jesse et Jessica ? Beurk.

— Il a dit qu'elle avait eu des rapports sexuels avec son dernier petit ami et qu'il ne voulait pas que je la mette enceinte ou que j'attrape quelque chose la première fois que je « baisais une fille ». C'était son expression, pas la mienne.

— As-tu fait l'amour avec Jessica ?

Frazer avait raison. Cela ne concernait que Jesse.

Le garçon eut un rire embarrassé.

— Heuh, ce n'est pas quelque chose dont je parle en général, mais…

Il poussa un profond soupir, comme s'il abritait un terrible secret.

— Je me réserve pour quelqu'un de spécial. C'est pour ça que Jessica m'a largué.

— Parce que tu ne voulais pas coucher avec elle ?

Izzy sentit la tension du chef Tyson se dissiper. Elle croisa son regard. Ses yeux débordaient de larmes et elle lui serra brièvement la main.

Les joues de Jesse étaient écarlates.

— Ça semble stupide, hein ?

Frazer resta silencieux pendant un moment.

— Non, en fait c'est plutôt intelligent. Le sexe fout en l'air toutes sortes de choses entre les gens.

Cela ressemblait à un avertissement. Elle resta parfaitement immobile pour qu'il ne puisse pas analyser sa réaction.

— Vous pensez que les gens doivent être amoureux ?

Il y avait de la nostalgie dans la voix de Jesse.

Frazer étira les lèvres.

— Je pense que les personnes qui ont des relations sexuelles doivent être majeures, saines d'esprit, honnêtes sur ce qu'elles veulent. Personne ne doit se sentir forcé. L'amour est important pour certaines personnes, concéda-t-il.

Mais pas pour lui.

Ça le rendait encore plus attirant. Elle le comprenait. Il était difficile de tomber amoureux quand on ne baissait jamais la garde. Un jour, elle espérait trouver quelqu'un avec qui elle pourrait ne faire qu'un, avec qui elle pourrait elle-même. Mais l'idée de s'ouvrir à quelqu'un était terrifiante.

Frazer avait manifestement essayé une fois, d'où son ex-femme.

Elle savait qu'il était attiré par elle, difficile d'ignorer la façon dont il regardait sa bouche parfois, même si elle savait que le grain de beauté sur sa lèvre était distrayant. Mais la façon dont il avait regardé son corps la nuit précédente était sans équivoque. Était-il toujours aussi distant avec les femmes qui l'attiraient ? Ou se comportait-il en professionnel dans le cadre de cette affaire ?

— Vous pensez que les gens devraient attendre le mariage ? demanda Jesse.

— Je ne pense pas que le mariage soit nécessaire pour

avoir des relations sexuelles, mais je pense que l'honnêteté l'est.

Pendant un court instant, ses yeux bleus perçants croisèrent les siens et elle ressentit une décharge électrique. L'avait-elle vraiment trouvé froid ? Ce type n'était pas froid. Il était simplement capable de contrôler ce qu'il ressentait, alors qu'elle semblait à la dérive dans une mer d'émotions inattendues.

— Qui savait que tu avais un préservatif dans ton portefeuille ? demanda Frazer.

— Personne. Enfin, sauf Franky, mais je doute qu'il l'ait dit à qui que ce soit. Pourquoi le ferait-il ? Je ne l'ai pas dit à mes parents. Mon père est généralement cool, mais ma mère aurait paniqué. Elle pense toujours que j'ai onze ans.

Jesse sourit. Il ne réalisait clairement pas que son père était dans la pièce. Izzy fut choquée par l'efficacité des techniques d'hypnose de Frazer.

Et elle qui pensait avoir cerné tout ce dont elle devait avoir peur.

— Quelqu'un aurait-il pu le voir quand tu as ouvert ton portefeuille ?

— Bien sûr. Il est avec les billets.

Il fit une grimace.

— La plupart des gars de ma classe en ont un dans leur portefeuille, même si la plupart d'entre eux n'ont aucune chance de s'envoyer en l'air. Je suppose que quelqu'un aurait pu le voir, mais ce n'est pas un crime, pas vrai ?

— Non, en effet. C'est au contraire très intelligent. Donc tu as embrassé Helena. Peux-tu me dire ce qui s'est passé ensuite ? demanda Frazer.

Le garçon devint silencieux.

— Il y a eu un bruit.

Jesse s'humecta les lèvres et regarda dans le vide.

Oh, mon Dieu. Izzy se redressa et se prépara à ce qui allait suivre. Le chef lui serra l'épaule en guise de réconfort – ou peut-être simplement pour tenir le coup. Elle n'était pas sûre, mais il avait une sacrée poigne.

— Tu es en sécurité, Jesse. Je veille sur toi. Je te le promets.

La voix de Frazer était douce et calme.

— Dis-moi exactement ce que tu as entendu.

Le rythme cardiaque de Jesse commença à s'accélérer sur le moniteur. Celui d'Izzy battait déjà la chamade.

— Le vent soufflait et les vagues étaient énormes. Elles faisaient un fracas énorme en venant s'écraser sur la plage. J'étais en train d'embrasser Helena, mais ensuite il y a eu ce bruit, comme si quelqu'un courait vers nous. On s'est séparés et on a levé la tête.

Sa tension artérielle était de 120/90, et ne cessait d'augmenter. Il bougeait les jambes comme s'il voulait sortir du lit, courir.

— Un type levait une batte de base-ball ou quelque chose comme ça au-dessus de sa tête.

Izzy entendit le choc dans sa voix lorsqu'il se souvint.

— Il m'a frappé. Et merde ! Il n'a pas arrêté de me frapper. Pourquoi il a fait ça ?

Les doigts du chef se resserrèrent presque douloureusement sur son épaule.

Le rythme cardiaque de Jesse continua à grimper et Izzy toucha le flacon de sédatif dans sa poche.

— Helena lui a crié d'arrêter, mais il ne l'a pas fait. Puis elle est partie en courant. J'ai essayé, mais je ne pouvais pas me lever. Je crois que je me suis évanoui.

Il avait l'air confus.

— As-tu repris connaissance ?

Jesse commença à secouer la tête, puis hésita.

— Je l'ai senti me tirer vers le bas de la dune. Le sable était granuleux contre mon dos. Et il a fouillé dans mes poches.

— Te souviens-tu de quoi que ce soit concernant cet homme ? Une odeur ? Quelque chose que tu aurais vu ?

L'adolescent secoua la tête, ses cheveux noirs tombant sur son front.

— Des ombres. Je n'ai vu que des ombres.

Jesse regarda autour de lui comme s'il cherchait des réponses. Des larmes coulaient sur son visage.

— Où est Helena ? Elle s'est enfuie ?

Il essaya de s'asseoir et Izzy bondit sur ses pieds.

Comme personne ne répondait, il s'agita davantage.

— Elle ne s'est pas enfuie, c'est ça ? Qu'est-ce qu'il lui a fait ? S'il vous plaît, dites-le-moi.

La voix du garçon était plus forte maintenant.

— Où est-elle ? Est-elle blessée ?

— Tu ne te souviens de rien après qu'il t'a traîné dans le sable ?

Le garçon s'arrêta un long moment.

— J'ai entendu quelque chose.

Un frisson parcourut l'échine d'Izzy.

— Qu'as-tu entendu ?

— C'était comme un grognement, comme si quelqu'un… le faisait.

Le garçon écarquilla les yeux d'horreur.

— Avait des relations sexuelles. Et il a dit quelque chose. « Est-ce que tu le vois ? » C'est ce qu'il a dit. Je crois. J'ai dû m'évanouir.

Izzy essaya de refouler ses larmes, de retrouver cette carapace professionnelle où rien ne pouvait la toucher, mais elle était trop impliquée. Elle connaissait tous les acteurs. Elle connaissait la fin tragique de l'histoire.

— As-tu reconnu sa voix ? demanda Frazer.

— Non. Non, fit-il avant de marquer une longue pause. Mais… Elle me disait quelque chose. Comme si j'aurais *dû* la reconnaître.

Frazer murmura quelque chose aux seules oreilles de Jesse et soudain le jeune homme ne fut plus sous hypnose.

— Où est Helena ? demanda-t-il d'une voix féroce.

— Jesse, le prévint son père en se levant.

— Dites-le-moi, bon sang ! hurla Jesse.

Son moniteur cardiaque s'emballa, sa tension artérielle atteignit 150/110. Il semblait sur le point de sortir du lit. Izzy bondit à ses côtés. Frazer parut contrarié quand elle sortit la seringue, mais il hocha la tête, comme si c'était sa décision à lui et non la sienne.

— Fiston, l'homme qui t'a attaqué…

Le chef Tyson se racla la gorge à plusieurs reprises.

— Il a assassiné Helena.

Tyson prit la main de son fils, et elle mit à profit la distraction pour injecter le sédatif dans l'intraveineuse de Jesse. Jesse commença à sangloter.

— Non. Non. Ça ne peut pas être vrai. J'étais juste là ! Oh, mon Dieu. Il l'a violée, n'est-ce pas ?

Izzy jeta l'aiguille et appela l'anesthésiste, puis attendit que les médicaments fassent sombrer Jesse dans l'oubli. Il poussa un gémissement qui déchira l'âme d'Izzy, la dispersant comme des confettis. Tout ce qu'il avait perdu. Tout ce qu'Helena avait perdu. C'était trop dur à supporter.

Après quelques secondes de lamentations, la pièce devint silencieuse, et le rythme cardiaque de Jesse se calma pour redevenir un rythme sinusal régulier et fort. Sa tension était redevenue normale, sa respiration régulière.

L'ASAC Frazer vint se placer à côté d'elle.

— Je suis désolé que vous ayez entendu ça, dit-il à voix basse.

— Ne soyez pas désolé.

Elle leva la main pour essayer des larmes qu'elle n'avait pas senti couler. Elle jeta un coup d'œil à Jesse, mais il était inconscient et ses signes vitaux étaient revenus à la normale.

— J'aurais aimé qu'il voie quelque chose d'utile, mais je suis content qu'il ait été inconscient quand ce salaud…

Frazer hocha la tête et enfila sa veste, manifestement prêt à passer à la suite de l'enquête.

— N'en parlez pas à Kit.

Elle attrapa un mouchoir et s'essuya le nez. Ne pas mentionner qu'elle savait que Kit avait été vendue aux enchères comme une pute pour faire une pipe à une fête à laquelle elle n'était même pas censée assister. Formidable. Izzy était une formidable tutrice.

— Damien Ridgeway a dix-huit ans. C'est peut-être ce à quoi il faisait référence plus tôt.

— J'ai des problèmes plus importants à régler que des adolescents qui font l'amour.

Izzy tressaillit. Bon sang. C'était sa responsabilité.

Le chef Tyson les rejoignit. Il avait l'air épuisé.

— Je veux que votre bureau fasse une déclaration disant qu'un témoin vous aide dans l'enquête.

— Pour forcer l'agresseur à se manifester, acquiesça Tyson. Et s'il s'en prend à Jesse ? Je ne peux pas être là 24 h/24 et

7 j/7 pour le protéger.

— J'ai des personnes que je peux contacter. Des gens à qui j'ai déjà fait appel dans ce genre de circonstances.

Le visage du chef était hagard.

— On ne peut pas s'offrir des gardes du corps. Le budget est déjà serré.

— Le FBI peut aider.

Frazer fixa l'homme, comme s'il voulait qu'il dise oui.

Tyson se toucha son front.

— Très bien. Si ça peut permettre d'attraper ce fils de pute et de protéger mon fils, alors faites-le. J'hypothéquerai ma maison s'il le faut.

— Vous devez tous les deux garder le silence sur ce que sait Jesse.

— Ou ce qu'il ne sait pas, dit-elle. C'est un appât.

Frazer ne chercha pas à le nier.

— C'est l'une des rares choses que nous pouvons utiliser en ce moment, et plus vite cette personne sera arrêtée, plus vite tout le monde sera en sécurité.

Izzy hocha la tête. Il avait raison. Bien sûr qu'il avait raison. Mais c'était également un exécutant impitoyable, prêt à se servir d'un jeune homme blessé et vulnérable. Le tueur était pire cependant. Izzy devait se convaincre que Frazer savait ce qu'il faisait.

— Merci d'être venue sur votre jour de congé, lui dit-il alors qu'elle ne s'y attendait pas.

Comment aurait-elle pu refuser ? Une fille avait été assassinée. Pas une inconnue, mais une fille qu'elle avait nourrie et qui avait dormi chez elle des dizaines de fois. Sa poitrine était si serrée qu'elle avait l'impression que ses poumons risquaient de craquer si elle inspirait trop profondément.

— On peut se fixer un créneau pour vous hypnotiser par rapport à ce que vous avez vu hier soir…

— Non merci.

Elle s'éloigna d'un pas de l'agent du FBI.

— Pourquoi pas ?

Il la regardait de ses yeux de faucon.

— Je ne veux pas que vous soyez dans ma tête, lui dit-elle honnêtement.

— Vous avez peur de ce que je pourrais découvrir ?

— Oui.

Elle ne lui laissa pas le temps de commenter sa réponse. Elle s'éloigna. Elle aurait tant aimé pouvoir quitter les îles et emmener Kit avec elle. Ne pas savoir des choses qu'elle ne devrait pas savoir sur la mort et le meurtre. Arrivée à la porte, elle se retourna. Jesse était endormi et Frazer était en pleine conversation avec le chef. Une partie d'elle voulait qu'il quitte les îles, qu'il retourne dans son bureau en Virginie. Une autre partie d'elle savait qu'il lui manquerait quand il serait parti, qu'elle regretterait de n'avoir pas cherché à mieux le connaître. Il était assez complexe pour être intéressant et assez beau pour ne laisser de marbre aucune femme.

Elle était une femme, mais elle était plus intelligente que ça. Elle devait l'être.

CHAPITRE DOUZE

F RAZER ARRIVAIT RAREMENT à se reposer pendant son temps libre, et l'utilisait généralement pour s'entraîner au stand de tir ou aller à la salle de sport. Pour l'heure, il martelait le sable de ses pieds, la sueur coulant sur son dos malgré la brise froide venant de l'Atlantique. C'était la pire partie de toute enquête. L'attente. Heureusement, il avait de nombreux agents et de nombreuses affaires à suivre, mais la plupart des membres de son équipe étaient encore en vacances. Darsh Singh travaillait sur une série d'homicides à Washington et Moira Henderson s'était envolée pour l'Alaska afin d'examiner plusieurs corps qui pourraient être les victimes d'un tueur en série mort en détention l'année précédente. Jed Brennan jouait à la famille heureuse tout en se remettant de ses blessures par balle. Matt Lazlo avait pris quelques semaines pour régler la pagaille entourant la condamnation injustifiée de l'ancien agent du FBI Richard Stone, tout en soutenant sa nouvelle petite amie ainsi que – si Frazer ne se trompait pas – sa future belle-mère. Richard Stone recevait désormais le meilleur traitement possible contre son cancer. Il ne leur restait plus qu'à prier pour qu'il vive assez longtemps pour profiter d'avoir été disculpé.

Le DSC était toujours une partie de plaisir.

Rooney était toujours en observation, mais les indicateurs

étaient bons. Alex Parker avait l'air plus détendu lors de leur dernière conversation. Moins *Je pourrais vous tuer de quarante façons différentes et faire passer ça pour un accident* et plus *Je suis un expert en cyber sécurité millionnaire, ne me dites pas comment faire mon travail.*

En sachant que Parker et lui avaient failli en venir aux mains lors de leur première rencontre, il avait été surpris par la rapidité avec laquelle ils étaient devenus amis. Pour rien au monde il ne l'aurait échangé contre un autre collaborateur.

Frazer ne connaissait que les bases de l'informatique. Parker vérifiait les relevés téléphoniques et avait piraté le serveur Internet de la prison pour voir s'il pouvait trouver des communications récentes entre Denker et quelqu'un sur les Outer Banks. Tous les e-mails étaient adressés à la prison, pas aux détenus directement. Pourtant, il y avait de nombreux moyens de communiquer quand on savait comment.

Il voulait qu'il vérifie les antécédents de tous les gardiens et trouve le plus d'informations possible sur l'avocat et les groupies qui s'étaient entichées du prédateur violent. Parker recoupait également les résultats du ViCAP, examinant tous les rapports de viols ou de meurtres où les chaussures de la victime avaient disparu, tentant de voir s'il y avait d'autres facteurs permettant de relier les crimes. Cette histoire de chaussures était compliquée par le fait que de nombreuses victimes n'avaient jamais été retrouvées, et que beaucoup de celles qu'on avait retrouvées étaient complètement nues. Il n'était donc pas forcément évident qu'on avait affaire à un fétichiste des chaussures ou qui prenait des chaussures en souvenir pour prolonger le fantasme et revivre le crime.

L'identification des deux corps extraits du sable était le plus important. L'examen des preuves trouvées sur corps d'Helena serait également déterminant. Il chassa l'image de la jeune fille de son esprit, encore une fois. Dès que Frazer aurait plus de détails, il pourrait impliquer plus de personnes en utilisant le profilage géographique. Pour l'instant, il était coincé à attendre – d'où la sueur sur son front et le feu dans ses poumons.

Une conférence de presse était prévue le lendemain matin à neuf heures, mais il n'avait pas l'intention d'y assister. Si son visage apparaissait dans cette affaire, cela pourrait éveiller les soupçons. Il avait contacté son ami Robin Greenburg, à la tête d'un conglomérat médiatique, et lui avait remis une déclaration préalable, en lui demandant de faire en sorte que ses journalistes minimisent l'importance de l'enquête. Frazer lui avait sauvé la vie des années auparavant et Robin lui avait promis qu'il ferait tout pour lui. Frazer veillait à ce qu'il tienne sa parole. Ce qui était formidable avec Robin, c'était qu'il était heureux d'aider à manipuler les tueurs pour que les flics puissent les coincer. Et comme Frazer ou le FBI récompensaient cette coopération par des interviews exclusives ou des informations confidentielles en temps opportun, tout le monde était gagnant.

Frazer y trouvait son compte.

Après avoir hypnotisé Jesse Tyson, il avait essayé de dormir un peu, mais dès qu'il avait fermé les yeux, l'image d'Helena Cromwell avait fusionné avec les images d'autres victimes auxquelles il n'avait jamais pu rendre justice.

Bon sang. À quand remontait la dernière fois qu'il avait vu une femme nue vivante ?

Il accéléra le rythme, jusqu'à ce que ses poumons soient sur le point d'exploser. Certains jours, il avait l'impression que peu importe les efforts qu'il déployait, peu importe le nombre de criminels incarcérés ou éliminés, il y en avait toujours d'autres, prêts à prendre leur place. Cette affaire avait commencé comme une opération visant à limiter les dégâts, mais elle s'était transformée en un rappel de la raison pour laquelle il faisait ce qu'il faisait.

Pour protéger les gens.

Pour vider les rues des criminels.

Pas pour frayer avec les présidents ou les gros bonnets.

Le fait qu'il utilise ces personnes puissantes aurait dû lui faire ressentir une certaine culpabilité, mais ses motivations étaient louables. Et il avait sauvé les vies de ces mêmes personnes parce qu'il était doué dans son travail. C'était donnant-donnant.

Mais quelque chose chez Helena, sa bonté et son innocence lui parlait, lui rappelait que ce n'étaient pas les puissants ou les riches qui avaient le plus besoin de son aide. C'étaient les pauvres et les sans-voix.

En plus du lien avec Denker, il devait prendre en compte tous les suspects habituels en cas de meurtre. L'alibi de son père manquait de solidité, car le reste de la famille dormait. Le suspect portait un préservatif, vraisemblablement volé dans le portefeuille de Jesse – il se nota mentalement de demander à Randall de questionner Franky Cirencester au sujet de la marque des préservatifs, pour voir s'ils pouvaient établir une correspondance avec les résidus.

La plupart des violeurs en série avaient un préservatif sur eux. L'agression d'Helena n'était donc pas planifiée. Le chef Tyson vérifiait les antécédents de tous les hommes résidant sur les îles, cherchant des arrestations pour effraction, voyeurisme, harcèlement, agression sexuelle. Tout ce qui aurait pu constituer un point de départ pour leurs recherches. Un kilomètre plus tard, il fit demi-tour et repartit vers la maison de plage. Randall s'était renseigné sur Damien Ridgeway. Le jeune homme fournissait de la drogue à ses camarades de classe dans son ancien lycée. C'était assez éloigné du viol et du meurtre, mais pas impossible. Son alibi pour le meurtre d'Helena était Kit, qui, de son propre aveu, était ivre. Mais ils n'avaient pas encore trouvé de lien entre Damien Ridgeway et Ferris Denker, et c'était la clé pour résoudre cette affaire.

Les agents qui travaillaient sur l'affaire Denker dans les années 90 n'avaient pas envisagé que Ferris ait pu avoir un complice, et c'était peut-être le plus effrayant de cette affaire. Qu'un complice ait pu passer à l'acte pendant les dix-sept dernières années et que les autorités n'aient jamais rien soupçonné.

Le souffle de Frazer était rauque. Les muscles des jambes commençaient à brûler après 11 km.

Randall travaillait à dresser une liste des propriétaires de moto-cross sur l'île. L'agent avait jusqu'à présent tenu sa patronne à distance, mais Frazer savait qu'il aurait affaire à elle au cours des heures qui suivraient. Peut-être aurait-il *dû* appeler du renfort ? Le travail de Hanrahan avait été rigoureux et la condamnation était justifiée. En réalité, il ne voulait pas d'autres officiers sur cette affaire. Il ne voulait pas avoir à abandonner et retourner en Virginie. Il voulait avoir le contrôle. Il voulait résoudre cette affaire. Obtenir justice pour Helena. Peut-être qu'après tout ce qu'il avait traversé au cours des mois précédents, il avait besoin de faire ses preuves à nouveau.

Si ce n'était pas un complexe de Dieu, il ne savait pas ce dont il s'agissait.

Ce n'était pas seulement l'affaire qui le vidait de son énergie mentale. Son attirance non souhaitée pour Isadora Campbell l'agaçait. La seule consolation était qu'elle semblait ressentir la même chose que lui. Ce n'était pas une indécrottable romantique qui rêvait de fin heureuse – il ne se serait jamais épris d'une femme comme ça. Ils étaient tous deux pragmatiques, trop occupés par leur travail et leur vie pour s'impliquer. Il n'avait pas besoin de distraction. Mais elle l'intriguait avec les secrets qui assombrissaient ses yeux, avec son dévouement envers son pays et l'adolescente ingrate dont elle avait la charge, et ce satané grain de beauté qui attirait sans cesse son attention sur ses lèvres alors qu'il était censé penser aux délinquants en série.

Un cliquetis métallique près de lui lui fit baisser les yeux. Le chien d'Izzy, Barney, l'avait rejoint le long de la plage et le suivait d'un bon pas. Le chien, il pouvait le gérer. Mais mieux valait garder la femme à distance. Il sourit malgré l'effort en approchant de la limite de Rosetown.

La femme à laquelle il essayait de ne pas penser était assise sur le sable, sur un tapis de yoga, avec une petite glacière sur le côté. Barney fondit sur elle pour lui administrer un baiser humide, et Frazer se sentit furieux contre le chien. Elle rit et le repoussa.

— Beurk.

Elle s'essuya la bouche.

Frazer s'arrêta à quelques mètres, posa ses mains sur ses genoux et se pencha pour reprendre son souffle. Le chien s'éloigna en courant pour boire dans sa gamelle d'eau. Frazer désigna du menton la bouteille d'eau d'Izzy en haussant des sourcils interrogateurs.

— Allez-y.

Son expression était sereine, mais ses yeux prudents.

— On est censés avoir une autre tempête.

Elle fit un signe de tête vers l'eau.

— Difficile à dire, pas vrai, avec cette bonace ?

— Cette bonace ?

Ils regardèrent tous deux l'océan paisible.

— C'est ce que les gens du pays disent pour désigner le calme plat.

Elle sourit, et ses yeux s'illuminèrent.

— On parle une tout autre langue ici. On parle aussi de pétole pour dire la même chose. Pas forcément évident pour les continentaux comme vous.

Le cœur de Frazer retrouva enfin un rythme lui permettant de dire plus que quelques mots.

— C'est comme ça qu'on nous appelle ?

Il but une nouvelle gorgée d'eau et s'essuya la bouche du dos de la main.

— C'est le nom qu'ils donnent aux gens qui ne sont pas d'ici, ajouta-t-elle.

— Vous dites « ils » comme si vous ne vous considériez pas comme une locale non plus.

Isadora haussa les épaules, soulignant les creux de ses clavicules, qu'il aurait désespérément voulu goûter.

— J'ai été absente pendant un long moment.

Et certaines personnes ne s'intégraient jamais, peu importe où elles étaient nées ou combien de temps elles avaient vécu à un endroit.

— Comment faites-vous ? demanda-t-elle soudain.

— Que voulez-vous dire ?

Il termina la bouteille d'eau.

— Pour traquer les tueurs ?

La tension due au meurtre récent commençait à être perceptible, aux cernes sous ses yeux et à la blancheur de ses articulations lorsqu'elle enroulait ses bras autour de ses genoux.

Il haussa les épaules. Les gens lui posaient souvent cette question.

— J'aime arrêter les criminels.

— Mais qu'est-ce qui fait qu'une personne aime tuer d'autres êtres humains ? Est-ce qu'ils sont nés comme ça ? Est-ce que c'est génétique ?

Elle enfouit son visage entre ses genoux.

— Les dernières recherches suggèrent qu'il y a *bien* des gènes associés au fait d'être un meurtrier.

Elle leva les yeux, horrifiée.

— Ça ne veut pas dire que tous ceux qui ont ces gènes deviendront des tueurs.

Il s'assit sur le sable à côté d'elle, et se mit à l'aise pour parler de ce qui créait un meurtrier – même s'il pensait en réalité davantage à la magnificence des cheveux d'Isadora au soleil.

— Les scanners cérébraux des tueurs condamnés montrent une activité réduite du cortex préfrontal...

— Le centre de contrôle des impulsions émotionnelles.

Il sourit parce qu'elle était intelligente et qu'il aimait l'intelligence.

— Et une plus grande activité dans l'amygdale, la zone qui génère les émotions.

— Donc l'image d'un tueur sociopathe ne ressentant pas d'émotion n'est pas tout à fait exacte ? demanda-t-elle.

— Je ne suis pas sûr qu'ils aient mené des études suffisamment approfondies pour diagnostiquer cliniquement l'état de santé mentale de tous les tueurs qu'ils ont testés, mais non, cette étude suggère que les meurtriers sont généralement plus susceptibles de ressentir de la colère et de la rage, mais sont bien moins capables de contrôler ces émotions.

Il se redressa.

— Les chercheurs ont découvert un gène qui produit une enzyme régulant les neurotransmetteurs impliqués dans le contrôle des impulsions. Si les hommes n'ont pas ce gène, ou s'ils l'ont, mais en plus faible proportion, ils sont prédisposés à être violents. On le trouve chez environ un tiers de la population masculine.

— Mais un tiers de la population masculine n'est pas violente, non ?

Il observa ses longues jambes dans son legging moulant.

— La théorie est que si les hommes porteurs du gène sont les sujets de maltraitance infantile, et donc plus susceptibles de souffrir de lésions cérébrales, alors le gène est déclenché. La maladie mentale est également un facteur possible.

Il vit un frisson se propager le long de ses épaules. Elle passa une main dans le sable sec entre eux.

— Alors les tueurs ne peuvent pas s'en empêcher ? demanda-t-elle.

Il pinça les lèvres et regarda l'océan.

— Mettez ça sur le compte de la génétique ou des enfances merdiques. Ils font quand même le choix de tuer les autres, même s'ils savent que c'est mal. Mon travail est de les arrêter, et j'ai intérêt à être bon dans ce que je fais, sinon des gens meurent.

Son regard croisa le sien. Ses doux yeux verts pleins de compréhension et d'empathie. Il tendit le bras et lui toucha la main. Elle laissa ses doigts s'enrouler autour des siens, et exerça une légère pression. Un frisson, quelque chose de fondamental, traversa Frazer. À la façon dont ses yeux s'assombrirent, elle le ressentait aussi.

Puis quelque chose le frappa au sujet de l'affaire.

— Vous connaissez quelqu'un qui possède un détecteur de métaux ?

IZZY TENDIT A Frazer une bière fraîche de sa glacière. Ce jour-là, il leur fallait se détendre et essayer d'oublier qu'un tueur rôdait. Bien entendu, son pistolet était dans son sac, à portée de main.

— Merci.

Il fit tinter sa bouteille contre la sienne et avala de grandes gorgées comme il l'avait fait avec l'eau. C'était impossible de ne pas regarder sa pomme d'Adam s'agiter de haut en bas. La transpiration assombrissait ses cheveux blonds. Son t-shirt et son short étaient également humides, et elle le dévorait du regard. Son corps était tonique et musclé, ses longues jambes finement recouvertes de poils dorés. Des cuisses puissantes et un ventre plat, qui ne semblait pas avoir une once de graisse. Elle avait pensé que c'était le costume chic qui le rendait si parfait, mais même en tenue de sport et en sueur, il était éblouissant.

Elle baissa les yeux et croisa les jambes, sirotant sa bière alors qu'elle avait envie de la descendre d'un trait.

— Pourquoi voulez-vous savoir si quelqu'un a un détecteur de métaux dans le coin ?

— Par curiosité.

Il s'étala de tout son long sur le sable à côté d'elle.

Elle lui passa une couverture pour qu'il ne meure pas de

froid à mesure que la chaleur de sa course se dissipait.

— Eh bien, je n'ai pas de liste précise – il fronça les sourcils comme s'il était amusé –, mais il y a un groupe ou une société de chasseurs de trésors ou quelque chose comme ça. Je le sais parce que je fais régulièrement des piqûres contre le tétanos à ses membres quand ils se coupent sur de vieilles canettes de coca. Le pasteur Rice se considère comme un expert, même s'il aime y aller seul, car il dit que les gens le distraient et qu'il aime communier avec Dieu. Mon oncle Ted en a un que ma mère lui a acheté quand il a pris sa retraite. Elle espérait que ça lui donnerait quelque chose d'autre à faire que s'occuper d'elle.

— Vous avez un oncle ?

Il but une nouvelle gorgée de bière. Elle essaya de ne pas fixer la sueur qui dégoulinait le long de sa tempe. Cela n'aurait pas dû être sexy, mais ça l'était.

— C'est le frère de ma mère. Mes parents sont revenus ici dans les années 80, mais la famille de ma mère a vécu sur les Outer Banks pendant des générations.

— Alors c'est vraiment chez vous ?

Izzy fit la moue.

— Ça devrait l'être.

Elle jeta un regard derrière elle, mais Kit n'était pas à la maison. Le propriétaire du *diner* avait appelé et lui avait demandé de faire quelques heures supplémentaires. Travailler pourrait aider Kit à se changer les idées, et Izzy avait donc pensé que c'était une bonne idée. Ou peut-être qu'elle verrait d'autres amis avec qui faire son deuil.

— Je n'ai jamais vraiment eu l'impression d'être à ma place ici. J'ai toujours eu la bougeotte.

Elle le regarda. Il était couché si près d'elle qu'elle pouvait voir les taches grises dans ses yeux. C'était ce qui leur donnait ce bleu si froid – ça et le fait qu'ils percent immédiatement les gens à jour.

— En fait, ce n'est pas tout à fait vrai.

Son regard s'affûta comme si elle était sur le point de lui révéler un secret important. Ce n'était pas le cas, mais c'était personnel, et elle ne se livrait généralement pas facilement.

— Quand j'avais seize ans, mon petit ami est décédé dans un accident de voiture. Après sa mort, j'ai eu une envie irrésistible de m'enfuir.

Izzy se recroquevilla en boule.

Frazer ne dit rien. Il n'y avait rien à dire.

— Ça a été une année difficile.

Et perdre Shane n'avait pas été le pire.

Frazer se pencha plus près. Elle sentait son odeur chaude et musquée. Il fixa sa bouche comme s'il voulait l'embrasser. Cette idée fit durcir instantanément ses tétons, pressés contre l'étoffe de son t-shirt. Avec un peu de chance, il mettrait ça sur le compte du vent frais soufflant de l'Atlantique.

— C'est pour ça que vous êtes devenu médecin ?

— En partie, je suppose.

Une vague de nostalgie la frappa en pensant à Shane. Il était si jeune – l'âge de Kit, l'âge d'Helena. Il était parti avant même d'avoir commencé à vivre. Stupide. Innocent.

— Il avait bu, il a percuté un poteau téléphonique. C'était sa faute, mais il a fallu des heures avant qu'ils n'arrivent à le sortir de l'épave.

Elle chassa ce souvenir parce qu'elle avait été là pour lui tenir la main quand il était mort. Elle l'avait supplié de ne pas partir, de ne pas la quitter.

— Vous n'avez pas pu le sauver alors vous avez décidé de

sauver le monde ?

Analyse psychologique de base, mais ses véritables raisons étaient un peu plus complexes. Il était davantage question de fuite et d'expiation de ses péchés. Elle haussa les épaules.

— Et vous ?

— Moi ?

Un petit sourire courba ses lèvres parfaites.

— Oui, vous. Qu'est-ce qui vous a donné envie de sauver le monde ?

Ses yeux bleus avaient un reflet presque glacé sous cette lumière. C'était son mécanisme de défense, réalisa-t-elle. Être un observateur distant, ne jamais vraiment s'engager, ne jamais s'ouvrir aux autres. Mais il ne chercha pas à éluder comme elle s'y était attendue. Au lieu de cela, il dit calmement :

— Mes parents ont été assassinés.

— Assassinés ? demanda-t-elle sèchement.

— Un cambriolage qui a mal tourné. J'avais 15 ans.

— Oh non. Vous étiez là.

Elle l'avait lu sur son visage, même s'il pensait probablement avoir gardé l'air impassible.

— Oui.

— Vous avez vu ce qui s'est passé.

Sa gorge était si sèche qu'elle parvenait à peine à parler.

La bouche de Frazer se crispa.

Avoir regardé Shane mourir était déjà assez horrible comme ça, mais elle connaissait la sensation qui accompagnait le meurtre. Les démons, les ténèbres et le mal.

Et il avait choisi de vivre avec ça.

— Je suis devenu agent fédéral pour être celui qui pose les questions. À mon tour.

Izzy ne broncha pas. Il allait la questionner sur son père. Avaient-ils identifié les corps qu'ils avaient trouvés sur la plage ? Cette idée lui donnait la nausée.

Comment pourrait-elle mentir à cet homme après ce qu'il venait de lui dire ? Comment pourrait-il en être autrement ?

Son cœur battait la chamade. Il regarda son pouls s'affoler à la base de sa gorge. Le mettrait-il sur le compte de la peur ou du désir ? Les deux se déchaînaient dans son corps.

Il se pencha un peu plus près et pendant une fraction de seconde, elle crut qu'il allait l'embrasser. Puis le téléphone d'Izzy sonna, les faisant revenir à la réalité. Elle consulta l'écran et resta bouche bée.

Une image apparut. Une jeune femme à genoux devant un homme assis dans un fauteuil, les jambes écartées, le visage tourné vers le plafond. Ils étaient entièrement vêtus. Leurs visages n'étaient pas visibles. Mais la pose suggestive parlait d'elle-même. Le message qui accompagnait la photo la frappa aux tripes.

« Kit Campbell taille une pipe pendant que sa meilleure amie se fait défoncer le crâne. Pauvre petite Helena. Ta meilleure amie est une salope. KC suce. »

Izzy laissa tomber le téléphone.

Elle se pencha pour le ramasser, mais Frazer la devança. Il regarda l'image pendant un long moment avant de taper quelque chose sur son téléphone et de l'envoyer. Puis il supprima le message pendant qu'elle le regardait, stupéfaite.

— Je vais demander à quelqu'un de retracer la photo pour trouver son expéditeur. Je vous suggère d'aller trouver votre sœur et de vous assurer qu'elle ne l'a pas déjà vu.

Bon sang. Cela détruirait Kit.

Son portable sonna à nouveau. Cette fois, c'était le chef

Tyson. Frazer vint se placer si près d'elle que son épaule frôla la sienne tandis qu'il tendait l'oreille, la déconcertant au plus haut point. Après quelques mots de Tyson, elle raccrocha et se leva.

— Kit est au poste de police. Elle a été arrêtée pour agression.

CHAPITRE TREIZE

L E CHEF TYSON la retrouva à la porte du poste de police de
Rosetown.

— Où est-elle ?

La fureur d'Izzy avait un goût amer. Cet homme avait
assez de merdes à gérer comme ça. Helena avait été assassinée,
et son fils avait presque été battu à mort. Cet incident était à la
fois frustrant et mortifiant, et soulignait à quel point elle était
mauvaise dans son rôle de tutrice.

— Venez. Je vais vous conduire à elle.

Il la laissa passer devant lui.

— Jesse va bien ? demanda-t-elle doucement.

— Les gardes du corps sont arrivés il y a quelques heures.
Charlene et Ricky sont avec Jesse en ce moment.

Il lui jeta un regard.

— Je suis venu m'en occuper en personne. Parce que je
vous suis redevable.

— Vous ne me devez rien.

Izzy aurait voulu se recroqueviller sous l'effet de la gêne,
mais elle redressa l'échine.

— Mais merci. Pouvez-vous me dire ce qui s'est passé ?

— Un groupe de filles au *diner* ont commencé à se moquer
d'une photo de Kit.

— Vous l'avez vue ? demanda-t-elle.

Il pinça les lèvres. Puis fit un signe de tête.

— Quelqu'un me l'a envoyée par SMS.

Izzy avait du mal à respirer.

— Vous avez lu ce qu'il disait ?

Les lèvres de l'homme étaient exsangues à présent. Il indiqua une porte d'un signe de tête.

— Elle est là. Vous pouvez lui parler. Je suis sur le point d'aller parler aux parents de la fille qu'elle a frappée.

— Frappée ? Izzy fit la grimace.

— Elle lui a cassé le nez, précisa Tyson.

— Oh…

Merde. Et merde. Bon sang.

— Je verrai si la fille veut toujours porter plainte quand elle réalisera qu'elle sera aussi accusée de diffusion de pornographie enfantine.

Le chef Tyson ne dit rien d'autre, mais la lueur dans son regard donna de l'espoir à Izzy.

Soudain, la porte derrière eux s'ouvrit et l'ASAC Frazer apparut, les cheveux humides, dégageant une forte odeur de gel douche aux agrumes dont elle mourait d'envie de s'enivrer. Il avait remis son costume bleu, une chemise blanche impeccable, sa cravate à rayures rouges et grises – parfaitement nouée, mais légèrement de travers. Elle n'arrivait pas à croire qu'il ait eu le temps de faire tout ça.

— Je vous avais dit de m'attendre.

Il plissa les yeux, et elle se souvint qu'il avait l'habitude d'être aux commandes.

Elle mit les mains sur ses hanches.

— On dirait que vous avez rattrapé votre retard, alors quel est le problème ?

Ses yeux bleus brillaient d'une désapprobation glaciale.

Elle voulut attraper la poignée de la porte.

— Attendez.

Il toucha du bout des doigts le haut de son bras. Des frissons de quelque chose de sombre et sensuel la traversèrent. Elle fut suffisamment déconcertée pour obéir.

Frazer dit à Tyson :

— J'ai quelqu'un sur le coup qui cherche à remonter à la source de la photographie. Il y aura des poursuites pour la personne qui a envoyé ça. Faites comprendre à toutes les personnes impliquées qu'il s'agit d'une affaire criminelle, je veux que les enfants suppriment cette image plutôt que de la diffuser à grande échelle.

— C'est peut-être trop tard pour ça, acquiesça Tyson. Mais je vais m'assurer que le message passe, puis je retourne à l'hôpital.

Il hésita.

— Est-ce que ça a un rapport avec le meurtre d'Helena ?

— Je ne sais pas, dit Frazer. Honnêtement ? J'en doute.

Alors, que faisait-il là ? Izzy poussa la porte de la salle d'interrogatoire. Kit était assise sur une chaise en plastique dur et la regardait fixement. Les yeux de sa sœur étaient rouges et des larmes avaient coulé sur son visage. Izzy doutait qu'elle ait arrêté de pleurer pendant plus d'une heure depuis qu'elle avait appris pour Helena.

— Tu l'as vue ?

Kit ne paraissait pas embarrassée. Elle avait l'air carrément furieuse.

Izzy hocha la tête.

— Je suppose que tu te dis qu'ils ont raison. Que je suis une salope ?

Ses mots étaient un défi, mais il y avait suffisamment

d'incertitude en eux pour que la colère d'Izzy disparaisse.

Izzy secoua la tête et s'assit à côté de Kit, l'attirant dans ses bras et laissant sa sœur poser la tête sur son épaule.

— J'aurais aimé être à la maison cette nuit-là. J'aurais dû vérifier tes projets avec les Cromwell.

Si elle avait pu revenir en arrière et tout faire différemment, elle l'aurait fait.

— Nous allons découvrir qui a pris la photo et qui l'a diffusée sur les médias sociaux, lui assura Frazer.

— Qu'est-ce que ça peut faire ? C'est devenu viral maintenant.

Les mots de Kit étaient amers.

— Je devrais juste laisser tomber.

— Laisser tomber quoi ? demanda Izzy d'un ton sec.

Les yeux bleus de sa sœur se mirent à briller.

— Le lycée. La vie.

— Ne dis pas ça, la réprimanda Izzy en sentant la peur se répandre dans ses veines.

— Ma meilleure amie est morte. Et qui va me confier un vrai travail maintenant ? Un vieux pervers qui pense que je peux lui astiquer le manche en répondant au téléphone ? Tout le monde va voir cette photo et penser que je suis une pute. Personne n'oubliera.

— Et à qui la faute ? lâcha Izzy.

Les lèvres de Kit se retroussèrent.

— Voilà enfin ce que tu ressens vraiment.

— Je pense que tu dois assumer tes responsabilités concernant cette photo. Tu n'aurais pas dû le faire en premier lieu.

Izzy avait haussé le ton. Elle aurait voulu à la fois réconforter sa sœur et la réprimander.

Kit releva le menton.

— Alors maintenant c'est ma faute ?

— Bien sûr que c'est ta faute !

C'était aussi la sienne. *Bon sang.*

— Dans le monde d'aujourd'hui où il y a des appareils photo partout ? À quoi pensais-tu ?

— Je ne pensais pas qu'un trou du cul allait la poster en ligne en disant ça sur Helena, grogna Kit. Ils m'ont mise au défi de le faire, alors je l'ai fait. Je les emmerde.

— À vrai dire, dit Izzy en passant ses deux mains dans ses cheveux, c'est plutôt toi qu'ils emmerdent apparemment.

Elle se leva et fit les cent pas, se demandant comment réagir au mieux. Elle ne voulait pas la juger, mais ce n'était pas acceptable. Izzy inspira profondément, essayant de se calmer. Être la tutrice d'une jeune fille de dix-sept ans craignait, mais perdre sa mère et sa meilleure amie aussi – et personne ne le savait aussi bien qu'Izzy. Cette pensée fit ralentir son cœur qui s'emballait. Kit avait besoin de son soutien, pas de sa désapprobation.

Debout près de la fenêtre, Frazer observait leur échange. Analysait leur relation. La disséquait, elle.

— Je pense juste que tu es trop jeune pour faire *ça*, surtout lors d'une fête à laquelle tu ne m'as même pas dit que tu allais.

Les entrailles d'Izzy se glacèrent alors que les horreurs de ce qui aurait pu arriver à sa sœur défilaient dans son esprit.

Kit ricana comme seule une adolescente pouvait le faire.

— Peut-être que si tu apprenais à tailler des pipes, tu ne resterais pas coincée à la maison tous les soirs comme une putain de vierge.

— Une putain de vierge. J'aimerais bien voir ça.

Elle fit volte-face en entendant la voix de Ted qui venait de se glisser dans la pièce. Il tendit la main à Frazer.

— Ted Brubaker. L'oncle d'Izzy et Kit.

Les joues d'Izzy étaient brûlantes, pas sous l'effet de la gêne, mais de la fureur.

Frazer hocha la tête et se présenta.

— Isadora m'a parlé de vous.

Izzy haussa les sourcils en entendant son ton. Il semblait sous-entendre qu'ils s'étaient fait des confidences.

— Qu'est-ce que tu fais ici ? demanda Izzy à Ted.

Ses joues pâlirent.

— On a envoyé la photo au pasteur Rice dans l'espoir qu'il puisse sauver l'âme de Kit. Il m'a appelé à ce sujet. J'ai appelé Hank, et il m'a dit que Kit avait été arrêtée.

— Alors maintenant, tous tes copains l'ont vu aussi ?

Kit écarquilla les yeux et croisa les bras sur sa poitrine.

— Oh, mon Dieu.

— À quoi tu t'attendais ? À pouvoir choisir quels gars la reluqueraient ?

Izzy frappa violemment sur la table du plat de la main, et Ted et Kit sursautèrent. Pas Frazer. Il l'observait attentivement. Puis son téléphone émit un bip. Il avait reçu un message.

— Pourriez-vous attendre dehors ? demanda poliment Frazer à Ted.

Mais ce n'était pas une question.

Ted marmonna quelque chose à propos de « vouloir seulement aider » et repartit dans la direction où il était venu.

— Qui est le garçon sur la photo, Kit ? demanda Frazer en s'asseyant en face de sa sœur.

Kit croisa les bras et le dévisagea.

— Tu m'as promis de me dire ce qui se passait. Tu m'as promis de me raconter toutes les rumeurs et tous les ragots, poursuivit-il.

Kit lui avait fait des promesses ? Et aucun d'eux n'avait pris la peine de lui dire ? Izzy s'efforça de contenir sa colère, car même si elle avait l'impression d'être celle qui perdait le contrôle, il n'était pas question d'elle.

— Qui est-ce ? répéta-t-il.

— Damien Ridgeway.

C'était comme si chaque syllabe devait lui être arrachée.

— Je vais t'aider, lui dit Frazer, mais je pense qu'on devrait revoir les règles de base.

Il se pencha plus près, et son ton était si froid qu'il glaça l'échine d'Izzy.

— Tu me racontes *toutes les* rumeurs, tous les potins du lycée, et je découvrirai qui a tué Helena. Compris ?

Kit rompit le contact visuel, et son regard se posa sur le sol.

— Je pense que tu aurais dû m'appeler dès que tu as vu ça, plutôt que de péter les plombs, dit-il en s'adossant à sa chaise.

Kit lui jeta un regard noir.

— Je veux connaître la vérité sur ce qui s'est passé le soir du Nouvel An. Tu t'es saoulée ?

Elle hésita, puis hocha la tête.

— Après la fête, Damien et toi, vous êtes retournés au cottage et vous avez fumé du cannabis ?

Donc Izzy n'avait pas enlevé l'odeur aussi bien qu'elle l'avait espéré.

Frazer lui lança un regard qui suggérait qu'il faudrait plus qu'un peu de Lysol pour le duper.

Kit hocha à nouveau la tête, la mine défaite.

— Comment vous êtes-vous rendus au cottage ?

Kit s'affaissa davantage sur sa chaise.

— Sur sa moto.

Izzy mourait d'envie de secouer sa sœur. C'était pour cela qu'elle n'avait pas vu la voiture de Kit le lendemain matin.

— Est-il possible que Damien ait quitté le cottage à un moment de la soirée ?

La bouche de Kit forma une ligne mince.

— Je ne l'ai pas vu partir.

— Est-ce que c'est possible ? insista Frazer.

Kit haussa ses frêles épaules.

— Peut-être. Je… Je ne sais pas.

Le premier signe d'incertitude.

Frazer acquiesça et se pencha en arrière sur sa chaise.

— Je vais remonter à l'origine de cette photographie, Kit, mais pour être honnête, il pourrait être difficile de porter plainte, car, aussi suggestive qu'elle soit, il n'y a pas de nudité, pas de parties intimes du corps exposées.

Il sortit son téléphone et regarda l'image en penchant la tête sur le côté.

— Ça m'a plutôt l'air d'être une mise en scène. Quelque chose qu'une jeune fille de 17 ans en colère aurait orchestré pour se venger des autres filles de la fête. Mais le stratagème s'est retourné contre elle quand Helena est morte.

Kit lui jeta un regard à la fois reconnaissant et impression-né, bien qu'à contrecœur. Parce qu'il n'était pas tombé dans son piège et ne l'avait pas immédiatement jugée, contraire-ment à Izzy.

Cette dernière resta bouche bée.

— Donc tu veux dire que tu ne lui as pas fait de…

Kit se leva de sa chaise.

— Pour l'amour du ciel, Izzy. Tu n'arrives même pas à le dire. Bon sang. Une pipe. Une fellation. C'est un terme qui t'est probablement plus familier, puisqu'il vient du latin.

— Tu ne l'as pas fait, répéta bêtement Izzy.

Elle ne savait pas pourquoi cette idée la rassurait.

Kit la regarda d'un air arrogant.

— Peut-être que je l'ai fait pour de vrai quand on s'est défoncés ?

Mais elle ne l'avait pas fait. Izzy savait qu'elle ne l'avait pas fait.

— J'aurais dû laver le cottage à grandes eaux, dit-elle à la place.

Kit ricana.

— Tu devrais essayer un jour. Ça s'appelle s'amuser. Je ne m'attendais pas à ce que ça fasse le buzz sur Internet, je voulais juste que ces salopes paniquent un moment avant que je leur montre l'autre photo. Pour leur prouver qu'elles étaient des abruties tyranniques.

Kit leur montra une autre photo sur son téléphone, prise de profil avec la braguette de Damien clairement fermée et elle qui lui souriait innocemment. Même pose, un million de fois moins pornographique.

— Après la mort d'Helena, j'ai oublié ces stupides photos. Mais j'ai pété les plombs en voyant ce qu'elles avaient écrit. Putain de salopes.

Kit s'essuya les yeux et récupéra son manteau.

— Je peux y aller maintenant ? demanda-t-elle à Frazer.

— Qui a pris les photos ?

— Franky. L'ami de Jesse. Mais je ne pense pas qu'il aurait envoyé la photo à qui que ce soit, pas avec ce qui est arrivé à Jesse et Helena. C'est un bon gars.

Il était déjà dans les ennuis jusqu'au cou. Izzy doutait qu'il admette une autre infraction.

— C'est un point de départ et c'est tout ce dont j'ai besoin.

Frazer avait l'air d'avoir tout résolu. Il écrivit quelque chose sur son téléphone, puis consulta ses messages.

— Le chef Tyson a fait en sorte que la fille que tu as frappée abandonne les poursuites. Mais tu *devras* lui présenter tes excuses.

— Certainement pas.

Il regarda Kit pendant un moment, comme s'il essayait de comprendre pourquoi elle ne fonctionnait pas selon les règles de la logique normale.

Bienvenue dans mon monde.

— Fais-le pour Helena. Tu as la soirée pour y réfléchir, sinon tu seras de retour ici demain, et les parents de Miranda porteront plainte pour agression.

Kit eut un regard terrible.

— Très bien. Peu importe. Je vais m'excuser auprès de cette salope, en fixant ses yeux fuyants et son nez stupide.

KIT SORTIT EN trombe et se dirigea vers la salle d'attente, qui était heureusement vide, à l'exception de Ted. Izzy la suivait de près.

Ted se leva quand il les vit.

— Et si je te ramenais à la maison, Kit-kat ?

— Je m'en occupe, insista Izzy.

— Je ne suis plus une enfant. Je peux conduire moi-même.

Kit semblait sur le point de sortir dans un mouvement d'humeur, comme une débutante en colère.

Izzy inspira profondément, cherchant à rester zen.

— Je ne veux pas que tu conduises dans cet état.

— Pourquoi ? Tu as peur que je te fasse honte ?

— Non, j'ai peur que tu fasses une sortie de route, ou que tu percutes une autre voiture parce que tu es trop énervée pour te concentrer.

— Je m'en fiche, cracha Kit.

Izzy ouvrit la bouche pour répliquer, mais Frazer la devança.

— Va avec ton oncle, Kit. Je m'arrangerai pour qu'on te ramène ta voiture.

Il tendit la main pour qu'elle lui remette ses clés.

— Très bien. J'irai avec Ted.

Kit déposa ses clés dans la main de Frazer, le traitant avec le même dédain qu'elle traitait tous les autres.

Izzy aurait dû être gênée, mais elle était trop assommée par les événements des derniers jours. Elle sortit du poste de police, et un sentiment d'échec total et absolu s'empara d'elle lorsque Kit se dirigea vers le pick-up de Ted sans un regard en arrière.

Elle croisa les bras sur sa poitrine.

— Elle me déteste.

— Elle souffre.

— Et je l'ai rendue furieuse. Au lieu de la soutenir, je l'ai jugée.

— Elle se comporte comme une gamine, et ce n'est plus de son âge, dit Frazer sans ménagement. Tout tuteur voyant un enfant mineur à sa charge se livrer à une fellation a le droit d'être contrarié. Le contraire aurait été inquiétant.

— Pourquoi m'a-t-elle laissée penser le pire ?

Izzy n'arrivait pas à comprendre.

— Je suppose que c'était une façon de se punir. Elle considère qu'elle a laissé tomber Helena.

Izzy tourna des yeux horrifiés vers lui.

— Et plutôt que de parler de ses sentiments, elle a laissé tout le monde penser qu'elle fricotait avec Damien quand Helena a été tuée ?

— Elle fricotait *bien* avec Damien quand Helena a été tuée. Ça ne veut pas dire que c'était sa faute. Mais elle avait besoin qu'ils pensent le pire d'elle parce que c'est ce qu'elle ressent envers elle-même. Et elle voulait une excuse pour se défouler sur les gens, y compris vous, quand elle leur prouverait qu'ils avaient tort.

— Comment avez-vous su qu'elle mentait ?

Un coin de ses lèvres se retroussa, et la lueur qui passa dans ses yeux lui coupa le souffle.

— Disons que j'ai eu un peu d'aide de la part d'un type qui s'y connait en nouvelles technologies.

Elle regarda Ted et Kit partir. Kit ne la regarda même pas. Izzy aurait voulu se cacher les yeux et faire tout disparaître, mais c'était faible et pathétique et il était hors de question qu'elle se comporte de la sorte.

— Avez-vous des enfants ? demanda-t-elle à la place.

Il secoua la tête et fixa la baie de Pamlico qui s'étendait à une centaine de mètres derrière le bâtiment de brique rouge.

— Pas d'enfants. Personne.

— Même pas un chien ?

Il aimait les chiens. Elle ne savait pas ce qu'elle aurait fait sans Barney.

Son regard se durcit.

— Mon ex a pris mon chien. Au bout d'une semaine environ, il s'est échappé de son jardin et a été renversé par une voiture.

Ses épaules étaient crispées, sa mine sévère.

— Vous croyez qu'elle l'a fait exprès ? demanda Izzy.

Elle avait entendu l'amertume dans sa voix quand il avait parlé de son ex à Jesse plus tôt.

— Disons que je n'ai eu aucun problème à signer les papiers du divorce après ça.

Une boule se forma dans la gorge d'Izzy. Il n'en dit pas plus, mais elle sut à quel point il avait souffert.

— Je suis désolée pour votre chien.

Son regard demeura impassible.

— C'était il y a bien longtemps. Votre oncle a toujours vécu sur l'île ?

Elle hocha la tête et ils commencèrent à marcher vers sa voiture.

— Il a été maire pendant environ quinze ans. Il a pris sa retraite quand ma mère est tombée malade. Il s'est occupé d'elle. Elle avait un cancer.

— Vous ne vous êtes pas occupée d'elle ?

La tension remonta le long de sa colonne vertébrale.

— J'étais en mission.

Et reconnaissante de l'avoir été.

— Je suis revenue juste avant qu'elle ne meure. Ted a veillé sur Kit le temps que je règle les choses avec l'armée.

— Pourquoi vous êtes-vous engagée ?

— Au début, c'était par pragmatisme. Ils ont payé mon école de médecine, que je n'aurais pas pu me permettre autrement.

La brise marine lui emmêlait les cheveux.

— Mais j'ai été honorée de servir mon pays.

Ce n'étaient pas que des mots. Cela avait été un privilège de se rendre utile, de soutenir les troupes qui avaient besoin d'elle.

— Et l'armée me convenait. J'appréciai le fait de ne pas avoir à prendre de décisions sur ce que je devais faire de ma vie.

Il haussa les sourcils.

— Ça semble plutôt honnête bien que vous n'ayez pas l'air de quelqu'un qui a du mal à prendre des décisions.

— Ce ne sont pas les décisions faciles qui me posent problème, comme ce que je dois faire pour le dîner ou si je dois faire de l'exercice ou non. Et je sais ce que je fais avec mes patients.

Elle le fixa, puis détourna le regard.

— Mais savoir où je peux être le plus efficace ? Où l'on a le plus besoin de moi ? Qu'on me force à prendre des vacances ? L'armée rend ces choses faciles.

— Vous n'avez pas l'air de quelqu'un qui aime qu'on lui dise quoi faire.

— Ce n'est pas le cas, sauf dans certaines situations.

Son esprit s'emballa soudain, et pour la troisième fois en l'espace de quelques jours, elle sentit une rougeur féroce lui monter aux joues.

— Pas au lit, hein…

Parce que, qu'il soit intéressé ou non, elle ne comptait pas laisser ce malentendu planer entre eux. Si quelqu'un essayait un jour de l'attacher au lit, elle lui briserait la mâchoire.

— Mais j'aime les règles, j'aime la structure, l'organisation, les procédures. Toutes les choses que les adolescents détestent.

Alors que le silence s'étirait entre eux, Izzy se souvint des paroles que Kit lui avait lancées. *Peut-être que si tu apprenais à tailler des pipes, tu ne resterais pas coincée à la maison tous les soirs comme une putain de vierge.*

Bon sang. Elle n'allait quand même pas se soucier de ce

que sa petite sœur dérangée pensait d'elle.

— Et vous ?

— Moi ?

— Le FBI doit être bourré de règles.

Il rit et son comportement changea. Pendant un instant, il perdit sa raideur et parut plus jeune. Sa bouche l'attirait, la séduisant par sa plénitude.

— Le FBI adore les règles.

Il haussa les épaules.

— C'est un avantage d'être devenu ASAC – j'ai moins de gens qui me donnent des ordres. Mais recevoir des ordres n'est pas naturel pour moi. Vous avez peut-être remarqué que je suis un brin autoritaire.

La lueur dans ses yeux disait « au lit et en dehors ». Mais peut-être était-ce l'effet de son imagination.

Le vent ébouriffa ses cheveux humides.

— Vous êtes un peu trop gradé pour travailler sur une affaire dans le coin.

Il haussa les épaules et redressa sa cravate légèrement tordue.

— L'agent qui aurait dû être ici est enceinte et il y a eu des complications avec la grossesse. Je suis venu à sa place.

— Elle va bien ?

Était-ce pour cela qu'il avait l'air si tendu et en colère à son arrivée ?

— Oui. Tout ira bien.

À son expression, elle comprit que cette femme signifiait quelque chose pour lui. Il avait dit qu'il n'y avait personne dans sa vie, mais ça ne voulait pas dire…

— Ce n'est pas le mien.

— Je vous demande pardon ?

— Le bébé. Je lis en vous comme dans un livre ouvert. Vous pensez que l'agent Rooney attend mon bébé. Croyez-moi, je tiens peut-être à elle, mais pas comme ça.

Il murmura ensuite :

— J'accorde trop de valeur à ma vie.

S'il pouvait lire ses pensées aussi facilement, elle était foutue. Elle fit un pas en arrière et buta contre sa voiture.

— Ce ne sont pas mes affaires.

Il fit un pas vers elle. Elle l'observait, hypnotisée par l'intensité de son regard.

— J'étais sincère quand j'ai dit qu'il n'y avait personne dans ma vie. Aucun engagement. Aucune obligation.

Tout l'air de ses poumons s'évanouit lorsqu'elle lut le sous-entendu dans ses yeux bleus.

— Mais ma priorité, c'est l'affaire.

Il inclina la tête sur le côté en la regardant. Il savait manifestement qu'elle était attirée par lui, et qu'elle se méfiait. Malheureusement, c'était son travail qui l'effrayait à mort, ainsi que son sens aigu de l'observation.

Son cœur s'emballa et sa respiration s'accéléra.

Il se redressa de toute sa hauteur, dépassant d'une bonne dizaine de centimètres son mètre soixante-dix. Mais elle aurait pu lever la tête et l'embrasser si elle le voulait. Les doigts crispés, elle déploya des efforts incommensurables pour ne pas l'attraper par le revers de son costume et l'attirer jusqu'à ses lèvres.

— Vous devriez retourner auprès de Kit.

Les mots de Frazer la ramenèrent à la réalité et elle tripota ses clés. Ce n'était pas le moment de penser à embrasser ce type. Elle avait une adolescente à punir. Elle se racla la gorge et demanda :

— Pensez-vous vraiment pouvoir contrôler cette photo ?

— Pas moi, mais un de mes amis.

Une fois la portière de sa voiture ouverte, elle se tourna à nouveau vers lui.

— Je ne sais pas comment vous remercier, mais je vous suis vraiment reconnaissante.

— Vous avez parlé de nourriture tout à l'heure ?

Il sourit devant sa surprise et elle eut un nouvel aperçu de l'homme derrière le badge.

— Je n'ai pas le temps d'aller faire les courses. Trouver quelque chose de comestible au cottage à mon retour serait amplement suffisant comme remerciements – même une miche de pain et une bouteille de lait.

Il lui tint la portière, se tenant si près d'elle qu'elle sentait sa chaleur. Il regarda ses lèvres. Elle le fixa, le cœur battant la chamade alors qu'elle imaginait ce qu'il se passerait si l'un d'entre eux franchissait la ligne et emportait l'autre avec lui. Puis il se renferma sur lui-même, comme s'il réalisait que ses pensées se lisaient sur son visage.

Son expression devint sérieuse.

— Gardez un œil sur votre sœur. Mieux vaut la tenir éloignée des réseaux sociaux ce soir. Ça risque d'être difficile pendant un moment. La bonne nouvelle, c'est que Kit est coriace, mais avec la mort d'Helena en prime…

— Je veillerai sur elle.

La sincère bienveillance dans sa voix réchauffa quelque chose au fond d'elle. Elle monta en voiture et il ferma la porte, puis s'éloigna rapidement sans se retourner.

Elle devait garder ses distances, se rappela-t-elle. Même si elle était attirée par cet homme, elle ne pouvait pas se laisser entraîner. L'ASAC Frazer venait de trouver les restes de deux corps à Parson's Point. Des corps qu'elle avait aidé à enterrer 17 ans plus tôt.

———

IL ETAIT PRESQUE 19 heures quand Izzy sortit, la marmite de poulet au curry entre les mains, un sac en plastique rempli de quelques denrées de base accroché à son bras. Elle faillit dévaler les marches lorsque Barney se précipita sur la plage pour chasser une mouette qui s'était posée trop près de sa gamelle d'eau. Elle se reprit et inspira profondément. L'oiseau s'envola et Barney lui adressa un sourire signifiant *je suis trop malin.*

— Banane.

Elle rit doucement.

Le chien la suivit sur les marches du cottage voisin et s'assit à côté d'elle lorsqu'elle posa la marmite pour frapper à la porte. Elle essayait de se persuader que l'idée de voir Frazer ne faisait pas accélérer son pouls, mais c'était un mensonge.

La porte s'ouvrit presque immédiatement, sur un agent spécial Randall à l'air pressé, le téléphone collé à l'oreille. Il leva le doigt pour lui demander d'attendre un moment, mais Barney entra directement et fit comme chez lui. Izzy se sentait un peu stupide de rester plantée là avec une marmite de curry, mais elle leur avait promis à manger, et c'était le moins qu'elle puisse faire après toute l'aide qu'il lui avait apportée avec Kit.

Randall raccrocha et passa la main dans ses cheveux, qu'il ébouriffa au passage.

— Désolé, c'était une de mes amies. L'un des agents du DSC de Frazer. J'ai découvert qu'elle était à l'hôpital depuis quelques jours, et il ne me l'a même pas dit.

À en juger par sa mâchoire serrée et l'éclat dans ses yeux, c'était une mauvaise chose. Randall se reprit et se força à sourire.

— Qu'est-ce que vous avez là ?

— Je me suis lancée dans la cuisine et j'ai fait assez pour remplir le congélateur. J'ai dit à l'ASAC Frazer que je déposerais quelque chose pour vous deux pour le dîner, et du lait, des œufs et du beurre, parce que je sais que vous êtes occupés.

Elle lui tendit la marmite, les maniques et tout le reste.

— Ça sent bon. Merci.

Il secoua la tête comme pour chasser sa mauvaise humeur.

— Vous voulez manger avec nous ?

— Non merci. J'ai déjà mangé avec Kit.

Elle plongea la main dans sa poche et en sortit un petit sachet de riz. Elle le glissa dans la poche de sa veste de costume comme il avait les mains pleines. Kit et elle s'entendaient bien pour une fois, et elle comptait bien en profiter.

— Je suppose que l'ASAC Frazer – *Grand Dieu, je ne connais même pas son prénom* – aurait dû vous parler de votre amie ?

Ce devait être l'agent dont il lui avait parlé plus tôt.
Randall fit la grimace.

— Je suppose qu'il garde le secret, mais c'est elle qui m'a mis au courant – je la connais depuis des années. On aurait pu penser qu'il...

Il secoua à nouveau la tête.

— Peu importe. Je suis en train de pleurnicher.

— Il doit avoir ses raisons. Peut-être que votre amie lui a demandé de le garder pour lui ?

Lucas Randall avait l'air d'être un type formidable – exactement le genre d'homme avec lequel elle aurait dû sortir si elle voulait vraiment avoir une relation. Pourquoi ses yeux, son sourire ne pouvaient-ils pas l'intriguer ?

Elle jeta un coup d'œil derrière lui et vit un grand tableau blanc installé contre un mur. Elle ne pouvait pas voir ce qu'il y avait dessus, mais la réalité de ce que ces hommes faisaient là la rattrapa. Elle fit un pas en arrière.

— Bon, je ferais mieux de rentrer voir Kit. Elle est en pleine phase boulimique de sa dépression, alors je lui ai dit de préparer de la pâte à cookies.

— Merci pour le repas. Oh, attendez…

Il attrapa des clés sur le buffet.

— La voiture de Kit est garée sur le côté du cottage. Frazer ne sera pas de retour avant tard ce soir, s'il revient, mais je lui laisserai à manger – le salaud.

Il fit un sourire pour adoucir l'insulte.

Les trois petits mots « s'il revient » firent naître en elle un sentiment de panique. Cela lui rappela que leur séjour était temporaire. Très temporaire. Izzy aurait voulu lui demander où était Frazer, mais ce n'étaient pas ses affaires.

— Rendez-moi service, et fermez bien les portes et les fenêtres ce soir.

Les yeux marron foncé de Randall s'arrêtèrent sur la bosse de son arme qu'elle portait sous sa veste.

— Et gardez cette chose près de vous.

Ses mots provoquèrent en elle une nouvelle vague de malaise.

— Y a-t-il quelque chose que vous ne m'avez pas dit ? demanda-t-elle.

Il secoua la tête, mais soudain, elle ne le crut pas. Visiblement, ne pas dire aux gens tout ce qu'ils devaient savoir était une habitude du FBI – bien qu'elle ne puisse pas vraiment prétendre être innocente en la matière. Elle dit au revoir à l'agent et rentra chez elle.

Combien de temps s'écoulerait-il avant que quelqu'un ne vienne lui annoncer qu'on avait retrouvé le corps de son père enterré à Parson's Point ? Plus très longtemps, c'était certain.

CHAPITRE QUATORZE

POUR LA MILLIONIEME fois, il regarda la photo sur son téléphone portable et se demanda pourquoi elle lui faisait tant d'effet.

Il avait vu des centaines, voire des milliers d'images de ce type. En général, la femme était nue. Le sexe et la poitrine bien visibles, tandis qu'elle se penchait pour sucer la queue d'un type. Cette image était bien sage en comparaison. La fille portait une jupe courte, mais ses sous-vêtements et sa peau n'étaient pas visibles. Elle ne portait pas de chaussures sur ses bas. Ses cheveux étaient attachés en une queue de cheval lâche sur le dessus de sa tête.

L'image était presque innocente si l'on faisait abstraction de l'air béat du chanceux qui se faisait sucer.

Même s'il savait qui était cette fille, la photo le faisait bander chaque fois qu'il la regardait, même s'il se branlait si souvent que sa queue en était douloureuse. Il se tortilla, assis dans la camionnette blanche.

Il s'enfonça dans son siège au moment où la fille qu'il suivait sortait enfin de chez elle. Elle vivait sur Roanoke. Elle avait des cheveux bruns et des sourcils finement épilés. Elle commença à courir et il démarra le moteur et la doubla, puis s'arrêta environ 800 mètres plus loin, sur le parking d'un espace vert où, selon ses publications sur les réseaux sociaux, elle allait souvent courir tôt le matin.

C'était un samedi, mais les environs étaient calmes.

Il attendit de la voir s'approcher dans le rétroviseur. Il sortit et ouvrit la porte latérale de la camionnette. Un petit chien en sortit, traînant une laisse derrière lui.

— Topper. Merde, Topper ! cria-t-il au chien.

La jeune fille sourit et attrapa le bout de la laisse tandis que la boule de poils tournait autour de ses jambes avec excitation. Elle prit le chien dans ses bras et s'approcha de lui, lui tendant l'animal.

— Il est adorable.

Elle rit et ferma les yeux pendant que le chien lui léchait le visage.

Il la frappa de plein fouet au visage, son poing venant cueillir sa mâchoire et la faisant tomber par terre, telle une boule de démolition. Ses bras s'écartèrent et elle lâcha le terrier qui détala en aboyant. Il attrapa la fille, la jeta à l'intérieur de la camionnette, grimpa derrière elle et claqua la porte. Il s'agenouilla sur son dos et lui enfonça un bâillon dans la bouche, en le serrant bien. Elle tenta de se débattre, mais il faisait presque 50 kg de plus qu'elle. Il lui ramena les deux mains derrière le dos et les attacha avec du ruban adhésif. Il attrapa alors l'une de ses chevilles, puis l'autre, et l'attacha jusqu'à ce que ses pieds et ses mains se rencontrent presque au milieu de son dos.

Elle essaya de rouler, mais elle n'avait nulle part où aller. Son visage était déformé par la peur et l'agonie, et ses joues étaient couvertes de morve et de sang.

Elle faisait moins la dure à cuire maintenant. La petite salope.

Il ôta le téléphone qu'elle portait à la ceinture et enleva sa batterie. Il avait des projets pour cette fille. Il avait l'intention de prendre son temps avec elle. De se venger. Elle le méritait pour avoir cherché quelqu'un à qui il tenait. Il grimpa sur le siège avant et démarra en marche arrière pour sortir de la place. Le petit chien qu'il avait trouvé errant dans les rues plus tôt ce matin-là courut dans le parc, traînant sa laisse derrière lui. Tout s'était déroulé sans accroc. Cela avait été du gâteau.

CHAPITRE QUINZE

FRAZER ET HANRAHAN remirent leurs armes et se soumirent à une fouille minutieuse avant de franchir la première d'une série de portes métalliques et de sas. Frazer avait déjà visité un établissement de haute sécurité dans le Colorado la veille de Noël, et il ne s'attendait pas à se retrouver derrière les barreaux aussi rapidement. Ils suivirent le gardien qui avait été désigné pour les conduire à la salle d'interrogatoire. L'endroit était plus vieux que la prison de haute sécurité, plus petit, plus sale et plus bruyant. Il empestait les corps non lavés et les canalisations bouchées. Les centaines d'hommes enfermés dans un espace confiné. La sécurité y était moins sophistiquée que dans la prison de haute sécurité, mais personne ne pouvait s'échapper sans déployer un assaut militaire massif sur le complexe – ou sans avoir un plan astucieux.

Des manifestants pour ou contre la peine de mort se rassemblaient déjà non loin de l'entrée principale, munis de pancartes et de banderoles. Cela arrivait chaque fois qu'il y avait une exécution, mais la directrice surveillait le moindre signe de trouble.

Frazer avait reçu le coup de fil qu'il attendait après avoir parlé à Isadora sur le parking du commissariat. Ferris Denker avait demandé un entretien avec Hanrahan. Et tant mieux. Frazer avait été à deux doigts de faire une bêtise avec le docteur sexy qui vivait à côté. Au lieu de cela, il avait mis de la distance entre eux et avait quitté de nuit les Outer Banks, dormant quelques heures dans un motel avant d'aller récupérer Hanrahan à l'aéroport métropolitain de Columbia en route. Les retrouvailles avaient été guindées, et Hanrahan était resté silencieux sur le trajet, relisant ses notes sur l'affaire, perdu dans ses pensées.

— Qui prend les devants ? demanda-t-il soudain.

— Vous. J'interviendrai quand ce sera nécessaire, répondit Frazer.

Hanrahan n'avait pas besoin de conseils. Frazer avait appris de cet homme tout ce qu'il savait sur les interrogatoires de tueurs en série. Les souvenirs du fameux bois de Virginie-Occidentale tentèrent de s'immiscer dans son esprit, apportant avec eux le sentiment familier de trahison, mais cette fois Frazer les ignora. Ils avaient tous deux fait des erreurs. Cela n'excusait pas ce que Hanrahan avait fait, de la même façon que cela n'excusait pas ses propres actes. Mais il n'était pas prêt à révéler ses propres péchés et à finir dans le couloir de la mort comme ces prédateurs – et surtout, il n'était pas prêt à exposer les personnes qu'il aimait ou à détruire une institution en laquelle il croyait. Ils gardaient le silence par loyauté les uns envers les autres et envers le DSC et parce qu'ils savaient que lorsqu'ils faisaient bien leur travail, ils sauvaient des vies innocentes.

Être en colère contre Hanrahan était hypocrite, et contre-productif.

— Je veux qu'il se sente important, assez important pour justifier qu'un des meilleurs membres du DSC sorte de sa retraite pour lui parler.

Hanrahan tressaillit.

— Vous étiez le meilleur, Art, dit Frazer à voix basse.

Il marqua une pause. C'était le moment de lâcher prise.

— Ce que vous avez fait allait à l'encontre de tous les idéaux que vous m'avez enseignés, mais c'est fait maintenant. C'est du passé.

Ce n'étaient pas des excuses, mais son interlocuteur parut comprendre que c'était une sorte de trêve.

Hanrahan lui adressa un regard qui en disait long.

— Je vous ai forcé à vous compromettre et je sais ce que ça coûte.

— J'ai fait mes propres choix. Comme toujours, dit Frazer sans ambages.

Il s'efforçait d'atteindre la perfection et attendait la même chose des autres.

Hanrahan arrêta leur progression.

— J'ai aidé à mettre à l'ombre des êtres humains malfaisants, Linc, mais ma plus grande réussite a été de vous sortir de cette pièce dans l'Ohio – pas seulement parce que j'ai sauvé un enfant, mais pour tout le bien que vous avez fait dans votre carrière. Tous les gens que *vous avez* sauvés.

Le souvenir de cette nuit-là, des années auparavant, était gravé dans l'esprit de Frazer. Il le refoulait généralement.

— Votre deuxième plus grande réussite a été de mettre une balle dans la tête de l'homme qui a tué mes parents.

Et qui l'avait retenu captif pendant cinq longs jours.

— Si vous ne l'aviez pas fait, j'aurais fini dans un endroit comme celui-ci parce que je l'aurais pourchassé et je l'*aurais* tué. Faites-en ce que vous voulez.

L'adolescent de quinze ans plein de rage refaisait parfois surface, mais il le maîtrisait fermement. Comme toujours.

— Ça vous rend humain.

— Ça ne suffit pas, cracha Frazer.

— Je vous ai forcé à…

Hanrahan s'interrompit. Ils ne pourraient jamais prononcer ces mots à voix haute.

— Je sais que j'ai merdé l'année dernière. Si je pouvais revenir en arrière, je le ferais. Mais vous avez fait le bon choix.

— Je n'avais pas vraiment le *choix*.

La colère avait brièvement fuité. Frazer invita l'homme à le précéder.

— Mais ça ne m'empêche pas de dormir. Penser aux monstres qui ont quitté cette terre ne m'empêche pas de fermer l'œil, alors faisons en sorte que Denker rejoigne leurs rangs. Et voyons si on peut attraper son partenaire avant que quelqu'un d'autre ne meure.

Ils atteignirent une pièce avec une autre porte en acier. Le gardien l'ouvrit et leur fit signe d'entrer. Hanrahan s'avança le premier. Frazer suivit, adressant un sourire incertain à l'homme assis enchaîné derrière une table boulonnée au sol. Frazer fit racler sa chaise en s'asseyant et chercha ostensiblement dans les dossiers qu'il avait apportés avec lui comme s'il ne savait pas où il avait mis tout ce dont il avait besoin.

— Agent Hanrahan. Ça me fait plaisir de vous voir. Je vous serrerais bien la main, mais je suis un peu attaché.

Le sourire de Denker dessina des rides autour ses yeux tandis qu'il levait ses mains menottées.

— Vous avez l'air en forme. La retraite vous va bien.

Donc le gars suivait les infos – comme la plupart des tueurs en série si ça concernait leur affaire ou leur vie.

— Je profite de ma retraite, en effet. Je l'ai bien méritée.

Hanrahan se laissa lourdement tomber sur son siège et s'y adossa avec un profond soupir.

— J'ai entendu dire que vous vous débrouillez bien, Ferris. La directrice m'a dit que vous aviez obtenu votre diplôme de théologie ?

Ferris hocha la tête.

— J'ai décidé que je ferais mieux d'en savoir plus sur le paradis et l'enfer si je devais les visiter bientôt.

Le *paradis* ? Ce devait être une plaisanterie.

— Croyez-vous au pouvoir de la repentance, Art ?

— Eh bien…

Hanrahan passa sa langue sur ses dents avant de répondre.

— C'est facile pour quelqu'un de dire qu'il se repent, Ferris. Je pense qu'il faut y croire pour que ça compte.

Un sourire crispé fendit les lèvres de Denker. Hanrahan avait témoigné devant le tribunal que Denker était incapable d'éprouver des émotions humaines telles que l'empathie ou le regret. Il considérait ses victimes, et tout ce qui l'entourait en réalité, comme des moyens de satisfaire sa petite personne.

— Vous pensez donc que mon repentir ne signifiera pas grand-chose pour un Dieu chrétien ? Vous pensez que je vais aller en enfer ?

— Je pense que nous irons tous en enfer, Ferris, dit Hanrahan avec une grimace fatiguée.

Denker plissa les yeux.

— Certains plus tôt que d'autres.

Frazer l'espérait de tout cœur.

— Alors, de quoi vouliez-vous me parler ?

Hanrahan parcourut la pièce du regard, comme s'il s'ennuyait. *Arrêtez de me faire perdre mon temps. Dites-moi quelque chose d'intéressant.*

Denker ignora Hanrahan et reporta son attention vers Frazer.

— Qui est ce gamin ?

Frazer était bien conscient qu'il paraissait une bonne décennie plus jeune qu'il ne l'était en réalité. Il l'utilisait à son avantage. Il tendit la main maladroitement, se forçant à saisir les doigts moites de l'homme même s'il était enchaîné.

— Lincoln Frazer.

Il ne comptait pas préciser qu'il était plus haut dans la hiérarchie que Hanrahan. Il voulait rester en retrait et observer, pour l'instant.

Denker plissa les yeux comme s'il cherchait dans ses souvenirs.

— Votre nom me dit quelque chose.

Frazer sourit, faisant mine d'être heureux que l'homme ait entendu parler de lui.

— J'ai pris la relève de l'agent Hanrahan quand il a pris sa retraite. Je suis heureux que vous ayez accepté de nous rencontrer avant de, euh… hmm.

Frazer toussa. Comme si c'était eux qui avaient demandé cette rencontre, et non l'inverse.

— J'espérais vous poser quelques questions pour mes cours de psychologie criminelle.

Denker avait l'air à la fois flatté et irrité. Il ignora Frazer – parce qu'aussi égocentriste qu'il soit, il s'était donné pour mission de sauver ses fesses. Il ne pensait pas que Frazer pourrait lui procurer ce dont il avait besoin. Il se trompait.

— Parlez au gouverneur, Art. Faites annuler ma peine de mort et je noterai même les devoirs des aspirants fédéraux.

Il fit un signe de tête vers Frazer comme si c'était un bleu. Comme s'ils avaient besoin de Denker pour expertiser des comportements aberrants alors que le type était un prédateur classique : narcissique, calculateur, manipulateur. Aucune empathie, aucun remords, aucune conscience.

Frazer savait déjà ce qui faisait bander Ferris Denker. Avoir des femmes sans défense et à sa merci. Les faire souffrir jusqu'à ce qu'il éjacule par pur plaisir sadique. Denker pensait que le fait qu'il torturait et tuait au son de la musique classique faisait de lui un tueur plus sophistiqué. Frazer ne se souciait pas de la bande sonore, il voulait obtenir justice pour les victimes ; peut-être les venger.

Hanrahan secoua la tête avec tristesse.

— Vous savez que je n'ai pas ce genre de pouvoir, Ferris.

Il ouvrit grand les bras.

— Le juge a pris sa décision et la procédure d'appel est terminée. Il est temps de régler vos dettes.

Le regard de Denker passa de l'un à l'autre avant de se poser sur ses propres doigts qu'il frotta les uns sur les autres d'une manière qui fit froid dans le dos à Frazer.

— Et s'il y avait d'autres crimes ?

Hanrahan secoua la tête et se pencha sur le large bureau.

— Vous avez eu votre chance de cracher le morceau. C'est terminé.

— Et si je vous disais où les corps sont enterrés ? demanda brusquement Denker. Vous n'en avez trouvé que cinq. J'en ai avoué dix.

Frazer inclina la tête.

— Nous avons trouvé votre charnier, M. Denker.

Les yeux de Ferris brûlaient de colère. Son plan ne s'était pas entièrement déroulé comme prévu. Intéressant.

— Vous avez trouvé l'*un* d'entre eux, dit-il sèchement.

— Savez-vous qui nous avons trouvé ? demanda Frazer avec curiosité.

Qu'admettrait le type ? Son but pourrait-il être de se retrouver impliqué dans une accusation de complot de meurtre, où ils devraient le garder en vie pour attraper et condamner l'autre tueur ? Était-ce là le petit jeu auquel jouait Denker ? Dans ce cas, abandonnerait-il l'autre joueur ? Et son partenaire en était-il conscient ?

La priorité de Frazer était de faire disparaître les tueurs des rues.

— Je sais où vous avez cherché. Je regarde les informations.

Une fois de plus, Denker l'ignora, focalisé sur Hanrahan.

Peut-être n'était-il pas encore prêt à laisser tomber son complice. Peut-être existait-il vraiment une sorte d'honneur entre les tueurs en série, ou peut-être Ferris Denker ne savait-il rien du tout.

— Combien y en a-t-il d'autres ? demanda Hanrahan.

Les yeux de Denker bougèrent vers la gauche.

— Au moins trois.

Il disait la vérité.

Frazer cacha son dégoût. Si Denker le voyait, il l'utiliserait contre lui.

— Combien d'autres victimes sont enterrées là-bas, Ferris ? Où sont-elles enterrées ? demanda Hanrahan.

Denker haussa ses épaules osseuses. Il était difficile d'imaginer que cet homme était assez fort pour dominer toutes ces femmes, mais il l'avait été. Avait-il opéré seul ? Le tueur actuel était-il un ancien acolyte ? Un nouveau disciple ? Il avait besoin de Parker pour découvrir comment tous deux communiquaient.

— La vague indication qu'il y a d'autres corps à trouver ne va pas nous suffire, dit Hanrahan avec impatience. Ni le procureur de l'État ni le gouverneur ne se contenteront de vagues promesses. Ils ne sont pas idiots et la Caroline du Sud n'accorde pas de sursis d'exécution sauf en cas de miracle, et vous le savez.

— Bien.

Denker se redressa sur sa chaise, attiré par l'odeur de sa récompense.

— Apportez-moi une carte. Je vous montrerai où l'un des corps est enterré, en gage de bonne foi.

— Je ne suis pas sûr que troquer les corps de femmes que vous avez assassinées contre plus de temps sur cette Terre vous ouvrira les portes du Paradis, marmonna Hanrahan.

— Une carte d'où ? demanda Frazer, ignorant le commentaire de Hanrahan.

— De Caroline du Nord. Il y a des bois près de Maysville.

Frazer fit un signe de tête au gardien qui partit chercher une carte. Un autre se tenait à la porte.

— Combien de fois vous êtes-vous rendu dans les Outer Banks, M. Denker ?

Le type souriait parce qu'il pensait être sur le point d'obtenir ce qu'il voulait.

— Pas mal de fois. C'est une jolie région.

— Avez-vous déjà emprunté la route 6 jusqu'à Ocracoke ?

Denker hocha la tête, faisant cliqueter ses chaînes.

Ocracoke n'était accessible que par ferry. Une sonnette d'alarme retentit dans la tête de Frazer, mais se tromper sur quelques questions géographiques ne prouvait rien. Il voulait en savoir plus, mais ne pouvait prendre le risque de dévoiler son jeu.

— Avez-vous des amis là-bas ?

Les yeux de Denker se braquèrent sur Frazer.

— Il fut un temps où j'avais beaucoup d'amis.

Denker avait été un gars populaire. Beaucoup d'amies. Beaucoup de compagnons de boisson. Ils avaient tous été choqués quand ses crimes avaient été révélés.

— L'un d'eux vous a déjà rendu visite ici ? demanda Frazer.

Denker se cala contre le dossier de sa chaise et ricana.

— Je comprends pourquoi ce gars a eu le poste, Hanrahan. Il a compris que des gens rendaient visite à des types comme moi en prison. Bon sang, il devrait lire le courrier de mes fans. J'ai eu deux demandes en mariage depuis que je suis en prison. J'ai pensé à accepter l'une d'elles, mais je n'ai pas le droit aux visites conjugales alors… à quoi bon ?

Le sourire en coin revint.

— Mais vous savez déjà tout ça, n'est-ce pas ?

Frazer libéra un peu de son propre côté prédateur dans le sourire qu'il lui adressa.

— Ça ne vous manque pas, Ferris ? Ça ne vous énerve pas de savoir qu'il y a d'autres hommes comme vous, mais plus intelligents et qui ont plus de succès parce qu'ils n'ont jamais été arrêtés pour quelque chose d'aussi stupide qu'un feu arrière cassé ? Ça ne vous retourne pas les tripes qu'ils soient encore dehors à s'amuser alors que vous êtes coincé ici, à vous branler avec tous les autres losers ?

Les yeux de Denker devinrent durs, sombres. Le mal incarné.

Le mal ne faisait pas peur à Frazer. Il aimait passer les menottes aux criminels et les jeter en prison pour qu'ils y moisissent ou y meurent. Certains jugeaient préférable de mourir plutôt que de vivre dans un tel enfer, et cela lui convenait également.

— J'ai des souvenirs heureux auxquels me raccrocher, fit

Denker en haussant les épaules.

— Des fantasmes intenses aussi, pas vrai ? Ça doit être une torture de ne pas pouvoir les assouvir.

Un tic agita la mâchoire de Denker, révélant son agitation croissante. Le gardien revint avec une carte et l'étala sur la table devant eux. Le regard que Denker lui jeta indiquait qu'il avait enfin compris que Frazer n'était pas le maillon faible de cette chaîne.

— J'ai besoin qu'on me détache pour ça.

Il indiqua ses mains liées.

Frazer fit un signe de tête au gardien.

Il observa attentivement le prisonnier, mais il ne représentait pas une menace pour eux. Il aurait pu lui administrer un coup de poing, mais Frazer était plus costaud et n'avait pas peur de se défendre. Denker aimait les victimes qu'il pouvait contrôler et dominer. Des femmes soumises qu'il pouvait torturer sans crainte de représailles. De plus, il ne prendrait pas le risque d'attaquer des agents fédéraux ou un gardien, car cela pourrait nuire à tout appel ou demande de clémence. Pousser ce fils de pute à l'erreur était le moins que Frazer puisse faire.

Denker secoua ses poignets comme s'ils lui faisaient mal et ramassa le marqueur que le gardien lui avait donné.

— Vous n'avez jamais admis avoir été abusé dans votre enfance. Vous auriez pu l'utiliser pour votre défense, suggéra Frazer.

Hanrahan lui adressa un regard d'avertissement, mais Denker était condamné à mourir dans vingt-deux jours et le temps pressait. Pour lui.

— Je n'ai pas été abusé. Je suis né comme ça, marmonna Denker.

— Je ne vous crois pas.

Les yeux de Denker brillèrent.

— Qu'est-ce que vous en savez ? Étiez-vous un pauvre petit garçon dont le père ne pouvait pas garder ses mains pour lui la nuit ?

Frazer conserva une expression légèrement amusée.

— Je sais que ce n'était pas votre père, car il est mort quand vous étiez très jeune. Enfin, ça aurait pu être lui, mais…

— Mon père était un homme bon !

Frazer haussa les sourcils.

— Peut-être un oncle, alors ? Un chef scout ? Un enseignant ?

Les yeux de l'homme réagirent presque imperceptiblement à ce dernier mot.

Un enseignant.

— C'est là que vous avez rencontré votre ami ? Votre compagnon de crime qui était assez intelligent pour entretenir sa voiture ?

Le sourire de Denker s'enlaidit. Il se délectait manifestement de savoir quelque chose que Frazer ignorait. Il cherchait à les surpasser et se contenta de dire :

— Je ne suis manifestement pas le seul à être doué pour les fantasmes.

Frazer se pencha sur la table. Denker fixait attentivement la carte, comme s'il essayait de localiser l'endroit exact dont il parlait.

— Si vous nous livrez votre partenaire, je parlerai au gouverneur, dit calmement Frazer.

— Je n'ai pas de partenaire.

Denker gardait les yeux baissés.

— Pourquoi tenez-vous tant à le protéger ? Est-ce votre

agresseur ? Vous n'avez plus à avoir peur de lui, Ferris.

Quand Denker réagit enfin, ses yeux brûlaient de rage. *Intéressant.*

— Je n'ai peur de personne.

— Eh bien, ça ne peut pas être par amour ou par amitié – vous êtes un psychopathe, vous ne savez pas ce qu'est l'amour, et votre idée de l'amitié n'est probablement pas de torturer sadiquement quelqu'un à mort.

Hanrahan se crispa à côté de lui.

Denker s'immobilisa, puis lui adressa un sourire froid et reptilien.

— Vous seriez surpris.

Il pointa son doigt sur la carte.

— C'est ici. Je ne me souviens pas de son nom. C'était ma première et j'ai fait beaucoup d'erreurs. Elle a mis du temps à mourir, mais j'ai passé de bons moments avec elle. Considérez-la comme un cadeau.

Ses lèvres se serrèrent de regret.

— Dites au gouverneur que je révélerai où sont les corps de toutes mes victimes si ma peine est commuée à la prison à perpétuité.

Frazer fit glisser la carte sur la table.

— Si je trouve quelque chose, je prendrai rendez-vous avec le gouverneur, mais vous savez combien ces gens peuvent être occupés.

Un sourire apparut sur le visage de Denker, et Frazer sentit son estomac se contracter.

— À votre place, je ne tarderais pas trop.

———

IZZY VENAIT DE sortir de la douche après avoir emmené Barney faire un tour sur la plage quand Kit entra dans sa chambre sans prévenir. Les cheveux mouillés d'Izzy étaient enveloppés dans une serviette, qui menaçait de tomber de sa tête tandis qu'elle enfilait son jean. Sous l'effet de la peur, son cœur martela douloureusement ses côtes face à cette intrusion. Au moins, elle ne s'était pas jetée sur son arme.

— *Après* m'être excusée auprès de cette salope de *Miranda*, dit Kit d'une voix pleine de venin, je veux aller voir Jesse à l'hôpital. Ensuite, j'irai travailler au *diner*.

— Tu es sûre que tu veux travailler aujourd'hui ? demanda Izzy, surprise.

Le visage de Kit était ferme. La vulnérabilité qu'elle avait laissée paraître la veille au soir avait disparu.

— J'ai beaucoup pensé à Helena. Je me dis que c'est ce qu'elle voudrait que je fasse. Parler à Jesse. Garder la tête haute. Ignorer ces princesses à la noix. Finir le lycée et me barrer de cette île, comme toi. Je n'avais jamais compris pourquoi tu étais partie. Maintenant, si.

Izzy espérait que Kit ne découvrirait jamais toute la vérité.

— Je te conduirai au poste de police et à l'hôpital et je te déposerai au *diner*. Tu finis à 22 heures, c'est ça ? demanda rapidement Izzy. Je viendrai te chercher après le travail. Je veux m'assurer que tu es en sécurité.

— Je croyais que c'était pour ça que tu avais mis le traceur sur mon téléphone ?

Izzy fit la grimace. Grillée.

— Écoute, dit Kit patiemment, je comprends, mais j'ai 17 ans et je dois commencer à me prendre en main. Je me garerai devant le *diner* et je demanderai à Sal de m'accompagner jusqu'à la voiture.

Sal était le propriétaire du restaurant.

— Et si Sal était le tueur ?

Izzy détestait cette idée, mais pourquoi ignorer cette possibilité ?

— Si c'est le cas, il a tout l'après-midi et la soirée pour passer à l'acte. En plus, je lui dirai que j'ai dit au FBI qu'il me raccompagnait à ma voiture. À défaut d'avoir une protection rapprochée, c'est le mieux que je peux faire.

Izzy ouvrit la bouche pour rétorquer quelque chose.

— Tu ne peux pas me suivre partout pour toujours, fit remarquer Kit. Je ne peux pas non plus te suivre partout.

Son regard s'arrêta sur le Glock sur la table de nuit d'Izzy.

— Même avec cette arme, tu n'es pas invincible.

Cela l'irritait de voir que sa sœur avait raison.

— D'accord, mais je te conduis quand même chez les flics et à l'hôpital. Mais tu m'appelles quand tu quittes le *diner*.

Izzy se prépara à la question suivante.

— Et la photo ?

— Damien a publié l'autre sur les réseaux sociaux et a écrit que nous avions prévu de faire un reportage sur le harcèlement en ligne pour notre cours d'études sociales sur la vérité et la perception, mais que ces « garces » nous avaient devancés. Je suppose que c'était lui qui avait le plus à perdre. Kit haussa les épaules.

Izzy cacha sa surprise. Elle ne faisait toujours pas confiance à ce type.

— Je n'ai vu personne partager la photo classée X aujourd'hui et tous les gens que je connais l'ont retirée. De toute façon, qu'est-ce que je suis censée faire ? Me cacher pendant un an ? Hors de question. Je me fiche de ce que les gens pensent – sauf Jesse. Il doit connaître toute la vérité. Si j'ai d'autres problèmes, je le dirai aux flics.

Elle regarda sa montre avec impatience.

— Tu seras prête dans combien de temps ?

Izzy frotta la serviette sur ses cheveux mouillés.

— Cinq minutes.

— Pourquoi je n'irais pas moi-même au poste de police et toi…

— Non, dit fermement Izzy. Je t'accompagne au poste et pour voir Jesse. Il ne voudra peut-être pas te voir et je ne veux pas que tu emmerdes quelqu'un dans ce cas.

Kit lui adressa un sourire inattendu.

— Déterminée à m'éviter les problèmes, Iz ? Maman serait fière.

Izzy détourna le regard et alluma le sèche-cheveux. Une boule d'émotion était coincée dans sa gorge et elle étouffa les mots qui voulaient s'échapper – qu'Izzy avait cessé de se soucier de ce que pensait leur mère des années plus tôt, lorsque celle-ci avait poignardé son mari avec un tournevis et forcé Izzy à enterrer le corps en menaçant la vie de son enfant à naître.

Kit n'avait pas besoin de le savoir. C'était sa mère qui l'avait mise dans cette position, et elle la détestait pour ça.

CHAPITRE SEIZE

U NE HEURE PLUS tard, elles sortirent du poste de police. Hank Wright était présent et avait montré à Miranda Hutchens et à ses parents la deuxième photo, ainsi que le message sur les dangers du harcèlement en ligne. Kit n'avait pas été la seule à devoir s'excuser.

Elle avait laissé sa voiture au *diner* et était montée avec Izzy. Même si elle avait envie de la dorloter, Izzy savait que c'était probablement inutile. Il était difficile d'imaginer qu'un meurtrier puisse attaquer qui que ce soit à présent qu'ils étaient tous en état d'alerte. Kit avait promis d'appeler Izzy quand elle quitterait le travail et de rentrer directement à la maison sans s'arrêter en chemin.

Elles entrèrent dans l'hôpital et Izzy fut surprise de voir l'agent Randall parler avec animation au chef Tyson devant la chambre de Jesse comme s'ils étaient de vieux amis.

Ils levèrent tous deux les yeux quand Kit et elle approchèrent.

— Kit aimerait parler à Jesse quelques minutes, dit Izzy au chef Tyson. Mais seulement si vous êtes d'accord.

Les deux hommes froncèrent les sourcils et se regardèrent. Randall haussa les épaules. Le chef se lécha les lèvres, puis hocha la tête. Il s'adressa à Kit.

— Ne lui parle pas de l'agression. Ne lui pose pas de questions sur cette nuit-là. Il ne se souvient pas de grand-chose après avoir été frappé à la tête et il souffre encore beaucoup lorsque les médicaments ne font plus effet.

Il plissa les yeux.

— Si tu le contraries, je te jette en prison, compris ?

Kit acquiesça docilement.

— Je ne veux pas le contrarier. Je me suis dit qu'il pourrait avoir envie de parler d'Helena avec quelqu'un qui la connaissait et l'aimait.

Les larmes lui montèrent aux yeux, mais elle les repoussa. Elle semblait avoir enfin compris qu'il ne s'agissait pas d'elle.

Le chef ouvrit la porte et la laissa entrer. La mère de Jesse sortit avec une expression inquiète sur le visage.

— Vous voulez que j'entre aussi ? proposa Izzy même si elle n'en avait pas vraiment envie.

— Non, répondit Tyson. Jesse commence à s'irriter des restrictions. Ça leur fera du bien de passer un peu de temps ensemble. Histoire de commencer le processus de deuil.

— Je dois rentrer. Ma mère a une réunion à l'église à 16 heures.

Charlene Tyson consulta sa montre. Izzy avait découvert l'autre nuit que Charlene était épileptique et n'avait pas le droit de conduire.

— Je vous aurais bien emmenée, mais je dois déposer Kit au *diner* vers 17 heures.

— Vous êtes sûre que c'est une bonne idée ? demanda le chef Tyson.

Izzy écarta les mains en signe d'impuissance, mais elle comprenait le besoin de se réfugier dans le travail.

— Elle veut essayer de continuer à vivre normalement. C'est probablement ce qu'il y a de mieux à faire.

— Je vais l'emmener au *diner*, dit Tyson. Histoire de rappeler aux gens mon mécontentement concernant la saga des photos.

Elle jeta un coup d'œil à l'agent Randall.

— Ont-ils trouvé qui a envoyé cet horrible message ?

Il fit un signe de tête.

— Oui et non. Un de mes amis a tracé la photo et l'a supprimée de la plupart des sites. Elle provient du téléphone de Franky Cirencester, mais il a dit qu'il ne l'avait envoyée à personne. Il pense que quelqu'un a dû lui prendre son téléphone pendant la fête, quand il ne l'avait pas sur lui. Il était sacrément ivre d'après tous les témoignages.

— Alors à qui a-t-elle été envoyée ? demanda-t-elle.

Randall la regarda d'un air prudent, réfléchissant à ce qu'il pouvait révéler.

— À l'ex-petite amie de Jesse, Jessica Tuttle. C'est elle qui l'a diffusée le lendemain avec ce message. Son adresse électronique figurait sur la moitié des messages originaux et elle l'a publiée sur les réseaux sociaux. Ça n'a pas été difficile de remonter jusqu'à elle.

Izzy secoua la tête. Charlene resta bouche bée.

— Heureusement que c'est une ex-petite amie, déclara le chef en grimaçant. Je suppose qu'il y aura des plaintes ?

Randall acquiesça.

— Frazer a dit de le laisser s'en charger. Il va parler à quelques personnes et trouver la meilleure approche.

Tyson acquiesça.

— Je veux être tenu au courant.

Il mit ses poings sur ses hanches.

— Ce qu'elle a écrit sur Kit et Helena était totalement faux.

Un fort sentiment de gratitude frappa Izzy sans crier gare.

Le fait qu'elle n'ait pas à gérer ça toute seule était un énorme soulagement.

— Merci, dit-elle à Tyson et à Randall. Merci beaucoup de m'aider avec tout ça.

Le chef lui adressa un sourire en coin.

— Vous avez du pain sur la planche avec celui-là.

Les yeux de Charlene se remplirent de larmes, qu'elle chassa rapidement.

— Aucun d'entre nous n'est en lice pour gagner le prix du meilleur parent.

Le chef Tyson passa son bras autour des épaules de sa femme.

— Allez, ils sont allés à une fête sans nous en parler.

Son visage devint triste.

— On faisait le même genre de choses à leur âge. C'est normal. Personne n'aurait dû mourir.

— Alors pourquoi ai-je l'impression d'être nulle ?

Izzy poussa un profond soupir audible.

— Parce que vous avez une adolescente à élever.

Charlene eut un sourire crispé.

— Et nous avons de la chance.

Sur cette pensée dégrisante, Izzy et Charlene sortirent. Izzy se demandait où était l'ASAC Frazer. Elle se félicita de ne pas avoir posé la question. Elle ne pensait pas qu'il était rentré au cottage la nuit précédente. Peut-être était-il parti pour de bon ? Cette idée lui apporta un mélange de soulagement et d'anxiété.

Elles marchèrent jusqu'à sa voiture en silence. Le poids des récents événements était accablant. Elle ne savait pas comment la police s'en servait. Elle se demandait s'ils avaient identifié les deux corps qu'ils avaient trouvés sur la plage la veille. Le fait qu'elle aurait pu leur révéler leur identité signifiait qu'elle leur faisait perdre du temps, temps qu'ils auraient pu consacrer à la chasse au tueur. Mais ils devraient de toute façon passer l'ADN dans leurs bases de données. Ils ne l'auraient pas cru sur parole.

— C'est votre voiture, Izzy ?

Charlene l'attrapa par le bras.

Tirée de ses pensées, Izzy leva les yeux. *Et merde.* Toutes les fenêtres de son SUV avaient été brisées. Dieu merci, Barney était à la maison.

Bon sang. La douleur et la peur s'affrontaient dans son cerveau. La douleur l'emporta. Pourquoi quelqu'un ferait-il ça ? Elle prit une profonde inspiration, essayant de se calmer avant de parler.

— Je suppose que vous allez avoir besoin d'un autre chauffeur pour rentrer chez vous, Charlene.

Elle consulta sa montre.

— Je vais appeler le garage pour qu'ils envoient une dépanneuse.

— Et je vais appeler Lee.

Son mari.

— Il doit voir ça.

Izzy secoua la tête.

— Il a des choses plus importantes à….

Les doigts de Charlene s'enfoncèrent dans son bras.

— Et si c'était lié ? Et si c'était la même personne qui avait attaqué Jesse et Helena ?

Les entrailles d'Izzy se figèrent alors que la terreur montait en elle. C'était une idée insensée, mais en même temps, les Outer Banks étaient une zone sans réelle criminalité. Ce genre de choses n'avait pas lieu dans le coin.

— Vous avez raison. Appelez-le.

Parce que quelqu'un la visait et jusqu'à ce que ce salaud montre son visage, elle courait à l'aveuglette.

———————————

— DENKER SAIT exactement ce qui se passe, dit sombrement Frazer quand ils quittèrent la prison.

Il regarda la carte.

— Il nous manipule et il a de l'aide à l'extérieur. Maintenant, nous devons impliquer plus de gens dans ce cirque.

Hanrahan et lui montèrent dans la voiture de location et il entra dans son GPS l'emplacement du charnier indiqué par Denker. Frazer fixa le dispositif Bluetooth à son oreille pour pouvoir parler et conduire en même temps. Puis il sortit son portable pour appeler le SAC de la division du FBI de Charlotte en Caroline du Nord afin d'organiser la recherche de restes humains et d'une tombe peu profonde. Son téléphone sonna avant qu'il ne puisse composer le numéro. Randall.

— Des progrès ? demanda Frazer.

Son interlocuteur s'était énervé contre lui un peu plus tôt parce qu'il ne lui avait pas dit que Rooney était à l'hôpital. C'étaient les affaires de la jeune femme.

— Je viens de recevoir un appel. On a trouvé un autre corps. Sur le continent cette fois. Une prostituée signalée disparue à Greenville hier. Le corps a été jeté à une heure au sud de là, sur le terrain d'une école abandonnée.

— Qui l'a trouvé ?

— Deux gamins qui traînaient dans les bois avec leur chien ce matin.

Cela avait dû être une découverte macabre.

— Comment sait-on que c'est lié ?

Le meurtre d'une prostituée aurait semblé relativement éloigné de l'affaire en temps normal.

— C'est facile. Ils ont trouvé ma carte de visite avec mon numéro sur elle.

Il y eut une pause.

— *En* elle.

Bon sang.

— Je suppose que vous ne savez pas à qui vous avez donné cette carte en particulier ?

— Non, fit Randall avec une pointe d'excitation, mais j'ai fait imprimer un nouveau lot parce que mon numéro de poste a changé. Je n'ai distribué cette carte-ci que pendant l'enquête sur Helena Cromwell.

Le tueur vivait donc sur l'île. Frazer s'en doutait.

— Envoyez-moi l'adresse de la scène du crime. Je vais y aller. Est-ce qu'on a eu les résultats d'analyse des restes du squelette ? Ou de l'ADN sur le corps Helena ou la pelle ?

— Quantico compare toujours l'ADN avec les bases de données et le bureau du médecin légiste n'a pas encore appelé. Votre entretien avec Denker a fait bouger les choses ?

— Ça l'a ébranlé, mais je ne dirais pas que ça l'a secoué. Il nous a indiqué le lieu d'un charnier en Caroline du Nord. Maintenant je dois appeler votre SAC de Charlotte et le mettre au courant. Vous pouvez appeler Danbridge pour l'en informer si vous voulez avant qu'il ne le fasse – ça vous fera gagner des points. Merci d'avoir attendu.

Ces mots lui parurent étranges dans sa bouche. Comme à chaque fois qu'il disait « merci ».

— Où se trouve le charnier que Denker vous a indiqué en Caroline du Nord ? demanda Randall.

— Près d'un endroit appelé Maysville.

Randall poussa un profond soupir.

— Devinez où la dernière victime a été trouvée ?

— Maysville.

Frazer grinça des dents.

— Oui. Sur le terrain de l'école pour garçons St Joseph.

Randall nota l'adresse.

— Quelque chose me dit que ces types sont loin d'avoir fini leur petit jeu. Demandez à la police locale d'avertir les gens de prendre des précautions supplémentaires jusqu'à ce que nous attrapions ce type.

Frazer était sur le point de raccrocher, mais se surprit à dire :

— Et gardez un œil sur les femmes Campbell jusqu'à mon retour.

— Vous pensez qu'elles sont suspectes ? demanda prudemment Randall.

— Non. Je pense que le tueur a volé leur pelle parce qu'il les connaît, elles, leur maison et leurs biens. Je pense qu'il y a un lien.

— On a brisé le pare-brise et les vitres de la voiture du médecin cet après-midi. Avec une batte de base-ball, sur le parking de l'hôpital.

— Pas de caméras ou de témoins ? demanda Frazer, en essayant de masquer sa réaction.

Pourquoi ne l'avait-elle pas appelé ? Pourquoi l'aurait-elle appelé ?

— Personne n'a rien vu. Les caméras ne couvrent pas cette partie de l'hôpital.

Pourquoi était-elle visée ?

— Elle va bien ?

— Elle n'était pas là à ce moment-là. Elle nous parlait à

Tyson et moi, comme Kit voulait entrer voir Jesse. Elle va bien, mais elle est un peu secouée.

La voix de Randall parut légèrement calculatrice quand il demanda :

— Vous revenez à Rosetown ce soir ?

Il allait profiter de l'absence de Frazer pour draguer le Dr Isadora Campbell. Une vague de jalousie le submergea. Mais pourquoi ? Il n'avait pas l'intention de laisser quelque chose se produire entre eux, du moins pas pendant l'enquête.

Et après ?

Et si elle rencontrait quelqu'un d'autre, quelqu'un de beau et de charmant comme ce putain de Lucas Randall ? Quelqu'un qui n'était pas un salaud manipulateur et autoritaire prêt à utiliser n'importe quoi ou *n'importe qui* pour résoudre une affaire.

Et alors ? Il n'avait pas besoin d'une femme dans sa vie.

— Oui, mais je rentrerai tard.

Il devait contacter ses relations dans les médias. La découverte de quatre corps et l'excavation d'une autre tombe possible n'étaient pas quelque chose qu'il pouvait cacher plus longtemps. Frazer devrait confier l'affaire à un autre membre de son unité et retourner à son travail de superviseur. Le lien avec Denker était sur le point d'être dévoilé, si ce n'était par eux, alors par l'avocat de ce connard. Mais il ne voulait pas lâcher l'affaire. Il voulait trouver l'assassin d'Helena. Il voulait voir Isadora Campbell une dernière fois.

— Je dois passer quelques appels. Qu'est-ce que vous faites de votre côté ? demanda Frazer.

— Je suis en route pour interroger le chef de la police à la retraite de Roanoke, et aussi pour voir si je peux obtenir les images de surveillance de toute personne ayant quitté l'île hier matin, quelques heures avant la disparition de la prostituée. Histoire de recouper les informations avec les caméras de circulation sur les routes entre ici et Greenville.

— Bonne idée.

Ça devrait l'occuper pendant quelques heures.

— Tenez-moi au courant.

Il raccrocha et composa le numéro de Parker.

— Comment va Rooney ?

Les oreilles de Hanrahan se dressèrent à ce moment-là. C'était lui qui avait fait entrer Mallory Rooney au DSC pour des raisons qui n'étaient pas claires à l'époque. À présent, elles étaient claires comme de l'eau de roche.

— Pas de signe de placenta praevia et tout le reste semble normal. Elle sort de l'hôpital demain à condition qu'elle se comporte bien.

La voix de Parker se fit sévère. Il était évident qu'il parlait à Mallory.

Frazer sentit le soulagement l'envahir.

— Parfait. C'est une bonne nouvelle. Je sais que c'est le week-end, mais les choses s'accélèrent par ici. Ils ont trouvé une prostituée assassinée à Maysville portant une carte de visite que Lucas Randall a distribuée sur les Outer Banks. Et Ferris Denker vient de révéler l'emplacement d'une de ses victimes à Hanrahan et moi. Le même emplacement probable qu'un de ses charniers.

— Vous cherchez à savoir comment Denker communique avec son partenaire ?

— Oui, mais je pense qu'ils se croient trop intelligents pour laisser une trace. Randall va vérifier les images de vidéosurveillance et les bases de données du système de reconnaissance automatique des plaques minéralogiques pour voir qui a quitté l'île et y est revenu hier au moment du dernier meurtre, mais comme l'affaire concernant plusieurs juridictions, il risque de falloir un certain temps pour régler la paperasse et obtenir l'accord de tout le monde.

— Vous voulez que j'enquête sur le personnel, la directrice ?

— Tout le monde, dit Frazer. Y compris tous les visiteurs de la prison. Je sais que c'est beaucoup vous demander alors même que Rooney est coincée au lit…

— Quoi ? Non, non, pas de problème. Ça lui donnera quelque chose à faire au lieu de nous rendre fous, le personnel infirmier et moi.

Frazer entendit un commentaire grossier de Rooney, mais il était évident que les choses allaient bien mieux concernant la grossesse si Parker la taquinait et la laissait travailler.

Il n'y avait plus qu'à croiser les doigts.

Frazer sourit en constatant qu'il utilisait encore inconsciemment les vieilles superstitions chrétiennes de sa mère.

— Denker n'a plus que 22 jours à passer sur cette terre. Il veut que la peine soit commuée en prison à perpétuité. Et il est prêt à nous livrer en échange les endroits où il a enterré ses victimes. Il m'a demandé de parler au gouverneur, dit Frazer.

— Et avec ce nouveau tueur, les gens vont s'interroger sur un éventuel partenaire ou un imitateur, et risquent de remettre en question la condamnation. Les familles des victimes voudront connaître la vérité pour tourner la page avant qu'il n'emporte cette information dans la tombe, dit Parker. Le gouverneur pourrait être forcé de reporter l'exécution, même de peu.

Frazer et Parker avaient tous deux vu les extrémités auxquelles la famille de Mallory Rooney s'était résolue pour retrouver sa sœur disparue. D'autres familles pouvaient être tout aussi désespérées.

— J'ai essayé de ne pas en parler à la presse, mais avec ce second meurtre et la découverte de restes humains…

— Suivi d'une autre fouille ? La presse va se ruer sur cette affaire comme un chien de chasse sentant l'odeur du sang.

Et la pression serait extrême.

— L'idée que Denker puisse échapper à sa condamnation à mort me rend furieux, admit Frazer.

— Vous prêchez un convaincu. Mais le voir passer sa vie en prison ne serait pas si mal s'il nous dit où il a enterré les corps.

— Il ne révélera jamais tous les emplacements.

— Essayons d'en tirer le maximum avant qu'il ne grille.

Frazer sentit un sourire réticent se dessiner sur ses lèvres.

— Je vais me concentrer sur la recherche de cet autre tueur pour que Denker ait une carte de moins dans sa manche. Et pour que personne d'autre ne meure. Frazer lui dit au revoir et raccrocha.

— Alex Parker et vous semblez assez proches, compte tenu des circonstances, fit remarquer Hanrahan à voix basse.

Frazer ne dit rien.

— Pourquoi retournez-vous sur les Outer Banks ? demanda Hanrahan.

— C'est là que se trouve le tueur.

— Vous en êtes certain ?

Il lança un regard à son ancien mentor.

— Il était là le soir du Nouvel An. Il a volé la pelle d'une famille locale et a blessé une autre femme lorsqu'il est revenu la nuit suivante pour nettoyer les preuves qu'il avait pu laisser derrière lui.

— Si c'était vraiment un habitant du coin, il aurait utilisé sa propre pelle, rétorqua Hanrahan. Ils n'en ont pas tous dans leur coffre pour quand ils vont à la plage ?

— On pense qu'il conduisait une moto-cross pour le meurtre du jour de l'an.

Mais soudain, Frazer n'était plus aussi sûr de ses théories. Et si la vraie raison pour laquelle il voulait retourner sur les Outer Banks était la blonde aux yeux vert sauge ? Cette idée l'ébranla. Rien ne s'interposait jamais entre lui et le travail. Puis un autre élément lui revint à l'esprit, lui permettant de mieux respirer.

— Le tueur a placé la carte de visite de l'agent spécial Randall sur la dernière victime. Or il n'a distribué ces cartes que pendant l'enquête sur le meurtre d'Helena Cromwell. Le gars est un local, ou du moins il habite la région. Je dresse une liste des personnes qui possèdent des moto-cross sur l'île.

— Vous n'allez pas rester à Maysville ? insista Hanrahan.

— Maysville est importante. Denker dit que c'est là qu'il a commis son premier meurtre. Je dois faire appel à quelqu'un qui connaît bien l'affaire pour assurer la liaison avec la police locale. Quelqu'un en qui je peux avoir confiance.

Hanrahan ricana.

— Qu'est-ce qui vous fait penser que je vais accepter ?

— Je le sais.

Hanrahan grogna.

— Je me disais bien que vous n'aviez pas fini de me punir.

— Je ne vous punis pas.

Frazer afficha un mince sourire, puis il regarda le SMS qu'il venait de recevoir.

— Petra Danbridge nous retrouve là-bas.

— Doux Jésus.

— Pas loin… Le nom de l'école où la dernière victime a été trouvée est l'école pour garçons St Joseph.

Les yeux marron de Hanrahan s'écarquillèrent et il plissa le front.

— C'est là que Denker est allé à l'école.

Les doigts de Frazer se crispèrent sur le volant.

— On doit consulter les dossiers scolaires. Voir qui étaient ses amis.

Mais Hanrahan secoua la tête.

— Tous détruits dans un incendie, il y a des années.

— Avez-vous parlé à l'un des membres du personnel ? Quelqu'un qui se souviendrait de Denker et des gens avec qui il traînait à l'époque ?

— Je n'ai jamais eu de raison de me renseigner là-dessus. Les preuves étaient irréfutables et nous n'avons jamais soupçonné un partenaire.

— Alors c'est la priorité numéro un.

L'élaboration d'un profil déductif prenait du temps et l'affaire avançait à toute allure, les indices du passé et du présent s'entremêlant constamment. Il devait voir cette nouvelle victime, il devait vérifier le lien entre Denker et St Joseph. Son téléphone sonna à nouveau. Randall. Il répondit tout en essayant de réfléchir à l'endroit où il pourrait trouver un hélicoptère et un pilote rapidement. Randall alla droit au but.

— Une autre fille est portée disparue.

Et merde. Frazer le mit sur haut-parleur pour que Hanrahan entende.

— Jessica Tuttle est allée faire son jogging ce matin vers 6 h. Elle n'est pas rentrée chez elle.

— Jessica Tuttle, comme l'ex-petite amie de Jesse Tyson ?

demanda Frazer. La fille qui a diffusé la photo de Kit Campbell sur Internet ?

— En personne.

— Où était Kit au moment où Jessica a disparu ?

— Heureusement pour Kit, je l'ai vue promener Barney sur la plage vers 6 h 20. C'est impossible qu'elle ait pu faire l'aller-retour jusqu'à Roanoke en si peu de temps.

Frazer chassa l'idée insidieuse que Randall ait pu passer la nuit avec Isadora Campbell, ce qui aurait expliqué cette observation commode.

Les gens qu'elles fréquentaient ne le regardaient pas – mais ça pourrait le regarder. Il savait que ça le pourrait, si l'un d'eux avait le courage de faire le premier pas. On ne lui avait jamais reproché de manquer de courage auparavant.

Il se concentra sur la route, et sur l'affaire, et non sur la femme qu'il voulait déshabiller et se faire.

— La fille a déjà fugué sans prévenir ses parents ?

— Ce n'est pas la plus fiable des adolescentes, c'est pour ça que ses parents suivent son téléphone. Il s'est éteint à peu près au moment où l'on pense que Jessica a disparu. Les policiers et les adjoints du shérif organisent des recherches et font du porte-à-porte, même si cela ne fait pas encore 24 heures. Le meurtre d'Helena a effrayé tout le monde.

C'était compréhensible. *Bon sang.*

— Je vous rappelle quand j'approche des Outer Banks. On se retrouve au commissariat, à moins qu'ils ne l'aient déjà trouvée.

— Et Maysville ? demanda Randall.

— Je vais aller jeter un rapide coup d'œil, mais Art Hanrahan reprend du service pour cette enquête, et il sera notre agent de liaison avec le FBI à Maysville. Nous allons avoir beaucoup plus de monde sur l'affaire.

— Tant mieux.

— Ouaip. Tenez-moi au courant de l'avancée des recherches concernant Jessica Tuttle.

Frazer raccrocha. Avec une adolescente désormais portée disparue, l'affaire était sur le point d'exploser. Et si elle devenait virale, quelles seraient les conséquences pour la photographie de Kit Campbell et Damien Ridgeway ? Malgré les bravades de Kit, il ne voulait pas qu'elle soit détruite lorsque les médias nationaux et internationaux mettraient la main sur cette affaire. Il appela à nouveau Parker.

— J'ai besoin d'un autre service. Plusieurs en fait. En réalité, je vais avoir besoin de toute votre équipe de cybersécurité pour travailler là-dessus, et nous n'avons pas beaucoup de temps.

LA POLICE AVAIT relevé les empreintes sur les poignées de porte de son SUV, puis Seth Grundy avait remorqué le véhicule jusqu'à son garage de Whalebone. L'agent Randall ne savait pas si c'était l'œuvre de la même personne qui avait tué Helena ou un acte de violence isolé. Personne n'avait rien vu et elle n'avait aucune idée de la raison pour laquelle on l'aurait ciblée de cette façon. Même si quelqu'un savait ce qu'elle avait fait 17 ans plus tôt, ça n'avait aucun sens de détruire sa voiture, à moins qu'on n'essaie juste de l'énerver. Auquel cas, c'était réussi.

Ted lui avait répété un nombre incalculable de fois qu'elle pouvait utiliser son pick-up sans demander la permission si jamais elle en avait besoin. Pour des raisons connues de lui seul, il avait trois véhicules en état de marche. Izzy décida de marcher jusqu'à sa maison plutôt que de lui demander de venir. Barney avait besoin d'exercice et elle avait besoin de se rafraîchir. C'était la fin de l'après-midi et Ted vivait à quelques kilomètres au nord de Rosetown, dans le petit cottage où sa mère et lui avaient grandi, à la limite sud-ouest de Bodie Island. Elle attacha Barney pour se promener dans Rosetown et emprunter le Bonner Bridge, le pont qui reliait les îles. Officiellement, les piétons n'étaient pas censés le prendre, mais il n'y avait personne dans les parages, et Izzy se dit que la police avait mieux à faire que de dresser des contraventions. La mer était calme au niveau de l'Oregon Inlet en contrebas.

De l'autre côté du pont, elle quitta la route et s'engagea sur la piste qui traversait les marais, jusqu'aux bosquets. Ce n'était pas le genre d'endroit avec des cottages à louer. Il n'y avait pas de villes ou d'hôtels à proximité. C'était un endroit isolé et tranquille, et Izzy s'était souvent demandé ce que cela devait faire de grandir dans un endroit aussi reculé. Au bout d'un certain temps, de petits arbres commencèrent à apparaître, des chênes verts, des cerisiers noirs, de la bourdaine et du houx. En général, elle appréciait cette partie de l'île, mais cette fois, les ombres denses sous la canopée la mettaient sur les nerfs. Chaque tronc d'arbre et chaque buisson semblait soudain dissimuler un danger potentiel.

Elle trébucha sur une pierre et poussa un juron. Ce qu'elle devait craindre le plus était la peur elle-même. Elle empêchait les gens de penser et d'agir rationnellement. Elle avait une arme et un chien, elle était en forme et prête à prendre ses jambes à son cou en cas de besoin.

Quelles étaient les chances qu'un croque-mitaine la traque dans la forêt alors qu'elle n'avait fait part à personne de ses projets ?

Un bruit sur sa droite la fit sursauter et elle se retourna pour faire face à la menace. Le cœur battant la chamade, elle essaya de scruter la pénombre, mais il était impossible de discerner quoi que ce soit sans aller voir dans les buissons. Elle passa la laisse de Barney dans sa main gauche pour libérer sa main droite, au cas où elle aurait besoin de sortir son arme. Barney se mit à geindre. En temps normal, elle l'aurait laissé partir. Il connaissait le chemin de la maison de Ted et en hiver, cette zone était généralement déserte. Mais ce jour-là, elle le serra plus fort.

Le vent se levait. Pour couronner le tout, une nouvelle grosse tempête de nord-est se formait dans l'Atlantique, encore indécise. Allait-elle se diriger vers le nord ou passer au-dessus des Carolines ?

Les tempêtes faisaient partie du quotidien, mais une très grosse tempête, comme l'ouragan Irène en 2011, pouvait détruire les ponts entre les îles et les couper du reste du monde pendant des semaines, voire des mois. L'idée d'être piégée sur une île avec un tueur lui nouait l'estomac.

Elle allongea le pas, la sueur perlant sur ses épaules. Un autre bruissement se fit entendre au fond des bois. *Bon sang.* C'était probablement un maudit écureuil, mais quand elle vit enfin la maison de Ted apparaître parmi les arbres, elle et Barney couraient presque. Ils émergèrent des arbres tels des fous.

La maison se trouvait dans une clairière avec un grand jardin potager surélevé et une grange qui avait presque la même taille que la maison. Tous les arbres proches de la propriété avaient été abattus en raison du danger que représentaient les tempêtes fréquentes. La maison à étage était peinte en gris pâle avec des boiseries blanches, et avait un porche enveloppant. Les volets anti-tempêtes des fenêtres du dernier étage étaient encore fermés. Ted ne semblait pas avoir pris la peine de les ouvrir depuis la dernière tempête qui les avait frappées la nuit de la mort d'Helena. Il avait tendance à ménager ses efforts et, étant donné que sa chambre était en bas et que cette nouvelle tempête planait, Izzy comprenait pourquoi il n'avait pas pris la peine de les enlever. Barney aboya d'excitation et elle lui ôta sa laisse, sachant qu'il ne s'éloignerait pas de la maison. Elle s'empressa de monter les marches du porche et de frapper à la porte.

Comme personne ne répondait, elle tourna la poignée, s'attendant à ce que la porte soit ouverte, mais son épaule vint s'écraser contre le bois. Verrouillée.

— C'est bien ma veine, soupira-t-elle.

Même Ted devait être effrayé.

Elle redescendit les marches du porche et jeta un coup d'œil à l'intérieur de son pick-up. Il n'y avait pas de clés sur le contact ou sous le pare-soleil. *Et merde.*

Son SUV était garé à côté de la grange qui servait de garage. Elle s'en approcha et ouvrit la porte du véhicule, se penchant à l'intérieur pour chercher les clés.

— Comment ça va, Iz-biz ?

Elle sursauta si fort qu'elle se cogna la tête contre le cadre de la porte.

— Pour l'amour de Dieu, Ted !

Elle frotta la bosse qu'elle avait désormais à l'arrière de la tête.

— Arrête de te faufiler comme ça derrière moi. J'aurais pu te tirer dessus.

— C'est toi qui essaies de voler ma voiture, lui fit-il remarquer avec un sourire en coin.

— J'allais emprunter ton pick-up – tu m'as dit un million de fois de le faire sans te demander –, mais la maison était fermée et les clés n'étaient pas dedans. Est-ce que tu te soucies enfin de ta sécurité enfin après plus de 60 ans à prétendre que le reste du monde n'existait pas ?

Il fouilla dans sa poche et en sortit un trousseau de clés qu'il déposa dans sa main.

— Je me suis dit que si quelqu'un pouvait faire du mal à une gentille fille comme Helena, qui sait ce qu'il ferait à un vieux bouc comme moi. Avec tous ces continentaux partout. Cet endroit court à sa perte. En parlant de continentaux, où en est le FBI ? Ils avancent pour trouver le tueur d'Helena ?

— Je n'en ai aucune idée. Je ne suis pas dans la confidence.

Elle serra les clés, qui avaient gardé la chaleur corporelle de son oncle. Elle le détailla.

— Tu es très élégant. Nouvelle veste ?

Elle tendit le bras et toucha le tissu léger, mais robuste de sa veste noire.

Il haussa les épaules et mit ses mains dans ses poches.

— Il y avait une vente à Manteo. On en a tous acheté un.

Il semblait légèrement embarrassé.

— Toi, Seth, le pasteur, Hank, et M. Kent ? Vous formez un gang maintenant ? plaisanta-t-elle.

Il eut un petit rire et secoua la tête.

— On a pensé que ça aurait l'air cool si on allait au bowling par exemple – c'était l'idée de Seth.

— Tu vas au bar ?

Elle consulta sa montre. Il y retrouvait ses copains presque tous les samedis soirs, mais il était encore un peu tôt.

— Non, pas ce soir. Carl sort avec Mary, alors je me suis

dit que j'irais au cinéma à Corolla. Tu veux venir ?

— Avec qui ?

— Kenny et moi. Seth et Hank travaillent.

Des rides creusèrent son front, gagnant les coins de ses yeux lorsqu'il fronça les sourcils.

— Où est passée ta voiture ?

Elle fut surprise de voir que le téléphone arabe n'avait pas fonctionné cette fois.

— J'étais garée devant l'hôpital et quelqu'un a brisé toutes mes fenêtres. Elle est chez Seth en réparation.

— Je suppose que c'est pour ça qu'il est occupé ce soir. Il ne me l'avait pas précisé.

— Ce n'est pas bien grave…

Elle s'interrompit. Cela l'agaçait tout de même.

Ted pinça les lèvres.

— Que se passe-t-il, Izzy ? Nous n'avons pas l'habitude d'avoir ce genre de problème par ici.

— Je n'en sais fichtre rien.

Elle se blottit dans sa veste. Elle aurait aimé avoir des réponses et se sentir à nouveau en sécurité. Avec le vol de sa pelle, puis le coup sur la tête et maintenant ça, le tout dans le sillage du meurtre d'Helena, les choses commençaient à devenir personnelles.

— Seth a dit qu'il s'en occuperait ce soir et que ce serait prêt demain matin. Je peux garder le pick-up en attendant ?

— Bien sûr. En fait, ça me rendrait service. Tu veux bien le laisser chez Seth quand tu récupéreras ta voiture ? Il a bien besoin d'une révision. Quand je la fais en hiver, il me fait une remise spéciale.

— Radin.

Elle embrassa sa joue rappelant du papier de verre.

— Merci.

Elle siffla Barney qui sortit des bois en courant comme s'il était possédé. Elle ouvrit la portière et le chien monta à l'avant comme s'il le faisait tous les jours.

— Sois prudente. Garde cette arme chargée sous la main et verrouille bien tes portes.

Ted mit ses mains dans ses poches et regarda au loin en direction du bosquet.

— Quelque chose ne tourne pas rond ici.

— Je ferai attention.

Elle regarda ses yeux fatigués, qui lui rappelaient tant ceux de sa mère.

— La tempête arrive, prévint-il.

Elle le sentait elle aussi.

Ted recula tandis qu'elle faisait marche arrière en décrivant un large demi-cercle. Par la fenêtre ouverte, elle lança :

— Fais attention, toi aussi, oncle Ted. Je m'inquiète pour toi, tout seul ici.

— Ne t'inquiète pas pour moi, Iz-biz. Prends soin de toi et de ta sœur. Vous êtes tout ce qu'il me reste.

CHAPITRE DIX-SEPT

LINCOLN FRAZER NE se souvenait pas de la dernière fois où il avait dormi plus de deux heures d'affilée, et il commençait à penser que l'apocalypse zombie ne serait pas une si mauvaise chose – au moins aurait-il l'air dans son élément. Il était dans sa voiture de location, roulant vers l'ouest sur l'Interstate 40 en direction de Beaufort, en Caroline du Nord.

À Maysville, il avait dû calmer Petra Danbridge et la mettre au courant des investigations. Officiellement, c'était la division de Charlotte qui menait à présent l'enquête sur le continent, mais le chef Tyson menait sa propre enquête sur les îles – et Frazer faisait office de consultant, aux côtés de Lucas Randall.

Frazer passa quarante minutes à rassurer la SSA Danbridge sur le fait qu'il n'était pas un jeune coq qui essayait de s'approprier toute la gloire en douce. Puis il dut persuader les policiers locaux qu'après avoir fini d'analyser la scène de crime, ils devraient faire venir des chiens renifleurs pour chercher d'autres corps, tout cela en se basant sur les dires d'un tueur en série condamné.

Il aurait eu besoin d'un bon remontant, mais il se consola avec une bouteille d'eau et quelques cachets contre les maux de crâne. Le temps qu'il termine à Maysville, il était trop tard pour se rendre à la morgue, et Simon Pearl n'avait pas répondu à ses appels. Frazer ne savait pas si c'était une bonne chose ou non.

La vieille école abandonnée semblait un endroit approprié pour déposer un cadavre. Elle avait des airs d'asile hanté, avec une brume sinistre accrochée à la flèche tordue de son clocher central, rappelant les volutes de fumée de l'ancien incendie. Les fenêtres barricadées fixaient le monde d'un air maussade, dans un désespoir aveugle. Frazer était surpris que l'école n'ait pas été rasée des années plus tôt. L'Église catholique possédait le terrain. Peut-être était-ce approprié que ce soit désormais un cimetière.

Des fourrés denses entouraient la clairière au milieu des bois où on avait retrouvé le corps d'Elaine Patterson. Il soupçonnait Denker, ou son complice d'avoir espéré que ce serait le FBI en personne qui tomberait sur le cadavre. Son corps avait été exposé d'une manière dégradante, conçue pour choquer au maximum. Les traces de piqûres sur ses bras confirmaient qu'elle consommait de la drogue en plus d'être une travailleuse du sexe connue dans la région de Greenville, en Caroline du Nord. Le tueur l'avait considérée comme un déchet qu'on pouvait utiliser et jeter, avec un mépris total pour le caractère sacré de la vie humaine.

Ses chaussures avaient disparu, tout comme ses vêtements et le reste de ses affaires. Les chaussures avaient-elles une importance particulière pour le tueur ? S'agissait-il de paraphilie, ou les considérait-il comme des trophées ? Ou les deux ?

Y avait-il un autre corps enterré dans le coin, ou Denker les faisait-il tourner en bourrique pour le plaisir ?

Un radar à pénétration de sol pourrait être utilisé dans la clairière elle-même, mais l'ensemble de l'école devrait être fouillé par des chiens, ce qui allait demander des jours de travail méticuleux à la police. Sur place, la présence d'Hanrahan impressionnait tous les participants. Sa réputation était légendaire. Tant qu'il faisait son travail, Frazer s'en fichait. Il ne permettait à personne de se reposer sur ses lauriers ou de surfer sur un passé glorieux. Pas même lui.

Alex Parker et son équipe de cybersécurité n'avaient trouvé aucune trace du téléphone portable de Jessica Tuttle. C'était une très mauvaise nouvelle, car la jeune fille était toujours portée disparue. La bonne nouvelle, c'était qu'ils avaient supprimé l'image de Kit et Damien de tous les serveurs où elle avait été enregistrée et de tous les téléphones portables où elle avait été envoyée. Mais quelqu'un avait pu l'enregistrer sur un disque dur ou sur une clé USB et elle pourrait refaire surface à tout moment. Mais à eux deux, ils avaient fait tout leur possible pour minimiser les dommages pour un couple de jeunes adolescents vulnérables.

C'était une petite victoire dans un marasme de défaites.

Damien Ridgeway figurait toujours sur sa liste de suspects, et il avait l'intention d'interroger le jeune homme le lendemain matin. Il se rendait pour l'heure au domicile de Mildred Houch, ancienne secrétaire de l'école pour garçons St Joseph. Parker avait retrouvé sa trace à sa demande. Il n'avait pas appelé avant et espérait qu'elle était chez elle et qu'il ne perdait pas son temps.

L'horloge tournait pour Jessica Tuttle, mais il était possible qu'elle soit déjà morte avant même qu'ils n'apprennent sa disparition.

Il sortit de la ville de Beaufort et son GPS lui indiqua de tourner à droite en direction de l'eau. Il contempla les gigantesques demeures illuminées par des guirlandes de Noël et se demanda ce qui pouvait pousser une personne ayant moins d'une douzaine d'enfants à vivre dans de tels mausolées délabrés. Il tourna à nouveau à droite, puis encore à droite. Les maisons de cette rangée étaient plus petites, mais de grandes cours séparaient les propriétés. Il s'arrêta devant le numéro 19, remarquant que les lumières étaient allumées et qu'une télévision fonctionnait l'intérieur. Il sortit de la voiture et composa le numéro de téléphone de Mildred Houch.

Il vit la silhouette d'une personne passer derrière les rideaux. Une femme décrocha.

— Je suis l'agent spécial adjoint responsable Frazer du FBI. Est-ce que je parle à Mme Mildred Houch ?

— C'est exact.

Elle avait l'air âgée, fragile et intriguée.

— J'espérais que vous pourriez m'aider dans mes recherches. Êtes-vous disponible ?

— Oh, je ne sais pas vraiment comment je pourrais aider le FBI…

— Ça ne prendra qu'un moment, Mme Houch.

— Oh, répéta-t-elle. Eh bien, je suppose que je pourrais… Quand cela vous arrangerait-il ?

Frazer frappa à sa porte d'entrée.

— Maintenant, madame. Ce serait parfait.

Il entendit le choc à l'autre bout du fil, puis le silence s'installa lorsqu'elle raccrocha. Elle entrouvrit la porte, protégée par une chaîne de sécurité. Il lui montra ses accréditations.

— Désolé de vous déranger si tard, madame.

La porte se referma sur lui et pendant un moment, il craignit qu'elle refuse tout bonnement de lui parler. Puis il entendit le glissement de la chaîne. Elle ouvrit la porte et lui fit signe.

— Vous feriez mieux d'entrer.

Elle était grande et grisonnante. Sa posture courbée lui rappelait une grue. Elle le regardait à travers des lunettes à monture épaisse.

— Je peux vous offrir une boisson chaude, agent Frazer ? Il fait un froid glacial ce soir.

— Non, merci, madame. J'ai besoin de votre aide concernant l'école pour garçons St Joseph.

Son visage afficha une soudaine prise de conscience.

— C'est à propos de Ferris Denker.

Elle serra son cardigan autour de sa grande et fine taille et retourna dans le salon. Elle s'assit dans un fauteuil près d'une cheminée à gaz. Elle prit la télécommande de la télé et l'éteignit. Le silence soudain était pesant.

— Je serais curieux de savoir ce dont vous vous souvenez à son sujet.

Un sourire amusé recourba les lèvres de la femme.

— C'est un peu tard, n'est-ce pas ? Sauf si vous écrivez sa nécrologie.

C'était vrai.

— Je suppose que vous n'étiez pas proche de lui ?

Elle pinça les lèvres et le regarda avec curiosité.

— Il n'était pas pire que d'autres.

Frazer fronça les sourcils.

— C'est une drôle de façon de présenter les choses.

— L'école pour garçons St Joseph était un pensionnat pour jeunes à problèmes, agent Frazer, dit-elle d'un ton hautain. Les garçons qui venaient chez nous chantaient peut-être dans la chorale, mais ce n'étaient pas des enfants de chœur.

— Vous savez pourquoi Denker s'est retrouvé là ?

Elle le regarda d'un air perplexe, comme si elle se demandait pourquoi il lui demandait cela maintenant. Elle avait raison. Ce travail aurait dû être fait des années plus tôt.

— Il s'était mis à dos ses voisins. La rumeur disait qu'il tripotait la petite fille d'à côté.

— Tripotait ?

Sa voix se fit plus calme.

Elle haussa les épaules.

— Je ne pense pas qu'il y ait jamais eu de preuves. Personne n'a porté plainte. Mais on nous l'a envoyé et d'après ce que j'ai compris, les voisins ont déménagé peu après.

Elle le regarda par-dessus ses lunettes.

— C'était bien plus fréquent qu'on ne pourrait le penser. Certains parents ne veulent pas faire appel à la police lorsque leurs enfants se comportent mal.

Il le savait, mais cela lui retournait l'estomac qu'il y ait autant de victimes muettes.

— A-t-il causé des problèmes à l'école ?

— Comme je l'ai dit, il n'était pas particulièrement perturbateur. Il avait de bonnes notes. Il était doué pour la musique. Pas très bon en sport.

Elle ouvrit la bouche et la referma.

— Quoi d'autre ? insista-t-il.

Ses yeux bougeaient nerveusement.

— Je ne sais pas si c'est vrai ou non, mais deux garçons ont affirmé avoir été agressés sexuellement par l'un des professeurs à l'époque où Ferris Denker fréquentait notre école.

Son menton s'enfonça dans sa poitrine.

— Le professeur de gym. M. McManus.

Ses joues devinrent cramoisies.

— J'ai entendu des garçons l'appeler par des noms très

inappropriés.

— Denker était-il un des élèves qui prétendait avoir été agressé ?

— Non.

Elle balaya cette idée d'un revers de la main comme si c'était absurde.

Frazer fronça les sourcils.

— Des accusations ont-elles été portées ?

Elle secoua la tête.

— Il n'y avait probablement rien pour étayer ces accusations. Gerry McManus a catégoriquement nié avoir fait quoi que ce soit de mal. C'était un homme gentil avec une femme et des enfants.

Comme beaucoup de pédophiles.

— Les garçons qui prétendaient avoir été maltraités ont-ils été examinés par un médecin ?

Les oreilles de la femme rosirent.

— Bien sûr, nous avions un médecin parmi le personnel. Il a dit qu'il n'y avait pas d'ecchymoses ou de signes physiques d'abus.

Elle baissa la voix, sur le ton de la confidence.

— Le Dr Rabon a suggéré que certains garçons auraient pu avoir des relations sexuelles entre eux, ce qui était évidemment contraire au règlement de l'école.

Elle fit la moue.

— Il a suggéré que certains garçons plus âgés *pourraient* avoir interféré avec les plus jeunes.

Elle détourna les yeux.

— C'était un internat réservé aux garçons.

Elle haussa ses épaules noueuses.

— C'étaient des choses qui arrivaient.

Frazer sentit la rage couler dans ses veines. Il était allé dans un pensionnat pour garçons. Sa mère avait enseigné dans cette école avant d'être assassinée. Si un enfant était allé la voir en lui disant qu'il était maltraité, elle aurait botté des culs et pris des noms pour obtenir la vérité. C'était le travail de l'école de protéger les enfants les plus faibles de ceux qui étaient prêts à les abuser.

Son école l'avait gardé comme élève après la mort de ses parents. Il avait hérité d'un peu d'argent, mais n'aurait jamais pu se permettre de rester là-bas sans la charité de l'établissement. Ils avaient payé ses frais de scolarité, l'avaient logé et nourri, et il était conscient de la chance qu'il avait eue. Il avait travaillé comme un fou, pour être le meilleur dans tous les domaines, rendre ses parents fiers et remercier l'école de sa générosité. Depuis qu'on l'avait sauvé, il savait exactement ce qu'il allait faire de sa vie. Et pour cela, il avait d'abord besoin d'un diplôme et d'une bourse.

À quinze ans, il avait su exactement ce qu'il allait faire du reste de sa vie – et il le faisait justement, en écoutant des gens faibles répéter les excuses qu'ils s'étaient données et qui permettaient aux monstres de prospérer. Il ne pouvait pas se permettre de montrer son dédain ou son mépris, mais cela ne voulait pas dire qu'il ne le ressentait pas.

— Denker avait-il des amis en particulier ?

Des plis se formèrent entre ses sourcils gris acier.

— Il y avait deux autres garçons avec qui il passait la plupart de son temps. Je ne me souviens pas de leurs noms.

— Les dossiers scolaires ?

Son visage devint livide.

— Tout a été détruit dans un incendie en 1985. L'école a fermé ses portes. J'ai décidé de prendre une retraite anticipée.

Et merde.

— Le prof de gym est-il toujours en vie ?

C'était une piste qu'il pouvait tenter de démêler.

— Non. Gerry est mort d'une crise cardiaque sur le terrain de football, devant tous les enfants en fait. C'était horrible. C'était le deuxième décès à l'école cette année-là.

Si les accusations étaient vraies, Frazer imaginait certains de ces enfants en train de danser de joie sur les lignes de touche.

— Qui était l'autre mort ?

— Des garçons sont allés se baigner dans l'étang même s'ils n'étaient pas censés le faire. Un garçon s'est noyé. Un autre a été réanimé, mais il s'en est fallu de peu.

— Vous souvenez-vous de leurs noms ?

Elle fronça les sourcils, de plus en plus agitée.

Cela ne le mènerait nulle part.

— Je vous laisse ma carte. Appelez-moi si vous vous souvenez de quelque chose. Quoi que ce soit. Savez-vous où sont passés les autres professeurs ?

Elle secoua la tête, ses yeux s'élargissant derrière les verres de ses épaisses lunettes.

— Non, je suis désolée.

Elle se tordait les mains, nerveusement.

— Je pensais qu'ils allaient nous interroger quand ils ont arrêté Ferris pour ces crimes horribles, mais personne n'est jamais venu.

Ils pourraient peut-être découvrir qui y travaillait avec d'anciennes informations fiscales et des numéros de sécurité sociale, mais ce serait un processus laborieux et fastidieux. Il fit les cent pas, observant la pièce. Il y avait une photo encadrée d'une Mme Houch beaucoup plus jeune et plus jolie, assise sur les marches d'un vieux bâtiment aux briques rouges.

C'était l'école, réalisa-t-il. Il prit la photo. Elle avait été très jolie.

— Vous avez dû faire sensation dans une école de garçons.

Elle porta la main à sa poitrine et rit.

— Oh, je ne vais pas le nier, agent Frazer. Mais j'étais mariée à un homme merveilleux qui travaillait pour une compagnie d'assurance. Il est mort jeune, mais je n'ai jamais trouvé quelqu'un pour le remplacer.

Elle désigna le portrait de mariage accroché au mur. Son âge avancé était évident à la peau crêpée de ses mains lorsqu'elle ajusta une photographie encadrée sur le buffet, mais ses yeux pétillaient de souvenirs heureux.

— Je me vois toujours comme la femme sur cette photo, dit-elle tristement. C'est un rappel que la vie est courte, même quand on vit jusqu'à un âge avancé comme moi.

Ses yeux devinrent tristes.

— Je vois bien que je n'ai pas fait ce qu'il fallait pour ces garçons qui ont accusé Gerry McManus d'avoir abusé d'eux.

Sa bouche devint sévère.

— Je suivais toujours les règles. Je n'ai jamais pensé à sortir du rang. Je m'attendais à ce que les responsables s'occupent de tout comme il se devait.

Elle fronça les sourcils devant sa collection de photos encadrées.

— Je n'ai pas été d'une grande aide, n'est-ce pas ?

Des rides creusèrent son front.

— Mais j'ai une grosse boîte de photos en vrac, certaines prises à l'école. Est-ce que…

— Oui.

Elle sourit devant sa brusquerie.

— Je respecte les hommes qui savent ce qu'ils veulent et se donnent les moyens d'y parvenir. Mon Harry était comme ça, et il aurait fait ce qu'il fallait.

Ses joues prirent la forme de petites pommes.

— Venez, vous allez devoir m'aider à sortir la boîte du fond de mon armoire.

Elle s'éloigna en gloussant, mais il resta figé sur place parce qu'il ne s'était pas donné les moyens d'obtenir ce qu'il voulait. Sauf dans le cadre de son travail. Il voulait Isadora Campbell. Dans son lit. Il voulait sentir ses cheveux emmêlés dans ses poings et le goût de sa peau sur ses lèvres alors qu'il jouissait en elle.

Secouant la tête, il suivit Mildred Houch dans le couloir. Il était fatigué. Irritable. Il n'avait pas les idées claires. Il ne voulait pas prendre conseil sur sa vie sexuelle auprès d'une femme de 80 ans – bien qu'elle ait été jeune et belle autrefois, alors pourquoi pas ?

Il oublia tout le reste en sortant une grande boîte de l'armoire de la vieille dame. Il réprima un gémissement ; cela allait prendre des heures pour trier ce bazar.

Puis il reçut un message, et il sut que le temps était écoulé.

———————

L'IMAGE RENDIT FERRIS dur comme la pierre. Il ne pouvait détacher ses yeux des membres pâles ainsi exhibés. Le centre secret rouge vif d'une femme. Les longs cheveux noirs qui tombaient sur des seins blancs laiteux, avec des mamelons rose cerise qu'il avait envie de mordre. Il éprouvait un sentiment de désir si violent qu'il aurait voulu réduire en miettes tout ce qui se trouvait dans sa minuscule cellule. Que n'aurait-il pas fait pour toucher sa chair chaude ? Pour sentir son essence, la puanteur de sa peur ? Pour l'entendre crier et supplier alors qu'elle lui donnait ce qu'il voulait ?

Il fixait la précieuse image avec une faim délicieuse. Il détestait et aimait à la fois la personne qui l'avait envoyée. Il avait besoin de le faire à nouveau. Il avait besoin de nourrir son animal intérieur. Le lendemain, il parlerait à son avocat. Pour essayer de trouver un moyen de sortir de cet endroit horrible où son humanité était aussi inutile que les femmes qu'il avait tuées.

Il éteignit le portable, enleva la carte SIM et la batterie, et la glissa dans le trou qu'il avait fait dans le matelas.

Son érection palpitait dans le jogging qu'il portait au lit et il se toucha, sachant que ce ne serait pas satisfaisant, mais c'était mieux que rien. Il chercha dans ses souvenirs quelqu'un qui ressemblait à la fille aux cheveux noirs de l'image. Il se souvint d'une femme qu'il avait enlevée sur un sentier de randonnée dans le Tennessee. Il ferma les yeux, sortit mentalement son couteau et se mit au travail.

———————

FRAZER REGARDAIT LES vagues qui s'étiraient à quelques centimètres des orteils de Jessica Tuttle. L'eau se rapprochait, comme si la mer voulait la récupérer, la laver et l'emmener dans ses profondeurs.

Il avait réussi à obtenir que le pilote d'un petit avion le conduise de Beaufort au First Flight Airstrip, là où les frères Wright avaient fait décoller le tout premier avion. Son pilote du jour s'était montré habile, mais il devait être fou à lier, car il avait accepté d'atterrir sur la piste dans l'obscurité, sans feux.

Le chef Tyson avait utilisé des voitures de patrouille pour éclairer la zone d'atterrissage. Frazer avait survécu. Pas Jessica Tuttle.

La veille, il avait éprouvé de la colère envers cette jeune femme. Désormais, elle avait rejoint le rang de ses victimes.

Elle était allongée, nue, sur ce qui ressemblait à une plage, mais qui, d'après ce qu'on lui avait dit, était apparemment la route 12 qui passait dans cette partie de Currituck. Elle était exhibée comme Helena et Elaine, mais cette fois son téléphone portable était coincé dans sa bouche et, contrairement aux autres, elle avait été sévèrement battue.

Il y avait quelque chose de beaucoup plus personnel dans ce meurtre. La rage était évidente. Le tueur s'était amusé et avait pris son temps, car des bleus avaient déjà commencé à se former, différentes nuances de rouge et de bleu. Elle avait été violée, sodomisée. C'était un meurtre très personnel.

Frazer fut soudain frappé par son impuissance à protéger les gens. Peut-être que l'idée qu'il faisait une différence était simplement le fruit d'une compétition entre son propre ego et sa folie. Pour que les longues heures de travail et la souffrance sans fin semblent en valoir la peine. Il travaillait sur cette affaire depuis le début et des femmes continuaient à mourir. Le corps pâle de Jessica le narguait comme tant d'autres avant elle. Il ferma les yeux un instant et vit Helena, et Elaine. D'autres femmes, assassinées ou portées disparues, défilèrent dans son cerveau en rafales, le forçant à rouvrir les yeux. *Et merde.*

Alex Parker avait été le premier à comprendre que Jessica Tuttle était morte, après son assassin, bien entendu. Il avait surveillé ses comptes sur les réseaux sociaux et avait immédiatement remarqué que plusieurs images obscènes avaient été postées depuis son téléphone portable. La première avec le message « JT suce ». La dernière était celle de son cadavre exposé sur le sable avec la légende « Mais pas assez bien, salope ».

Horrible. Des images pornographiques. Destinées à effrayer et intimider. À susciter la honte et dévaloriser. À narguer la police et faire perdre confiance au public. Des images destinées à créer la panique.

Parker avait immédiatement bloqué tout accès aux comptes et essayé de tracer le téléphone portable, mais le tueur avait été assez avisé pour supprimer les métadonnées de localisation des images. Et après avoir importé les photos sur les comptes de Jessica, le tueur avait désactivé la carte SIM et retiré la batterie. Parker avait pu repérer l'antenne-relais la plus proche, mais rien de plus.

Le chef Tyson se tenait à côté de lui, la main posée sur sa ceinture.

— On a affaire à un tueur en série, Linc ?

Frazer acquiesça.

— La presse ne va pas tarder à arriver. En masse.

Histoire de compliquer une situation déjà difficile et de la transformer en un putain de cirque. Son influence avait des limites, et il les avait officiellement atteintes.

— Il va nous falloir des projecteurs et une tente.

Frazer regarda le ciel. Il n'y avait pas encore d'hélicoptères, mais dans quelques heures les projecteurs seraient littéralement braqués sur eux et il ne voulait pas que les parents de Jessica Tuttle voient leur fille ainsi. Elle avait fait des erreurs, comme tous les enfants. Elle ne méritait pas ça.

L'image du sang s'accumulant autour du corps de sa mère s'insinua dans son esprit et il se détourna. Il sortit son portable et composa à nouveau le numéro de Simon Pearl. Si le médecin légiste ne répondait pas cette fois-ci, il enverrait un groupe d'intervention chez lui.

— J'étais sur le point de vous appeler pour vous communiquer les résultats de l'anthropologue judiciaire, répondit Pearl d'une voix fatiguée.

Frazer jeta un coup d'œil à sa montre. Minuit.

— Vous êtes toujours à la morgue ?

Pearl rit d'un rire sans joie.

— Ma femme m'a demandé la même chose. Si elle ne savait pas à quel point je l'aime, elle penserait que j'ai une liaison.

Frazer se demanda ce que cela devait faire d'avoir quelqu'un que vous aimiez qui vous attendait à la maison. Pas une femme qui vous réprimandait parce que vous n'étiez pas rentré pour le dîner, mais une partenaire qui se souciait de vous. Ses parents avaient eu ce genre de mariage. Solide. Fort. Positif. Il s'était dit qu'il connaîtrait la même chose. Il s'était trompé.

Et il délirait clairement à cause du manque de sommeil pour se mettre à penser au mariage.

— Qu'est-ce que vous avez pour moi ?

— J'ai fini l'autopsie d'Helena Cromwell et les résultats des tests sont arrivés. Elle avait un très faible taux d'alcool dans l'organisme. Elle ne prenait pas de contraception et on n'a trouvé aucune drogue. Il y avait des preuves de rapports sexuels. Impossible de dire si c'était consensuel ou non, car il n'y avait pas d'abrasions ou de coupures. Elle n'a pas lutté. Pas d'ADN sous ses ongles. Le préservatif correspond à la marque que Jesse Tyson a dit avoir dans son portefeuille. Elle est morte d'asphyxie due à une strangulation manuelle répétée.

— Répétée ?

— J'ai trouvé des bleus à différents endroits sur son cou. Je pense qu'il l'a amenée à la limite de la mort plusieurs fois avant de l'achever.

Frazer s'approcha du corps de Jessica Tuttle et braqua sa lampe de poche sur le cou de la victime. Les contusions étaient nombreuses.

— Je pense qu'il a recommencé. On a une autre victime.

Pearl poussa un juron.

— Putain. Je viens juste de finir avec Elaine Patterson. Même mode opératoire, mais elle avait de la coke dans son organisme.

Il avait peut-être établi son contrôle sur la prostituée avec des drogues avant de la neutraliser. Il était probable qu'il avait déjà tué auparavant – les gens ne devenaient pas des tueurs du jour au lendemain. C'était une progression – d'abord le fantasme, peut-être blesser des animaux ou des enfants, un peu de voyeurisme, peut-être une agression, un viol, une tentative de meurtre maladroite. Pour finalement aller jusqu'au bout. Ce tueur s'en était probablement pris à des prostituées et des fugueuses par le passé. Il n'y avait pas de preuve directe, mais c'étaient des proies faciles et un moyen idéal d'expérimenter pour un tueur en série.

Pearl poussa un soupir las.

— Un de mes assistants est en route. Ce type va beaucoup trop vite.

Une fille morte chaque jour depuis trois jours. Il allait clairement trop vite.

Personne ne fermerait l'œil. Ils devaient l'arrêter avant que quelqu'un d'autre ne meure.

— Denker ne va plus attendre très longtemps avant

d'obtenir ce qu'il veut.

Sa condamnation commuée en prison à perpétuité ? Cela valait-il vraiment la peine de prendre la vie de toutes ces pauvres femmes ? Pour le tueur, probablement. Ces prédateurs sexuels étaient convaincus que leurs victimes valaient moins que rien. Frazer aurait aimé que quelqu'un lui mette une balle entre les deux yeux quand ils l'avaient attrapé, mais cela aurait été trop facile.

— Qu'avez-vous découvert concernant les os ?

— Deux squelettes. Un homme, une femme.

— Un homme ? dit Frazer.

— Oui. Et l'anthropologue judiciaire est presque sûr que l'homme a été poignardé.

Frazer fronça les sourcils. Cela aurait pu être une situation similaire à l'attaque de Jesse et Helena et le gars s'était juste mis en travers du chemin.

— Une identité ?

— Les dossiers dentaires n'ont rien donné. On analyse l'ADN.

— Et la femme ?

— Beverley Sandal. Comme vous le soupçonniez.

Ce n'était pas une surprise. Mais d'une certaine façon, c'était un soulagement. La fin d'un mystère sur l'endroit où elle était enterrée. Art Hanrahan voudrait parler à la famille. Il les connaissait depuis longtemps.

Frazer remercia le médecin légiste et lui dit au revoir, puis appela Hanrahan et lui demanda des nouvelles de la scène de crime à Maysville. Ils continuaient à creuser, mais les chiens renifleurs semblaient indiquer qu'il y avait un autre corps dans la clairière.

Il raccrocha, se sentant étourdi de fatigue. Il n'y avait pas grand-chose à faire jusqu'à l'arrivée du médecin légiste, sauf protéger la scène.

— Erica.

Il fit signe à une technicienne de la scientifique et réalisa qu'il était là depuis trop longtemps s'il se mettait à appeler les techniciens par leur prénom.

— Pouvez-vous mettre ce téléphone sous scellés ? Je veux qu'on l'envoie à Quantico dès que possible.

Le corps avait déjà été photographié. La technicienne exécuta sa requête avec une efficacité discrète. Il y avait des cernes sous ses yeux qui rappelaient probablement les siennes.

Parker avait glané tout ce qu'il pouvait en ligne, mais il était possible que le suspect ait laissé de l'ADN sur le téléphone portable, peut-être à l'intérieur du boîtier. Il était également possible qu'il ait frotté le portable sur son corps, ou qu'une main gantée ait touché son corps pendant qu'il profanait cette pauvre jeune femme. Transférant cet ADN sur le téléphone. Des cellules de peau, du sperme… Frazer voulait aller vite là-dessus. Il ne comptait pas attendre qu'il y ait une nouvelle victime.

Tyson s'approcha à nouveau de lui. Randall continuait à consulter les bases de données du système de reconnaissance automatique des plaques minéralogiques à la recherche de véhicules ayant quitté l'île et étant revenus au moment du meurtre d'Elaine Patterson et de l'enlèvement de Jessica Tuttle.

Le chef dit à voix basse :

— Les deux petites amies de mon fils sont mortes. Est-ce que ça a quelque chose à voir à lui ?

Frazer cligna des yeux. Il n'y avait pas pensé, ce qui montrait à quel point il était inutile.

— A-t-il reçu des menaces ? Signalé des incidents bizarres ?

Tyson secoua la tête.

— Honnêtement, ce gamin est comme un enfant prodige. Tout le monde semble l'apprécier.

— Quelqu'un pourrait lui en vouloir pour ça… Il a toujours les gardes du corps avec lui, n'est-ce pas ?

Tyson acquiesça.

— Votre femme, Charlene. Elle est capable de se protéger ? demanda-t-il en essayant de ne pas l'effrayer.

Tyson plissa les yeux et sa bouche se durcit.

— Oui, mais je vais l'appeler et l'avertir de faire attention. Ça pourrait être lié à quelqu'un que j'ai arrêté.

Un tueur aurait-il suivi Tyson dans un endroit pareil pour le torturer tout en aidant Denker ? C'était possible. Il y avait des gens tordus dans ce monde.

— Y a-t-il des affaires dans lesquelles un suspect aurait juré de se venger, ou des membres de la famille de la victime étaient assez furieux pour vous menacer personnellement ?

Tyson haussa les épaules.

— Je suis flic depuis des années. Les gens ne sont pas forcément ravis que j'arrête leurs proches, mais en général, je m'entends bien avec la population. J'essaie de faire ce qu'il faut. J'ai une bonne réputation.

Le sourire dans ses yeux contrastait avec sa main près de son étui. Le type était terrifié.

— Faites une liste. On verra si quelque chose ressort.

Frazer repensa à toutes les personnes qu'il avait enfermées au fil des ans, toutes les familles qu'il avait déçues. Sa liste était plus longue qu'il ne l'aurait voulu, mais il travaillait sans relâche dessus.

Il regarda Jessica, notant le niveau accru de violence que le suspect avait infligé à la pauvre fille. Il y avait un autre lien que le fils du chef de la police.

Il se pinça l'arête du nez. Il avait conduit plus de onze heures ce jour-là et n'avait dormi que quelques heures au cours des quatre jours précédents. Il avait besoin de faire une pause.

— Est-ce que quelqu'un peut me ramener à Rosetown ?

Tyson acquiesça.

— Je m'en charge. Laissez-moi parler à quelques gars pour qu'ils commencent le porte-à-porte.

Il désigna les grandes bâtisses face à l'océan. Elles étaient sombres cependant. Probablement inoccupées à cette période de l'année. Au nord se trouvait la bande de terre de Virginia Beach. Un endroit idéal pour déposer un cadavre. Le type connaissait ces îles et avait fait en sorte que le corps soit trouvé rapidement, tout en lui laissant le temps de s'échapper.

— J'ai quelqu'un qui monte une tente. Des agents de la police de Columbia sont en route, et ils se chargent d'informer les parents.

L'estomac de Frazer se contracta. Combien de fois avait-il dû annoncer des décès aux familles… Aussi horrible que cela puisse être de trouver un officier sur le pas de sa porte, être témoin du meurtre d'un être cher était encore pire. L'impuissance. La rage. Le vide qui se formait dans votre âme. Rien ne pourrait jamais le combler.

Il vacilla. Les souvenirs du meurtre de ses parents ne refaisaient surface que lorsqu'il était épuisé. Il aurait préféré s'en passer.

C'était pour cette raison qu'il s'était mis à l'hypnose. Ses souvenirs inconscients l'aveuglaient au moment où il s'y attendait le moins, et il savait que c'était la même chose pour d'autres personnes qui avaient enfermé les détails d'événements traumatisants. L'esprit se protégeait de l'horreur qu'il ne pouvait affronter – un autre mécanisme de survie qu'il exploitait pour son propre bénéfice.

Il essayerait peut-être quelques techniques de méditation en rentrant à la maison de plage, histoire de voir s'il arrivait à fermer l'œil. D'abord, il voulait passer voir les femmes Campbell.

Il se dirigea vers le véhicule du chef, sortant l'énorme boîte de photographies que Mildred Houch lui avait donnée. Il alluma le plafonnier et commença à les trier, séparant les photos privées de celles qui auraient pu être prises à l'école.

Il mettrait à profit chaque minute dont il disposait pour essayer d'attraper ce tueur, car s'il était certain d'une chose, c'était ce type ne s'arrêterait pas de lui-même. Tuer était sa drogue, et il était accro.

CHAPITRE DIX-HUIT

IZZY ETAIT RECROQUEVILLEE sous une épaisse couverture de laine sur le canapé en osier de la terrasse de sa maison. Barney était étalé sur elle, son nez froid collé contre son cou. Ils écoutaient tous les deux le bruit de l'océan, de plus en plus fort au fur et à mesure que la tempête se développait au large. Selon la chaîne météo, ils ne seraient pas frappés de plein fouet, mais Izzy était assez prudente pour faire des provisions de bouteilles d'eau et de briquettes de soupe. Le générateur était alimenté, et elle avait des bougies en cas de besoin.

Comme promis, Kit avait appelé en quittant le restaurant et était arrivée chez elle à 22 h 10. Sa sœur semblait éreintée et était allée directement au lit. Izzy était inquiète pour elle. Pour changer.

Izzy n'arrivait pas à dormir. Il lui aurait fallu des somnifères pour fermer l'œil ce soir-là, et il était hors de question qu'elle s'abrutisse alors qu'il y avait un meurtrier en liberté. Elle était restée au lit pendant quelques heures, fixant le plafond, le cerveau encore en ébullition après le meurtre d'Helena et l'annonce de la disparition de cette fille de Roanoke, qui était aussi l'ex-petite amie de Jesse Tyson. Quelqu'un en avait-il après ce pauvre enfant ? Un désaxé obsédé par lui ? Elle essaya de chasser ces pensées. Malgré ce que la fille avait fait à Kit, elle espérait qu'elle allait bien. Elle ne pouvait pas imaginer ce qu'elle et ses parents traversaient.

Son esprit ne cessait de revenir aux fédéraux d'à côté, se demandant si l'ASAC Frazer allait regagner la maison de plage ce soir-là ou s'il était parti pour de bon. L'idée de ne jamais le revoir lui faisait mal. Profondément. Mais le fait de penser au bel agent fédéral ne l'avait pas aidée à s'endormir ; au contraire, elle s'était levée pour alimenter son addiction au cacao.

Elle se crispa sous la couverture alors que le bruit d'un moteur de voiture se rapprochait, puis ralentissait devant la maison. Puis le claquement discret d'une portière avant que le véhicule ne s'éloigne. Barney sauta du canapé avant qu'elle ait pu saisir son collier, entraînant la couverture avec lui et l'exposant à un souffle d'air glacial. Elle se leva et se pencha par-dessus la balustrade pour voir qui était là. La lumière extérieure était allumée entre les deux propriétés. Elle s'arrangerait pour faire installer des lumières à détecteur de mouvement sur les deux maisons dès le lendemain, en supposant que la tempête ne soit pas trop violente. Il était hors de question qu'elle laisse à nouveau quelqu'un lui tendre une embuscade dans l'ombre.

Une silhouette émergea de la route. L'ASAC Frazer, portant une grande boîte en carton sous un bras et tenant un sac lourd de l'autre main. Son pouls s'accéléra lorsqu'elle reconnut sa silhouette. *Bon sang.* Elle pressa la main sur son ventre et l'entendit rire lorsque Barney posa ses pattes avant sur la poitrine de l'homme et essaya de lui lécher le visage.

— C'est bien ma veine, j'ai le droit au chien au lieu de la fille.

Ses mots firent battre son cœur à toute vitesse, et elle se cacha. Mon Dieu, qu'est-ce qui n'allait pas chez elle ? Elle sentit le trouble qu'elle ressentait déjà gonfler en elle, palpitant. Ses mamelons durcirent, et elle ressentit un picotement entre les cuisses. Ce n'étaient pas les récentes attaques qui avaient causé son insomnie, c'était son attirance pour cet homme.

Elle descendit sans bruit les marches donnant sur la plage. Sa maison était fermée. Son arme était rangée dans son étui sous son bras gauche. Elle lança :

— Barney. Viens là, mon grand.

Frazer entra dans son champ de vision. Il s'arrêta. Ses yeux la scannèrent de ses cheveux en désordre jusqu'à ses pieds nus, s'arrêtant sur tous les points d'intérêt entre les deux.

— Dr Campbell.

Il s'éclaircit la gorge.

— Tout va bien ?

Elle se mordit la lèvre. Était-ce le cas ? Pas vraiment. Elle n'aurait pas dû être là, mais elle ne voulait pas partir. Il y avait quelque chose dans ses yeux – l'obscurité, la douleur et une chaleur brûlante, qui correspondait à ce qui mijotait en elle. Elle déglutit, essayant d'humidifier sa bouche sèche.

— J'ai entendu dire que vous aviez fait beaucoup d'efforts pour que la photo de Kit disparaisse d'Internet. Vous ne savez pas à quel point je vous en suis reconnaissante.

— Rien ne garantit qu'elle ne refera pas surface, et la gratitude est bien la dernière chose que j'attends de vous.

Sa voix était tendue. En colère, même.

— Laissez-moi vous aider.

Elle lui prit le sac des mains. S'efforçant de ne pas réagir quand elle toucha sa peau nue. Il la suivit en silence dans les escaliers. Elle s'arrêta à la porte. Réalisant qu'elle n'avait pas de clé, elle se tourna vers lui, nerveuse à présent, le cœur battant la chamade.

Il sortit les clés, déverrouilla la porte et l'ouvrit en grand. Barney se précipita à l'intérieur.

— C'est une invitation pour un coup d'un soir, Dr Campbell ?

Elle entrouvrit les lèvres, choquée. Elle savait qu'il était direct, mais elle ne s'attendait pas à ce qu'il soit aussi franc. Elle détourna le regard, s'en voulant de ne pas parvenir à égaler son franc-parler. Elle savait qu'elle ne devait pas s'engager avec cet homme. Elle croisa les bras sur sa poitrine, réalisant à quel point elle devait paraître pathétique à le désirer, mais avoir trop peur de passer à l'acte.

— Peut-être. Je n'arrive pas à dormir.

Il entra, posa le carton sur la table basse, laissa tomber son sac par terre et tourna le tableau des meurtres face au mur.

— Entrez.

Ses yeux la mettaient au défi d'être honnête sur les raisons de sa présence.

Sa bouche devint sèche. Son corps avait besoin de quelque chose qui lui fasse oublier les horreurs qui se passaient sur l'île, quelque chose qui l'épuiserait suffisamment pour lui permettre de dormir. Le sexe était un bon moyen d'évacuer le stress. Cela n'avait pas besoin d'être plus compliqué que ça.

Elle entra dans le cottage avec les nerfs à vif. Soutenant son regard, elle referma la porte doucement derrière elle.

— Je pourrais vous préparer quelque chose à manger…

— Je ne veux rien manger, Dr Campbell. À moins que ce soit vous.

Oh, mon Dieu. Elle sentit la douleur l'envahir. Entre les jambes. Sous sa cage thoracique. Dans tous les petits endroits de son corps qui n'avaient pas ressenti le contact d'un homme depuis bien trop longtemps. Il était temps de prendre une décision et d'être honnête ou de s'en aller.

— Je pense qu'en effet, c'est une invitation pour un coup d'un soir, ASAC Frazer.

Ses yeux croisèrent les siens.

— Mais avant qu'on se déshabille, j'aimerais connaître votre prénom.

———

FRAZER N'ETAIT PAS du genre à coucher avec des inconnues. Il n'accordait pas facilement sa confiance, or le sexe impliquait une grande confiance – ou, du moins, cela aurait dû être le cas. Il avait vu tellement d'horreurs indescriptibles ces derniers temps. Il avait besoin d'enterrer ces images, de refouler les pensées qui tournaient sans cesse dans sa tête. Sans quoi il risquait de devenir fou. Il avait eu quelques amies par le passé qui cherchaient le même genre de relation sans attaches que lui. Mais au cours des six derniers mois, il avait laissé ces relations se dissoudre. Il avait perdu tout intérêt pour elles. Elles étaient passées à autre chose. Cela lui était égal.

Puis il avait rencontré Isadora Campbell.

Toutes les cellules de son corps reprenaient vie dans une véritable explosion, même s'il restait parfaitement immobile. Oubliée sa fatigue. Qui avait besoin de dormir ?

— Où est Kit ? demanda-t-il.

— Elle dort. La maison est fermée.

Il voyait la nervosité et le désir rivaliser sur son visage. Elle n'était pas certaine que cette décision soit sage. Il la comprenait. Mais ils avaient tourné autour du pot assez longtemps, et il était prêt à éliminer Isadora Campbell de son système. Il fit un pas vers elle, prit son visage entre ses mains et l'embrassa, fougueusement. Ses lèvres douces s'entrouvrirent sous l'effet de la surprise. Ses doigts agrippèrent ses biceps, et il se demanda si elle allait le forcer à partir. Elle aurait dû. Il était exigeant et difficile. Distrait la plupart du temps. Concentré sur la mort. La seule chose qui comptait vraiment pour lui était de débarrasser les rues des criminels. Il n'était pas du genre à faire de beaux discours. Ni à faire semblant de croire aux clichés romantiques pour la forme.

Il se contenterait de passer quelques heures à tâter les formes d'Isadora Campbell.

Ce n'était pas qu'il ne croyait pas à l'amour. Il y croyait. Ses parents s'étaient aimés jusqu'à leur dernier souffle. Mais l'amour et la romance n'étaient pas toujours la même chose. Certaines femmes avaient besoin de roses et de la lumière des bougies, tandis que lui préférait des membres entrelacés sous des draps blancs.

Elle ne le repoussa pas.

Au lieu de cela, elle ouvrit la bouche et lui rendit son baiser, le tirant vers elle par le revers. C'était la permission qu'il attendait. Il la fit avancer à reculons dans le couloir. Elle commença à défaire les boutons de la chemise de Frazer. Le désir qu'il refoulait depuis qu'il l'avait vue pour la première fois sur cette plage balayée par le vent, inconsciente de l'effet qu'elle avait sur les hommes, éclatait enfin au grand jour.

Il avait besoin de prendre une douche, mais s'il lui demandait d'attendre, elle pourrait se refroidir et changer d'avis. Il n'était pas prêt à perdre l'avantage, et les fit donc entrer dans la salle de bain, verrouillant la porte derrière eux.

Il laissa la pièce plongée dans la pénombre, faiblement éclairée par la lumière extérieure qui brillait à travers la fenêtre. Il ne voulait pas qu'elle voie l'expression dans ses yeux.

Elle était trop sinistre, meurtrie par la mort et l'échec. C'était un acte égoïste, même s'il espérait qu'elle apprécierait. Il avait besoin d'elle. Il fit couler l'eau sans détacher ses lèvres des siennes. Elle avait un goût de chocolat chaud. Il l'embrassa avec plus d'intensité, savourant sa douceur tandis qu'elle décrochait son étui à pistolet avant de le poser soigneusement sur le sol. Il sortit son t-shirt de son pantalon tandis que les mains d'Izzy revenaient sur sa poitrine nue, les doigts de la jeune femme effleurant son corps comme si elle voulait toucher chaque centimètre de sa peau. C'était un programme qui lui convenait parfaitement. Il se débarrassa de sa veste, posant son SIG sur le sol à côté de son arme à elle. Il enleva sa chemise d'un coup sec, la jetant par terre. Elle défit la ceinture de Frazer tandis qu'il remontait son t-shirt à elle au-dessus de sa tête. Puis il fit glisser son pantalon de yoga et sa culotte le long de ses jambes. Elle était désormais totalement nue devant lui. Ses doigts tremblaient en essayant de défaire le bouton de son pantalon, mais il était trop occupé à regarder son corps baigné de lumière argentée pour être pressé qu'elle finisse de le déshabiller.

— Vous êtes magnifique.

Il passa une main douce sur son épaule et le long de son bras. Elle avait plus de formes qu'il ne le pensait. Ses seins étaient pâles et doux, et semblaient gonfler sous ses yeux. Ses petits mamelons durcissaient et il avait envie de les mettre dans sa bouche. Mais, d'abord, il voulait la regarder. La courbe de ses hanches était subtile. Elle avait de longues jambes fines et de jolis pieds cambrés avec de mignons petits orteils. Ses cheveux étaient emmêlés. Il passa un doigt sur un front pâle et fin, le long d'une pommette haute, puis sur le grain de beauté qui se trouvait au-dessus de ses lèvres.

Elle posa sa main sur la sienne.

— Je déteste ce grain de beauté.

Il prit ses doigts entre les siens, les embrassa, et embrassa son grain de beauté.

— Je l'adore.

Les yeux d'Izzy brillaient dans l'obscurité.

Ce n'était pas seulement sa beauté physique qui l'attirait. Elle avait une intégrité qu'il admirait. Un sens du devoir et du service qui lui parlait. De la profondeur. Elle avait de la profondeur, et il n'avait jamais pu se satisfaire des femmes superficielles, même s'il en avait épousé une. Et Isadora Campbell était suffisamment intrigante pour éveiller l'intérêt de son cerveau, ainsi que d'autres parties de son corps.

C'était rare de trouver les deux – ou peut-être était-ce un problème qu'il était le seul à rencontrer.

Elle se mordit la lèvre, probablement déstabilisée par la façon dont il la fixait comme s'il allait la dévorer. Une vague de désir la frappa. Il prit le relais et défit son pantalon avant de le jeter par terre. Il testa la température de l'eau et l'ajusta pour qu'elle ne les congèle pas et ne les ébouillante pas. Puis il la prit par les hanches. Elle couina quand il l'attira sous la douche. Il la suivit, la plaquant contre le mur froid et carrelé. Ses cheveux étaient attachés sur le dessus de sa tête, mais des mèches folles étaient plaquées contre sa peau humide et elle claquait des dents.

Mais il ne faisait pas froid.

Il hésita.

— Vous avez changé d'avis ?

— Non.

— Vous avez peur ?

— Non.

— Bien.

Il prit le gel douche sur l'étagère et en versa une généreuse quantité dans sa paume. L'odeur de la vanille les submergea tous les deux. Il se lava d'abord, ôtant la crasse et l'odeur de la mort qui semblaient incrustées dans ses pores. Il mit sa tête sous le jet pour faire disparaître toute trace de prison et de scènes de crime, de meurtre et de violence.

Tout ce qu'il voulait, c'était oublier. L'espace d'un instant.

Isadora le regardait attentivement, ses yeux vert sauge presque noirs dans l'obscurité.

— Vous non plus vous n'êtes pas mal.

Elle leva les mains pour le toucher, mais il s'éloigna, non pas parce qu'il ne voulait pas sentir ses mains sur lui, mais parce qu'il voulait d'abord poser ses mains sur elle.

Il lui tendit le gel douche.

— À votre tour.

L'eau chaude créait de la vapeur dans la petite cabine de douche. Il observa l'ondulation de sa gorge lorsqu'il s'approcha, et utilisa ses deux mains pour savonner ses clavicules, traçant du bout des doigts la délicate saillie osseuse qui le fascinait. Il lui lava les bras, descendant le long de ses coudes en une caresse, jusqu'à ses doigts. Il pressa doucement sa main pour la rassurer.

Faites-moi confiance, disaient ses doigts.

Elle lui serra également la main. Ils semblaient aussi incertains l'un que l'autre. Les mains de Frazer descendirent jusqu'à ses hanches, puis remontèrent le long de son corps, jusqu'à ses seins. Il ferma les yeux pour profiter de la sensation de ses mamelons qui pointaient et de sa peau douce.

Le pouls à la base du cou de la jeune femme palpitait contre ses lèvres. Le cœur d'Izzy battait contre sa paume. Son érection le lançait, et cela empira quand elle se mit à le toucher, le caresser. Il serra les dents quand ses doigts froids s'enroulèrent autour de lui et le prirent en main. Il passa son pouce sur son téton et elle gémit. Il continua, lui savonnant les cuisses, puis la tourna face au mur pendant qu'il passait ses mains sur les muscles de son dos et ses fesses douces, jusqu'à l'arrière de ses genoux. Elle frissonna sous ses doigts.

Il tremblait de désir, mais il devait prendre son temps. Il voulait lui faire l'amour dans un vrai lit où il pourrait explorer langoureusement son corps.

Le sexe était un acte ridiculement intime entre deux étrangers et, bien qu'ils aient passé du temps ensemble ces derniers jours, Isadora Campbell et lui étaient en fait des étrangers. Mais le désir, défiant toutes les lois, les poussait à partager ce moment.

Il coupa l'eau et prit une serviette dans le panier à l'extérieur de la douche. Il l'enveloppa dedans avant de la soulever et de la transporter avec précaution dans la chambre. Elle passa ses bras autour de son cou. Il appréciait la sensation de l'avoir dans ses bras. Sa réalité. La chaleur vivante de sa beauté.

Les rideaux étaient grands ouverts et fournissaient assez de lumière pour la voir clairement tandis qu'il l'allongeait sur le lit, lui laissant sa serviette pour l'heure. Il posa un doigt sur ses lèvres quand elle voulut dire quelque chose.

— Juste un instant. Je reviens tout de suite.

Il retourna dans la salle de bain, prit leurs vêtements, leurs armes et un préservatif dans son portefeuille. Randall pouvait revenir à tout moment et même si Frazer n'enfreignait aucune règle, c'étaient ses affaires. Il aimait que sa vie privée le reste. Il jeta tout sur le fauteuil à fleurs dans le coin de la chambre, puis fixa Barney qui était assis au milieu du lit à côté d'Isadora, ouvrant de grands yeux de chiot.

— Pas question.

Il désigna la porte.

— Dehors.

La queue entre les jambes, Barney sauta du lit et prit la direction du couloir.

Non, mais.

— J'aime les chiens, mais c'est hors de question qu'il nous regarde.

Isadora renifla, les yeux brillants.

— J'ai l'horrible sentiment qu'il aimerait se joindre à nous.

Il ferma la porte sur le chien, l'air désespéré.

— Est-ce qu'en temps normal, il…

Habituellement, il se fichait de poser des questions gênantes – en fait, c'était sa spécialité. Cela n'aurait pas dû le déranger.

— Est-ce qu'en temps normal, il me regarde faire l'amour ?

Isadora lui sourit.

— Non. Je ne l'ai que depuis mon retour l'été dernier, et la question ne s'est pas posée.

Il se tourna vers l'endroit où elle était allongée sur son lit, couverte d'une simple serviette.

— Pourquoi pas ?

— Je n'ai eu envie de personne, ASAC Frazer.

Mais elle avait envie de lui. Son ego fut flatté et il passa donc à autre chose.

— Je vous apprécie, Dr Campbell.

Il s'avança vers elle et elle regarda son corps nu avec avidité.

— Je vous apprécie aussi, ASAC Frazer, sinon je ne serais pas là.

Elle n'était pas du tout embarrassée par son corps ou le sien. Pas de timidité ni de besoin d'être rassurée. Il s'allongea sur elle. Leurs jambes étaient entremêlées, et il tint ses mains au-dessus de leurs têtes, leurs corps séparés seulement par la serviette humide.

— Je vous apprécie, répéta-t-il, mais ce n'est que du sexe.

Il voulait qu'elle sache clairement qu'il n'était pas du genre petits cœurs roses.

Elle étira langoureusement son corps sous le sien, sa peau soyeuse le rendant fou.

— Je sais.

Sa voix était rauque et pleine de désir.

— Pas d'attaches.

Son sourire était empreint d'une sagesse féminine qui toucha quelque chose en lui.

— Du sexe entre deux personnes célibataires, saines d'esprit et majeures, qui ont envie l'une de l'autre. Quant à savoir ce que j'aime, je suis prête à explorer toutes les possibilités.

C'était ce qu'il avait dit à Jesse Tyson pendant l'hypnose. Il caressa la peau douce sous son oreille.

— Mon Dieu, j'aime votre corps, mais j'aime encore plus votre esprit. J'ai envie de vous dévorer, Dr Campbell. Tout entière.

Elle bascula la tête en arrière et ouvrit la bouche.

— Qu'est-ce qui vous en empêche ?

Il prit une de ses mains, puis la seconde, les accrochant aux montants de la tête de lit.

— Vous allez devoir vous accrocher.

— Pas de liens ? fit-elle froidement.

Elle fronça les sourcils. Il savait qu'elle détesterait qu'on essaie de l'attacher. Lui aussi.

— Ne lâchez pas le lit sauf si vous voulez que j'arrête.

Ses yeux s'écarquillèrent légèrement devant son ton autoritaire. Bien. Il avait l'intention de lui faire perdre un peu de son calme et de la faire haleter de plaisir. Plaisir qui semblait relativement absent de leur vie ces derniers temps.

Il commença par ses épaules, ses clavicules si séduisantes qu'il avait voulu goûter depuis le début. Il passa sa main sur l'intérieur de son bras et elle gloussa.

— Chatouilleuse ?

Il trouva son rire désarmant et attirant. Elle ne semblait pas du genre à glousser.

— Pas du tout, nia-t-elle.

Il s'allongea à côté d'elle et fit glisser sa main de son petit doigt jusqu'au bout de son bras. Elle rit et lâcha la tête de lit.

Il retira sa main avec un profond soupir. Elle se mordit la lèvre et s'agrippa à nouveau au lit. Cette fois, il fit glisser son doigt plus fort contre sa peau sensible. Elle se tortilla, mais ne lâcha pas le lit. Ses yeux ne quittaient pas son visage. Il longea le bord de la serviette au niveau de ses seins, puis en haut de ses cuisses.

— Vous êtes si pâle, Dr Campbell. Je commence à penser que vous êtes le fruit de mon imagination.

Magnifique. Sans défaut, à l'exception d'une tache de rousseur ou d'un grain de beauté occasionnel, qu'il ne voyait pas comme des défauts, mais plutôt des signes de ponctuation. Comme celui sur le côté de sa bouche qu'il embrassa à nouveau, goûtant le bord de ses lèvres.

— Vous me cherchez, gémit-elle.

— Je vous cherche, mais j'ai l'intention de tenir mes promesses. Si nous devons enfreindre les règles, autant le faire correctement.

— On enfreint les règles ? demanda-t-elle.

— Mes règles.

Ses doigts saisirent le bord de la serviette et il l'enleva. La déballant comme un cadeau de Noël qui aurait fait pleurer tous les hommes.

Elle sentait le soleil et la chaleur. Les embruns salés et le savon à la vanille.

Il passa un doigt le long de sa poitrine et sur son mamelon, le regardant durcir en une perle sombre. Il se pencha pour prendre le plus proche dans sa bouche, frottant sa langue sur la chair sensible tandis que ses doigts caressaient l'autre. Les hanches d'Isadora tressaillirent, et ses cuisses s'écartèrent de quelques centimètres. Il mordit un peu plus fort et ses hanches se soulevèrent du lit. Sa main descendit plus bas, vers ses cuisses délicates.

Il lâcha son téton et vint à nouveau titiller la peau sous son oreille. Léchant son pouls qui battait à tout rompre.

— Écartez les jambes, chuchota-t-il.

Elle s'exécuta, et il glissa les doigts dans sa chaleur humide. Elle se cambra, mais sans lâcher les montants du lit. Il s'enfonça plus profondément, d'abord un doigt, puis deux, se calant sur le mouvement de ses hanches, puis il incurva les doigts en elle, pressant le talon de sa main contre son pubis. Encore et encore, lentement, patiemment, tandis que ses hanches accéléraient le rythme jusqu'à ce que finalement son dos se cambre sur le lit, ses pieds s'enfonçant dans le matelas alors qu'elle criait. L'expression de son visage était extatique. Il n'avait jamais vu une femme aussi belle.

Un pur plaisir inaltéré.

Pas un désir tordu.

Son propre cœur s'emballa, et il essaya de se calmer en se concentrant sur son corps. Sur la courbe subtile de son ventre, le creux de son nombril, le rose foncé de ses mamelons. Il la caressait pendant qu'elle redescendait sur Terre.

Après quelques instants, sa respiration ralentit et elle baissa la main pour le saisir par les cheveux, l'attirant jusqu'à ses lèvres.

— À mon tour, marmonna-t-elle contre sa bouche. Sur le dos et ne bougez pas, Frazer.

Un rire profond gronda dans sa poitrine.

— Et si je ne veux pas ?

Elle haussa un sourcil indiquant à quel point cette suggestion était stupide, et il roula sur elle, s'arrêtant pour déposer un baiser sur sa bouche avant de s'allonger sur le dos et de tendre le bras pour attraper la tête de lit.

— Très bien.

Il avait utilisé son ton « J'espère que ça en vaudra la peine », mais elle se moqua de lui. Bon sang, comme il aimait ça. Le fait que son côté glacial ne l'offense pas comme tant d'autres femmes.

Elle s'agenouilla à côté de lui et passa ses doigts sur sa poitrine.

— J'aimerais vraiment connaître votre prénom, même si je dois vous le faire avouer sous la torture.

— Faites de votre mieux, Isadora Jane Campbell.

Elle sourit et se pencha pour l'embrasser sur la bouche.

— C'est un défi ?

Elle n'attendit pas sa réponse. Ses lèvres glissèrent sur son menton mal rasé et sur sa pomme d'Adam. Il déglutit devant cet acte étrangement intime, essayant de se rappeler si quelqu'un l'avait déjà embrassé à cet endroit. Elle lui embrassa ensuite les épaules, mais il était distrait par la caresse de sa main sur son ventre, puis plus bas. Ses mains étaient chaudes, ses doigts forts et il haleta quand elle effleura son gland avec son pouce.

— Essayez de tenir un peu plus longtemps, chuchota-t-elle d'un air entendu en lui léchant le lobe de l'oreille.

Elle savait exactement comment le rendre fou. Elle le caressait, et ses yeux se révulsaient tandis qu'elle le touchait tout entier de ses doigts légers et dansants. Il en redemandait. Elle commença à descendre le long du lit, mais il l'attrapa par les bras et la ramena sur lui. Il n'y avait aucune chance qu'il tienne si elle utilisait autre chose que ses mains sur lui.

Il écarta ses cheveux de son front, soutenant son regard.

— Linc. Lincoln.

— Ça vous va bien.

Une fossette apparut sur sa joue.

— Pas de second prénom que je devrais connaître ?

— Si seulement.

Il ne reconnut pas la voix gutturale qui sortait de sa bouche.

Elle se mit à califourchon sur lui, et il lui tendit le préservatif parce qu'elle semblait avoir besoin d'être aux commandes, et que pour l'instant il aimait ce qu'elle faisait. De qui se moquait-il ? Il aimerait tout ce qu'elle lui ferait, du moment qu'elle était nue.

Elle ouvrit le préservatif et l'enfila doucement sur son sexe. Il tremblait de façon incontrôlable. Il saisit fermement ses cuisses, puis elle s'abaissa sur lui, et il fut submergé par un sentiment de légitimité.

Il avait fait l'amour trop de fois pour pouvoir les compter, mais il n'avait jamais eu cette impression de rentrer à la maison. Il se figea à cette idée, mais se dit que n'importe quelle femme lui aurait fait cet effet après des mois d'abstinence.

Probablement.

Elle le chevauchait avec grâce et assurance, cambrant le dos en descendant de plus en plus avant de se relever. Ses hanches suivaient les siennes, sans réfléchir, à la recherche de sa chaleur. Ses seins se balançaient, et la bouche de Frazer s'assécha en la voyant bouger avec une telle sensualité sur son membre.

— C'est tellement bon, dit-elle.

Bon sang, comment arrivait-elle à parler ? Il était incapable de former un seul mot cohérent, encore moins une phrase entière. Elle le chevauchait lentement, puis rapidement, et il peinait à garder le contrôle tandis que les doigts d'Izzy s'enfonçaient dans sa poitrine, que son visage se tournait vers le plafond et que ses muscles internes se contractaient autour de lui, l'amenant au point de non-retour. Comme elle criait à nouveau, il la serra contre lui et la retourna pour être au-dessus. Puis il commença les va-et-vient, de plus en plus vite, s'inquiétant d'être trop brusque. Mais elle suivait son rythme, ses ongles s'enfonçant fermement dans son dos de façon merveilleusement incontrôlée. Elle enroula ses jambes autour de sa taille, enfonçant ses talons dans ses fesses alors qu'elle jouissait à nouveau. Il s'agrippa à ses hanches alors qu'elle se tordait, ses muscles lisses et sa peau douce lui faisant l'effet de la soie contre ses doigts.

Il sentit à son tour le plaisir monter, depuis la base de sa colonne vertébrale à mesure que les muscles internes de la jeune femme le trayaient. Accélérant les coups de reins, il s'envola de la falaise dans une lumière aveuglante qui fit hurler de plaisir tous ses neurones.

Merde alors.

Il était allongé sur elle, haletant, les battements de son cœur assez forts pour couvrir le bruit incessant de l'océan. Il ouvrit lentement les yeux. Ils étaient nez à nez et elle lui souriait d'un air satisfait. Puis elle se contracta à nouveau et étendit les jambes jusqu'à ses mollets. Il était toujours en elle.

Il ne pouvait pas bouger.

— Vous êtes un bon coup.

Il se retira avec précaution et roula sur le dos, jetant le préservatif.

— Mon ex-femme disait que j'étais bon à deux choses. Ça en faisait partie.

Même si, pour être honnête, il l'avait simplement laissée faire ce qu'elle voulait de lui. Ce qui lui avait fait un bien fou. Cela avait été incroyablement bon.

— Quelle était l'autre chose ? demanda-t-elle avec curiosité.

Isadora Campbell était donc l'une des rares femmes sur la planète à ne pas être énervée par la mention d'une autre femme au lit.

Était-ce pour cela qu'il l'avait mentionné ? Pour la tester ? Pour la faire fuir ? Cela aurait été vraiment insensible, quelques instants seulement après une partie de jambes en l'air torride.

Il se surprit à sourire, parce qu'elle ne réagissait jamais comme il s'y attendait. Il l'embrassa. Un long baiser. Il voulait explorer davantage sa bouche, dont il n'avait pas l'impression d'avoir assez profité. Il s'écarta.

— L'autre chose pour laquelle j'étais doué, selon elle, c'était la rendre malheureuse.

— Aoutch.

Elle écarta ses cheveux de son front.

— Vous l'avez quittée ?

— Officiellement, elle m'a quitté.

Il haussa les épaules. Son mariage était mort depuis long-temps.

— On s'est rencontrés à l'université. J'étudiais la justice criminelle. Elle était en droit. Je lui ai dit dès le début ce que je voulais faire de ma vie, mais au moment où je suis devenu flic… Disons que les offres du cabinet de son père n'ont cessé d'augmenter jusqu'au jour où elle a compris que j'étais sincère et que je ne me laisserais pas détourner de ma voie.

Il poussa un énorme soupir empreint de culpabilité.

— Elle a dit que j'étais une « épave émotionnelle » « limite sociopathe ».

— Aoutch. Le pire que m'ait fait un ex, c'est de me traiter de salope sans cœur.

Isadora l'aida à descendre et étira ses bras au-dessus de sa tête.

Il regarda ses seins. Il avait à nouveau envie d'elle.

— Je suppose que personne n'aime passer après le travail de l'autre.

— Certains métiers ne sont pas que des emplois. Ils ne nous définissent pas, ils font littéralement partie de ce que nous sommes, comme la couleur de nos cheveux ou le nombre de doigts que nous avons à la main droite.

Il prit sa main et embrassa chaque doigt.

Elle sourit.

— C'est de sa faute si elle ne l'a pas réalisé.

— C'était de ma faute. Elle pensait me connaître, mais ce n'était pas le cas.

Il avait eu tort de l'épouser. Parce que, même s'il avait l'air bien à l'extérieur, à l'intérieur, il était une masse frémissante d'humanité imparfaite, essayant de sauver sa famille et échouant à chaque fois. Personne ne devrait avoir à faire face à un désir de carrière issu d'un sentiment constant d'échec.

— Je savais que ça n'allait pas marcher. Je l'ai épousée quand même.

Il commença à mordiller son cou, surpris de voir qu'il bandait à nouveau.

— Et vous ? Pourquoi n'êtes-vous pas mariée ?

Et pourquoi parlait-il de mariage alors qu'il était au lit et venait de faire l'amour avec une femme ?

— Vous n'êtes pas le seul à avoir une carrière importante, Lincoln Frazer.

Ses yeux brillaient d'humour, mais il savait qu'elle cachait quelque chose. Une rupture difficile ? Un amour non partagé ? Des tas de merdes arrivaient aux gens. Pourquoi aurait-elle dû le mettre dans la confidence ? Ils s'offraient simplement quelques heures de bon temps. Dieu savait qu'ils méritaient tous deux une pause dans leur interminable charge de travail.

— Vous ne laissez pas les gens s'approcher, pas vrai ? réalisa-t-il.

Lui non plus, mais soudain il voulait qu'elle soit plus proche de lui, et pas seulement pour quelques heures. Il l'attrapa par les hanches et prit l'un de ses tétons dans sa bouche. Elle se redressa pour venir à sa rencontre.

— Ça ne peut pas être plus proche que ça, Frazer.

Pas assez proche. La voix dans sa tête aurait dû l'effrayer, mais pour une fois, être tenu à distance n'était pas suffisant. Ou peut-être que la réticence d'Isadora à s'impliquer le rassurait. Il pouvait être celui qu'il était vraiment. Il n'avait pas à prétendre être parfait. À prétendre qu'ils allaient se marier et élever des marmots. Le mariage n'avait pas fonctionné pour lui, et il ne voulait plus jamais se sentir aussi malheureux ou démuni. Peut-être pourraient-ils entretenir une relation, cependant. Il voulait clairement plus qu'une nuit de baise. Cette pensée l'aurait inquiété si la femme avec laquelle il l'envisageait n'était pas descendue le long de son corps pour faire quelque chose d'incroyablement torride avec sa bouche.

Il pourrait certainement s'habituer à plus, si cela impliquait d'avoir cette femme dans son lit.

IL FAISAIT ENCORE nuit quand elle se glissa hors du lit de Lincoln Frazer. Elle était restée bien plus longtemps qu'elle ne l'avait prévu. Il ne lui semblait pas être du genre câlin, mais ils s'étaient endormis enlacés et rassasiés.

Une mèche de cheveux blonds lui tombait sur le front. Il dormait sur le dos. Elle s'habilla en silence, ne voulant pas le réveiller, ne voulant pas partir, mais sachant qu'elle devait le faire. Leurs ébats avaient été fantastiques et son corps la lançait à tous les bons endroits. Mais elle ne comptait pas rester et affronter un lendemain embarrassant. Et elle voulait retourner auprès de Kit.

Bon sang, elle n'aurait pas dû se laisser distraire, et pourtant cette distraction en particulier lui avait semblé plus vitale que de respirer. Malheureusement, leur partie de jambes en l'air n'avait pas mis un terme à sa fascination pour ce type. Il était direct, déterminé, exigeant et compétitif. Cela ne laissait pas augurer une personnalité facile, mais très clairement intéressante, sans parler de ses aptitudes au lit.

Le fait qu'elle réduise tout au sexe en disait long. Elle essayait de faire rentrer ses sentiments pour ce type dans une case. Il était beau, bien bâti, et son métier consistait à lutter contre des monstres. Elle était déjà à moitié amoureuse de lui avant qu'il ne se révèle être un amant attentif et généreux, et ne montre un côté vulnérable inattendu.

Et il portait un badge.

Elle était complètement foutue.

Elle attrapa son Glock et plaqua ses clés dans sa poche contre sa cuisse pour qu'elles ne fassent pas de bruit. Elle ouvrit la porte en douceur. La porte de l'autre chambre était ouverte, et Barney sauta sur les couvertures tandis que quelqu'un se retournait dans le lit.

L'agent Randall. Et à sa façon de bouger, il était réveillé. Elle sentit ses joues s'embrasser, car il n'y avait pas besoin d'être un génie pour comprendre. Elle espérait que Frazer n'aurait pas d'ennuis. Elle ne savait pas quelles étaient les règles en matière de relations sexuelles dans le cadre du travail.

Elle passa discrètement devant le tableau des meurtres et la culpabilité qui remonta le long de sa colonne vertébrale pour gagner son cerveau l'obligea à cligner des yeux pour résister à la pression. Elle n'était toujours pas convaincue de savoir quoi que ce soit sur les meurtres actuels, mais elle savait à qui appartenaient ces os. Elle savait comment ils s'étaient retrouvés enterrés dans les dunes. Sans un mot, elle ouvrit la porte d'entrée et laissa sortir son chien. Elle la referma doucement derrière elle, dévalant les marches en bois pieds nus, consciente de l'intense fraîcheur de l'air.

Les vagues s'écrasaient toujours sur le rivage, mais la marée était basse et la tempête ne semblait pas si terrible pour l'heure.

En montant les marches de son porche, elle remarqua que la couverture que Barney avait traînée sur le sol un peu plus tôt était maintenant soigneusement pliée et posée sur le canapé en osier. Elle regarda vers la maison de plage et vit la silhouette de Frazer à la fenêtre. Son cœur se mit à battre un peu plus fort, non seulement parce qu'il la regardait se faufiler en douce, mais aussi parce que n'importe qui aurait pu les voir de là. Mon Dieu, était-il possible que l'agent Randall les ait vus ? Ou Kit ? Une vague d'humiliation la gagna à cette idée.

Et le tueur ?

Elle fut prise de sueurs froides.

C'était stupide. Paranoïaque. Ce n'était pas parce que quelqu'un avait plié la couverture qu'il les avait espionnés, Frazer et elle.

Elle entra dans la maison et Barney se précipita vers sa gamelle dans l'espoir de voir ses croquettes réapparaître comme par magie. Elle sortit son Glock et fit lentement le tour du bâtiment, pièce par pièce, jusqu'à atteindre la chambre de Kit. Izzy ouvrit doucement la porte. Sa sœur était là, recroquevillée sur le côté, les couvertures relevées sous le menton, ronflant doucement.

Elle sentit une bouffée de tendresse l'envahir. La gamine était une morveuse et une emmerdeuse, mais elle aimait sa sœur plus que tout au monde. Elle avait déjà sacrifié tant de choses pour cette incroyable enfant, avant même sa naissance. Izzy sortit en silence de la pièce.

Elle avait besoin de dormir.

Barney était déjà là, occupant le milieu du lit. Elle l'écarta et se glissa sous les draps. Barney posa sa tête sur sa poitrine, son poids ayant un côté rassurant. Izzy ferma les yeux et des images de Lincoln Frazer souriant, la touchant, lui parlant de son ex, défilèrent dans son esprit. Mais plutôt que de la tenir éveillée, ces images la bercèrent et elle s'endormit en l'imaginant serré contre elle.

CHAPITRE DIX-NEUF

L E LENDEMAIN MATIN, Izzy appela le garage, mais personne ne répondit. Il était tôt, mais Seth Grundy commençait généralement à travailler vers sept heures. Elle laissa Kit faire la grasse matinée et fit monter Barney dans le pick-up de Ted, se disant qu'elle s'arrêterait d'abord au garage et que si sa voiture n'était pas encore prête, elle se rendrait à la réserve nationale de faune sauvage de Currituck pour aller voir les poneys et prendre des photos du lever du soleil. Elle regrettait de ne plus voir les chevaux courir sur les plages comme quand elle était enfant, mais au moins là-haut, ils ne se faisaient pas écraser par la circulation.

Il faisait encore sombre.

Peut-être espérait-elle éviter les deux agents fédéraux qui séjournaient dans sa maison de plage. Peut-être voulait-elle faire comme si la nuit dernière n'avait pas eu lieu. Coucher avec quelqu'un était une chose. Mais le faire tout en cachant un secret aussi important que le sien, avec une personne pour qui l'intégrité représentait tout ? Pour qui la carrière représentait tout ? Elle avait commis une grave erreur.

Tout cet épisode avait été purement égoïste, car Lincoln Frazer ne l'aurait jamais touchée s'il avait su la vérité sur son passé. Son attirance pour elle était biaisée. Elle s'était rapprochée de lui sans lui dire la vérité, et c'était impardonnable.

Elle sentit le dégoût de soi monter en elle. Elle devrait tout lui dire et lui faire confiance pour épargner le pire à Kit.

Après avoir essayé pendant des années de fuir l'épisode le plus sinistre de sa vie, elle savait qu'elle devait à présent l'affronter. Que disait ce proverbe déjà ? Que la vérité était libératrice, mais d'abord contrariante ? C'était exactement comme ça que Lincoln Frazer allait se souvenir d'elle.

Le garage de Seth se trouvait à l'ouest de Whalebone, niché dans la broussaille juste avant d'arriver aux centres commerciaux et aux mini-golfs.

Le pick-up de Ted rebondit sur les ornières de la route lorsqu'elle quitta l'autoroute principale. Elle était déjà venue à de nombreuses reprises en plein jour, mais c'était beaucoup plus effrayant dans l'obscurité. Le brouillard avait gagné l'île et il était difficile de voir à plus de trois mètres à la ronde. Ses cheveux se dressèrent sur sa nuque, et même Barney gémit.

Elle s'arrêta devant le garage, mais il n'y avait aucune lumière visible. Seth vivait dans un appartement au-dessus du magasin. À la lumière des phares, elle pouvait voir son SUV derrière les baies vitrées. Les fenêtres étaient intactes, la carrosserie reluisante. Non seulement il l'avait réparé en un temps record, mais il avait également bichonné son véhicule. Elle sentit une boule de gratitude se former dans sa gorge.

Barney gémit à nouveau, et elle réalisa tardivement qu'il devait faire ses besoins. *Oh.* Elle éteignit le moteur, ouvrit la porte et descendit, enfouissant ses mains dans sa veste tandis que le vent froid la malmenait. Barney sauta du pick-up et alla renifler la parcelle d'herbe la plus proche. Le brouillard était dense et les ombres sinistres lui donnaient la chair de poule. Elle avait l'impression qu'un million d'yeux l'observaient, à l'abri des regards. Le gros de la tempête avait touché le continent au sud des Banks, mais les vents restaient violents et le ciel perturbé. Elle sortit son arme de son étui et la glissa dans la poche de son manteau. Elle ferma la porte de la cabine sans faire de bruit, ne voulant pas déranger Seth s'il dormait, car il avait manifestement travaillé comme un fou la nuit précédente pour réparer son véhicule.

Le cri d'un oiseau fendit l'air, transperçant le cœur d'Izzy. Barney s'élança dans l'obscurité. *Bon sang.*

— Barney ! appela-t-elle doucement.

Rien. *Et merde.* Elle devait vraiment lui apprendre à obéir. Elle renifla prudemment. Une odeur d'essence et de caoutchouc brûlé flottait dans l'air humide. Un bruissement dans les buissons la fit déglutir nerveusement et reculer d'un pas.

— Barney, appela-t-elle à nouveau.

Rien, sauf le bruit de la mer. Pas même le murmure du vent dans l'herbe ou le bruit de pattes. Les battements de son cœur semblaient encore plus forts. Et puis elle l'entendit – un gémissement aigu qui lui indiquait que son chien souffrait.

— Barney ?

Elle s'avança dans le marais, s'éloignant de quelques pas hors de l'étroit sentier et se retrouvant immédiatement désorientée. Il gémit à nouveau, et elle se demanda s'il avait poursuivi un lapin jusqu'à son terrier.

— Viens-là, mon grand, appela-t-elle en s'efforçant de paraître positive.

Toujours rien.

Et merde.

Quelque chose sortit de la brume et la projeta au sol. Elle sentit une explosion de douleur dans sa mâchoire, mais le son qu'elle émit fut étouffé par un épais gant de cuir qui l'empêchait également de respirer. Elle essaya de mordre son agresseur, mais fut remise sur pieds par un corps maigre, et se retrouva soulevée en l'air. Elle se débattit sauvagement, donnant des coups de pied, essayant d'atteindre son arme, mais son assaillant enroula son autre bras autour d'elle, la coinçant. Le Glock s'enfonçait douloureusement dans son abdomen.

Elle avait du mal à comprendre ce qui se passait, la douleur, le manque d'oxygène et le choc faisant tourner son cerveau au ralenti. Ses coups de pied s'affaiblirent alors qu'on la tirait à travers des chemins sablonneux jusqu'aux dunes broussailleuses près de la baie. Barney aboya de nouveau, et elle parvint à frapper son agresseur assez fort dans le genou pour qu'il trébuche. Mais au lieu de la relâcher, il tomba sur elle, l'écrasant de tout son poids. Il lui enfonça le visage dans le sable, frappant l'arrière de son crâne de ses gros poings charnus.

Oh, mon Dieu.

Elle n'arrivait plus à respirer.

Puis les mots lui parvinrent.

— Espèce de pute. Putain de salope. Moins que rien.

Le tout proféré avec une voix débordant de haine.

La pluie de coups de poing la faisait sérieusement souffrir. Elle essayait de protéger son nez d'un coup direct qui pourrait la tuer, de protéger ses voies respiratoires, ses yeux, ses organes vitaux. Elle était déjà sur le chemin d'une possible commotion cérébrale, et elle avait le sentiment que ce type avait à peine commencé.

Elle leva la tête suffisamment pour cracher le sable qu'elle avait dans la bouche, et émettre un son à travers ses cordes vocales gelées. Pas un cri. Un gémissement pathétique.

En se rappelant ce qui était arrivé à Helena, son cœur

ralentit pendant quelques secondes avant de s'accélérer furieusement. L'agresseur se releva, et elle ressentit un immense soulagement en se voyant retirer ce poids de la cage thoracique. Puis il lui administra un coup de pied dans l'estomac. Sa botte buta contre son arme, et l'alliance des deux lui fit tourner la tête. Elle hurla en s'étalant sur le dos.

Lincoln Frazer serait loin d'être ravi de trouver son cadavre dans les broussailles. Il se demanderait pourquoi elle n'avait pas repoussé l'homme, pourquoi elle n'avait pas crié plus fort. Elle essaya d'inspirer, mais aucun son réel ne voulait sortir de son corps.

À travers le brouillard, elle vit un homme grand et mince. Il portait une cagoule qui cachait ses traits, mais elle pouvait sentir l'odeur âcre de la sueur ainsi que l'alcool et la chaleur de sa haine. Il proférait sans discontinuer des paroles haineuses qu'elle ne parvenait pas à comprendre – peut-être n'était-ce pas le but. Il lui donna un autre coup de pied, et elle faillit vomir sous le choc.

Elle n'arrivait pas à croire qu'elle était armée et pourtant toujours allongée sans défense. Elle essaya d'attraper son arme, mais il écrasa son poignet et ses os délicats, lui arrachant un cri de douleur. Au moins, elle avait réussi à émettre un bruit. Elle cria à nouveau à pleins poumons. L'homme fracassa son poing sur son menton et des étoiles se mirent à danser devant ses yeux. Puis le salopard tira sur sa chemise, la déchirant sur le devant, des boutons volant en tous sens. Elle sentit un froid glacial l'envahir. Elle ne voulait pas être violée. Elle ne voulait pas mourir. Elle força son poignet blessé à bouger, malgré le fait qu'elle était presque sûre que quelque chose était cassé. Une douleur fulgurante la saisit, mais elle l'ignora et parvint à mettre le doigt sur la crosse de son pistolet.

Soudain, quelqu'un d'autre surgit. Son agresseur cria et tomba, atterrissant en tas dans l'herbe. Celui qui était sorti de l'obscurité pour la secourir frappait son assaillant au visage, encore et encore.

Elle resta allongée, haletante, puis elle sentit une langue froide sur son visage, l'embrassant, tentant follement de la ranimer.

Barney.

Il allait bien. Sa présence l'aida à reprendre ses esprits. Elle le serra contre elle. Elle était soulagée qu'ils aillent bien tous les deux.

Non loin de là, elle entendit Seth Grundy parler au téléphone.

— Hank. Viens vite. Je crois que j'ai surpris ton tueur en série en train d'attaquer Izzy Campbell ici même sur ma propriété.

Izzy tourna la tête pour voir l'homme allongé sur le sol à côté d'elle. Seth se pencha et arracha la cagoule de la tête de l'homme. Izzy tressaillit.

C'était Duncan Cromwell.

FRAZER ETAIT ASSIS sur le canapé, fixant le tableau des meurtres. Il faisait encore nuit, mais il avait réussi à dormir quelques heures et attendait des nouvelles du laboratoire, du bureau du médecin légiste, de Hanrahan, de la police de Columbia, de Parker et Rooney, et du chef Tyson.

Lucas Randall ne lui adressait plus la parole, mais il n'y prêta pas attention. Les souvenirs de la nuit précédente ne cessaient de revenir le hanter, y compris le moment où Isadora s'était faufilée hors de la maison comme une étudiante ivre. Ce qui l'irritait encore plus, c'était qu'il l'avait laissée faire, faisant semblant de dormir alors qu'il aurait voulu la ramener au lit.

Pourquoi ne l'avait-il pas arrêtée ?

— Vous avez établi un profil ? demanda finalement Randall, sortant de la cuisine en mangeant un bol de céréales.

— J'y travaille, répondit Frazer. Vous avez pu tirer quelque chose des caméras de circulation ?

— J'ai envoyé une liste de cinquante véhicules possibles aux flics de Maysville, en espérant tirer quelque chose de leur système LAPI, mais rien pour le moment. Le système a trouvé quelques images illisibles que je dois aller vérifier.

Le suspect aurait pu se déplacer par d'autres moyens. En bateau ou même avec son propre avion. Mais certaines photos suggéraient que Jessica avait pu être agressée et tuée à l'arrière d'une camionnette. Frazer fixait tous les noms sur le tableau blanc. Il avait ajouté Jessica Tuttle à la liste des victimes. Le garçon, Jesse Tyson, semblait être le point commun entre les agressions, et le chef s'employait à dresser une liste d'anciennes affaires qui auraient pu entraîner une rancune personnelle à son égard. Mais quelque chose clochait. Non seulement Denker avait enterré ses victimes dans le coin 17 ans plus tôt, mais le chef Tyson avait aussi déménagé dans la région ? Cela faisait trop de coïncidences.

Jesse pouvait tout de même être le lien, mais probablement pas à cause du lointain passé de son père. Il se nota de demander à Tyson de lister toutes les affaires qui s'étaient produites sur les Outer Banks. Si le tueur était du coin, cela aurait plus de sens.

Frazer jeta un coup d'œil à l'extérieur. Les premières lueurs d'une aube orangée éclaircissaient l'horizon, mais le temps était sinistre et l'océan houleux, ce qui correspondait bien à la tension qui couvait dans la pièce. Il décida de la désamorcer.

— C'est elle qui est venue me voir.

Techniquement.

Les lèvres de Randall se retroussèrent.

— C'est censé me rassurer ?

— Je me fiche de ce que vous ressentez. Je vous dis juste que je n'ai pas cherché à la séduire. C'est elle qui est venue me voir.

Il se força à poursuivre.

— Je l'aime bien.

— Vous *l'aimez bien* ? Vous couchez avec une femme médecin intelligente, courageuse, travailleuse, magnifique, qui a servi son pays en uniforme, et vous *l'aimez bien* ? Attention à ne pas devenir trop mielleux, surtout…

— Vous vous attendiez à ce que je déclare ma flemme à une femme que je connais depuis quelques jours ? demanda sèchement Frazer. Ce n'est pas mon style.

Randall le fixa d'un air grave pendant un long moment, puis hocha la tête, apparemment satisfait de ce qu'il voyait.

— Ça a l'air d'être quelqu'un de bien. Ne déconnez pas avec elle.

Frazer le regarda.

— Vous vous souvenez que je suis votre supérieur, n'est-ce pas ?

— Seulement dans notre hiérarchie.

Un sourire naquit sur le visage de Randall.

— Et vous me le devez bien, sachant que vous avez couché avec une femme magnifique hier soir pendant que je dormais avec son chien.

Randall était un bon gars.

— J'aurais dû vous parler de Rooney.

La voix de Frazer devint bourrue.

— Je faisais comme si rien n'était pour ne pas avoir à m'inquiéter pour elle ou le bébé.

Cette femme avait déjà tout risqué et ne méritait que le meilleur. Mais la vie ne tenait pas toujours ses promesses de bonheur, comme il l'avait vu de ses propres yeux lorsque T. J. Knottes avait pénétré dans sa maison de famille dans la campagne du Wisconsin, avait abattu son père et mortellement blessé sa mère pendant qu'elle préparait du pain aux bananes dans la jolie cuisine de leur cottage. Encore aujourd'hui, l'odeur des bananes lui donnait envie de vomir.

— Se soucier des gens, ça craint. Je comprends.

Randall prit une gorgée de café.

— Je ne peux m'en prendre qu'à moi-même. Mal m'a repoussée en voyant que je critiquais Alex. Elle l'aime et c'est un bon gars. Je dois arrêter avec ces conneries de surprotection. Elle est enceinte de lui. Elle peut se débrouiller toute seule.

Oui, elle le pouvait. Isadora Campbell pouvait aussi se débrouiller. Était-elle déjà réveillée ? Regrettait-elle ce qu'ils avaient fait ? Arriverait-il à la persuader de remettre ça ?

Il se rappela qu'il avait un travail à faire. Il s'éclaircit la gorge.

— Le profil de base est simple. Le suspect est assez fort physiquement pour porter les cadavres de ses victimes sur de courtes distances en terrain accidenté. Il pensa à la pauvre Elain Patterson.

— Il a probablement une intelligence supérieure à la moyenne, mais n'était pas bon à l'école. Il est capable de se fondre dans la communauté et est très mobile. Bien que seuls deux corps aient été retrouvés sur les Outer Banks, sa familiarité avec les lieux suggère qu'il vit ici ou qu'il y a passé beaucoup de temps. Je parie qu'il est originaire du coin.

Il prit son propre café, en regardant le tableau des meurtres. Il aurait aimé qu'il y ait moins de victimes tout en sachant qu'il y en avait probablement beaucoup plus.

— La facilité avec laquelle il enlève les femmes indique qu'il est grégaire et socialement compétent. Il est aussi manipulateur et égocentrique. Il sait comment pousser les gens à faire ce qu'il veut. Il conduit une camionnette ou un pick-up qu'il utilise à la fois pour l'enlèvement et le transport des cadavres, et probablement pour commettre le meurtre. Et il se déplace parfois en moto-cross. Vous avez obtenu des résultats à ce sujet ?

— Le DMV nous a envoyé une liste, mais en précisant qu'il n'y a pas besoin de permis pour conduire ce type d'engin.

Frazer grogna.

— Il voyage fréquemment sur le continent, car les victimes sont plus faciles à trouver là-bas. Il a un tempérament violent et est rancunier, mais c'est un sacré bon acteur. Il peut être marié avec des enfants, ou avoir une petite amie. Il a probablement été abusé sexuellement dans son enfance. Habituellement, c'est par une femme dominante, mais je pense que dans ce cas, c'est peut-être par un homme.

Son intuition lui soufflait que leur suspect était un ancien camarade de classe de Ferris Denker. Il n'était pas encore prêt à évoquer cette théorie à haute voix.

— Je crois qu'il prend les chaussures comme trophées, mais je ne suis pas sûr que cette information nous permette de l'attraper, à moins que nous ne trouvions réellement le type avec une armoire pleine de chaussures.

Frazer souleva la boîte que Mildred Houch lui avait donnée et la laissa tomber sur la table. Il retira la pile qu'il avait déjà écartée.

— Qu'est-ce que c'est ? demanda Randall.

— Des photographies de l'école de Ferris Denker – qui se trouve être le même endroit où le corps de la prostituée Elaine Patterson a été abandonné. J'essaie de trouver des photos de l'époque où Denker fréquentait l'école.

Mildred Houch avait fort heureusement écrit l'année au dos de la plupart des photos.

Randall en prit une qui provenait manifestement d'un mariage récent, et l'ajouta à la pile des clichés écartés.

Le téléphone portable de Frazer vibra. C'était Tyson. Il répondit.

— Duncan Cromwell a attaqué Izzy Campbell quand elle est allée chercher son SUV à Whalebone Junction. Il portait une cagoule et l'a traînée dans le marais, l'informa Tyson. Il a essayé de la tuer.

Frazer eut l'impression que quelqu'un était entré dans sa poitrine et serrait son cœur de toutes ses forces.

— Elle va bien ?

— Ouaip. Enfin, elle est en vie. Seth Grundy l'a entendue crier et l'a secourue.

Les poumons de Frazer se détendirent, mais il n'était pas sûr de respirer.

— Où est-elle ?

— On l'a emmenée à l'hôpital. Cromwell est en détention. Je vais voir ce que je peux tirer de lui avant qu'il n'appelle ses avocats.

— Je vous y retrouve dès que possible.

Frazer resta assis, abasourdi. Bon sang, elle avait quitté son lit à peine quelques heures plus tôt. Il raccrocha et poussa un profond soupir.

— Ils ont surpris Duncan Cromwell en train d'attaquer Isadora Campbell.

Randall haussa les sourcils sous l'effet de la surprise.

— Tyson ne l'a pas dit, mais il pense que Cromwell est notre homme.

Frazer prit sa veste. L'idée qu'un père puisse violer et tuer sa propre fille était répugnante, mais cela arrivait. Quand les médias s'empareraient de cette histoire…

— Je vais emmener Kit à l'hôpital, et je vous retrouve au commissariat dans une heure. Je veux que vous commenciez à préparer un mandat de perquisition. Photographies, journaux intimes, ordinateurs, DVD et chaussures m'intéressent en particulier.

Il composa le numéro de Parker en passant la porte.

— J'ai besoin d'une vérification détaillée des antécédents de Duncan Cromwell, le père d'Helena, en remontant jusqu'à sa date et son lieu de naissance. Je veux connaître le moindre lien avec Denker, même s'ils ont seulement acheté une barre chocolatée dans le même magasin il y a trente ans.

Il raccrocha. Il courut jusqu'au cottage des Campbell et utilisa la clé qu'il avait prise quelques nuits plus tôt pour rentrer.

— Kit, cria-t-il.

Il entendit un grognement et pénétra dans le salon, remarquant que Barney n'était plus là et espérant que le chien allait bien.

— Isadora a été blessée. Elle a besoin de toi.

L'annonce entraîna une flopée de jurons suivie de bruits

de pas mal assurés dans la chambre. Elle apparut 70 secondes plus tard, habillée, la brosse à cheveux dans une main, le manteau dans l'autre.

— Elle va bien ?

Il soutint son regard.

— Allons le vérifier.

IZZY ETAIT ALLONGEE sur le lit, fixant le plafond. Elle n'avait qu'une envie : s'échapper. Ils lui avaient fait des radios de la poitrine et elle savait désormais qu'elle n'avait ni côtes cassées ni pneumothorax. Son foie, sa rate et ses reins étaient tous en bon état à l'échographie abdominale, et ses analyses de sang – numération, électrolytes, fonction hépatique, coagulation – étaient normales. Ils insistaient pour lui faire passer un scanner avant de la laisser s'en aller. C'était stupide. À l'exception de son poignet, qui avait déjà été mis dans un petit plâtre et radiographié, elle avait subi plus de dommages pendant son entraînement au combat à mains nues – pour ce que ça lui avait apporté.

Elle n'en revenait pas de la facilité avec laquelle il l'avait maîtrisée. *Bon sang.* À part son poignet, elle n'avait rien de cassé, mais elle souffrait. Elle réprima la douleur et l'apitoiement. Elle se souvint des soldats qui finissaient sur sa table d'opération – blessés par balle, victimes d'explosions, de bombes. Elle avait pris quelques coups et avait eu peur. Cela lui rappellerait de faire plus attention à l'avenir.

Elle se regarda dans un miroir qu'elle avait demandé à l'un des infirmiers de lui apporter. Ses pupilles semblaient normales, pas gonflées. Elle ne présentait donc pas d'œdème, ce qui était une excellente nouvelle. Puis elle se força à se souvenir du nom de tous les commandants sous lesquels elle avait servi, pour se prouver que son cerveau était aussi intact qu'au réveil ce matin-là. Elle était presque sûre qu'elle n'avait pas de commotion. En gros, rien que des narcotiques puissants ne puissent soulager – sauf l'humiliation, avec laquelle elle apprendrait à vivre. Mais ses collègues médecins faisaient preuve d'un excès de zèle – d'où le scanner, alors qu'elle n'avait aucune douleur abdominale et que tous ses autres examens étaient normaux.

Dieu seul savait ce qui se serait passé sans l'intervention de Seth. Elle glissa ses jambes par-dessus le bord du lit, estimant que s'échapper serait une option raisonnable. Mais un bruit de pas dans le couloir la fit grimacer. Elle reconnut la démarche déterminée de Lincoln Frazer, même s'ils se connaissaient depuis peu.

Assez longtemps pour lui retourner le cerveau.

Et merde.

Elle se remit sous les couvertures et grimaça lorsqu'une douleur aiguë s'éleva de sa nuque jusqu'au milieu de son crâne. Bon sang.

Puis Frazer apparut, plus beau que jamais, même si sa chemise était un peu froissée parce qu'elle l'avait jetée sur le sol de la salle de bain la nuit précédente. Elle évita de croiser son regard et se concentra sur Kit. Sa sœur avançait d'un pas pressé. Son visage était un masque de peur et d'incertitude alors qu'elle s'accrochait au bras de Frazer comme s'il était un confident proche. Izzy haussa les sourcils et il haussa les épaules comme pour dire qu'il ne savait pas comment cela était arrivé. C'était ainsi que fonctionnait Kit. C'était elle qui vous choisissait, et non l'inverse.

— Salut. Vous n'aviez pas besoin de venir. Ce n'est rien, tenta-t-elle de les rassurer, mais Kit se précipita vers elle et la serra très fort dans ses bras.

Izzy réprima un petit cri et la laissa l'étreindre. Sa sœur avait déjà perdu beaucoup trop de choses au cours des 12 mois précédents. Elle aurait été terrifiée à l'idée que quelque chose arrive à Izzy, elle aussi. Elle croisa le regard de Frazer au-dessus de la tête de Kit, et elle sut qu'il voyait sa souffrance.

Izzy serra sa sœur plus fort. Elle aurait voulu caresser les cheveux de Kit. Elle venait manifestement de sortir du lit et s'était précipitée à l'hôpital, car son visage portait encore les traces du sommeil.

— Qui a fait ça ? hurla Kit, en regardant la coupure au coin de sa bouche, là où Duncan lui avait administré un coup de poing.

Izzy avait eu du mal à en croire ses yeux lorsqu'elle avait vu Duncan Cromwell étendu sur le sol.

— Le père d'Helena.

— Quoi ? glapit Kit en reculant.

Izzy ferma les yeux tandis que ses côtes la lançaient. *Aoutch.* Être courageux n'était pas de tout repos. Elle aurait voulu pouvoir fondre en larmes et en finir avec tout ça.

— Est-ce qu'il a tué Helena ?

— Chut.

Izzy jeta un coup d'œil à la porte ouverte.

— Je ne sais pas, dit-elle à voix basse.

— Il t'a fait du mal ?

Les yeux de Kit étaient énormes, la regardant fixement, examinant sa blouse d'hôpital.

— Le chef Tyson a mis mes vêtements sous scellés. J'aimerais bien qu'on aille chercher mes vêtements de rechange dans mon casier.

Plus vite elle aurait quelque chose à se mettre, plus vite elle pourrait s'échapper.

— Dès que le docteur vous laissera sortir.

Les yeux bleus de Frazer étaient rivés sur les siens.

Bon sang. Comment pouvait-il la connaître si bien en si peu de temps ?

Sa sœur se mordit la lèvre. Izzy attrapa sa main et serra ses doigts.

— Il m'a rouée de coups, mais il ne m'a pas attouchée sexuellement.

Elle baissa la voix, heureuse d'être dans une pièce séparée, à deux pas de l'endroit où Jesse se trouvait. Il était censé rentrer chez lui ce jour-là.

— Je vais bien. Je te le promets.

— Kit, dit soudain Frazer. Pourquoi n'irais-tu pas acheter une boisson à ta sœur ? Et apporte-moi un café pendant que tu y es, tu veux bien ? Noir. Sans sucre.

Il lui tendit dix dollars et Kit le regarda bêtement pendant un moment.

— Oh, vous voulez parler. Je vois. D'accord.

Son regard neveux passa de l'un à l'autre.

— Je reviens dans cinq minutes. Soyez sages.

— Trop tard, dit Frazer sous cape tandis que sa sœur disparaissait.

Izzy éclata de rire en se tenant le côté. Frazer s'assit à côté d'elle sur le lit, bien trop près. Il releva le côté de sa blouse d'hôpital et elle se sentit ridiculement exposée, ce qui était stupide étant donné qu'il avait léché chaque centimètre de son corps la nuit précédente.

— Ce n'est pas joli joli, le prévint-elle en se retournant

suffisamment pour qu'il puisse défaire la blouse.

Ses mains se figèrent en découvrant une série d'ecchymoses. Il demanda à voir le reste de son dos. Elle roula sur le côté, consciente qu'il pouvait également voir ses fesses nues, mais cela ne changeait pas de la nuit précédente. Mais c'était l'hôpital, et les néons n'étaient pas aussi romantiques que la douce lumière de la lune.

— Comment c'était ?

Sa voix était froide et sans émotion, mais elle percevait sa rage au fond. Ce n'était pas parce qu'il contrôlait ses émotions qu'il ne les ressentait pas.

— Honnêtement ?

Elle poussa un profond soupir.

— J'ai cru que j'allais mourir.

Elle se retourna pour lui faire face, mais se redressa, grimaçant devant les douleurs aiguës dans son corps, et reconnaissante pour chacune d'entre elles.

— Ce qui était frustrant, c'est que j'avais mon arme dans ma poche avant, mais il serrait mes bras si fort que je n'ai pas pu l'atteindre, et puis il a commencé à me frapper et à me traiter de pute.

Une vague de dégoût l'envahit à ce souvenir.

— Tout va bien, Isadora.

Frazer saisit sa main et la porta à ses lèvres.

— Il serait temps que vous m'appeliez Izzy, comme tout le monde.

— Vous voulez que je vous traite comme tout le monde ?

Ses yeux bleus étaient si brillants que cela faisait mal de les regarder, comme si elle fixait directement le soleil.

— Je ne sais pas, répondit-elle honnêtement.

C'était particulièrement ironique qu'elle soit incapable de

lui mentir, vu l'énorme secret qu'elle lui cachait.

— Je pense que quelqu'un nous a vus au lit la nuit dernière.

— Qu'est-ce qui vous fait dire ça ?

Son regard s'aiguisa, passant de l'amant à l'agent du FBI en une fraction de seconde.

— Quelqu'un a plié une couverture que j'avais laissée par terre, et de cette partie de la terrasse, on a une vue directe sur votre chambre. Les rideaux étaient ouverts, lui rappela-t-elle.

— Je me souviens.

L'étincelle dans ses yeux la fit frissonner. Puis il serra les lèvres.

— Ça ne veut pas dire que quelqu'un nous a observés. L'agent Randall, ou Kit aurait pu plier la couverture ?

Izzy ferma les yeux, horrifiée.

— Je ne sais pas qui serait pire, mais je ne ferai plus jamais l'amour avec les rideaux ouverts.

— Je m'en souviendrai.

Son regard était audacieux et direct. Il s'attendait clairement à ce que la nuit précédente se répète.

Elle ressentit un drôle de petit battement sous son sternum.

— Pourquoi vous être enfuie ? demanda-t-il.

— Je devais retrouver Kit.

Ses yeux indiquaient clairement qu'il ne la croyait pas.

— Ce n'était que du sexe, vous vous souvenez ? Je pensais que vous préféreriez éviter un scénario embarrassant le lendemain, surtout en étant en colocation avec un autre agent du FBI.

— Vous vous souvenez quand je vous ai dit que vous me plaisiez, Isadora Campbell ? Je le pensais.

Il plissa les yeux.

— J'aurais aimé me réveiller avec vous, mais je comprends votre besoin d'être avec Kit.

Il détourna le regard un bref instant, puis ses yeux revinrent sur les siens.

— J'aimerais voir ce qui pourrait se passer si nous laissions les choses devenir un peu plus que du sexe.

Son cœur se mit à battre violemment et elle se sentit mal. Elle avait vraiment tout gâché. Elle aurait adoré partager davantage avec Lincoln Frazer. Elle aurait donné n'importe quoi pour revenir 17 ans en arrière et dire la vérité – ou même quelques jours, au moment où Helena avait été tuée. Maintenant, les mensonges les séparaient, et elle ne pensait pas qu'il était le genre d'homme à pardonner ce type d'omission flagrante.

Il prit son silence pour autre chose.

— Je suis désolé de ne pas avoir donné suite au vandalisme sur votre voiture hier. Je n'y ai même pas pensé. Il se passa une main dans les cheveux.

— Vous aviez des choses plus importantes en tête.

Devant l'expression torturée de Frazer, elle toucha le dos de sa main avec la sienne.

— Tout va bien, Linc. Je ne suis pas une de vos victimes, ne m'ajoutez pas à cette liste.

Il cligna des yeux, surpris.

— Moi aussi, j'ai une liste de victimes, expliqua-t-elle. De gens que j'ai laissé tomber. De gens que je n'ai pas pu sauver.

Son petit ami Shane avait été le premier. Son père le second, mais elle ne savait toujours pas s'il méritait d'être sauvé ou non.

Elle inspira et ouvrit la bouche pour lui dire ce qui s'était réellement passé toutes ces années auparavant et pourquoi ils ne pourraient jamais être ensemble, mais Kit entra dans la pièce avec un air de concentration intense, essayant de ne pas renverser les boissons.

— Ils fournissent des couvercles, tu sais.

Elle vit que Kit était blessée et réalisa immédiatement qu'elle n'avait pas dit ce qu'il fallait. À nouveau. *Décidément.*

— Désolée.

Frazer se leva et prit les gobelets des mains de Kit. Il les posa sur la table d'appoint. Puis il se pencha, passa la main derrière la tête d'Izzy et l'embrassa sur la bouche. Izzy résista pendant une fraction de seconde, puis ignora la douleur fulgurante pour enrouler ses bras autour de son cou et l'embrasser en retour, lui disant silencieusement toutes les choses qu'elle n'avait pas le courage de dire à voix haute. Il recula, ses yeux bleus observant son expression.

— À plus tard, Dr Campbell.

Kit resta figée, bouche bée.

— À plus tard.

La phase sortit dans un murmure haletant. *Et merde.* Qu'allait-elle faire à présent ?

CHAPITRE VINGT

RAZER ARRIVA AU poste de police en taxi au milieu d'un essaim de camionnettes de journalistes. Il avait demandé à la société de location de voiture de lui déposer un autre véhicule dès que possible. Il brava la marée de journalistes, éludant les questions de certaines personnes qui le reconnurent.

— ASAC Frazer, confirmez-vous la rumeur selon laquelle il y a un tueur en série sur les Outer Banks ?

— ASAC Frazer, pouvez-vous nous confirmer que l'un des corps retrouvés ici est une victime de Ferris Denker ?

— Pouvez-vous nous dire qui vous avez arrêté ?

— Pourquoi le DSC est-il impliqué ?

Le bruit se transforma en un bourdonnement qui lui vrillait les tympans.

— Sans commentaire.

Il joua des coudes pour se frayer un chemin dans l'épais enchevêtrement de journalistes et de cameramen. Il aurait aimé pouvoir passer par une porte arrière.

Un officier en uniforme gardait l'entrée et empêchait la presse de pénétrer à l'intérieur. C'était du gaspillage ; une autre ressource qu'ils auraient pu mobiliser sur l'affaire. Une fois à l'intérieur, on fit signe à Frazer de se rendre au fond. Il trouva Randall dans le bureau de Tyson. Les deux hommes étaient penchés sur un tas de documents.

— Vous avez le mandat de perquisition ?

Tyson sortit une feuille de papier du fax.

— On vient de le recevoir. Comment va Izzy ?

Devant la question candide de Tyson, Frazer leva les yeux au ciel.

Il se tourna vers Randall.

— Vous lui avez dit ? Vous vous êtes cru au lycée ou quoi ?

— On a fait l'armée ensemble.

Randall fit la grimace.

— Bref, je devais lui dire pourquoi vous n'étiez pas là, alors qu'on venait d'arrêter un tueur en série présumé.

Frazer secoua la tête. *Et merde.* Ce n'était pas son mode opératoire habituel. Sa vie personnelle lui valait rarement de se faire chambrer.

— Comment voulez-vous qu'on procède ? demanda Tyson en se concentrant à nouveau sur l'affaire.

— Randall, accompagnez les officiers de police au domicile des Cromwell pour la perquisition. Assurez-vous que tout est saisi et traité de manière appropriée. Aucune erreur ne doit être commise. Si c'est notre homme, je veux un dossier en béton contre lui. Je veux aussi que vous interrogiez la femme pour découvrir ce qu'elle sait. Et si vous pouvez parler aux enfants, faites-le.

— Est-ce que Cromwell correspond au profil ? demanda Randall.

— En partie. Un homme blanc et fort avec un mobile. Il conduit un pick-up et a accès à des fourgons au travail. Une intelligence supérieure à la moyenne. Il porte un uniforme, mais pas d'arme. Ça pourrait être un aspirant flic qui n'a pas réussi. Franchement, je n'ai pas eu le temps de faire beaucoup plus que ça.

Tyson ne parut pas impressionné. Frazer ne pouvait pas le blâmer. Son profil n'avait rien d'impressionnant en effet, mais ce n'étaient pas les profils qui permettaient d'attraper les tueurs, c'était le travail d'enquête de la police. Ils suivaient un certain nombre de pistes. C'était une question de temps. Cromwell était-il leur homme ? Le danger était-il écarté ? Il n'en savait rien. Felicia Barton travaillait sur le profilage géographique avec Bradley Tate de l'Highway Serial Killings Initiative. En raison de l'accès limité aux îles, certains principes habituels du profilage géographique ne s'appliquaient pas. Cependant, l'accès limité signifiait qu'ils pourraient repérer son moyen de transport plus facilement.

— Nous devons retracer les déplacements quotidiens de Cromwell, en commençant la veille du Nouvel An. J'ai quelqu'un qui planche sur son passé pour voir si ou quand lui et Denker se sont croisés.

— Vous pensez vraiment qu'il a tué son propre enfant ? demanda Tyson mal à l'aise.

— C'est possible. Il faut que je lui parle.

Tyson acquiesça.

— On ira tous les deux.

— Quelqu'un a divulgué à la presse le lien avec Denker, dit Frazer avec amertume.

Ils grimacèrent tous, car mener une enquête sous les projecteurs des médias, c'était comme essayer de s'habiller avec un bandeau sur les yeux en espérant que personne ne vous voit. Mais il n'y avait nulle part où se cacher dans une si petite communauté. Toute erreur serait amplifiée. La presse sauterait sur le moindre écart.

— On y va. Si Cromwell est notre homme, il faut qu'on

l'épingle, dit Tyson en attrapant sa veste.

— Et si ce n'est pas lui, je veux que la communauté sache qu'elle ne doit pas baisser sa garde, déclara Frazer.

— Vous avez des doutes ?

Tyson fronça les sourcils.

Frazer eut un sourire sinistre.

— J'ai toujours des doutes. Cromwell a montré beaucoup d'animosité envers le Dr Campbell quand je l'ai interrogé.

Il croisa le regard de Tyson.

— Il pourrait s'agir d'une attaque personnelle découlant du chagrin causé par la perte de sa fille.

Tyson et Randall paraissaient en douter.

— Il y a beaucoup de similitudes avec les autres attaques.

— Allons lui parler. Pour voir ce qu'il est prêt à nous dire.

FRAZER ENTRA DANS la pièce, suivi de Tyson. Le fait que Cromwell ait attaqué Isadora le rendait malade, mais il était suffisamment professionnel pour être capable de dissocier ses sentiments pour la femme de ceux pour le suspect en face de lui. Il apporta à Cromwell une tasse de tisane, qui sentait mauvais, mais qui, selon l'officier proche de la famille Cromwell, était la seule chose qu'il buvait.

— Comment allez-vous, Duncan ? demanda-t-il.

Le type avait une sale tête. Ses yeux étaient gonflés et rouges de colère. Il aurait des yeux au beurre noir avant la fin de la journée. Du sang coulait de son nez qui était probablement cassé. Seth Grundy n'y était pas allé de mainmorte. Frazer calma la rage qu'il sentait monter en lui. Quelqu'un l'avait battu à ce petit jeu – littéralement.

— Je me sens comme une merde. Ça vous étonne ? Ma fille est morte, et vous ne faites rien pour attraper son assassin.

Frazer ignora ses pleurnicheries.

— Pouvez-vous nous dire ce qui s'est passé ce matin ?

Cromwell pinça les lèvres et lui adressa un regard noir.

— Je sais que vous traversez une période difficile, Duncan. Je sais que vous souffrez.

En supposant qu'il n'était pas un psychopathe.

— La mort d'Helena a dû être un coup dur.

Des larmes coulèrent sur le visage de l'homme. Il était possible qu'il ait tué Helena dans un accès de rage et que ses remords soient authentiques. Frazer posa le thé et le poussa vers Cromwell.

— Je dois vous interroger sur vos déplacements de la nuit dernière.

Quelque chose brilla dans les yeux de Cromwell.

— Sérieusement ?

— Pouvez-vous me détailler votre journée ?

Cromwell haussa les épaules.

— Je suis allé au bureau hier matin. J'avais besoin de m'éloigner de Lannie et des enfants pendant quelques heures. Pour essayer d'oublier.

Quelques jours à peine après l'assassinat de sa fille.

— Bien sûr. Je comprends.

Curieusement, Frazer comprenait réellement, mais il n'était pas un homme marié avec une femme et des enfants qui avaient eux aussi subi une perte incommensurable.

— Vous êtes mariée, ASAC Frazer ?

Il y avait quelque chose d'insidieux dans le ton de Cromwell. Quelque chose de peu amène.

— Divorcé.

Cromwell hocha la tête, mais il paraissait déçu.

— Combien de temps êtes-vous resté au bureau ?

Cromwell haussa les épaules.

— Une heure. Peut-être deux.

— Où êtes-vous allé après ça ?

— J'ai fait un tour en voiture pendant un moment.

— Pourquoi ?

— Parce que je voulais réfléchir, cracha-t-il.

— Êtes-vous allé à l'hôpital et avez-vous brisé les vitres de la voiture du Dr Campbell avec votre batte de base-ball ?

Cromwell le fixa d'un air maussade. Rien.

— Vous rappelez-vous où vous êtes allé ?

— J'ai conduit jusqu'à Currituck. Je suis allé voir la réserve de faune sauvage. Nous avons eu des problèmes avec la chasse illégale de sangliers là-bas.

Frazer sentit son pouls s'accélérer. Il voulait l'interroger sur Jessica Tuttle, mais ne devait pas brusquer les choses.

— Combien de temps y avez-vous passé ?

— Environ une heure ou plus. Je n'avais pas les yeux rivés sur ma montre.

Cromwell fronça les sourcils et regarda vers la gauche. Le type était droitier. Soit c'était un menteur hors pair, soit il disait la vérité.

— Quelqu'un vous a vu ?

Il secoua la tête.

— Je n'ai parlé à personne que je connaissais, si c'est ce que vous demandez. Il y avait quelques personnes qui se promenaient, mais je ne cherchais pas vraiment de la compagnie.

La nouvelle de la mort de Jessica avait été tue la veille au soir. Elle était parvenue aux chaînes d'information à temps pour le journal du matin. Si Duncan comptait prétendre qu'il n'avait pas tué Jessica, il se constituait probablement un alibi qui pourrait expliquer pourquoi quelqu'un l'avait vu là-bas.

— Vous êtes rentré pour dîner ?

Ses yeux vides s'arrêtèrent sur le mur.

— Je n'avais pas faim.

— Où êtes-vous allé ensuite ?

Cromwell haussa les épaules et se tut.

Tyson intervint.

— Je sais que vous avez acheté une bouteille de whisky. Vous vous êtes saoulé ?

Cromwell regarda par terre.

— Oui. Je me suis saoulé.

Il avait l'air honteux.

— Puis j'ai pris le volant du pick-up et je me suis rendu chez Isadora Campbell. Je voulais lui faire payer de ne pas s'être occupée de ma fille comme elle l'avait promis. Vous savez ce que j'ai vu ?

Les yeux de Duncan brûlaient de rage quand ils rencontrèrent ceux de Frazer. Il parlait d'une voix forte à présent.

— Vous, en train de la baiser. Le meurtrier de ma fille est dehors, en train de massacrer des filles pendant que vous vous faites cette putain de salope. Vous devriez avoir honte.

— Pas vraiment.

Sa haine était palpable, et le fait que Frazer ait attisé ces flammes lui déplaisait, mais il n'allait pas se laisser aller à ce sentiment de culpabilité. Il avait assez de péchés sur la conscience pour ne pas y ajouter sa vie sexuelle. Il n'était pas officiellement en service, bien qu'il soit difficile de définir exactement quand il l'était ou non.

— Vous avez pris votre pied en regardant un moment

privé entre amants ? Ça vous a excité ?

Cromwell parut horrifié par cette idée.

— Non.

Frazer observa l'homme attentivement et ne vit aucun signe de mensonge. La plupart des sadiques sexuels se seraient probablement branlés devant le spectacle. Beaucoup de types normaux l'auraient fait aussi. La prochaine fois, il fermerait les rideaux – en supposant qu'il y ait une prochaine fois. Isadora n'avait pas paru enthousiaste lorsqu'il l'avait suggéré. Mais elle venait d'être attaquée par ce type. *Bon sang*. Il n'avait vraiment pas le sens du timing.

— Combien de temps avez-vous regardé ?

— Pas longtemps, fit Cromwell en se détournant.

— Votre femme et vous faites toujours l'amour, Duncan ?

La bouche de Cromwell s'entrouvrit et il le regarda à nouveau.

— Ce ne sont pas vos affaires.

— Pourquoi ? Vous connaissez maintenant la totalité de ma vie sexuelle des 12 derniers mois. Vous pouvez bien me rendre la pareille, non ?

— Non. Ce qui se passe entre ma femme et moi est privé. Je ne vais pas en parler ici, avec vous.

— Elle satisfait tous vos besoins, Duncan ? C'est une belle femme, mais ça ne veut pas dire qu'elle est bonne au lit.

Tyson restait assis, stoïque, à côté de lui, le laissant poser les questions merdiques.

— Parfois, un homme a besoin de plus, vous voyez ce que je veux dire ? Ou d'un petit extra. Je ne reprocherais jamais à un homme de s'offrir un petit extra s'il n'a pas ce dont il a besoin à la maison.

Cromwell croisa et décroisa les jambes.

— J'aime ma femme. Je ne l'ai jamais trompée.

— Alors pourquoi essayiez-vous d'arracher la chemise d'Isadora Campbell dans le marais ce matin ? Vous avez vu la marchandise et vous avez eu envie d'y goûter ? Je sais que moi oui. Elle est sexy.

La bouche de Cromwell s'agita, incertaine.

— Je ne voulais pas faire l'amour avec le Dr Campbell.

Il était intéressant qu'il parle de *faire l'amour* et non de *viol*, comme si c'était consensuel.

— Vous vouliez la rouer de coups et la laisser là, comme Helena ?

— Oui.

Cromwell hocha la tête, puis fit machine arrière.

— Je n'allais pas la toucher de cette façon.

— Alliez-vous lui enlever ses vêtements ? demanda Frazer.

Cromwell ferma ses yeux gonflés.

— Vous n'allez pas me dire que vous n'avez pas eu la trique en me regardant baiser Izzy hier soir.

Le langage était grossier, mais c'était le genre de conversation qu'un sadique sexuel pouvait comprendre. Pas aimer ou chérir, mais baiser et prendre.

Le gars finit par hocher la tête.

— Vous avez encore eu la trique quand vous avez commencé à la déshabiller ?

Il avait déchiré sa chemise après l'avoir battue et avoir manqué de la faire sombrer dans l'inconscience. C'était dans le rapport qu'il avait lu.

— C'est une belle femme.

Non pas que cela ait vraiment de l'importance. Pour la plupart des violeurs, il s'agissait de peur et de domination, pas d'attirance ou de beauté.

— Ça vous a excité de l'attaquer ?

Cromwell déglutit et acquiesça lentement.

— Mais vous n'alliez pas faire l'amour avec elle ?

Frazer avait envie de gifler le type, mais il garda une voix neutre, car l'homme semblait y répondre.

— Je comptais la déshabiller et la laisser inconsciente, seule dans les ténèbres.

— Comme Helena, dit Frazer.

Cromwell hocha la tête.

— Helena est morte. Vous vouliez aussi la mort du Dr Campbell ? Nue et morte dans les dunes comme votre fille ?

— Seule dans les ténèbres, répéta Cromwell d'un ton détaché.

— Helena n'était pas seule, dit doucement Tyson. Mon fils était avec elle.

Cromwell ouvrit et plissa les yeux.

— Pour le bien que ça lui a apporté.

— Donc vous avez attaqué Isadora Campbell pour la punir ? dit Frazer.

Cromwell hocha la tête.

— De la même façon que vous avez puni Helena ? demanda prudemment Frazer.

— Quoi ?

Cromwell parut sincèrement choqué. Ses deux pieds heurtèrent le sol.

— Vous pensez que je…

L'horreur envahit ses traits, et il se mit à parler très lentement.

— Vous pensez que j'ai violé et tué ma propre fille ?

Mais Frazer ne s'était pas attendu à entendre des aveux. Alors il changea de sujet.

— Vous avez déjà entendu parler de l'école pour garçons Saint-Joseph ?

Izzy fut autorisée à quitter l'hôpital à l'heure du déjeuner. Elle avait avalé du Tylenol 3, et la douleur était donc gérable. Sa seule véritable blessure était son poignet cassé, ce qui l'énervait plus qu'elle n'en souffrait réellement, car cela signifiait qu'elle ne pourrait pas conduire pendant deux semaines. Elle avait un nouveau rendez-vous à la clinique deux semaines plus tard pour voir l'évolution de sa fracture. Cela aurait pu être bien pire.

Elle devait remercier Seth pour tout. Cet homme lui avait sauvé la vie.

Kit avait passé du temps avec Jesse avant qu'il ne puisse quitter l'hôpital, lui aussi. Il était dans un sale état. On lui avait dit pour son ex-petite amie, Jessica, et même s'il ne l'aimait plus vraiment, il était choqué et souffrait d'une forte culpabilité du survivant. Charlene était passée lui dire qu'elle emmenait Jesse et son petit frère loin de l'île pour quelques semaines. Elle n'avait pas précisé où ils allaient, et Izzy n'avait pas posé la question. Les gardes du corps les firent sortir sans que la presse ne les voie, ce qui semblait la stratégie la plus sensée.

D'après l'infirmier en chef, il y avait 15 à 20 camionnettes de télévision sur le parking. La dernière chose qu'Izzy voulait était de finir à la télé.

Kit avait donc quitté l'hôpital seule, et l'une des équipes d'ambulanciers avait caché Izzy à l'arrière d'une ambulance avant de retrouver Kit le long du Cape Hatteras National Seashore. Izzy portait un bonnet de laine qui couvrait complètement ses cheveux, et des lunettes noires qu'une des infirmières lui avait prêtées. Des mitaines noires cachaient le petit plâtre et elle refusait de porter l'écharpe pour l'heure. Au lieu de ça, elle l'avait fourrée dans son sac. Elle la mettrait plus tard si son poignet se mettait à lui faire plus mal.

Elle voulait récupérer son arme. Elle avait envoyé un SMS au chef Tyson et à Lincoln Frazer pour voir si l'un d'entre eux pouvait s'en occuper pour elle, mais aucun n'avait encore répondu. Le chirurgien orthopédiste lui avait prêté un trench-coat beige pâle, bien plus sophistiqué que ses habituelles vestes en Gortex ou ses doudounes. L'effet était assez surprenant. Plutôt que de sembler se cacher, elle avait l'air d'une femme élégante et confiante.

En sortant de l'ambulance, elle remercia l'équipe, prenant soudain conscience de la difficulté d'avoir un poignet cassé lorsqu'elle essaya de fermer la porte arrière avec sa main droite. *Aoutch.*

Kit se pencha et ouvrit la portière passager de sa Coccinelle. Izzy se glissa prudemment à l'intérieur. Ses côtes n'étaient que meurtries, mais tout mouvement brusque lui rappelait méchamment sa mésaventure de la matinée. Elle préférait se souvenir de la folle partie de jambes en l'air avec le fédéral guindé plutôt que du moment où elle s'était fait botter le cul.

Kit consulta son téléphone.

— Ted m'a envoyé un texto depuis le *diner*. Il veut qu'on passe le voir en chemin.

Izzy s'apprêtait à refuser, mais Kit la coupa.

— La presse n'est pas là pour le moment. Il s'est dit que tu aurais le temps de prendre un café. Barney est avec lui.

Son pauvre chien. Ted l'avait emmené chez le vétérinaire

pour un check-up, mais il semblait aller bien. Cromwell l'avait a priori simplement attiré avec une friandise et l'avait attaché à un buisson avec un bout de corde. Tout le monde avait de la corde sur soi, bien entendu.

Elle frissonna.

— Seth est là ?

— Ouaip.

Izzy hocha la tête.

— D'accord.

Kit sourit devant sa capitulation facile, mais il y avait une lueur dans ses yeux. Jusqu'à présent, elle ne lui avait pas demandé pourquoi un agent fédéral l'avait embrassée plus tôt. Izzy ne savait pas combien de temps le répit allait durer, mais elle comptait bien en profiter aussi longtemps que possible.

— Je dois retrouver Damien tout à l'heure.

Kit regardait la route devant elle, mais Izzy savait qu'elle attendait sa réaction.

Izzy serra sa cuisse de sa main valide. Elle devait commencer à traiter Kit d'égale à égale.

— Il pourrait venir à la maison plus tard, proposa Izzy.

Mais ça risquait peut-être d'être gênant.

— Ah ah, dit Kit en riant. Je ne pense pas. Il dit que sa mère veut me rencontrer, ce qui va probablement un peu trop vite, mais il a besoin d'une amie et le lycée est devenu invivable ces derniers temps.

Elle tourna la tête et adressa à Izzy l'un de ses sourires sages.

— On ne va pas fumer de l'herbe ou faire semblant de faire l'amour. C'est promis.

Izzy se tint les côtes et gémit.

— Tu ne vas pas « faire semblant » de faire l'amour. Achevez-moi.

Kit sourit. C'était une jeune femme intelligente, assez grande pour faire ses propres choix. Il était dommage qu'Izzy ait dû se faire agresser pour s'en rendre compte. Elle devait laisser de côté ses soupçons passés, et laisser une chance aux amis de Kit. Elle n'en avait plus beaucoup à présent qu'Helena était morte.

— Garde ton téléphone allumé et réponds si je t'appelle. On n'est pas sûrs que Duncan Cromwell ait tué ces filles.

Kit émit un grognement incrédule.

— À ton avis, combien de tarés vivent ici, Iz ?

— Plus que tu ne le penses.

Izzy serra les lèvres et pensa à leur père. Sa sœur paraissait avoir pris le virage de la maturité. Elle semblait avoir repris ses esprits. Comment réagirait-elle en apprenant que leur père était responsable du meurtre d'au moins une jeune femme ? Ou que lorsque leur mère l'avait trouvé penché sur un corps nu dans le coffre de sa voiture, elle l'avait poignardé avec un tournevis, et avait supplié Izzy de l'aider à cacher les preuves ?

Comment pouvait-on réagir face à ça ?

Izzy aurait dû refuser, elle aurait dû aller directement voir la police comme elle le voulait. Mais sa mère était enceinte de neuf mois et avait menacé de mettre fin à ses jours si quelqu'un découvrait la vérité. Les émotions étaient si vives, les souvenirs encore si présents dans son esprit qu'elle sentit la bile lui monter à la gorge. Le chagrin, l'horreur et la peur se bousculaient en elle – des émotions qu'elle n'avait jamais été capable de partager avec quiconque. Ses ongles s'enfoncèrent dans la chair tendre de ses paumes. Elle en avait assez des secrets. Assez de la culpabilité. Izzy savait ce qu'elle devait faire, mais elle se disait que Kit ne lui pardonnerait jamais de lui avoir volé son innocence.

Sa petite sœur se gara sur une place de parking devant le *diner*, et la pression de la ceinture de sécurité contre ses côtes meurtries ramena Izzy au présent. Kit sauta de la voiture et en fit le tour pour ouvrir la portière d'Izzy. Cette dernière fit pivoter ses jambes et utilisa sa main gauche pour se hisser et sortir du siège baquet. Elle fit rouler ses épaules, scruta les environs à la recherche de journalistes et entra dans le restaurant.

La chaleur. Le café. Le bacon. Toutes ces odeurs familières et réconfortantes.

Sal passa la tête par la fenêtre de service et croisa le regard de sa sœur.

— Je reviens tout de suite, dit Kit. Je vais te chercher à boire. Tu veux manger quelque chose ?

Même l'odeur du bacon ne lui donnait pas faim.

— Juste un café, merci.

Elle se dirigea vers le box des habitués. Tous étaient là, à l'exception de Hank, qui était probablement en train de travailler ou de dormir. Ted se leva et enroula avec précaution un bras musclé autour de ses épaules. Seth se leva également. Elle fit un pas vers lui, se dressa sur la pointe des pieds et déposa un baiser sur sa joue.

— Vous m'avez sauvé la vie.

Seth sourit à ses copains.

— Vous voyez ?

Izzy rit et vola le siège de Ted, se glissant à côté du pasteur qui lui adressa un signe de tête solennel.

— Content que vous soyez encore parmi les vivants, Mlle Isadora.

— Moi aussi, Pasteur. Moi aussi.

Kit revint avec son café.

Izzy en but une gorgée et le goût âcre lui brûla la gorge.

— Je vous suis aussi redevable pour la réparation de mon SUV, Seth.

— Je mettrai la facture dans ta boîte aux lettres en te le déposant, répondit Seth.

Ses copains maugréèrent et s'esclaffèrent. Izzy soutint son regard.

— Merci. D'avoir réparé ma voiture *et* de m'avoir trouvée dans le marais et d'avoir assommé Duncan Cromwell.

Il détourna le regard, mais elle nota que ses joues avaient pris une teinte écarlate. Elle l'avait embarrassé, mais il appréciait manifestement son statut de héros. Elle se tourna vers M. Kent. Elle voulait parler d'autre chose que de son flirt avec la mort.

— Comment s'est passé votre rendez-vous avec Mary hier soir ?

Il eut un petit rire gêné.

— Bien, je crois.

Izzy sourit jusqu'à ce que Kit intervienne :

— J'espère que vous n'avez pas mangé la même chose que Mary. Elle a envoyé un message à Sal tout à l'heure en disant qu'elle avait une intoxication alimentaire. Il veut que je la remplace pour quelques heures cet après-midi.

— Mince. Elle semblait aller bien la nuit dernière.

M. Kent sortit son téléphone portable et parut déçu par son silence radio.

— Pauvre Marie, dit le pasteur.

— À vouloir économiser sur le restaurant, railla Seth, tu ne risques pas de t'envoyer en l'air.

— Contrairement à Izzy, dit Kit d'un air narquois, qui a

couché tard dans la nuit avec l'agent fédéral sexy d'à côté.

Tout le sang quitta le visage d'Izzy. Elle ouvrit la bouche pour le nier, mais c'était trop tard. Son choc et son embarras étaient évidents. Elle s'était déjà trahie.

— Quel agent ? demanda Ted à Kit.

— Le grand blond très sérieux.

— *Vraiment ?*

Il haussa les sourcils.

— L'ASAC Frazer ? Je pensais qu'elle irait vers le brun musclé aux yeux noirs parce qu'il a visiblement le béguin pour elle.

— Lucas est mignon, concéda Kit.

Lucas ?

— Mais si vous pensez que Frazer n'a pas le béguin pour notre Izzy, vous ne les avez pas vus coincés dans une pièce ensemble, faisant semblant de ne pas s'imaginer nus.

— Kit !

Izzy était mortifiée que ses affaires personnelles fassent l'objet de ragots – devant elle. C'était pour cela qu'elle n'aimait pas les petites villes.

— C'est peut-être de là que viennent tes fantasmes de reine du porno ? fit le pasteur. Quoi ? demanda-t-il en voyant que tous les autres le regardaient en silence, choqués.

Il fronça les sourcils.

— Vous savez tous qu'elle faisait semblant, non ? Vous n'avez pas vu l'autre image ?

Seth et M. Kent secouèrent la tête et le pasteur sortit son téléphone portable et leur montra la deuxième photo prise de côté.

— Mme Ridgeway, la mère de ce jeune homme, me l'a fait parvenir, car elle avait peur que je la jette hors de la maison dont elle a si désespérément besoin en raison des rumeurs de débauche de son fils.

— Je suppose que mon sale secret n'en est plus un.

L'expression de Kit se transforma en un rictus réticent.

— *J'ai* dit à Mme Ridgeway qu'il ne fallait pas tirer de conclusions hâtives et « que celui qui n'a jamais péché jette la première pierre », bla-bla-bla. Je l'ai utilisé dans mon sermon ce matin. Pas la photo, ajouta-t-il pour rassurer Kit en voyant ses yeux s'écarquiller. J'ai fait remarquer que juger les gens sans connaître tous les faits ne reflétait pas exactement un esprit chrétien.

— Je suis sûre que c'était un sermon merveilleux, dit Izzy, en essayant de les éloigner du sujet de la photographie qu'elle aurait voulu que tout le monde oublie. Je suis désolée de l'avoir raté.

— Je suis bien content pour ma part, murmura Seth avec ferveur.

— Moi aussi, chuchota Ted à l'oreille d'Izzy.

Elle embrassa son oncle sur la joue. Elle n'était pas du genre à montrer son affection en temps normal, mais il allait lui manquer quand elle déménagerait.

— Où est mon chien ? demanda-t-elle.

— Dans la camionnette. Je l'ai emmené faire une longue promenade tout à l'heure, pour que tu ne sois pas obligée de le sortir.

Elle hocha la tête, termina son café, puis se leva pour partir.

— Des nouvelles de Cromwell ? demanda Seth.

— Je n'en sais rien pour l'instant.

Sa moustache tressaillit.

— J'aurais dû y aller un peu plus fort.

Une grosse boule d'émotion dans la gorge, elle se retrouva incapable de parler. Elle mit sa main valide sur son poing et le serra. Il lui avait sauvé la vie, et elle ne savait comment lui exprimer sa gratitude.

— Bon très bien, je la ramène à la maison conformément aux ordres du médecin.

Kit frappa dans ses mains.

— Elle risque bien de vomir sinon.

— Kit… gémit Izzy.

— Ensuite, je dois revenir servir pendant quelques heures. À plus tard.

Izzy quitta le box, dit au revoir aux copains de Ted et sortit du restaurant. La portière de la camionnette de Ted était déverrouillée, les fenêtres ouvertes pour Barney. La petite boule disco argentée qui pendait du rétroviseur réfléchissait la lumière.

C'était une journée froide et venteuse et la mer semblait toujours pouvoir se déchaîner. Elle glissa une main sur la poignée de la porte latérale qui coulissa automatiquement. Barney, fou de joie, lui donna des baisers froids et humides. Elle attrapa sa laisse avant qu'il ne se jette dans la circulation. Le chien se pencha et prit quelque chose dans sa gueule. Izzy récupéra délicatement la chose en question. *Nom de…* C'était une culotte couverte de bave de chien. *Beurk.* Visiblement, elle n'était pas la seule à s'être offert peu d'action, bien que son oncle Ted n'ait pas mentionné qu'il voyait quelqu'un. Mais ce n'étaient pas ses affaires. Tout comme ce qu'elle faisait avec Lincoln Frazer ne regardait personne d'autre. Elle jeta la culotte à l'arrière de la camionnette.

— Viens, Barney. On rentre à la maison.

CHAPITRE VINGT ET UN

MALGRE L'ATTITUDE DE super-salope de Jessica en ligne, elle s'était avérée étonnamment peu audacieuse pour les choses concrètes. Moins dans le « Allez vous faire foutre » et plus dans le « Je ferai tout ce que vous voudrez et je ne dirai rien à personne, mais ne me faites pas de mal ». Il l'avait donc mise à l'épreuve. Il lui avait fait faire un tas de trucs tellement bons qu'il était à nouveau excité rien qu'en y pensant. Puis il avait serré sa gorge fine jusqu'à ce qu'il *sente* le moment où la vie avait relâché son emprise fragile sur son jeune corps. Il avait vu le scintillement dans ses yeux quand elle était passée de la terreur à la prise de conscience qu'il y avait vraiment quelque chose de l'autre côté. Quelque chose de merveilleux. Quelque chose de beau.

Et il s'était senti comme Dieu.

Il repassa la vidéo sur son téléphone portable en se touchant. Il aurait aimé pouvoir rester en profiter.

Mais le monde réel se rapprochait de lui.

Il avait dû se débarrasser de sa collection de chaussures. C'était nécessaire, mais cela avait été difficile. Il s'astiquait tout en regardant à nouveau Jessica bomber son cul blanc crème, revivant les choses qu'il lui avait faites.

Il n'avait jamais compris le besoin de Denker de torturer et mutiler, mais l'effet du cri d'une femme sur son membre ?

Meilleur qu'une pipe. Peut-être que c'était aussi simple que ça. Denker avait besoin d'un type de cri spécifique pour prendre son pied – ce qui signifiait que la prison représentait une torture de 17 ans pour le pauvre bougre, pendant que lui prenait son pied.

Il sourit.

Il se sentait désolé pour lui, vraiment, mais même si sa faim grandissait à nouveau, il ne pouvait pas risquer un autre meurtre, pas ici. Pas encore. Cromwell portait le chapeau pour les derniers meurtres, comme quelqu'un d'autre l'avait fait des années plus tôt pour les autres. S'il ne voulait pas finir lui-même dans une cellule, il devait se calmer un peu.

Les gens lui avaient toujours dit qu'il avait eu une chance folle, mais après avoir entraperçu le paradis et avoir été ramené sur Terre, il ne les avait pas crus. Maintenant, il commençait à comprendre.

Son doigt balaya les images et s'arrêta sur celle de Kit Campbell feignant de sucer cette petite queue. Elle avait fait semblant, ce qui l'amusait. Malgré tout son culot et sa confiance, il pensait qu'elle était encore vierge.

Crierait-elle aussi fort que Jessica ? Ou se tairait-elle comme Helena ? Il s'astiquait toujours, mais rien ne se passait, juste ce besoin croissant d'excitation qui parcourait ses veines comme un animal essayant de sortir sans issue en vue.

Il s'arrêta sur une autre image. Izzy.

Le fait qu'elle baise un fédéral était un camouflet. Mais peut-être le faisait-elle pour accéder à des informations, pour savoir s'ils risquaient de découvrir ses secrets.

Se pouvait-il qu'il la fasse chanter pour qu'elle collabore avec lui ? Non. En dépit de ses actes, elle avait trop de « principes » pour se laisser compromettre de la sorte. C'était aussi pour cela qu'il l'appréciait – toute cette morale malgré un secret sombre et laid… Une belle juxtaposition. Il bandait à nouveau devant la photo d'Izzy, tout sourire.

Il reprit la vidéo de Jessica et lança le son, tout en regardant le visage souriant d'Izzy. Il ne cria pas en jouissant. Il rugit.

FRAZER REGARDAIT LE bulletin d'informations de midi au poste de police avec une inquiétude croissante. L'avocat de Ferris Denker faisait une déclaration aux médias depuis les imposantes marches du Capitole de Columbia.

Tous les flics arrêtèrent ce qu'ils faisaient pour regarder. Quelqu'un augmenta le volume.

— Après avoir vu cette nouvelle vague de meurtres sur les Outer Banks, mon client est horrifié par les actes que certains attribuent à un imitateur de M. Denker, quelques semaines seulement avant sa condamnation à mort. Il est pris d'immenses remords – non seulement pour les femmes qu'il a attaquées et auxquelles il a ôté la vie, mais aussi pour les familles des victimes. M. Denker sait qu'il ne peut pas expier ses péchés passés, mais il souhaite au moins alléger le fardeau des familles des victimes dont les corps n'ont jamais été retrouvés. Sa récente offre au bureau du gouverneur a été rejetée lorsqu'il a demandé que sa peine soit commuée en prison à vie sans possibilité de libération conditionnelle. Il renouvelle sa proposition, mais cette fois sans condition. Il veut se présenter devant Dieu avec la conscience tranquille. Je suis ici pour demander au gouverneur d'autoriser M. Denker à aider les autorités à localiser les corps de ses victimes pendant qu'il est encore temps. Que Dieu ait pitié de leurs âmes.

L'avocat glissa le billet dans sa poche et se retourna pour gravir les marches d'un pas pressé.

Et merde.

Quel était le but de Denker ? Se moquer des familles une dernière fois ? Faire miroiter cette carotte à des gens qui cherchaient désespérément à savoir ? Le salaud.

Il ne gobait pas cette histoire de soudain remords. Les psychopathes ne ressentaient pas de remords. Les traits de personnalité dominants des tueurs en série organisés étaient le fantasme, le contrôle et la domination. La seule chose qui comptait pour ces prédateurs était de trouver un moyen de réaliser leurs fantasmes, de les rendre réels.

Mais Frazer savait que Denker ne voulait pas mourir.

Cromwell avait-il quelque chose à voir avec Denker, ou les meurtres récents avaient-ils servi de catalyseur et d'écran de fumée pour l'attaque d'Izzy ? Le véritable tueur était-il toujours dans la nature ?

Le reportage se terminait sur des images de ce même bâtiment et sur sa silhouette qui se frayait un chemin à travers la mêlée de journalistes avec un laconique « Sans commentaires ». Certains policiers lui jetèrent un regard avant de se remettre au travail. Il se dirigea vers le bureau de Tyson. L'homme était au téléphone.

— C'est seulement pour quelques jours, chérie.

Il passa une main dans ses cheveux.

— Va t'amuser pendant que je règle tout ça.

Ses yeux croisèrent ceux de Frazer, puis il lui tourna le dos.

— Je dois y aller. À plus tard. Je t'aime, ma chérie.

Il raccrocha.

Randall entra derrière lui. Les cheveux ébouriffés, la veste de costume froissée, la cravate de travers. Il se laissa tomber sur la chaise destinée aux visiteurs du bureau de Tyson et prit sa tête entre ses mains.

— C'était bien la peine…

— Rien dans la maison ou sur le lieu de travail ? La police scientifique n'a pas trouvé de traces de sang ou de sperme avec la lumière noire ? demanda Frazer.

— Rien.

Randall s'adossa contre la chaise et fixa le plafond.

— On a bien trouvé un détecteur de métaux.

C'était déjà ça. Mais l'absence de traces posait problème. Peut-être n'avait-il pas tué Jessica dans cette camionnette.

— Peut-on vérifier les autres véhicules auxquels Cromwell avait accès au travail ?

Randall acquiesça.

— La scientifique s'en occupe. Le ministère des Ressources naturelles coopère pleinement à l'enquête.

Comment prouver un lien avec Denker ? Peut-être Cromwell avait-il trouvé le bracelet dans les dunes – où il était l'une des rares personnes à être officiellement autorisé à entrer ? Peut-être avait-il découvert à qui appartenait le bracelet et avait-il contacté Denker… Cela ne semblait pas coller, mais c'était vaguement plausible. Frazer ne semblait pas pouvoir se fier à son instinct dans cette affaire – malgré ses années d'expérience.

— Avez-vous localisé ce véhicule près du domicile de Jessica Tuttle ? demanda Frazer.

Randall secoua la tête.

— Pas encore, mais je leur ai envoyé l'information et ils passent au crible le système LAPI en ce moment même. Est-ce qu'il a avoué ?

— Avoir attaqué le Dr Campbell ? Oui.

— Vous l'appelez toujours Dr Campbell ?

Randall rit d'un air las.

Frazer le regarda d'un air sévère.

— Ici ? Oui. Mais Cromwell nie toute implication dans les meurtres, et nie être en contact avec Ferris Denker.

Il consulta sa montre.

— Je vais retourner à la maison de plage et fouiller dans cette boîte de photos dans l'espoir de trouver des images de Denker.

Son portable sonna. Parker.

— Je dois répondre.

Il sortit dans le couloir.

— Qu'est-ce que vous avez pour moi ?

— Des téléphones portables sont régulièrement introduits clandestinement à l'intérieur de la prison ou jetés par-dessus les murs extérieurs. Une fois à l'intérieur, ils sont mis en vente. Je suis presque sûr d'avoir vu un des gardes regarder un téléphone dans la cellule de Denker, mais l'angle de la caméra n'était pas très bon donc je ne peux pas être sûr.

Parker avait piraté le système de surveillance, évidemment.

— Je ne veux rien savoir, dit Frazer.

— Savoir quoi ? demanda Parker. Je ne peux pas obtenir le numéro de la carte SIM ou verrouiller l'appareil jusqu'à ce qu'il l'allume et jusqu'à présent il ne l'a pas fait.

— Le gardien pourrait connaître le numéro, dit Frazer.

— Vous voulez que j'aille lui demander ?

Le calme dans la voix de Parker laissait entendre qu'il n'avait rien perdu de son talent pour entrer et sortir sans que personne ne réalise sa présence.

— Je suppose que Rooney se sent mieux ?

— Bien mieux.

Frazer entendit le soulagement dans la voix de son interlocuteur.

— Mais elle dit que je la rends folle, alors une petite excursion ne serait pas un problème.

C'était tentant.

— Je ne veux pas qu'il prenne peur et prévienne ensuite Denker. Vous avez vu les informations ?

— Cet avocat véreux et sournois ? Oui, je l'ai vu. Vous pensez qu'il va essayer de miser sur la compassion du gouverneur ? demanda Parker.

— Sur la compassion des familles. Elles travailleront le gouverneur pour lui, et ce sera bien plus efficace.

Frazer se pinça l'arête du nez. C'était le signe qu'il avait besoin d'une pause, et il savait avec qui il voulait la passer. Ce n'était pas Randall ni Tyson.

— Le gouverneur ne le laisserait pas sortir pour indiquer les corps, n'est-ce pas ?

Frazer pinça les lèvres.

— Il pourrait, s'il pensait que Denker tiendrait sa promesse et ne le ferait pas passer pour un con.

— Ouais, il ne faudrait surtout pas qu'un politicien ait l'air con, dit Parker sèchement. Ces familles ont besoin de tourner la page, Linc.

De la même façon que Rooney et ses parents en avaient eu besoin peu de temps auparavant. *Bon sang.*

— Surveillez ce téléphone portable. Je veux savoir qui il appelle. Je veux savoir si Duncan Cromwell est notre homme ou pas.

— Cromwell et Denker sont tous les deux allés à NC State.

— En même temps ?

— Ils se sont croisés à une année près.

— Parfait. Continuez à chercher. On a besoin de quelque chose de solide à quoi nous raccrocher.

— Je m'en occupe.

Frazer raccrocha et sortit, à travers la foule de journalistes qui se raréfiait heureusement. Il ignora leurs questions et se dirigea vers la maison d'Isadora.

— QU'EST-CE QU'ON est censés chercher ?

Izzy était allongée sur le canapé, sa tête reposant sur la cuisse de Frazer. Il avait apporté la boîte en carton qu'il avait ramenée la veille au soir. Il leur avait fait du café et lui avait dit qu'il avait besoin de son aide. Alors qu'elle s'ennuyait à mourir et ne pouvait même pas regarder le paysage à cause des volets anti-tempêtes, elle avait accueilli à bras ouverts cette distraction. Elle portait une chemise de nuit à rayures bleu pâle et blanches boutonnée jusqu'aux genoux, une culotte et des chaussettes en laine épaisse. Une tenue pas vraiment séduisante. Pas même mignonne. Elle ne s'attendait pas à avoir de la visite, et encore moins de ce visiteur en particulier.

Sexy, elle ne l'était pas. Heureuse de le voir, elle l'était.

— Toute photo datant de la fin des années 70 ou du début des années 80, avec des garçons. Heureusement, Mme Mildred Houch a écrit les dates au dos.

Elle fronça les sourcils.

— Ça a un rapport avec l'affaire en cours ? Ça voudrait dire que Cromwell n'est pas le meurtrier ? Même s'il m'a attaquée ?

Elle ne savait pas pourquoi cette idée la contrariait tant.

Peut-être parce qu'elle n'était pas plus à blâmer que lui pour le mensonge d'Helena et Kit.

Frazer passa sa main dans ses cheveux.

— Je travaille sur plusieurs affaires.

Ses beaux yeux bleus s'assombrirent et il se pencha pour l'embrasser sur les lèvres.

— Vous ne devriez pas être au travail ? marmonna-t-elle en l'attirant à elle de sa main valide et en le maintenant même quand il essaya de reculer.

— Je suis toujours au travail.

Il y avait une telle tristesse dans ses yeux quand il prononça ces mots qu'elle l'embrassa avec plus de passion.

Toute la terreur de la matinée se mêlait au désir brûlant de la nuit précédente.

— À quelle heure rentre Kit ? demanda-t-il brutalement.

— Elle travaille jusqu'à 17 heures et elle va ensuite passer quelques heures chez Damien. Elle a dit qu'elle rentrerait à temps pour le dîner.

— Bien.

Il posa la boîte sur le sol et la pile de photographies dans sa main sur la table basse. Puis il se leva et la porta dans ses bras. Il faisait preuve d'une extrême douceur, mais ses côtes étaient encore douloureuses, et elle grimaça. Elle avait pris des analgésiques, mais ils ne faisaient pas encore effet.

— Ne vous inquiétez pas, dit-il en l'embrassant sur le front. Je ne vais pas vous faire mal.

— Je pense qu'on risque de finir par se faire souffrir mutuellement.

Plutôt que d'explorer cette terrible vérité, Frazer plaqua sa bouche contre la sienne et se dirigea vers sa chambre. Il ferma la porte sur Barney qui pleurnicha en se voyant à nouveau exclu.

— Mon pauvre chien, gloussa Izzy.

— Il dort avec vous toutes les nuits, et moi…

Il s'interrompit de lui-même.

Ils savaient tous les deux que cela ne pouvait mener à rien. Ils venaient de se rencontrer. Ils avaient tous les deux un travail important. Et même si la petite voix dans sa tête insistait sur le fait qu'elle pouvait travailler n'importe où, la Isadora raisonnable et pratique savait qu'il était insensé de tout quitter pour suivre un homme. Mais elle dut se rappeler au fond de son cœur qu'il ne lui avait rien demandé de tout ça.

Il la reposa debout à côté de son lit et s'assura que les rideaux étaient bien fermés sur les volets. Ni l'un ni l'autre ne voulait que leur vie sexuelle passe au journal du soir de NBC, même si Izzy avait du mal à comprendre en quoi cela pouvait intéresser les gens.

Il revint se placer devant elle et s'accroupit pour défaire sa chemise de nuit un bouton à la fois, révélant une bande de chair verticale et pâle. Il fit courir son doigt doucement le long de cette bande, jusqu'à sa culotte rose vif. Son doigt effleura le bord de la dentelle et elle sursauta. Il se pencha pour l'embrasser dans le cou et enleva doucement le tissu de ses épaules.

Son regard se posa sur ses bleus et l'incertitude lui barra le front.

— On ne devrait probablement pas faire ça. Mais il ne leur restait plus beaucoup de temps. Il allait bientôt partir. Ils le savaient tous les deux.

Elle prit sa main dans la sienne et mordit la partie charnue de sa paume, puis la lécha.

— On verra bien.

Elle enleva ses chaussettes et réalisa qu'elle était nue, à l'exception de sa culotte et de son plâtre.

— Même si j'aurais bien aimé l'enlever avec mes dents, ça risque d'être un peu délicat.

Un sourire se dessina sur sa bouche magnifique. Mais il avait l'air sérieux lorsqu'il enleva son étui et son arme et en les posant sur la commode. Il lui avait rendu son Glock, qui avait retrouvé sa place dans le tiroir de la table de chevet, bien qu'il ne lui ait pas été d'une grande aide récemment. Le fait de porter une arme mortelle lui donnait quand même du courage. Elle devrait désormais aller au stand de tir et s'entraîner avec sa main la plus faible.

Elle le regarda défaire les boutons de sa chemise, puis réalisa qu'il allait lentement, très lentement, appréciant la façon dont ses yeux suivaient chaque mouvement avec une faim avide.

Elle se lécha la lèvre inférieure et il marqua une pause. Tous deux savaient jouer à ce petit jeu.

Il n'était pas particulièrement corpulent, ce qui lui donnait si fière allure en costume. Ses muscles étaient fins et des poils dorés parsemaient son torse avec parcimonie. Il enleva son pantalon et le posa sur le dossier de la chaise – toujours ce côté agent fédéral. Ses jambes étaient musclées, et une érection impressionnante tendait son caleçon. Izzy sentit ses entrailles se serrer. L'image de l'homme en train de la prendre contre le mur lui traversa l'esprit.

— À quoi pensiez-vous ? demanda-t-il prudemment.

Elle sourit.

— À une partie de jambes en l'air. Contre le mur.

— Mettez-le sur la liste de souhaits.

— La liste de souhaits ?

— Votre liste de souhaits. Aujourd'hui, on s'occupe de la mienne.

Il semblait penser qu'ils avaient une chance d'avoir un avenir, ce qui n'était pas le cas. Mais Izzy n'avait ni le cœur ni le courage de lui dire la vérité.

Il la fit s'allonger sur le matelas, ses pieds touchant toujours le sol. Il s'allongea à côté d'elle.

— Fermez les yeux, ordonna-t-il.

Elle s'exécuta. C'était plus facile quand elle n'avait pas à regarder son visage, sachant qu'elle désirait cet homme plus que de raison. Il dessina son corps du bout des doigts, en commençant par son front, sur ses paupières, son nez, sa bouche. Elle attrapa son doigt entre ses lèvres et le suça. Il avait un goût de papier et d'encre. Elle sentit ses lèvres toucher le coin de sa bouche, le stupide grain de beauté qu'il semblait tant aimer. Puis les mains de Frazer descendirent plus bas tandis que ses lèvres s'attardaient sur les siennes. Il caressa ses seins, taquinant ses tétons jusqu'à ce qu'ils soient durs et douloureux. Sa bouche suivit alors ses mains habiles.

Ses doigts effleurèrent son ventre, firent le tour de son nombril, descendirent le long du pli de sa jambe, effleurant ses lèvres alors qu'il se déplaçait vers le pli de l'autre jambe. Il ne cessait d'effleurer sa chair sensible de façon fugace à chaque passage. Il lui suçait les seins, envoyant des ondes de plaisir jusqu'à son sexe. Les hanches d'Izzy commencèrent à bouger pour suivre sa main, ses doigts. Ses cuisses s'écartaient, le suppliant pratiquement de la toucher.

Ce qu'il finit par faire. Il glissa sa main sur sa culotte, frottant le tissu lisse contre sa chair jusqu'à ce qu'elle soit humide de désir.

Elle tendit la main pour le toucher, mais l'angle n'était pas bon pour son bras valide. Elle grogna de frustration. Il l'embrassa à nouveau. Il lissa ses cheveux sur son front et la regarda dans les yeux avec intensité.

— Voilà pour vous.

Puis il enfonça trois doigts en elle et elle poussa un soupir frissonnant.

Il l'embrassa à nouveau et sourit. Descendant le long du lit, il arrêta son visage entre ses cuisses, écartant ses genoux tandis que son souffle chaud ce concentrait sur le tissu humide de sa lingerie. Sa langue la toucha à travers le tissu et ses genoux commencèrent à trembler. Il frotta le plat de sa langue sur elle jusqu'à ce qu'elle n'en puisse plus.

— S'il vous plaît, le supplia-t-elle. Je veux vous sentir en moi.

— Hors de question que je vous fasse mal.

— Les narcotiques commencent à faire effet. Vous me torturez en ne venant pas en moi.

— Alors maintenant vous êtes défoncée ?

— Pas défoncée. Heureuse.

Elle s'accrocha à son épaule.

— Croyez-moi, la seule douleur que je ressens est un désir inassouvi pour votre corps exceptionnel.

Il posa ses mains de chaque côté de sa tête.

— Inassouvi ? demanda-t-elle.

— Quasiment inassouvi, précisa-t-elle avant de l'embrasser et de retrouver son goût sur ses lèvres.

Il recula avec un sourire en coin.

— Exceptionnel, hein ?

Elle traça ses traits du bout des doigts.

— Magnifique.

Il lissa ses cheveux d'une main, l'expression incertaine.

— Je ne veux vraiment pas vous faire mal.

Elle tendit la main vers la table de chevet et ouvrit le tiroir pour qu'il puisse prendre la boîte de préservatifs.

— Je vous veux, Linc. En moi. Tant qu'on le peut encore…

Sa voix se brisa.

— Ne m'obligez pas à vous supplier.

Ses yeux froids étincelèrent telle de la lave en fusion.

— Selon mes conditions alors.

Le bruissement d'un emballage la fit soupirer de soulagement. Puis il fit glisser sa culotte le long de ses jambes et se positionna entre ses cuisses, mais rien ne se passa. Elle ouvrit les yeux et vit qu'il la regardait avec une expression étrange.

— Qu'est-ce qu'il se passe ?

Il avança d'un centimètre.

— Oh, mon Dieu. Encore.

Elle voulait courber le dos, mais ses côtes étaient trop douloureuses.

Le sourire de Frazer s'élargit.

— Seulement si vous me promettez de ne pas bouger.

— Quoi ?

— Je ferai tout le travail. Vous n'avez qu'à rester allongée et penser à des choses positives.

— Ça doit pouvoir se faire.

Leurs regards se croisèrent et il s'enfonça un peu plus en elle. Elle attrapa le couvre-lit qu'elle serra fort.

— Je me vengerai, vous savez.

— Je l'espère bien.

Cette fois, son sourire atteignit ses yeux. Il commença les va-et-vient, s'enfonçant lentement et inexorablement en elle. Ses muscles internes cédaient à son invasion, s'étirant, se serrant, débordant de désir. Izzy était allongée, brûlante de sensations tandis qu'il bougeait en elle inlassablement, ses mains la stabilisant. La merveilleuse sensation qu'il lui procurait en entrant et sortant lentement et prudemment de son corps humide lui donnait l'impression qu'elle pourrait faire ça toute la journée. Rester allongée et se sentir si délicieusement remplie. Elle avait l'impression que l'orgasme était à des millions de kilomètres, mais il lui tomba dessus comme un ouragan sorti de nulle part et elle se mit à haleter et à pousser de petits sanglots désespérés. Il l'embrassa sur la bouche alors qu'elle filait droit vers la stratosphère.

— Vous pensez que vous pouvez vous allonger sur le ventre ? demanda-t-il quand elle revint sur Terre.

Il l'aida doucement à se retourner sur le lit.

— J'ai l'impression d'être une obsédée sexuelle gériatrique, se plaignit-elle.

— Un peu moins insatisfaite ? demanda-t-il sans paraître affecté, mais elle n'était pas dupe.

— Trois orgasmes ou vous pouvez rentrer chez vous c'est ce que je dis toujours.

Elle rit, mais à l'intérieur une petite partie d'elle pleurait. Il rentrerait chez lui, et elle ne savait pas pourquoi cette idée la laissait si démunie.

Elle le sentit alors derrière elle et l'espace d'un instant, l'image de Duncan Cromwell la rouant de coups alors qu'elle était recroquevillée sur le sol lui revint. Mais Frazer la touchait avec douceur, effleurant à peine sa peau alors qu'il lissait les bleus noircissant sur son torse. Sans aucun avertissement, il se glissa en elle, arquant son corps de manière protectrice, sans faire peser son poids sur elle.

C'était incroyable. Elle se sentait enveloppée par lui, remplie par lui, hypnotisée par son corps puissant, son parfum frais et propre, sa chaleur bienfaisante.

Puis il s'accrocha à nouveau à ses hanches, bougeant lentement, doucement, mais en profondeur, la touchant juste là où il fallait et elle sentit le plaisir monter en elle, son corps se contractant jusqu'à ce que tout ce qui comptait soit le frottement de sa chair contre la sienne. Sa main glissa entre ses lèvres et la tête lui tourna à nouveau. Hors de contrôle, telle une extraterrestre, elle flottait dans l'espace jusqu'à Mars. Il se joignit à elle, eut un frisson et laissa échapper un cri.

Elle enfouit son visage dans l'oreiller lorsqu'il se retira, et il la rallongea sur le lit avant de se blottir contre elle.

Aussi blessée et endolorie qu'elle soit, elle n'avait jamais rien connu d'aussi bon auparavant. Elle doutait de retrouver un tel plaisir un jour, car ce n'était pas seulement une question de technique ou de taille de l'équipement. Il s'agissait de connexion humaine. La personne avec qui vous étiez. Ce que vous ressentiez pour elle. Ce qu'elle représentait pour vous. Et Izzy avait l'horrible sentiment que Lincoln Frazer pouvait tout signifier pour elle.

Son téléphone sonna, et il se retourna pour répondre.

— Frazer. Oui. Dans la clairière ? Vous voulez dire *directement* sous l'autre corps ? Ce n'est pas un imitateur. C'est forcément un complice.

La voix de Frazer s'estompa lorsqu'il quitta la pièce et se dirigea vers la salle de bain. Elle l'entendit actionner la douche et ne parvint plus à discerner ses mots. Mais le sentiment d'urgence était bien là. Elle roula sur le côté et se mit lentement en position assise. Elle trouva des sous-vêtements propres et un jogging ample, qu'elle enfila d'une seule main. Sans mettre de soutien-gorge, elle sortit un grand t-shirt de sa commode, puis un sweat à capuche zippé et doublé de polaire.

Izzy ne savait pas ce qui mettait Frazer dans tous ses états, mais elle craignait que l'enquête sur le meurtre ne soit pas encore terminée. Elle se rendit dans le salon et s'assit sur le canapé, tirant la boîte vers elle. Elle tria rapidement les photos par années. Ce qui semblait représenter un désordre ingérable se transformait en quelque chose de beaucoup plus faisable. L'organisation, c'était son fort. Rester occupée lui permettait de rester saine d'esprit. Surtout au moment où elle réalisait qu'elle était tombée amoureuse d'un homme qui allait la détester dès qu'elle aurait trouvé le courage de lui dire la vérité sur son passé.

CHAPITRE VINGT-DEUX

F RAZER NE PASSAIT jamais plus de quelques nuits loin du bureau. Le travail s'accumulait, ses agents avaient besoin de lui et pourtant il n'avait pas fini ce qu'il avait à faire sur place. Il avait l'horrible pressentiment qu'il n'en aurait jamais fini.

Il vit Isadora trier les photos en piles avec une efficacité militaire. Calme à l'extérieur, mais meurtrie à l'intérieur. Il retourna dans la chambre pour s'habiller. Elle s'était légèrement renfermée – elle savait qu'il allait bientôt partir. Même s'ils étaient d'accord pour dire que c'était seulement du sexe, aucun n'y croyait vraiment. Et aucun ne croyait qu'ils avaient un avenir.

Elle avait encore des secrets qu'il voulait percer à jour. Lui aussi avait des secrets, plus sombres que tout ce qu'on pouvait imaginer. Même s'il voulait tout savoir sur elle, il ne pouvait pas se permettre ce niveau d'honnêteté.

Le coup de fil qu'il avait reçu venait de Hanrahan. Ils avaient trouvé le corps dont Denker leur avait parlé, pas seulement dans la clairière, mais enterré directement sous l'endroit où l'on avait retrouvé Elaine Patterson. De plus, Elaine avait été placée exactement comme le squelette. Il était extrêmement peu probable que ce soit l'œuvre d'un imitateur ou d'un disciple. Le tueur devait être quelqu'un qui avait vu la première femme enterrée. Qui avait participé. Ferris Denker avait eu un partenaire.

Hanrahan était furieux contre lui-même de l'avoir manqué, mais comment aurait-il pu le savoir ? Ils n'avaient même jamais entendu parler de cette victime avant que Denker ne la mentionne. Combien d'autres femmes étaient enterrées de la sorte ? Dans des tombes, demeurant le petit secret tordu d'un tueur en série ?

Cela lui nouait les tripes de savoir que peu importe les efforts qu'il déployait, la diligence avec laquelle il les combattait, il y avait toujours un nouveau prédateur dehors, attendant son heure.

Frazer ne pensait pas que Denker ait toujours agi en duo, mais il avait précisé que cette victime était sa première. C'était probablement le premier meurtre pour les deux tueurs. Ils auraient donc pu laisser des preuves accablantes sur la scène. Frazer était certain que tous deux avaient fréquenté l'école où ils avaient enterré le corps.

Duncan Cromwell était-il l'homme qui avait peaufiné ses penchants pour le meurtre auprès du jeune Ferris Denker ? Frazer n'en savait rien, mais il avait l'intention de le découvrir.

Tout habillé, il retourna dans le salon. Pendant qu'il ruminait, Isadora avait trié la boîte entière de photographies en une vingtaine de piles, et séparait à présent les photos de garçons des autres, se concentrant sur les années qu'il avait mentionnées.

Son efficacité le sortit de sa léthargie.

— Qu'est-ce que vous cherchez ? demanda-t-elle, accroupie.

Elle avait mis son écharpe. Son poignet devait lui faire mal. Il espérait que ce n'était pas sa faute. Si c'était le cas, il espérait que ça en avait valu la peine.

— J'espère trouver une photo du jeune Duncan Cromwell.

— Vraiment ?

Elle parut surprise.

Elle sortit une série de photos de garçons. Elle toucha le jackpot avec une photo de plusieurs centaines d'enfants sur le portrait officiel de l'école de 1979. Le problème, c'était qu'il n'avait pas le temps de faire vieillir toutes les personnes présentes sur la photo et qu'il n'avait pas immédiatement reconnu Denker ou Cromwell enfants.

— Vous avez un scanner ? demanda-t-il.

Elle acquiesça.

— Dans mon bureau. Je vous en prie.

Elle pointa du doigt le couloir.

— Merci.

Il hésita, essayant de se rappeler les bonnes manières que sa mère avait tenté de lui inculquer.

— Merci pour votre aide.

Isadora sourit, mais il y avait un fossé entre eux désormais, un fossé qu'il n'avait pas le temps de combler. Plus tard. Plus tard, il prendrait le temps. Quand l'affaire serait terminée et qu'ils réussiraient à parler d'autre chose que de meurtre.

Bien sûr. Comme si cela pouvait arriver.

Grand Dieu, il était temps qu'il ait une vie.

Le bureau contenait une pile de cartons. Il ouvrit le couvercle de l'un d'entre eux et se rendit compte qu'il s'agissait des affaires d'Isadora, comme si elle ne s'était pas encore convaincue de rester. Aimait-elle vivre là ? Était-ce là qu'elle avait l'intention de passer le reste de sa vie ? Ou bien éprouvait-elle du ressentiment à l'idée d'être obligée de rester là pour s'occuper d'une adolescente ?

Avaient-ils une chance d'entretenir une relation ? Il était défini par son travail, mais elle était médecin et semblait penser la même chose de son métier. Quelques jours plus tôt, ce genre de réflexions l'aurait poussé à prendre directement à la porte, mais à présent il voulait la comprendre – et trouver un moyen de continuer à la voir. Pour s'offrir peut-être un avenir ensemble.

Il secoua la tête. Après avoir évité toute relation au cours des deux dernières décennies, il était tombé amoureux d'une femme qui était la tutrice d'une jeune fille de 17 ans dotée d'une étrange capacité à créer des problèmes. Pourtant, Kit Campbell était une brave fille. Probablement.

Il n'était pas nécessaire d'avoir un diplôme de psychologie pour comprendre que certains de ses « problèmes » venaient de la peur d'être rejetée. La plupart des enfants qui perdaient un parent avaient des problèmes d'abandon, même lorsque le parent n'avait pas nécessairement choisi de s'en aller. La peur du rejet entraînait une distanciation émotionnelle, qui avait contribué à briser son mariage désastreux et éphémère. Il avait peur de laisser quelqu'un devenir trop proche, peur de révéler que son véritable moi n'était pas l'enveloppe parfaite qu'il présentait au monde.

Il frotta sa mâchoire rugueuse et sut qu'il lui fallait vraiment aller se raser à côté. Mais il resta là, démarrant le vieux PC, cherchant comment connecter le scanner.

Il entendit la télévision s'allumer dans le salon. Isadora regardait les informations. Il appela Hanrahan et lui dit ce qu'il voulait qu'il fasse. Cela impliquait de se rendre chez Mildred Houch et de faire preuve de beaucoup de patience pendant qu'elle regarderait la photo de l'école. Il scanna l'image pour garder la meilleure résolution possible. Avec un peu de chance, Mildred pourrait identifier Denker et ses amis. Et peut-être qu'elle se souviendrait du nom de Duncan Cromwell, mais il ne voulait pas que Hanrahan lui donne ce nom dès le départ. Il voulait voir si elle le retrouverait toute seule. Son ancien mentor était doué pour ce genre de choses. Bon pour glaner des informations. La clé était de faire parler les gens sans même qu'ils réalisent ce qu'ils faisaient, puis d'apprendre à écouter. Le point fort de Frazer était de pousser les gens à bout, jusqu'à obtenir une réaction. Il fallait utiliser des techniques différentes selon les personnes interrogées.

Il envoya le fichier par e-mail, puis entendit un bruit provenant du salon, comme si Isadora souffrait. Il attrapa son SIG et se précipita vers la porte.

Isadora fixait l'écran, les yeux exorbités.

— Le journaliste vient de dire que preuves suggèrent que Ferris Denker n'a tué aucune de ces femmes. La presse commence à dire que l'État pourrait être sur le point d'exécuter un homme innocent.

Il rangea son arme et se dirigea vers elle.

— Ferris Denker essaie de semer la zizanie pour échapper à la peine de mort à la fin du mois. Il est coupable à 100 %.

Elle passa autour d'elle son bras indemne. La douleur dans ses yeux verts sauge remua quelque chose en lui.

— L'une des femmes qu'il a été accusé d'avoir tuée est celle que vous avez trouvée sur la plage, Beverley Sandal, c'est ça ?

Il fit un signe de tête. L'information avait été communiquée aux médias, mais ils n'avaient pas encore identifié l'homme retrouvé avec elle.

— Et du coup, vous essayez de relier Duncan Cromwell à Ferris Denker, de relier les nouveaux crimes aux anciens.

Ses genoux parurent lâcher et elle s'effondra sur le canapé.

Elle désigna la boîte de photos. Elle avait remis dans la boîte toutes les photographies qu'ils avaient écartées.

— C'est de ça qu'il s'agit, n'est-ce pas ?

Il hocha la tête, mais soudain il n'éprouvait plus pour elle d'admiration ou de sentiment qu'il ne parvenait à nommer. Il ressentait de l'appréhension. Car les yeux de la femme lui indiquaient qu'elle savait quelque chose qu'il ignorait. Quelque chose d'important pour l'enquête.

Elle massa les doigts à l'extrémité de son poignet plâtré.

— Et si Denker n'avait pas tué Beverley Sandal. Est-ce que ça changerait quelque chose ?

Le bruit des vagues s'intensifiait sur la plage. Le vent commençait à mugir. Les éléments se déchaînaient dans l'esprit de Frazer. Sa propre tempête personnelle.

— Denker a cité Beverley parmi ses victimes.

— Mais s'il avait menti ? insista-t-elle. Et s'il était vraiment innocent et avait passé toutes ces années en prison…

Elle paraissait sur le point de vomir.

— C'est ce qu'il veut nous faire croire. S'il parvient à faire douter de sa condamnation, il pourrait obtenir un sursis d'exécution de la part d'un gouverneur notoirement peu compatissant à l'égard des tueurs condamnés.

Isadora secoua la tête et il remarqua l'expression dans ses yeux. Une dévastation absolue.

— Mais je sais qu'il ne l'a pas tuée, chuchota-t-elle.

Frazer se glaça soudain.

— Comment le savez-vous ?

— Parce que c'est mon père qui l'a fait.

Frazer eut l'impression que quelqu'un l'avait projeté contre un mur de briques.

— Comment ça ?

— J'ai quelque chose à vous dire.

Sa voix était fluette.

— Je voulais vous le dire avant, mais j'étais inquiète pour Kit, et je ne savais pas comment aborder le sujet. Je n'ai pas planifié tout ce qui s'est passé entre nous.

Elle se mordit la lèvre, et il eut l'impression de se ratatiner, de s'éloigner de l'amant pour redevenir l'agent fédéral qu'il était censé être.

Il s'assit à côté d'elle, sans la toucher.

— Racontez-moi.

Elle le regarda, et il sut que quoi qu'elle dise, elle allait le réduire en miettes. Il resta assis là, à attendre.

— Il y a un peu plus de 17 ans, je suis rentrée tard d'une fête et j'ai trouvé mes parents dans l'allée de la maison de plage.

Elle désigna l'extérieur.

— Mon père était parti en voyage d'affaires et est rentré plus tôt. J'ai vu la lumière allumée et j'ai couru pour le saluer.

Le murmure de la tempête, le tic-tac d'une horloge, le bourdonnement sourd de la télévision, tout cela formait un bruit de fond, mais seuls les mots d'Izzy comptaient.

— Je les ai trouvés assis par terre. Ma mère tenait mon père dans ses bras, et au début, je n'ai pas compris ce qui se passait. J'ai cru qu'il avait eu une crise cardiaque ou quelque chose comme ça.

Frazer sentit le froid l'envahir. Il était détaché. Désolé. Mais il avait un travail à faire et son travail passait *toujours* d'abord – chose qu'elle lui avait fait oublier pendant un bref moment.

— Très bien, attendez un instant. Je vais vous ramener à cette nuit-là, Isadora. Je veux que vous vous allongiez sur le canapé, je vais vous hypnotiser et vous allez *tout* me dire.

De cette façon, elle serait moins susceptible de mentir ou d'oublier un petit détail pertinent.

— C'est d'accord ? Si vous avez besoin d'un avocat, dites-le maintenant.

— Non. Pas d'avocat. Je veux en finir avec ça.

Ses yeux baignés de larmes rencontrèrent les siens, mais elles n'affectaient pas cette version de Lincoln Frazer. Cette version de lui chassait les monstres.

Il sourit.

— Vous êtes entre de bonnes mains. Faites-moi confiance.

———

LA DISTANCE ENTRE eux se transforma en un gouffre aussi vaste que l'Atlantique qui se déchaînait dehors. Elle savait que cela arriverait. Elle le méritait. Elle sentit le froid et le chagrin l'envahir simultanément. Tout ce qu'ils auraient pu avoir était à jamais perdu. Disparu. Mort. Détruit. Par sa faute.

— Inspirez profondément…

Sa voix lui faisait l'effet d'un glaçon qu'on aurait traîné le long de sa colonne vertébrale.

Qu'est-ce que ça pouvait bien faire à présent ? Elle n'avait plus qu'à tout lui dire. Histoire d'en finir.

Il l'envoûta avec la voix calme et tranquille qu'il avait prise lorsqu'il avait hypnotisé Jesse. Impersonnelle. Douce. Elle la détestait, parce qu'elle cachait son véritable moi sous une façade froide et parfaite, masquant l'homme en chair et en os qui lui avait fait l'amour comme si elle signifiait quelque chose.

— Laissez-vous aller, Isadora.

Les mots alourdirent ses paupières, qui se fermèrent malgré ses efforts pour les garder ouvertes. Soudain, elle revivait cette terrible nuit, 17 ans plus tôt.

La première chose qu'elle remarqua fut une lumière allumée, en bas de la maison de plage. Elle espérait que sa mère n'était pas en train de nettoyer pour des invités de dernière minute. C'était à cela que ressemblait l'industrie du service, un métier difficile, des interruptions constantes, et des clients qui pensaient que vous étiez leur esclave. Izzy éteignit le moteur et écouta le tintement du métal chaud qui refroidissait.

Sa mère était enceinte de son quatrième enfant – malheureusement, elle avait fait une fausse couche des deux bébés qu'elle avait conçus après Izzy et, après toutes ces années, c'était un bébé miracle. Au neuvième mois de sa grossesse, tout semblait bien se passer, mais personne ne voulait prendre de risques. Izzy sortit du véhicule et jeta son sac à main sur le perron, se dirigeant vers le côté de la maison pour voir ce qui se passait. Elle suivit le chemin qui reliait les deux propriétés, caché derrière une rangée de buissons de sauge qui bruissaient doucement dans la brise.

Elle sourit en voyant le SUV de son père garé sous le cottage qu'ils louaient. Il était parti pour un voyage d'affaires, mais il avait dû rentrer plus tôt. Elle fronça les sourcils en les entendant élever la voix. Son père disait quelque chose comme *Ce n'est pas ce que tu crois*. Et sa mère lui criait dessus. Des mots qui n'avaient aucun sens. *Meurtrier. Mal. Monstre.* Le cœur d'Izzy battait dans un staccato nerveux.

Que se passait-il ? Ses parents ne se disputaient jamais. Ils formaient un couple parfait, mais là, leur échange était explosif. Ils ignoraient sa présence. Elle était déchirée entre les laisser tranquilles et les arrêter avant que quelqu'un ne dise quelque chose d'impardonnable ou que sa mère ne s'énerve et n'entame un travail prématuré.

Izzy s'élança vers eux quand un cri perçant traversa la nuit, suivi d'un gargouillis indescriptible. Elle se figea pendant un moment et faillit tourner les talons, terrifiée, avant de réaliser que quelque chose de terrible était arrivé à l'un de ses parents.

Elle se mit à courir et tourna au coin de la maison, trouvant sa mère à genoux sur le sol, la tête de son père appuyée contre son ventre distendu, le berçant d'avant en arrière.

— Oh, Will. Will. Je suis tellement désolée…

Des larmes coulaient sur les joues de sa mère, scintillant dans le reflet de la lumière du porche.

— Maman ?

Mais sa mère ne l'entendit pas.

Que se passait-il ?

Izzy vit avec horreur une tache sombre se répandre sur la chemise de son père. Il ne bougeait pas. Il ne respirait plus. Un horrible frisson s'éleva depuis son cœur et gagna tout son corps, la panique menaçant d'éclater.

— Maman !

C'était comme si sa voix venait de très loin.

— Que s'est-il passé ? Qu'est-ce qui ne va pas avec papa ?

Elle voulait courir appeler une ambulance, mais ses pieds refusaient de bouger.

— Izzy ?

Sa mère cligna des yeux, sortant soudain de son état second.

— Qu'est-ce que tu as fait, maman ? demanda Izzy.

Sa mère regarda l'homme sur le sol. Son mari. Le père d'Izzy. Puis elle cligna des yeux et commença à pleurer.

— C'était un accident. Je ne voulais pas lui faire de mal. J'ai eu peur… J'ai cru qu'il allait me tuer.

Son père n'était pas un homme violent. Cela n'avait aucun sens.

— Je vais courir jusqu'à la maison et appeler les secours, d'accord ? Reste sur place pour voir si tu peux arrêter le saignement.

— Tu ne peux pas faire ça. Tu ne dois pas le faire !

Les yeux de sa mère étaient exorbités, et elle commença à se balancer d'avant en arrière.

— Il va mourir si je ne le fais pas, dit sèchement Izzy.

Mais quelque part, elle savait qu'il était déjà trop tard. Il y avait trop de sang pour que son père soit encore en vie. Elle resta figée sur place, choquée et horrifiée. Sa mère venait d'assassiner son père. Les larmes lui montèrent aux yeux et elle dut se concentrer de toutes ses forces pour ne pas se mettre à crier. Si elle le faisait, elle pourrait ne jamais s'arrêter.

— Tu ne comprends pas ce qu'il a fait.

Sa mère désigna la voiture à côté d'elle.

Lentement, Izzy contourna le véhicule. L'arrière du SUV était ouvert, et à l'intérieur se trouvait une fille nue, recroquevillée sur une bâche en plastique, partiellement cachée par une couverture. Izzy cligna des yeux. C'était comme si elle s'était retrouvée projetée au beau milieu d'un film d'horreur sans aucune idée de son texte. Les mains et les pieds de la fille étaient liés avec du ruban adhésif. Une autre bande lui couvrait également la bouche. Elle était manifestement morte.

Les jambes d'Izzy commencèrent à trembler.

— Je… Je ne comprends pas, maman.

— Il est rentré il y a une demi-heure. Je dormais, mais j'ai entendu sa voiture, et je l'ai vu venir jusqu'à la maison de plage. Il avait dit qu'il irait réparer le voyant lumineux de la chaudière à gaz au cas où on aurait des réservations de dernière minute. J'avais mal au dos, alors je me suis dit que j'allais marcher un peu.

Elle renifla, des larmes coulant sur ses joues et dégoulinant sur les cheveux du père d'Izzy.

— Je l'ai trouvé penché sur cette pauvre femme dans le coffre.

La respiration de sa mère était laborieuse. Izzy ressentait la même chose.

— Il a essayé de le nier, mais comment pouvait-il nier quoi que ce soit ?

La voix de sa mère devint stridente. Elle perdait pied.

— Je l'ai accusé d'être le tueur en série que la police recherchait sur le continent et il s'est *moqué* de moi ! Puis il s'est élancé vers moi.

Ses yeux revinrent sur Izzy.

— Je l'ai poignardé avec ça.

Sa main gauche tâtonna dans le sable et en sortit un long tournevis. Du sang cramoisi en recouvrait le manche et la poignée.

Les pensées d'Izzy crépitaient dans sa tête comme s'il y avait des interférences dans l'atmosphère et qu'elle ne pouvait pas comprendre la conversation. Mais elle le pouvait. Elle savait exactement ce qui s'était passé. Sa mère avait assassiné son père avec un tournevis, persuadée qu'il était un tueur en série. Elle se retourna vers le cadavre pâle et luisant de la femme dans le coffre. Une épaisse chaîne en argent encerclait son poignet. Un bracelet d'alerte médicale.

Izzy sentit le sang lui monter dans la gorge, brûlant les tissus mous de son œsophage. Ses pires cauchemars faisaient bien pâle figure à côté de cette terrible réalité. Elle s'approcha pour chercher le pouls de son père. Elle chercha frénétiquement pendant quelques longues secondes avant de réaliser ce que ses yeux vides signifiaient vraiment. Il était mort.

Une vague de panique absolue la frappa de plein fouet.

— On doit appeler la police, maman.

— Non.

Sa mère se redressa maladroitement, tenant son ventre rond de la main droite.

— Non.

— Maman, on doit le dire à la police.

Elle ressentit dégoût et chagrin en regardant son père bien-aimé.

— Ils comprendront que tu as fait ça par légitime défense. C'était un accident.

— Non. Ils vont m'enlever mon bébé !

Sa mère recula d'un pas, en secouant la tête.

— Tu sais ce qu'il se passera quand ils découvriront que ton père était un tueur ? Tu penses qu'ils se diront qu'on n'en savait rien ? On deviendra des parias, on sera bannies.

Elle frottait sa main tenant le tournevis sur son ventre d'une manière qui dérangeait Izzy.

— Comment ai-je pu ignorer que j'étais mariée à un monstre ? *Oh, mon Dieu,* j'ai *aimé* un monstre. Un monstre qui dormait dans mon lit toutes les nuits et qui a engendré mes enfants.

Le père d'Izzy était un meurtrier… elle n'arrivait pas à le croire. Il devait y avoir une erreur, mais la fille dans le coffre disait le contraire.

— On *doit* le dire à la police, maman, insista Izzy.

Elle désigna les corps.

— Qu'est-ce qu'on en fait sinon ? On les enterre dans les dunes ?

Elle se voulait sarcastique, mais sa mère se mit à hocher la tête.

— Oui. C'est exactement ce que nous allons faire.

— Euh, non. C'est de la folie.

Izzy tressaillit lorsque sa mère lui attrapa le bras, ses ongles courts s'enfonçant dans sa chair. Elle agita le tournevis sanglant.

— Tu sais ce qu'il a fait à ces filles ? Regarde-la.

Sa mère lui fit faire volte-face et montra du doigt la fille nue et attachée.

— Il l'a kidnappée. Il l'a violée. Et ensuite il l'a tuée. Tu crois qu'elle est la seule ? Tu sais ce qui va nous arriver ? Je vais être arrêtée et interrogée. Je vais probablement perdre ce bébé ou il naîtra en prison. Tu devras t'occuper d'elle. C'est ce que tu veux ?

Izzy frotta ses mains tremblantes sur son visage. Elle ne voulait rien de tout cela. Sa mère était au bord de la crise d'hystérie et ce n'était pas étonnant. La communauté de Rosetown était très unie et superstitieuse. Les commérages et les spéculations sur la vie privée de chacun étaient un mode de vie, mais elles s'en accommoderaient.

— On doit quand même aller voir la police, maman. Ils sauront quoi faire.

Sa mère recula, en se tenant le ventre.

— Si tu fais ça, Izzy, si tu le dis à quelqu'un, je me tue.

Elle rapprocha le tournevis de la peau tendre de son cou.

— Je ne peux pas vivre avec l'idée que ton père… qu'il m'a menti et que j'ai été assez stupide pour le croire.

Ses yeux étaient exorbités.

— Tu n'as pas les idées claires, maman.

Sa mère plaça le tournevis contre sa gorge.

— Je ne plaisante pas, Izzy. Je ne peux pas vivre avec l'idée que d'autres personnes vont découvrir ce qu'il a fait. Ce que j'ai fait.

Son regard se reporta sur l'homme mort sur le sol.

Izzy serrait et desserrait les poings. Elle n'arrivait pas à croire que c'était réel. Elle était passée du statut d'adolescente normale se rendant en douce à une fête à celui d'adolescente sur le point de perdre tous ceux qu'elle aimait. Et elle ne s'était même pas encore remise de la perte de Shane. Sa mère était à la limite de perdre pied. Elle était tout ce qui restait à Izzy, et elle portait en elle un bébé innocent qui avait besoin d'être protégé.

La main de sa mère se crispa sur le manche du tournevis.

— Arrête, dit Izzy, en déglutissant péniblement. On va le faire à ta façon. Je vais déplacer la voiture un peu pour qu'on n'ait pas à le…

Elle s'interrompit devant le choix de ce pronom froid. « *Le* », pas papa. « *Le* », prononcé avec haine, horreur.

— On ne peut pas le traîner aussi loin. Tu ne dois pas te fatiguer, la prévint-elle en pensant au bébé.

Izzy tira son père sur le côté et le poussa sur la fille morte.

— On devra se débarrasser de cette voiture après nous être débarrassés du corps, lui dit sa mère.

Bon sang. Izzy eut envie de vomir lorsque le sang de son père s'infiltra dans son t-shirt. Elle n'arrivait pas à croire ce qu'elle était en train de faire. Izzy regarda la chemise de nuit tachée de sang de sa mère.

— Je vais aller nous chercher des vêtements de rechange à la maison, et des bottes en caoutchouc. Prends une pelle dans la remise. Je vais chercher ton manteau. Suis-moi avec la camionnette, on va à Parson's Point.

Ils étaient sur le point de prendre des mesures de protection des dunes, ce qui réduisait les probabilités que les corps soient découverts. Elle devait aider sa mère à tenir les deux semaines suivantes. La garder en assez bonne santé pour qu'elle ait son bébé. Puis la persuader d'aller voir la police et de dire la vérité.

Izzy courut vers la maison principale. Elle savait que rien ne serait plus jamais comme avant. Elle espérait que Dieu lui pardonnerait ce qu'elle s'apprêtait à faire, car elle ne pourrait jamais se le pardonner.

———

FRAZER RAMENA AVEC précaution Isadora au moment présent, s'efforçant de déterminer ce que cela changeait. Pour l'affaire. Pas pour eux. Il n'y avait rien entre eux. Avait-il vraiment envisagé d'entretenir une relation avec elle ? S'en tenir au sexe – apparemment, c'était vraiment la seule chose en dehors de son travail pour laquelle il était bon.

Elle cligna des yeux, passant rapidement du statut de jeune fille de 17 ans en panique à celui de femme mûre avec des années d'expérience. Ses yeux verts se dirigèrent vers lui tandis qu'elle s'asseyait maladroitement. Même si elle semblait éprouver des difficultés, il ne lui proposa pas son aide.

— J'aurais dû vous le dire dès qu'ils ont trouvé Helena.

Sa voix était enrouée.

— Oui.

Elle chancela.

À quoi donc s'était-elle attendue ?

— Vous pouvez me promettre une chose ?

Sérieusement ? Voilà qu'elle lui demandait de lui faire des promesses ?

— Parlez à Kit pour moi. Expliquez-lui que ce n'est pas sa faute.

Frazer blinda son cœur. L'avait-elle séduit exprès ? Avait-elle fouiné pour voir ce qu'ils avaient découvert ?

— Vous auriez dû prévenir la police il y a des années.

Elle acquiesça.

— Je sais. Et j'ai décidé de fuir à la place.

Elle avait l'air remarquablement calme à présent. Comme si se décharger de sa culpabilité l'avait soulagée. Eh bien, tant mieux pour elle.

— Vous avez laissé une tueuse mentalement instable en charge d'un enfant ?

La bouche d'Isadora se crispa.

— Ma mère n'était pas instable, elle était à bout de nerfs cette nuit-là. Je l'ai observée avec Kit après sa naissance, et c'était une mère formidable. Je ne serais jamais partie si j'avais pensé qu'elle pouvait blesser un bébé.

Il haussa un sourcil sceptique.

— Comment avez-vous expliqué l'absence de votre père ?

— Elle a dit aux gens qu'il l'avait quittée. Au bout d'un an environ, elle leur a dit qu'elle avait appris sa mort.

— Les gens y ont cru ?

— Elle était du coin. Oui, dit-elle en se frottant les bras, les gens l'ont accepté.

— Est-ce que Ted le savait ?

Il la regardait fixement et réalisa que, bien qu'elle ait l'air calme, elle tremblait en réalité à l'intérieur. Elle cachait bien ses sentiments. Lui aussi.

Elle secoua la tête.

— Je ne pense pas.

Quelqu'un le savait. Il plissa les yeux.

— Vous allez m'arrêter ? demanda-t-elle d'une toute petite voix.

— Je ne sais pas encore. Vous devez garder cette information pour vous pour le moment…

— Mais Ferris Denker pourrait être innocent.

— Il n'a rien d'innocent !

Frazer perdit son calme. C'était l'un des atouts que Denker avait gardé dans sa manche, et il n'était pas prêt à le laisser l'utiliser pour sauver son cul.

— Quand ils ont attrapé Denker, vous savez qu'il y avait une femme dans son coffre ?

Elle hocha la tête, se souvenant probablement de la femme dans le coffre de son père, Beverley Sandal.

— La femme dans la voiture de votre père avait-elle été mutilée d'une quelconque manière ?

Il vit la surprise dans ses yeux.

— Quoi ? Non.

— Alors vous avez raison, Ferris Denker n'a probablement pas tué Beverley Sandal.

Il inspira profondément pour se reprendre.

— Lorsque la patrouille routière a arrêté Ferris Denker pour un feu arrière cassé, elle a remarqué qu'il avait du sang sur sa veste. Les penchants sexuels de Denker incluaient de couper les seins des femmes. La femme dans le coffre ? Il lui a coupé les seins alors qu'elle était encore vivante.

La gorge d'Isadora se serra convulsivement, mais il ne voulait plus cacher le monstre qu'était Ferris Denker.

— Il avait un sein dans chacune des poches de sa veste, placés dans des sacs de congélation. Quand les officiers ont fouillé sa maison, ils en ont trouvé un congélateur plein.

Quand il a avoué, il a dit aux inspecteurs qu'il aimait sucer les seins des femmes. Il sortait les seins de ses victimes du congélateur et leur suçait les tétons en se branlant sur les souvenirs de leur torture. Il. N'a. Rien. D'innocent !

Sa voix ébranla la pièce et il réalisa qu'il criait et qu'Isadora pleurait avec Barney pressé contre elle.

Bon sang. Il passa ses mains sur son visage et inspira à nouveau ; ce qu'il allait dire allait probablement la blesser encore plus.

— Mais je pense que votre père était peut-être innocent.

Elle leva le menton.

— Quoi ?

— Au cas où vous ne l'auriez pas remarqué, il y a un autre tueur en série qui opère ici, sur les Outer Banks.

Un éclat brilla dans ses yeux. Les femmes intelligentes détestaient que leur intelligence soit remise en question.

— Le tueur savait où vous avez enterré Beverley Sandal, car il vous a probablement suivi cette nuit-là. Il savait que Beverley portait ce bracelet parce qu'elle l'avait quand il l'avait tuée. Il y a quelques jours, il l'a déterré et l'a mis sur une nouvelle victime.

Une soudaine prise de conscience naquit sur le visage d'Isadora. Elle couvrit sa bouche avec sa main. À son regard, elle avait l'air complètement dévastée.

Il s'en fichait.

— Vous avez dit que votre père avait essayé d'expliquer à votre mère que ce n'était pas ce qu'elle pensait ?

Elle hocha sèchement la tête.

— Elle aurait dû l'écouter.

Isadora ne dit rien. Il se contenta de le regarder, l'air brisé.

— Quelqu'un d'autre avait-il accès à sa voiture ?

— Je n'en ai aucune idée.

Elle scruta son visage.

— Vous pensez vraiment que ce n'était pas lui ?

Sa voix était un murmure angoissé qui lui vrilla le cœur. Mais elle ne pleurait pas. Aucune larme ne coulait.

Il passa une main dans ses cheveux. Il ne pouvait rester de marbre face à son tourment contenu, mais il ne pouvait pas se permettre de la laisser le distraire davantage. Il avait du travail à faire. Isadora Campbell l'avait ralenti.

— Il y a bien trop de tueurs en série dans ce monde, Dr Campbell – croyez-moi, je le sais –, mais en avoir deux, ici même à Rosetown ? Qui tuent des femmes exactement de la même manière ? C'est le même gars, ce que nous aurions pu établir il y a des jours si seulement vous m'aviez dit la vérité.

Elle semblait se ratatiner devant lui, mais cela l'avait éloignée de Frazer. Il voulait qu'elle soit loin, très loin de lui à présent.

Son téléphone sonna. Il écouta un moment, puis raccrocha.

— Une autre femme a été portée disparue.

Et c'est de votre faute. Le sous-entendu parut se répercuter sans mot dans la pièce.

Il ne chercha pas à l'atténuer.

Il prit sa veste, ses chaussures et partit sans lui rappeler de fermer à clé ni lui dire au revoir. C'était trop tard pour les au revoir.

CHAPITRE VINGT-TROIS

Izzy ETAIT ASSISE sur le canapé, abasourdie. Elle tremblait tellement qu'elle aurait été incapable de se lever sans tomber. Son père était peut-être innocent. Il n'avait peut-être pas tué la pauvre femme qui se trouvait dans le coffre de sa voiture.

Il lui fallut un moment pour encaisser la nouvelle. Son père était innocent. Sa mère et elle étaient des criminelles – avec un meurtrier insidieux qui, si Linc avait raison, poursuivait ses actes diaboliques. C'était de la folie, mais cela lui enlevait un poids. Qui fut remplacé par le chagrin et le remords à l'idée d'avoir profané la mémoire d'un homme bon.

Elle respira profondément et les tremblements diminuèrent peu à peu. Elle n'avait aucune idée de ce qui allait se passer, mais à un moment donné, quand Lincoln Frazer en aurait fini avec le reste, il la ferait arrêter et envoyer en prison. Ce qui lui convenait. Elle chassa les larmes qui menaçaient en clignant des yeux.

Cela ne lui convenait pas forcément, mais elle ferait avec. Elle était forte, elle s'en sortirait. Elle irait de l'avant.

Lui retirerait-on son droit d'exercer la médecine ? Quelqu'un accepterait-il de l'engager après ce qu'elle avait fait ? L'armée la reprendrait-elle ? Elle n'en savait rien. Toutes ses connaissances et son entraînement pourraient être gaspillés. Elle était capable d'aider les gens, mais elle pourrait bien ne plus y être autorisée.

Bon sang, elle était gelée. Elle claquait des dents, et elle se rendit dans la chambre pour chercher des chaussettes. Elle ignora le lit en désordre où Lincoln Frazer lui avait fait l'amour suffisamment longtemps pour la convaincre qu'il pouvait avoir des sentiments pour elle, avant de la jeter sur le trottoir.

Elle lui avait dit qu'elle avait aidé sa mère à cacher deux meurtres. À quoi s'attendait-elle ?

Il avait eu exactement la réaction prévue.

Ce qu'elle n'avait pas prévu en revanche, c'était que ça lui ferait aussi mal. Que sa froideur allait déchirer sa chair et arracher ce qui restait de son cœur. Sa réaction avait réaffirmé toutes les raisons pour lesquelles elle avait gardé le silence toutes ces années. Mais c'était de la lâcheté, ce qu'elle avait fait était mal, et il s'efforçait clairement de faire ce qui était juste, en toutes circonstances. Elle espérait qu'il enverrait quelqu'un d'autre pour l'arrêter. L'idée qu'il recueille son témoignage, de devoir l'écouter confesser l'horrible erreur de l'avoir baisée une ou deux fois avant de découvrir l'ignoble vérité. Elle se sentait nauséeuse.

Quoi qu'il arrive, elle espérait qu'il irait parler à Kit. Qu'il lui expliquerait la situation.

Bon sang, elle devait le dire à Kit elle-même.

Ce n'était pas le problème de Frazer – il était là pour enquêter sur un meurtre et ils avaient eu une aventure, cela ne signifiait pas qu'il était soudain responsable du bien-être émotionnel d'une jeune femme qu'il connaissait à peine. Aussi horrible que soit la vérité, c'était mieux qu'elle l'apprenne d'elle, surtout avec la miette de réconfort de Frazer : leur père n'était peut-être pas un tueur.

Et merde. Leur mère aurait perdu les pédales en l'apprenant. Elle ne l'avait pas cru quand il avait nié. L'amour n'avait pas été suffisant pour gagner la confiance aveugle de sa femme, même après des années de mariage.

Izzy finit d'enfiler ses chaussettes en laine avec sa main valide et attrapa son téléphone portable. Elle appela Kit, mais tomba sur la messagerie vocale. Elle consulta sa montre. Il n'était que 16 h 45, elle était probablement encore en service au restaurant. Elle vérifia l'application du traceur et réalisa qu'elle ne pouvait pas voir le téléphone de Kit. *Bon sang.*

Incapable de tenir en place, elle appela le *diner*. Sal décrocha.

— Je peux parler à Kit, Sal ? C'est important.

— Je l'ai laissée partir plus tôt. Tu n'es pas au courant ? Mary Neville est portée disparue, alors j'ai préféré fermer. Je jure devant Dieu que si quelque chose de mal arrive à Mary, je…

— Kit a-t-elle dit où elle allait ? le coupa-t-elle.

Sal était originaire de New York et dès qu'il commençait à parler, il ne s'arrêtait plus, surtout lorsqu'il s'agissait de proférer des menaces.

— Non. Elle est partie avec sa petite voiture.

Izzy raccrocha et reposa le téléphone, s'écroulant sur le canapé.

Si Mary Neville avait été enlevée, alors Duncan Cromwell n'était pas le tueur. Il l'avait peut-être attaquée pour des raisons personnelles, à cause d'Helena. Se sentait-elle mieux pour autant ?

Pas vraiment.

Frustrée, elle ne savait pas quoi faire. Elle n'avait même

pas de voiture. Elle n'aurait de toute façon pas pu prendre le volant. C'était peut-être pour ça que Frazer l'avait laissée derrière. Il savait qu'elle était bloquée. Au moins, elle avait son Glock. Elle alla dans la chambre et le ramena dans le salon, le posant sur la table basse à côté de la boîte de photographies de Frazer.

Il fallait qu'elle retrouve Kit au plus vite. Elle n'avait pas le numéro de Damien Ridgeway, mais elle avait celui du pasteur Rice. Elle l'appela.

— Izzy ! Qu'est-ce que je peux faire pour toi ?

— Je sais que c'est probablement une question bizarre, mais la voiture de Kit est-elle garée dans la rue ? demanda-t-elle.

— Attends, je vais voir.

Cela ne lui prit qu'un instant.

— Non.

— Mince.

— Je peux faire quelque chose ?

Le pasteur avait dû entendre sa détresse.

— Vous pouvez m'appeler si vous la voyez ?

— Bien sûr. J'adore regarder par la fenêtre.

L'homme rit et elle essaya d'adopter un ton léger.

— Merci, Pasteur, j'apprécie.

On frappa violemment à la porte. Sa bouche devint sèche et ses mains moites.

— Désolée, je dois y aller.

FRAZER NE SE souvenait pas de la dernière fois où il avait été aussi en colère. Peut-être le jour où, dans les bois de Virginie-

Occidentale, il avait appris à ne pas faire confiance aux gens qui donnaient des ordres. Cette colère était bienvenue. Elle était justifiée. Elle brûlait toute la sympathie qu'il avait pour Isadora Campbell.

Une autre femme avait disparu, et elle avait caché des informations qui auraient pu l'aider à affiner son profil et à trouver le tueur.

Il devait continuer à se dire ça.

Randall répondit à la cinquième sonnerie.

— Qui a disparu ? demanda Frazer.

— Mary Neville. Elle est serveuse au *diner* de Rosetown.

Là où Kit travaillait. Un autre foutu lien avec les Campbell.

— On ne l'a pas vue depuis qu'elle a été déposée chez elle par un certain Carl Kent la nuit dernière. Il jure qu'il l'a vue entrer dans la maison avant de partir.

— Des témoins ?

— C'est déjà arrivé qu'il y en ait ?

— Comment savons-nous qu'elle a disparu ?

— Elle était censée rendre visite à sa sœur, mais elle ne s'est pas présentée. Sa sœur est allée chez elle et a trouvé des signes de lutte. Elle a tout de suite appelé la police.

Frazer grimaça. Le mode opératoire était différent, mais l'absence de lien avec la vague d'enlèvements et de meurtres était peu probable.

— Je crois que j'ai quelque chose.

Frazer entendit l'excitation monter dans la voix de Randall.

— J'ai vérifié tous les véhicules dont le système LAPI n'a pas réussi à lire les plaques d'immatriculation et je pense avoir trouvé notre camionnette.

— C'est la camionnette de travail de Cromwell ?

— Non. C'est un grand fourgon blanc. Sans marquage. Quelqu'un a pulvérisé un spray réfléchissant sur la plaque pour empêcher le programme d'analyse d'image de distinguer les chiffres.

— Et ?

Frazer savait comment le spray fonctionnait.

— La même camionnette a été repérée par des caméras à Greenville et à Maysville le jour du meurtre d'Elaine Patterson.

— Est-ce qu'on a l'identité du conducteur ?

— Non. Il portait une casquette et des lunettes noires.

— Alors, en quoi ça nous aide ? demanda Frazer, évitant les fourgons de télévision qui s'étendaient le long de la rue principale de Rosetown.

— J'ai reconnu le véhicule grâce à une petite boule disco accrochée au rétroviseur. Il appartient à Ted Brubaker. L'oncle d'Izzy et Kit Campbell.

Qui avait accès au véhicule du père d'Isadora et aurait facilement pu les voir enterrer les corps des années plus tôt. *Et merde.* Il sentit la sonnette d'alarme résonner dans sa tête – ding, ding, ding.

— On a obtenu un mandat pour aller fouiller sa propriété et ses véhicules. Où êtes-vous ?

— Je me gare sur le parking du poste de police.

— Continuez plutôt vers le nord et prenez la première à gauche après avoir traversé le pont. Le chef Tyson organise une conférence de presse dans une vingtaine de minutes pour occuper nos amis des médias.

Frazer tourna le volant de sa berline, se dirigeant lentement vers la sortie alors que les journalistes le regardaient comme des crocodiles guettant leur proie. En traversant le pont, il croisa Seth Grundy au volant du Subaru d'Isadora. Le type le salua d'un geste de la main. Frazer poursuivit sa route.

Les vagues venaient s'écraser contre les piliers du pont, projetant de l'écume sur son pare-brise. Frazer actionna les essuie-glaces. Le sel s'étala sur la vitre jusqu'à ce que le liquide de lave-glace le nettoie.

Si le tueur était l'oncle d'Isadora, cela allait la toucher de plein fouet. Il se souvenait que la seule chose qu'elle lui avait demandée était de protéger sa sœur, qui avait exactement le même âge qu'elle lorsque sa mère l'avait mise dans une position intenable.

Quelqu'un avait-il déjà veillé sur Isadora ? Cette pensée lui noua la gorge, mais il n'avait pas le temps d'y penser. Il tourna dans une rue secondaire défoncée et s'arrêta derrière cinq voitures de police entourées d'officiers portant tous des gilets pare-balles. Randall lui fit signe et Frazer sortit, récupérant son propre gilet dans son sac et vérifiant son arme de poing.

Le vent mugissait à travers les branches des arbres courbés par la tempête qui s'annonçait.

— On dirait un ouragan, dit Frazer à Tyson, qui allait être en retard pour sa propre conférence de presse.

— Ça n'a rien à voir avec un ouragan. On tient encore debout, sourit l'homme. Ce n'est qu'une tempête.

Frazer le regarda. Évidemment. Ils se rassemblèrent tous près d'un des véhicules. Hank Wright était toujours absent.

— Je veux deux officiers à l'arrière, et un qui couvre les portes de l'abri anti-tempêtes. Quatre officiers de plus dans la grange, au cas où il serait là avec notre femme disparue.

Un officier restait donc avec les véhicules – au cas où Brubaker les duperait tous, et pour empêcher quiconque de pénétrer sur les lieux. Ils étaient quatre ; Randall, Tyson, une femme officier et lui, à se charger de la porte d'entrée.

Tous serraient leur arme à deux mains, la pointant vers le sol. La femme portait un bélier au cas où Brubaker refuserait d'ouvrir.

Ils trottinèrent jusqu'aux marches du porche. Il y avait quelques planches mal fixées et la maison aurait eu besoin d'une nouvelle couche de peinture, mais elle n'était en aucun cas délabrée. Toutes les fenêtres étaient équipées de volets anti-tempêtes. Tyson frappa violemment à la porte et cria :

— Département de la police de Rosetown. Ouvrez !

Frazer tendit l'oreille, mais le vent dans les arbres était la seule chose qu'on puisse entendre. Il revit les yeux verts d'Isadora quand elle lui avait révélé son secret.

Ils étaient remplis de solitude.

Sa gorge le lançait, comme s'il avait avalé des ronces. Si quelqu'un comprenait ce qu'était la solitude totale, c'était bien lui.

Pourquoi pensait-il à une femme qui lui avait menti de manière flagrante à propos d'un meurtre alors qu'il était en plein milieu d'une descente de police ? Il devait chasser Isadora de son esprit et l'oublier. Elle lui avait menti. Elle ne lui avait pas fait confiance parce qu'en fin de compte, elle ne faisait confiance à personne.

Et si le mot hypocrite résonnait dans son crâne, c'était son problème.

———————

IZZY JETA UN coup d'œil par la fenêtre du bureau pour voir qui frappait à sa porte. Elle fut soulagée de voir que ce n'était pas un policier qui venait l'arrêter. Mon Dieu, que ferait-elle quand cela arriverait ? S'enfuirait-elle ? Ferait-elle dans son pantalon ?

Elle mit son téléphone portable dans sa poche arrière, alla à la porte et l'ouvrit.

— Salut, Seth.

Il lui tendit les clés, et elle les prit avec un sourire reconnaissant.

— Vous n'étiez pas obligé de me le rapporter, mais c'est très gentil.

Elle se mordit la lèvre.

— Mais comment allez-vous rentrer chez vous ? Je ne peux pas encore conduire.

Elle leva son plâtre avec une grimace d'apitoiement.

— J'ai mis un vélo à l'arrière. J'espère que je n'ai pas fait de marques sur la sellerie.

Elle lui fit signe d'entrer.

— Ce ne sera pas pire qu'un chien mouillé qui pue. J'apprécie vraiment. Entrez pendant que je vous fais un chèque.

Il hésita sur le seuil, puis entra, s'essuya les pieds sur le paillasson et se pencha pour enlever ses chaussures.

— Ne vous en faites pas pour ça. Je compte passer la serpillière.

En supposant que je n'ai pas été arrêtée pour avoir interféré avec une enquête de police et m'être débarrassée illégalement de cadavres.

Comment avait-elle pu penser que c'était la bonne chose à faire ? Pas étonnant qu'elle se soit enfuie pour rejoindre le corps médical de l'armée.

Elle décida de ne pas souligner le fait qu'il portait la même veste noire que Ted la nuit précédente.

— Tu as des nouvelles de cet enfoiré de Cromwell ? demanda Seth.

— Rien.

Elle n'était pas offensée par son langage. Elle avait été capitaine dans l'armée. Elle fouilla dans son sac pour trouver son chéquier. Elle actionna son stylo et commença à écrire maladroitement avec sa main plâtrée.

— Combien je vous dois ?

Il lui donna un chiffre très raisonnable, et elle rédigea le chèque. Elle était impatiente de retrouver Kit, mais ce type lui avait sauvé la vie. Elle ne pouvait pas l'envoyer promener.

— Voulez-vous un café, une bière ou autre chose ?

Il fit le tour de la pièce, regardant les photos encadrées sur la cheminée. Il sortit celle du mariage de ses parents et la passa au premier plan. Elle frémit.

— C'était un bon gars, ton père. J'aimais beaucoup les barbecues que lui et ta mère organisaient.

Izzy passa son bras valide sur sa taille. Elle avait oublié leurs célébrations annuelles du 4 juillet.

Les mains dans les poches, il s'approcha pour regarder la boîte de photos posée sur la table.

— On fouille dans de vieilles affaires ?

Quelque chose attira son attention. Il se pencha et prit la photo de l'école.

— D'où ça vient ?

Elle signa le chèque d'un geste hésitant, peinant à le séparer du talon de sa seule main valide.

— D'une vieille dame appelée Mildred Houch, apparemment.

— Cette vieille bique est toujours en vie ?

Elle s'apprêtait à contourner le comptoir de la cuisine pour lui remettre le chèque, mais s'arrêta.

— Vous avez fréquenté cette école ?

La nervosité transparaissait dans sa voix.

Il leva les yeux et sourit, semblant réaliser son erreur. Le sourire n'atteignit jamais ses yeux. La froideur calculatrice qu'elle y vit fit monter l'inquiétude en elle. Ses yeux se dirigèrent vers son arme, posée si loin sur la table basse.

Seth la vit aussi. En le voyant tendre les doigts vers elle, Izzy bondit. Des pas retentirent derrière elle, mais elle était en forme et rapide. Elle pourrait sortir avant qu'il ne tire. En chaussettes, elle dérapa, mais elle parvint à atteindre la porte d'entrée et se dit qu'elle avait réussi, mais se retrouva plaquée au sol par ce qui ressemblait à un rhinocéros qui lui avait bondi sur le dos. L'air quitta ses poumons et ses côtes fragilisées semblaient avoir volé en éclats. L'agonie était insoutenable. Elle ne pouvait pas respirer, ni crier, ni penser.

Seth haletait, la plaquant au sol tandis qu'il reprenait son souffle. L'horreur la gagna, menaçant de se transformer en hystérie. Elle réussit à contenir sa panique. Seth lui avait sauvé la vie plus tôt. Il ne pouvait pas être le tueur… mais il l'était. Elle le savait aussi sûrement qu'elle connaissait la couleur de ses propres yeux.

Elle remua légèrement pour tester l'amplitude de ses mouvements. Il attrapa son bras valide et le lui tordit dans le dos. La douleur passa de son coude à son épaule et elle hurla. La façon dont il se figea en l'entendant crier lui fit froid dans le dos. Comme si cela excitait son instinct de prédateur, lui faisant oublier qu'ils étaient censés être amis. Il la fit rouler sur le dos, ses doigts rugueux s'enfonçant profondément dans sa peau. C'était douloureux, mais elle ne comptait pas lui donner la satisfaction de voir sa peur ou sa douleur. Barney courait autour d'eux comme s'il se demandait pourquoi ils étaient par terre et voulait jouer, lui aussi. Son chien connaissait Seth. Il l'aimait bien. Il n'était manifestement pas meilleur juge qu'elle.

Elle resta couchée docilement, sachant que dans son état, elle allait devoir attendre la bonne occasion pour saisir son arme ou s'échapper. La bonne nouvelle, c'était que son portable était dans sa poche et qu'il ne semblait pas enclin à la fouiller.

Une pensée lui vint.

— Où est Kit ? Qu'avez-vous fait d'elle ?

Quelque chose d'indescriptible passa dans les yeux de l'homme. *Bon sang.*

— Viens sans faire d'histoires et je te conduirai à elle. Le métal rigide de son arme était pressé contre sa tempe.

Izzy déglutit pour humidifier sa bouche soudain sèche. Comme si elle avait le choix.

— Est-elle en vie ?

— Je ne ferais jamais de mal à Kit, Izzy, lui chuchota Seth à l'oreille, l'air désapprobateur. Je veille sur elle depuis sa naissance. Je la considère un peu comme ma fille.

Une vague d'horreur l'envahit à l'idée qu'il s'intéressait particulièrement à sa sœur.

— Et Mary Neville ? Vous étiez jaloux que Carl ait un rendez-vous avec elle, n'est-ce pas ?

— Mary va bien. Elle est juste un peu à l'étroit en ce moment, c'est tout.

Elle se souvint de la fille dans le coffre de son père, des années plus tôt. Elle ne le croyait pas. Il lui lâcha le bras et recula, restant assez près pour pouvoir lui tirer dessus avant qu'elle ne l'attaque. Mais elle aurait préféré qu'il la tue plutôt que d'endurer ce qu'il avait en tête.

— C'est vous qui m'avez attaquée sous la terrasse.

Elle fit un signe de tête vers le dessous de la maison. Elle repensa à ce qu'il avait fait à une fille aussi douce qu'Helena. Cette idée lui retourna l'estomac.

— Il a fallu que tu interviennes. Tu ne pouvais pas me laisser tranquille.

Comme si tout était de sa faute. Dans l'esprit d'un tueur en série, ça l'était probablement. Elle se mit lentement à ses genoux, n'ayant pas à faire semblant d'être dans les vapes en s'accrochant au mur. Elle avait besoin de gagner du temps, mais Frazer ne reviendrait probablement pas avant des heures. La vérité, c'était qu'il ne reviendrait peut-être jamais.

Elle s'autorisa finalement à reconnaître que ça lui faisait mal. Le fait qu'il soit parti énervé. Elle comprenait. Elle s'était rapprochée de lui et il avait probablement eu l'impression qu'elle l'avait trahi. Entre elle et son ex-femme, elle doutait qu'une femme puisse à nouveau s'approcher de lui. Elle n'était pas la bonne pour faire ce saut de la foi, comme il l'avait compris assez vite. Au moins, il n'aurait pas le cœur brisé. Seulement elle. Mais elle doutait que Seth la laisse souffrir longtemps.

Elle se prépara à se relever.

— Pourquoi avoir pris ma pelle ? Pourquoi pas l'une des vôtres ?

— Tu *sais* pourquoi j'ai pris ta pelle.

Sa moustache s'agita, mais ses yeux conservèrent la même expression. Il lui sembla qu'ils avaient toujours été sombres et louches.

— Je te surveille depuis que tu as sorti ton vieux de l'arrière de ce SUV et que tu l'as poussé dans cette fosse.

Ses crampes d'estomac s'intensifièrent. Il pensait qu'elle était comme lui.

— Qu'est-ce que ça t'a fait, Izzy ? Enterrer ton vieux père avant même d'être sûre qu'il était vraiment mort ?

— Il était mort, dit-elle.

— Il aurait pu être sauvé – avec ta formation, tu dois le savoir maintenant.

Le savait-elle ? Aurait-elle pu sauver la vie de son père si elle avait appelé une ambulance au lieu de céder à l'hystérie de sa mère ?

Peut-être. Cette prise de conscience lui transperça le cœur.

— J'ai toujours pensé que c'était pour ça que tu avais fait médecine. Pour essayer de comprendre à quel point tu avais merdé avec lui. Et tu sais le meilleur ?

Ses yeux se remplirent de larmes, mais elle les chassa. Elle ne les laisserait pas couler.

Seth éclata de rire.

— Ce n'était même pas lui le tueur. Il a crevé alors qu'il quittait la ville pour un voyage d'affaires et je lui ai prêté une de mes voitures. Ton père est revenu un jour plus tôt et je n'avais pas encore eu le temps de sortir le corps du coffre.

Il rit.

— Il a conduit sans savoir qu'elle était là. Jusqu'à ce que ta mère le poignarde, bien sûr. Pauvre bougre.

Frazer avait raison. Son père était innocent.

Dieu merci.

Elle se releva, peinant à se stabiliser en raison de la douleur qui lui transperçait la poitrine.

— J'étais sorti pour un autre travail. Quand je suis revenu au garage, j'ai vu que sa voiture était partie, le corps avec. J'ai failli me chier dessus. J'ai couru jusqu'ici, en me disant que j'allais devoir le tuer ou fuir, selon qu'il avait ou non appelé les flics.

— Au lieu de ça, vous avez vu ma mère tuer son propre mari dans ce qu'elle pensait être de la légitime défense.

Il se gratta le front.

— C'était inattendu. Mais pas autant que te voir l'aider à se débarrasser des corps. Ça m'a fait te voir sous un jour complètement différent. Je t'ai toujours appréciée, Izzy.

Il scanna son corps et Izzy sentit ses tripes se retourner.

— Qu'est-ce qui a fait que vous avez arrêté de tuer ?

Gagner du temps, gagner du temps, gagner du temps.

Il haussa les sourcils.

— Qu'est-ce qui te fait penser que j'ai arrêté ? Je suis juste allé voir ailleurs.

Un côté de sa bouche fut parcouru d'un tic.

— Bien, à présent, tu n'as pas d'autre choix que de faire ce que je dis. Sinon, je révèlerai tout à ton sujet au FBI.

— Trop tard. Je leur ai déjà dit.

Quelque chose passa dans ses yeux, quelque chose de sombre et de sournois. Il attrapa le collier de Barney et pointa le Glock sur la tête soyeuse du retriever.

— Monte dans la voiture sans faire d'histoires, Izzy. Sinon, je tire sur ton foutu chien.

CHAPITRE VINGT-QUATRE

SETH LA FORÇA à prendre le volant, malgré son poignet cassé. Au moment où il avait pointé l'arme sur la tête de Barney, elle avait su qu'elle allait mourir. Elle était prête à tout pour sauver son chien ou sa sœur.

Seth grimpa à côté d'elle, tenant fermement Barney à ses pieds. Le canon de son arme était pointé sur sa poitrine. Elle essayait de ne pas penser aux dégâts qu'une balle pouvait faire à bout portant. Elle avait vu le résultat, et ne voulait pas l'expérimenter en personne.

Elle jeta un coup d'œil à l'arrière de sa voiture. Le siège était baissé, et un vélo était calé à l'intérieur, comme il l'avait dit. Au moins, ce n'était pas un corps. Alors qu'elle sortait de son allée en marche arrière, son regard se posa sur la pelle qu'elle et tous les habitants de l'île avaient toujours dans leur coffre.

— Quelle direction ? demanda-t-elle.

— Au sud.

— Où allons-nous ?

Il tira sur le collier de Barney, forçant la tête du chien à décrire un angle aigu.

— Silence.

Elle se dirigea vers le sud, l'avoine de mer s'accrochant aux bords de l'autoroute. Ses phares déchiraient l'obscurité, lui donnant l'impression d'être coincée dans un tunnel. Elle essaya de réfléchir à la façon de s'en sortir. Ils se dirigeaient vers une partie des îles moins fréquentée.

— Est-ce que Ted est au courant de tout ça ?

Seth émit un vilain grognement.

— Cette mauviette ? Ce qui l'excite, c'est de regarder furtivement sous le chemisier d'une serveuse.

Elle ne voulait pas savoir ce qui l'excitait, lui, mais il le lui dit quand même.

— Il n'a aucune idée de ce que c'est que d'avoir la vie de quelqu'un entre ses mains. Mais toi, oui.

Il lui jeta un regard interrogateur, puis détourna les yeux.

— Je suis presque sûr que si le petit Teddy refaisait l'amour, il mourrait d'une putain de crise cardiaque.

Izzy repensa à la culotte dans la camionnette de Ted. Véhicule qui se trouvait dans le garage de Seth la veille. Elle eut l'horrible certitude qu'une partie du mode opératoire de Seth consistait à utiliser les véhicules d'autres personnes pour commettre ses crimes. Cette idée la fit frémir.

— Tu as déjà tué quelqu'un exprès ? demanda-t-il soudainement.

— Quoi ? Non.

— Tu as déjà ramené quelqu'un à la vie ?

Elle ne savait pas où il voulait en venir.

— J'ai ranimé des gens après un arrêt cardiaque, oui.

— Est-ce qu'ils ont vu quelque chose ?

Ce type avait perdu la tête.

— Comme quoi ?

Il la regarda en se tortillant sur son siège.

— Les lumières, la femme qui vient vous chercher.

Izzy était endolorie des côtes aux poignets. Sa tête la lançait sous l'effet des maux de crâne et de la peur. Et il parlait d'expériences de mort imminente ? Elle serait heureuse de lui en faire vivre une.

Gagner du temps.

Elle fronça les sourcils, essayant de se souvenir de ce que les gens qu'elle avait ranimés avaient dit.

— Certains d'entre eux ont prétendu voir des lumières brillantes. Un type a dit qu'il s'était retrouvé dans un champ, à caresser un énorme tigre.

Elle avait mis ça sur le compte des médicaments auxquels il avait fait une réaction allergique.

Seth buvait ses paroles.

— Avez-vous vécu une expérience similaire, Seth ? s'enquit-il.

Il fit un signe de tête.

— Quand j'avais quatorze ans, je suis allé nager dans une carrière avec Ferris et un garçon appelé Sidney. Il y avait une voiture en bas et on essayait de nager à travers. Sidney s'est accroché à la colonne de direction et n'a pas pu se dégager à temps. Ferris et moi, on a essayé de le sauver, mais il a avalé de l'eau et a paniqué. On n'a pas pu le faire sortir.

Il était tellement plongé dans ses souvenirs qu'Izzy envisagea de sauter de la voiture et de s'enfuir, mais il avait toujours Barney et il la rattraperait probablement sur cette partie de l'île. Elle devait non seulement survivre à la chute avec son poignet cassé et ses côtes meurtries, mais aussi échapper à un fou armé.

— Vous avez dit que vous avez failli mourir ? insista-t-elle.

Il hocha sèchement la tête, et ses yeux parurent se remplir de larmes.

— C'était magnifique. Je n'ai jamais ressenti autant

d'amour et de paix que pendant ces quelques secondes.

— Que s'est-il passé ?

Il émit un grognement de colère.

— Une putain de salope m'a « sauvé ». Bon sang, j'aurais voulu la frapper et replonger dans l'eau, mais ils m'en ont empêché. Ils ont traîné Sidney dehors aussi et ils ont continué à essayer de le ranimer. Je leur ai dit de le laisser tranquille, mais personne n'a écouté. En tout cas, il a eu de la chance.

— De s'être noyé ? demanda-t-elle.

— Exactement.

Il regarda par la fenêtre.

— Garez-vous sur le côté de la route, juste ici.

Izzy regarda par la fenêtre et sentit la peur la gagner. Elle mit son clignotant et se gara. Ça lui ressemblait bien, de suivre les règles. Elle repéra le phare droit devant. Il prit les clés et ouvrit la portière, traînant Barney derrière lui. Rapidement, elle sortit son téléphone, composa le numéro des secours et le glissa sous le siège, en priant pour qu'il ne le remarque pas. Il ouvrit le coffre et sortit la pelle.

Ils étaient à Parson's Point. Et si elle le suivait dans les dunes, elle était une femme morte.

———

TYSON FRAPPA A la porte de Brubaker, plus fort cette fois. Il n'y avait toujours pas de bruit à l'intérieur. Il était sur le point d'utiliser le bélier quand la porte s'ouvrit. Ted Brubaker se tenait là, bouche bée, manifestement sur le point de partir lorsque deux officiers apparurent devant lui. Tyson fouilla le gars, le menotta et lui lut ses droits.

— Que se passe-t-il ? cria-t-il.

Frazer ignora sa question en passant en revue les pièces. La maison était sombre et effrayante, mais personne d'autre n'était visible.

— Je vais vérifier la camionnette.

Frazer sortit des gants en latex d'une boîte dans la voiture de police la plus proche. Il s'approcha du véhicule, Randall à ses côtés. Il ouvrit la portière et grimpa prudemment à l'intérieur. Pas de femme captive. *Et merde.* Il avait l'horrible pressentiment qu'ils risquaient d'arriver trop tard pour Mary Neville.

C'était clairement la même camionnette que sur les photos du téléphone portable de Jessica Tuttle. Un morceau de tissu roulé en boule attira son attention. Il tendit le bras et le ramassa avec soin. Le string d'une femme, déchiré.

— Je ne vois pas Ted Brubaker porter ça, dit Randall.

Frazer le mit sous scellés et le consigna dans le rapport. C'était clairement leur gars.

Il se dirigea vers le chef qui l'interrogeait. Brubaker était en train de démentir. Frazer n'était pas intéressé.

— Nous avons des preuves vous situant à Maysville avant-hier. Si vous nous dites où est Mary Neville, je m'assurerai que le juge sache que vous avez coopéré avec les autorités.

— Mary ? Pourquoi saurais-je où est Mary ?

Frazer essaya de cacher le dégoût qu'il éprouvait face aux dénégations du type, et au fait qu'il ait assassiné de sang-froid la meilleure amie de sa nièce, rendant folle de chagrin quelqu'un qu'il prétendait aimer.

Brubaker secoua la tête.

— Écoutez, je n'étais pas à Maysville avant-hier. J'étais là.

— Nous avons des photos qui indiquent que votre camionnette se trouvait à Maysville, lui dit Frazer.

Brubaker renifla.

— Ce qui prouve bien que c'est des conneries. Ma camionnette était au garage jusqu'à ce matin. Elle avait besoin d'un nouvel alternateur. Elle n'a pas bougé.

Tout le corps de Frazer se tendit.

— Quel garage ?

— Celui de Seth Grundy.

Frazer tituba comme si on lui avait tiré dessus. Tyson assit Brubaker à l'arrière d'une voiture de police.

L'image de Seth au volant du SUV d'Isadora lui revint à l'esprit. Le temps était compté, mais il ne se précipita pas. Les poulets sans tête ne faisaient pas de bons agents de police. Frazer passa un rapide coup de fil à Hanrahan. Il se trouvait dans le salon de Mildred Houch.

— Demandez-lui si le nom de Ted Brubaker lui dit quelque chose.

— Mildred dit que non.

— Maintenant, interrogez-la sur Seth Grundy.

Hanrahan répéta le nom et Frazer l'entendit dire :

— Oh, oui ! C'est le nom que j'essayais de me rappeler.

Puis Hanrahan revint à l'autre bout du fil.

— Mildred dit que c'était l'un des meilleurs amis de Denker. Il a failli se noyer, mais un professeur l'a sauvé. Un de ses amis est mort. Est-ce que ça vous aide ?

— Je pense que nous venons de trouver le complice de Denker.

Frazer raccrocha.

— Vous pouvez relâcher Brubaker. Obtenez un nouveau mandat pour le garage de Seth Grundy.

Il désigna la camionnette blanche.

— C'est une preuve. Saisissez-la. Grundy est notre

homme.

Le chef Tyson sortit son téléphone.

— J'appelle le central pour lancer un avis de recherche.

Le cœur de Frazer battait la chamade. Il secoua la tête.

— Je sais où il se trouve. Je l'ai vu se diriger vers le sud sur l'autoroute 12 il y a dix minutes, au volant du SUV du Dr Campbell.

Il revit l'image et ravala sa frustration. Il était totalement passé à côté.

— Installez des barrages routiers, au nord et au sud. Allons coincer ce bâtard.

Il se mit à courir, Randall sur les talons. Ils étaient bien décidés à poursuivre ce nouveau suspect. Et soudain, Frazer réalisa qu'il avait tout fait foirer. Il monta dans la voiture, regrettant de ne pas avoir de sirènes. Cela n'avait pas d'importance. Il mit le pied au plancher, reculant le long de l'allée tandis que Randall se débattait avec sa ceinture de sécurité.

Il traversa la route en trombe, manquant de peu un autre véhicule. Puis il passa la marche avant et pria pour arriver à temps, ou pour que Grundy se serve simplement de la voiture d'Isadora comme de celles des autres. Pour mettre les flics sur une fausse piste. Pour se débarrasser des preuves. Il composa le numéro de portable d'Isadora, mais la ligne sonnait occupée.

— Essayez d'appeler Kit, dit-il à Randall alors qu'il se concentrait pour ne pas s'écraser sur les barrières du pont.

La chose qui lui importait le plus à cet instant était une femme qui avait plus de courage qu'il n'en avait jamais eu. Elle avait admis ses erreurs passées, et il l'avait méprisée. Frazer, lui, ne prenait pas le risque d'exposer ses fautes ou ses erreurs passées. Il devait être parfait. Il se devait de l'être depuis le moment où on l'avait tiré de ce motel miteux en Ohio.

Parfait. Digne. Important.

Parce que c'était ainsi qu'il avait survécu à ces cinq jours horribles. Quelque part, au fond de lui, il avait associé la perfection à l'espoir d'être aimé, comme un tueur en série associe la douleur d'autrui à sa propre excitation sexuelle. Même mécanisme. Différents caractères.

Isadora Campbell n'était pas parfaite. Que ferait-il avec une femme parfaite ? Si elles ne l'ennuyaient pas à mourir, elles lui renvoyaient ses propres défauts avec tant de force que leur relation n'aurait pas tenu une semaine. Et à quoi ressemblait la perfection ? Le concept en lui-même n'avait aucun sens.

Qu'attendait-il vraiment de la vie ? Chasser les tueurs ? Sauver des gens ?

C'était important, mais était-ce suffisant ?

Et qu'importait d'être *sauvé* si vous ne viviez pas pleinement votre vie par la suite ? À quoi bon être « parfait » quand on était trop lâche pour risquer la seule chose qui comptait vraiment : son cœur.

Il arriva à la maison des Campbell en un temps record. Aucun véhicule dans l'allée. Bonne nouvelle ? Ou mauvaise ? L'arme au poing, il grimpa les marches et franchit la porte. Mais la maison était vide. Il y avait juste la boîte de photos sur la table. Si Grundy les avait vues, il avait compris que ce n'était qu'une question de temps avant qu'ils ne le retrouvent.

— Tu as réussi à avoir Kit ? demanda-t-il.

Randall acquiesça.

— Oui. Izzy a essayé de l'appeler, mais elle avait éteint son téléphone. Elle ne sait pas où elle est.

Il y avait un papier sur le sol. Frazer s'accroupit et vit que c'était un chèque au nom de Seth Grundy. Il se releva.

— Grundy est venu, dit-il à Randall. Je vais demander à Parker de tracer son téléphone, et on va bloquer toutes les sorties des îles. Il ne nous échappera pas.

Frazer essaya de déglutir avant que sa gorge trop sèche ne l'étrangle. Il retrouverait Isadora. La question était de savoir si elle serait encore en vie.

Il était sur le point d'appeler Parker quand son téléphone sonna.

— Le téléphone portable du Dr Campbell a appelé les secours.

Il sentit la terreur le gagner en sortant dans la nuit venteuse. Le chef poursuivit :

— On ne peut pas distinguer les voix, mais tout est enregistré au cas où on pourrait l'améliorer numériquement plus tard.

— Vous avez pu tracer le signal ?

— On est en ligne avec le fournisseur de services…

— Je vous rappelle.

Frazer raccrocha et appela Parker.

— Le téléphone portable d'Isadora Campbell a appelé les secours. J'ai besoin de savoir exactement où se trouve ce téléphone, tout de suite.

Frazer attendit pendant ce qui lui parut être une éternité.

Trente secondes plus tard :

— Le téléphone est à Parson's Point. Je ne sais pas exactement où, mais…

— Ça me suffit. Je sais où il va aller.

C'était le seul endroit qui avait un sens. Grundy ne savait pas qu'ils étaient à ses trousses. Il pensait avoir le temps. Frazer monta en voiture et Randall se jeta sur le siège passager tandis que Frazer démarrait en trombe.

— Appelez Tyson. Parson's Point. Mettez-le au courant.

Son téléphone sonna à nouveau et il consulta l'écran. Patrick Killion, l'espion qui l'aidait à traquer la femme qui avait assassiné le vice-président. Il devait trop à ce type pour ignorer l'appel.

— Qu'y a-t-il ? lâcha-t-il.

— Je crois que je l'ai trouvée.

Et merde. Ils traquaient cette femme depuis des semaines.

— Ce n'est pas vraiment le bon moment.

— Elle pourrait bien être partie d'ici une heure. Si vous la voulez, vous devez passer des appels maintenant.

Bon sang. Il n'avait pas le temps, et pour autant qu'il sache, elle ne représentait une menace que pour les sales types. Bon sang, il devait arrêter d'être un tel hypocrite. Il avait fait des choix qui auraient dû le conduire en prison à vie pour meurtre. Les méfaits d'Isadora Campbell étaient bien moins graves en comparaison.

— Laissez-la, Killion.

— Vous en êtes sûr ?

— On verra plus tard. J'ai quelque chose de plus important à gérer.

Bien plus important, comme essayer de sauver la seule femme qui ait jamais réussi à passer outre sa garde et à toucher son cœur d'un criminel en série qui tuait sans être inquiété depuis des décennies. Il raccrocha. Seth Grundy ne savait pas qu'Isadora avait activé son téléphone portable. Le gars n'avait pas prévu de l'enlever. Tout comme il n'avait pas prévu de tuer Helena. Mais Grundy était un pro de l'improvisation.

DES CORDONS DE police entouraient tout le système de dunes, mais l'endroit n'était pas gardé. Le ruban jaune luttait contre les éléments, mais perdait la bataille, déchiré à plusieurs endroits, flottant au-dessus de l'herbe battue par le vent. Seth tenait Barney en laisse, l'arme pointée sur le pauvre chien. Il lui fit signe de le suivre. Il était impossible qu'il détienne Kit – ou s'il l'avait enlevée, il n'y avait aucune chance que sa sœur soit en vie.

Izzy enjamba prudemment la barrière en bois, la pelle à la main. Elle avait été propulsée dans le passé et payait enfin le prix de ses péchés. Le sable remplissait ses chaussettes, et ses pieds étaient gelés. Pour une raison quelconque, c'était ce qui semblait le plus surréaliste – la pragmatique Izzy Campbell, marchant dans les dunes de sable en hiver sans ses chaussures. La sensation des particules granuleuses entre ses orteils lui faisait mal aux dents. Elle ne savait pas si quelqu'un allait venir l'aider, ou même si elle avait réussi à appeler les secours.

— Où est Mary ? demanda-t-elle.

— Là-bas.

— Est-elle en vie ?

— Bien sûr qu'elle est vivante. Je l'ai attachée, c'est tout.

Il avait ligoté Mary avant d'aller rendre sa voiture à Izzy ? C'était peut-être vrai, mais dans ce cas, elle n'était pas certaine que la jeune femme soit encore en vie.

Chaque pas rapprochait Izzy de la fin. Elle ne comptait pas abandonner, mais comment faire en sorte que Seth lâche son arme ? Ses doigts se resserrèrent sur la pelle.

Le vent manqua de la faire basculer lorsqu'elle atteignit le sommet de la dune bordière. Une main puissante la poussa, et elle trébucha sur la pente raide de l'autre côté, s'étalant sur le sol et inspirant fortement alors que la douleur lui tailladait les côtes.

Elle se redressa, utilisant la pelle comme appui.

— Lève-toi, cria Seth pour couvrir le vent. Continue à avancer.

Il agita l'arme dans sa direction, et elle se releva en titubant.

Il la ramenait là où elle avait enterré son père, des années plus tôt.

Avant qu'ils ne clôturent cette zone, il y avait une petite route d'accès qui traversait les sommets sablonneux. Le ministère des Ressources naturelles avait arraché l'asphalte et laissé la terre reprendre le dessus. Il n'y avait plus aucun signe de la route désormais.

Elle se souvint du regard de Frazer lorsqu'elle lui avait raconté cette terrible journée – trahison, amère déception. Elle l'avait déçu. Se faisant passer pour quelqu'un qu'elle n'était pas. Pire, elle l'avait blessé. Même s'il ne l'avait pas montré, elle savait ce qu'il en était. Il s'était ouvert à elle, et elle avait commis un péché capital : elle avait interféré dans son enquête.

Elle commença à grimper la dune suivante, mais s'arrêta au bout de quelques mètres et se retourna, serrant son côté comme si elle avait mal. Si elle en avait l'occasion, elle dirait à Frazer qu'elle l'aimait. L'émotion s'était insinuée en elle, l'avait prise par surprise, et il méritait de savoir que ses sentiments pour lui étaient réels. Il méritait de savoir qu'il comptait, pas seulement en tant qu'agent du FBI, mais en tant qu'homme. Cela ne changerait rien au résultat – même si elle survivait à cette journée, ils n'avaient aucune chance de former un jour un couple. Mais ce serait un moyen de tourner la page. Ce serait le genre d'honnêteté brutale que Frazer pourrait apprécier.

Pour l'instant, son seul espoir était de faire parler Seth. Lui faire oublier qu'elle était censée être sa prochaine victime.

— Comment avez-vous retrouvé les corps, après toutes ces années ?

— J'ai planté un piquet de bois près de l'endroit où je t'ai vu creuser cette nuit-là. Jusqu'à ce que ce connard de Cromwell l'arrache il y a quelques années. Le pasteur m'a donné l'idée du détecteur de métaux avec toutes ses folles chasses au trésor. Je savais plus ou moins où commencer à chercher.

Il haussa les épaules.

— Ça n'a pas pris longtemps.

— Pourquoi ? Pourquoi déterrer le bracelet de cette pauvre femme ? Ce n'était pas suffisant de la tuer ?

Il faisait presque nuit, mais elle vit son sourire éclatant.

— Un de mes amis avait besoin d'un peu d'aide en prison, et je voulais réclamer ce qui me revenait de droit.

Ferris Denker. Les révélations de Frazer sur les crimes de cet homme l'avaient choquée.

— Elle n'était pas à vous, objecta-t-elle. Les gens ne sont pas définis par la façon dont ils meurent.

Seth se rapprocha.

— Elle était à moi quand j'ai mis ma main sur sa gorge et que je l'ai envoyée dans un monde meilleur.

La certitude absolue dans sa voix lui donnait envie de vomir.

Ils arrivèrent à l'endroit où elle avait enterré son père, et Seth lâcha la laisse de Barney. Heureusement, le chien s'enfuit pour renifler l'herbe. *Cours, Barney.* Seth l'attrapa par l'épaule et lui colla l'arme en pleine face avant qu'elle ne puisse s'échapper.

— J'aimerais pouvoir faire la même chose pour toi, Izzy.

Ses doigts s'enfonçaient douloureusement dans sa chair, comme s'il les imaginait autour de son cou.

— Tu saurais comment revenir pour me dire s'ils sont toujours là, à m'attendre.

— Pourquoi vous ne vous êtes pas simplement suicidé ? demanda-t-elle.

Il leur aurait rendu service à tous.

Il la secoua violemment.

— C'est un péché mortel.

Mais les viols et les meurtres en série ne l'étaient pas ? Elle n'en dit rien. Ce type n'était pas sain d'esprit. Puis ses paroles atteignirent son cerveau.

— Pourquoi vous ne pouvez pas me faire la même chose ?

Non pas qu'elle le veuille, mais elle voulait savoir ce qui allait lui arriver.

Il la serra plus fort, avec une force meurtrière.

— Il faut que ça ressemble à un suicide. Pauvre Izzy. Elle avoue aux fédéraux les choses terribles qu'elle a faites et ne peut pas le supporter. Je m'assurerai de réconforter Kit pour toi.

Ses doigts appuyèrent sur la gâchette. *Et merde.* Elle utilisa toutes les forces qu'elle put rassembler et le frappa à la tempe avec son plâtre.

Le choc le fit tomber à la renverse, mais il était toujours conscient. Izzy prit ses jambes à son cou, laissant tomber la pelle qui la ralentissait. Courir avec des côtes meurtries et un poignet cassé était déjà assez difficile comme ça. Elle entendit un coup de feu dans l'obscurité, mais l'ignora. Elle n'allait pas rester assise pendant que Seth mettait en scène son suicide. *Pauvre type.* Il y eut un autre tir et elle ressentit une sensation de chaleur sur un côté de son mollet, là où une balle lui avait effleuré la peau.

Elle tourna à droite et continua à courir.

———————

FRAZER AVAIT LA réputation de rester calme sous la pression, mais la vérité était que, sous les apparences, c'était un fou furieux avec de fantastiques talents d'acteur.

Ils se garèrent derrière le SUV d'Isadora. Un vélo se trouvait à l'arrière.

Seth Grundy ne savait pas qu'ils étaient sur ses traces. Frazer appela Tyson.

— La voiture du Dr Campbell est à Parson's Point. Je ne pense pas que Grundy sache qu'elle a utilisé son téléphone ou qu'on le recherche activement. Il sait que Cromwell et Brubaker sont tous les deux suspectés des meurtres et il pense probablement que ça nous occupera pendant qu'il s'éclipsera.

— Un officier a trouvé Mary Neville dans le coffre d'une des voitures du garage. J'ai l'horrible impression qu'elle était déjà là pendant qu'on lui tapait dans le dos ce matin. Il a dû prendre son pied.

— Elle est morte ? demanda Frazer.

— Pas encore.

Dieu merci.

— Je vais dire à toutes les unités de venir sans phares et avec les sirènes éteintes.

— Parfait. Randall et moi, on y va.

— Mes gars sont à cinq minutes. Attendez les renforts.

Frazer raccrocha. Pas question d'attendre.

— Prêt ? demanda-t-il à Randall.

L'agent hocha la tête.

— Allons-y.

Ils se dirigèrent vers les dunes, sans utiliser de lampes de poche, car cela aurait trahi leur présence. Le vent qui mugissait les empêchait d'entendre des cris ou des conversations. Mais ils entendirent le bruit d'un coup de feu, puis un autre. Il ressentit une décharge d'adrénaline, et Randall et lui se mirent à courir vers l'endroit d'où provenait la déflagration.

Il était difficile de voir quoi que ce soit avec le ciel nuageux et sans lune.

— Prenez à droite, dit-il à Randall en partant à gauche.

Une minute plus tard, une ombre noire devant lui l'incita à ralentir le pas. Il essayait de distinguer si c'était Grundy ou non.

Il cria :

— FBI, posez votre arme, les mains sur la tête.

Mais l'ombre s'éclipsa de l'autre côté de la dune. *Bon sang.*

Frazer se lança à la poursuite du type, l'approchant de côté. Quand il atteignit le sommet de la dune, un tir lui frôla la tête. Il se jeta au sol et sentit un horrible claquement dans sa cheville. Il roula plusieurs fois. *Et merde.* Son tendon d'Achille s'est déchiré ou rompu. Il entendit un autre coup de feu, et un grognement. Puis il perçut le cri d'une femme, et tout son corps se glaça. Il essaya d'avancer, mais il était incapable de poser le pied droit.

Ça ne pouvait pas arriver. Il n'allait pas perdre la seule femme dont il se souciait – et merde, qu'il *aimait* – parce qu'il s'était blessé à la cheville. Il était trop tôt pour savoir s'ils auraient un avenir ensemble, mais il comptait bien s'assurer qu'elle vivrait assez longtemps pour avoir ce choix.

Il se mit à quatre pattes et commença à ramper.

———————————

LA TETE D'IZZY se redressa lorsqu'elle entendit la voix de Frazer, portée par le vent. Elle entendit un coup de feu et cria instinctivement. *Et merde.* Avaient-ils attrapé Seth ? Était-elle en sécurité ? Ou Seth avait-il tiré sur Frazer ?

Elle se figea à cette pensée. Où étaient-ils tous passés ? Elle se retourna vers l'endroit où elle avait vu Seth pour la dernière fois, regardant discrètement entre les herbes. Sous elle, une ombre bougea et elle se figea, ne sachant pas si c'était Seth, ou quelqu'un qui venait à son secours.

Elle aperçut ce qui ressemblait aux initiales du FBI dans le dos d'une veste noire et ouvrit la bouche pour crier à l'aide, mais elle sentit des doigts puissants l'attraper par la cheville et la tirer brutalement vers le bas de la pente. Elle cria et se débattit avec sa jambe libre, atteignant l'arme au passage et la lui arrachant de la main. Elle ressentit une vive douleur, mais cela en valait la peine.

Seth poussa un juron, mais plutôt que de chercher l'arme, il se jeta sur elle, coinçant son plâtre contre ses côtes meurtries, provoquant une telle douleur qu'elle faillit s'évanouir. Il lui plaqua une main sur la bouche pour la faire taire, et serra sa gorge de l'autre, l'empêchant de respirer.

Oh, mon Dieu. Elle paniqua, se contorsionnant et se débattant. Elle sentait son érection contre son ventre et eut la présence d'esprit d'être reconnaissante qu'il ne la viole pas.

— Tu le vois, Izzy ? lui chuchota Seth à l'oreille.

Elle fit un signe de tête, et il s'arrêta comme s'il était choqué, relâchant la pression sur sa gorge suffisamment pour qu'elle puisse respirer.

— Quoi ? Qu'est-ce que tu vois ?

Son souffle chaud lui effleura la joue, lui retournant l'estomac.

Il frottait son membre contre elle, ce qui lui donnait envie de vomir, mais il était visiblement obsédé par les expériences de mort imminente, alors elle inventa quelque chose.

— Il y a une femme, et elle me fait signe.

Ça semblait être ce qu'il avait besoin d'entendre.

— J'ai l'impression de la connaître.

Il resserra ses doigts autour de sa gorge, tout en se frottant contre elle, ce qui semblait l'exciter.

— Dis-lui de m'attendre, Izzy.

— Dis-le-lui toi-même, connard, dit une voix sur le côté.

Frazer plaqua Seth au sol et ils dégringolèrent le long de la dune, le sable tombant en cascade autour d'eux tandis que les deux hommes roulaient par terre.

Son arme. Izzy fouilla le sable en respirant à pleins poumons, priant pour que sa vision se stabilise le plus tôt possible. Ses doigts trouvèrent le métal de l'arme, et elle saisit son Glock. *Vérifie que le mécanisme n'est pas grippé.*

Elle essaya de crier à l'aide, mais elle n'émit qu'un croassement rocailleux. Elle descendit le côté abrupt de la dune sur le dos. Puis elle hésita alors qu'une des ombres se penchait sur l'autre et donnait des coups de poing à l'homme à terre, comme Seth avec Duncan Cromwell ce matin-là.

— Arrêtez, lança-t-elle en frissonnant.

Frazer était-il en train d'être roué de coups ? Elle mit le doigt sur la gâchette, mais elle ne voyait rien dans l'obscurité.

— Arrêtez !

— Tout va bien. C'est moi.

Frazer se leva et s'approcha d'elle en trébuchant, et elle réalisa qu'il allait bien. C'était Seth qui était au sol. Elle courut vers Frazer. Elle voulait se jeter dans ses bras, mais il sortit ses menottes.

Elle se figea.

Il eut un rire las.

— Aidez-moi à le mettre sur le ventre pour qu'on puisse lui passer les menottes et l'arrêter.

Elle s'approcha prudemment de Seth, et remarqua que Frazer boitait lourdement.

— Qu'est-ce que vous avez à la jambe ?

— Tenez-le en joue pendant que je le retourne. Tirez-lui dessus s'il essaie de s'échapper, d'accord ?

Elle acquiesça, impressionnée par la confiance qu'il lui accordait. Frazer fit rouler l'homme inconscient sur le ventre, puis lui attacha les deux poignets dans le dos. Le cliquetis du métal était le plus beau son qu'elle ait jamais entendu. Puis d'autres bruits réjouissants s'élevèrent dans la nuit. D'autres officiers arrivaient. Lucas Randall se précipita vers eux.

— Vous allez bien ? demanda Randall.

— Maintenant, oui. Mais on doit tous les deux aller à l'hôpital.

Frazer retira le Glock de ses doigts engourdis et le mit dans sa poche. Il prit sa main valide et embrassa ses doigts. Les siens étaient noirs de sang.

Elle l'attrapa quand il s'effondra sur le sol. Ses mains parcoururent son corps, à la recherche de blessures.

Il attrapa sa main, l'embrassa à nouveau.

— Je crois que je me suis déchiré le tendon d'Achille. J'ai l'impression d'être un putain d'idiot boiteux.

Izzy grimaça.

Il lui tendit sa lampe de poche. Elle examina rapidement sa cheville pour tester son amplitude de mouvement et s'assurer qu'il n'y avait pas de saignement ou de fracture évidente. Ce n'était pas le cas.

— Seth a dit qu'il avait enlevé Kit.

Frazer écarta ses cheveux de son front.

— Kit va bien.

Elle ouvrit la bouche pour poser une autre question, mais il la devança.

— Mary Neville est à l'hôpital.

Il l'attira contre sa poitrine.

— Venez là.

Et il l'embrassa sur la bouche.

Elle s'abandonna à ce baiser, peinant à croire qu'il était là, qu'il avait contribué à lui sauver la vie, et qu'il ne la détestait pas. La façon dont il l'embrassait était à la fois respectueuse et dominatrice, et terriblement excitante en dépit des circonstances – jusqu'à ce que son magnifique retriever se joigne à eux.

Elle serra Barney contre son visage, absorbant la douceur soyeuse de son pelage. Elle l'embrassa également.

— Je suis si contente que tu ailles bien, mon grand.

— Ça va poser problème, hein ? dit sévèrement Frazer à son chien et il reçut un coup de langue humide sur le visage en retour.

Il éclata de rire, et ce fut à ce moment-là qu'Izzy sut à quel point elle était tombée amoureuse de ce type.

— Je sais que je me suis énervé tout à l'heure. J'étais furieux contre vous de m'avoir caché des informations si importantes pour l'affaire. Furieux que vous ne m'ayez pas fait assez confiance pour vous confier, ce qui était stupide, car pourquoi l'auriez-vous fait ? Dès que j'ai compris que vous étiez en danger, ça n'a plus eu d'importance.

Il embrassa le coin de ses lèvres.

— Je veux une vraie relation avec vous, Isadora Campbell. J'en ai fini avec cette connerie de demi-mesure.

Elle recula, clignant des yeux pour chasser l'émotion qui menaçait de la submerger.

— Vous savez que ce n'est pas possible.

Elle l'embrassa quand même, car bientôt elle devrait dire à tout le monde ce qu'elle avait fait, et elle ne voulait pas le quitter. Elle ne voulait pas que tout cela prenne fin.

Il l'entoura de son bras et elle s'appuya contre lui tandis que Randall orchestrait l'arrestation d'un homme qu'elle connaissait depuis presque toujours.

— Ne leur dites rien, lui chuchota Frazer à l'oreille.

Elle ferma les yeux. C'était tellement tentant.

— Je dois le faire.

Il baissa la voix.

— Une fois, j'ai abattu de sang-froid un homme comme Seth Grundy parce qu'il aurait pu faire tomber tout le DSC. Est-ce que je devrais me dénoncer ?

Izzy le regarda bouche bée, surprise qu'il lui ait avoué cela. Surpris qu'il lui fasse autant confiance. Elle toucha sa mâchoire mal rasée.

— Non, vous ne devriez pas. Ces gens ne sont pas comme nous. Si vous l'avez tué, c'est qu'il méritait de mourir.

Quelque chose changea dans les yeux de Frazer. Comme si la tension s'était légèrement désamorcée.

— Mais je vis avec ce secret depuis si longtemps que je crains qu'il ne me détruise si je ne dis pas la vérité maintenant.

Il l'embrassa sur les cheveux.

— Je veux quand même d'une relation avec vous.

Elle recula et secoua la tête.

— Ça pourrait nuire à votre carrière. On pourrait m'interdire de pratiquer la médecine…

— Je m'en fiche.

La simplicité brutale de ses mots lui donnait envie de le croire.

— Je suis aussi la tutrice d'une jeune fille de 17 ans, lui rappela-t-elle.

— Qui va *adorer* la Virginie.

Elle le regarda en clignant des yeux. Elle toucha son front.

— Vous êtes blessé à la tête ?

— Arf.

Il lui prit la main. Son expression était grave lorsqu'il répondit.

— Je combats les monstres depuis la mort de mes parents, Izzy.

Elle déglutit bruyamment en l'entendant enfin l'appeler ainsi. Comme s'il avait arrêté de la tenir à bout de bras.

— Mais la seule chose que je ne me suis jamais permis de chercher, c'est un moyen de passer à autre chose. Je suppose que je me suis dit que si je gardais la colère et la douleur, je les aurais toujours avec moi. Mais je suis fatigué de passer ma vie à traquer les tueurs. Je suis fatigué d'être seul. Je veux ce qu'ils avaient. Je pense qu'on pourrait avoir une chance. Qu'est-ce que tu en penses ?

Les ambulanciers placèrent Grundy sur une civière et l'emmenèrent, encadrés par deux officiers armés.

Elle essuya les larmes qui coulaient maintenant sur son menton.

— Tu veux vraiment ça avec moi ? Parce que je suis déjà follement amoureuse de toi…

Il l'embrassa à nouveau, sans se soucier des lampes de poche et des forces de l'ordre qui les entouraient. Elle se laissa aller à la texture et au goût de son corps. Le côté brut, sans toutes ces conneries.

— Et pour Kit ? demanda-t-elle en se détachant.

— On verra ce que le procureur décide de faire à ton sujet avant de lui parler. Je ne veux pas vous presser, mais je pense que Kit aurait besoin de changer d'air. Il y a une bonne école à quelques pas de chez moi.

Elle n'arrivait pas à croire qu'ils discutent de cela alors que l'enquête battait son plein autour d'eux. Il prit son silence pour de la réticence.

— Il y a des centres de traumatologie réputés pas loin. Mais si tu veux aller ailleurs ou rester ici, pas de problème. On peut avoir une relation longue distance pendant un certain temps. Ou je peux obtenir un transfert. M'arranger avec le travail – je pourrai même prendre ma retraite dans quelques années si je le voulais.

Elle fronça les sourcils.

— Tu deviendrais fou. Tu n'es pas sérieux.

— Bien sûr que je suis sérieux. Tu ne m'écoutes pas ?

— Traquer les tueurs, c'est dans tes gènes.

— Non. C'est ce qu'un tueur m'a donné envie de faire, et pendant longtemps, c'est tout ce que j'avais. Pour la première fois, je veux autre chose. Je veux plus.

Comment pouvait-elle le croire ?

— Mais c'est pour ça que tu as divorcé !

— J'ai divorcé parce que ma femme était une garce, et j'en ai assez de la laisser détruire toute chance de bonheur futur.

Écoute-moi, Isadora Jane Campbell. Pendant toutes ces années, j'ai pourchassé des milliers de criminels. Pour la première fois, la chose qui importait le plus n'était pas de l'arrêter, mais de m'assurer que tu étais en sécurité. D'habitude, je ne laisse jamais les gens approcher.

Ses doigts la serrèrent doucement.

— Jamais. Il faut que tu comprennes que c'est réel.

Elle lui toucha le visage.

— Tu ne laisses pas les gens approcher parce qu'ils te font du mal. Je t'ai fait du mal. Je suis vraiment désolée.

Il sourit avec une pure arrogance masculine.

— Alors c'est un oui ?

Elle secoua la tête.

— Tu es incorrigible. Et bien trop autoritaire.

— On me l'a déjà dit.

Il attrapa sa main et l'embrassa.

— Je ne suis pas un homme facile.

Elle déglutit. Elle avait cherché quelqu'un toute sa vie, et elle était terrifiée à l'idée de tout gâcher en n'ayant pas le courage d'aller de l'avant. Elle posa sa tête contre son épaule. Elle s'efforça de rester pragmatique, même si elle mourait d'envie de sauter de joie.

— Prenons les choses au jour le jour, d'accord ?

Il lui embrassa le haut du crâne tandis que les secours arrivaient enfin pour les examiner.

— Un jour à la fois, aussi longtemps qu'il le faudra. Ça marche pour moi.

UN BRUIT DE clés dans la serrure le fit se redresser dans sa couchette. Des bruits de pas résonnaient dans des couloirs silencieux, et le cœur de Ferris se mit à tambouriner dans sa poitrine. Les pas s'arrêtèrent devant sa porte. C'était la directrice.

— Vous voulez une chance d'aider les gens ?

Elle regarda avec mépris ses vêtements tachés de sueur, comme si c'était sa faute s'il n'était pas correctement habillé. S'il pouvait passer ne serait-ce que dix minutes avec elle, elle se retrouverait nue et en sang, à le supplier.

— Je vous suggère de vous habiller.

Elle avait quelque chose dans l'autre main. Des cartes. *Merde alors.*

Ils allaient le laisser leur montrer où il avait enterré les corps. Il tremblait d'excitation. Il avait tout prévu : leur donner des bribes d'information à chaque sortie – un nouveau nom, une nouvelle tombe. Il prouverait qu'il avait encore de la valeur pour le système et les familles, retarderait son exécution et chercherait à s'échapper. Il se leva et baissa son pantalon, lui dévoilant sa nudité. Elle ne détourna pas le regard, gardant les yeux rivés sur lui jusqu'à ce qu'il se dise qu'il ferait mieux de se dépêcher avant qu'elle ne change d'avis.

Le téléphone. *Et merde.* Il avait besoin du téléphone.

— Pourriez-vous m'accorder un moment d'intimité, Mme la directrice ?

Elle recula, entre deux gardes costauds. Les autres détenus s'agitaient et criaient depuis leurs cellules.

— Où l'emmenez-vous ?

— M. Denker veut nous aider à retrouver les corps de certaines de ses victimes, dit la directrice.

— Pourquoi vous le déplacez au milieu de la nuit comme un…

Billy Painter s'interrompit.

— Comme un voleur ?

La directrice Jones haussa un sourcil fin. Elle était plus sévère que son prédécesseur. Denker savait que les femmes compensaient souvent l'absence de pénis en se comportant comme des connasses.

— On essaie d'éviter la presse sur la route.

La nuit lui convenait tout à fait.

— Je ne lui fais pas confiance, Ferris, dit Billy.

Ferris prit le téléphone, glissa la batterie dedans très rapidement, et le cacha sous sa queue pendant qu'il remontait ses sous-vêtements. Il passa son haut de prisonnier en coton par-dessus sa tête, glissant la carte SIM dans un petit trou qu'il avait fait dans l'ourlet. Il enfila des chaussettes élimées et des chaussures en toile de merde qu'ils étaient obligés de porter.

— Tout va bien, Billy. Mon avocat a dit à la presse que j'allais essayer d'aider ces familles à tourner la page. Le gouverneur a dû accepter.

— Je ne lui fais pas confiance, Ferris.

Billy avait l'air sincèrement perplexe qu'il utilise tous les moyens possibles pour sortir de là.

— Ne t'inquiète pas. Je vais revenir. Je te dirai de quelle couleur sont les feuilles et combien l'herbe sent bon.

Il espérait bien entendu qu'il parviendrait à s'échapper. Il passa ses bras à travers la fente et le plus grand garde, un type appelé Henry, attacha des chaînes autour de ses poignets. Il recula le temps qu'ils ouvrent la porte. Puis ils lui attachèrent les chevilles et relièrent les entraves à ses mains liées afin qu'il ne puisse pas les lever assez haut pour enrouler la chaîne autour du cou de quelqu'un et le serrer.

Rabat-joie.

— À plus tard, les gars.

Il espérait que non. Il comptait bien trouver une occasion de s'échapper.

Il traversa couloir après couloir. Des portes et des points de contrôle sans fin. Des gardiens dans leur forteresse électronique, jouant à Dieu avec la vie des hommes. L'idée de traquer toutes les gardiennes de la prison, une à une, n'était pas dénuée d'attrait. Et pour finir, la directrice elle-même. Il la regardait marcher devant lui. Tailleur jupe noir uni avec des talons bas. Rien de sexy, mais quand on n'avait pas fait crier une femme depuis 17 ans, on avait tendance à revoir ses critères à la baisse.

Enfin, ils atteignirent une porte extérieure, et l'air froid et humide caressa son visage comme une bénédiction. Il leva la tête vers le ciel. Les étoiles brillaient dans une lumière froide et argentée. Magnifique. Il sentit sa gorge se nouer.

Un garde ouvrit la porte arrière d'une fourgonnette blanche de la prison. Il recula pour qu'il monte à l'intérieur. Denke grimpa dedans, puis le type l'attacha aux barreaux à l'intérieur du véhicule. Solidement menotté, Denker tendit les mains pour prendre les cartes.

La directrice sourit.

— Bon voyage à Columbia, M. Denker.

Cela lui fit l'effet d'un coup de couteau dans le cœur.

— Mais, et le gouverneur ? Et les corps…

La directrice sourit, dévoilant des dents pointues.

— Le gouverneur a refusé votre demande. Les familles ont toutes convenu qu'elles préféraient que vous payiez pour les meurtres de leurs proches plutôt que de les balader dans une recherche infructueuse de leurs dépouilles. Ces jeunes femmes sont auprès de Dieu, M. Denker. Je doute que vous les rejoigniez de sitôt.

Elle fit un signe de tête, le gardien ferma la portière et le fourgon franchit la première porte. Il prit conscience de l'horreur de sa situation. Il commença à tirer sur ses chaînes, se contorsionnant pour essayer de se libérer. Les deux gardiens à l'avant ne se retournèrent même pas.

Ils passèrent devant l'endroit où les manifestants contre la peine de mort campaient. Il n'y avait pas un seul enculé réveillé. Bande de bâtards inutiles.

Il commença à citer des noms, mais les gardes ne réagirent pas. Il se mit à livrer des descriptions détaillées de l'endroit où certaines de ses victimes étaient enterrées. Il cria jusqu'à ce que sa gorge soit trop douloureuse pour émettre plus qu'un croassement. Rien. Pas la moindre réaction.

Il se souvint qu'il avait son téléphone et le sortit, ainsi que la carte SIM. Le téléphone s'alluma, mais l'écran affichait une photo de Jésus, ce qui n'était pas son écran de veille habituel. *Et merde.* Il chercha l'image que son pote, Seth, lui avait envoyée, mais il n'y avait rien. Il voulut appeler les secours, et la sueur perla sur son front lorsque quelqu'un décrocha, mais qu'au lieu d'une voix à l'autre bout du fil, il entendit *Highway to Hell* d'AC/DC.

Son cœur se mit à battre la chamade quand il réalisa ce qui se passait. Tous ses plans… Ils n'étaient pas tombés dans le panneau.

Cela prit quelques heures, mais il lui sembla que seules quelques minutes s'étaient écoulées avant qu'ils ne roulent sur la longue route droite menant à la prison.

Le gardien se retourna enfin. Il lui montra un petit enregistreur numérique.

— Prêt à rencontrer votre créateur, M. Denker ?

Ferris secoua la tête, tremblant et transpirant à l'idée qu'ils allaient vraiment lui faire ça.

— Je veux voir mon avocat.

Le gardien hocha lentement la tête. Malgré sa bravade, ils savaient qu'il avait une peur bleue.

Ils passèrent les portes de la prison. S'arrêtèrent. Ils attendirent qu'une porte se ferme avant que la suivante ne s'ouvre. Ferris regarda derrière lui et vit sa dernière chance de liberté disparaître à jamais.

ÉPILOGUE

Un mois plus tard...

FRAZER DESCENDAIT LES marches donnant sur la plage en claudiquant la canne à la main. Il s'était fait opérer du tendon d'Achille le jour où ils avaient arrêté Grundy. Il avait demandé à Izzy d'avouer au chef Tyson ce qu'elle avait fait avant l'opération, pour que le type ne la mette pas en prison avant que Frazer ne parle au procureur. Tyson avait accepté, et on avait emmené au bloc un Frazer inconscient. Il avait pris deux semaines de congé, prétextant une blessure. En réalité, il avait vraiment besoin de passer du temps avec la femme dont il était tombé amoureux de façon si inattendue.

Au cours de ces deux semaines, il n'avait rien découvert sur elle qui l'ait fait changer d'avis.

Il était de retour au DSC depuis deux semaines, car ses agents avaient besoin de lui. Même s'il avait parlé à Izzy au téléphone tous les jours, cela le rendait fou de ne pas pouvoir la toucher.

— Salut, étranger !

Kit courut et le serra dans ses bras quand il atteignit le sable.

— Je t'ai manqué ?

Elle se dressa sur la pointe des pieds pour lui donner un baiser sur la joue.

— Ça dépend.

Il plissa les yeux.

— Tu as fait quelque chose que je devrais savoir dans le cadre de mon travail ?

Une fossette se creusa au niveau de sa joue, et elle secoua la tête.

— J'ai eu 95 à mon partiel de maths.

— Qu'est-il arrivé aux cinq pour cent restants ? demanda-t-il.

En son for intérieur, il souriait. C'était une enfant intelligente. Une enfant intelligente qui réussissait quand elle s'appliquait.

Elle lui frappa le bras.

— Eh bien alors, je ne te dirai pas où se trouve ton seul véritable amour.

Il leva les yeux au ciel. Elle utilisait ce terme pour les énerver tous les deux, mais au fond… il savait que c'était vrai. Isadora Campbell était son seul véritable amour, et il avait des informations pour elle.

Il haussa les sourcils en feignant d'être contrarié, puis sortit son téléphone et consulta le traceur qu'il avait installé sur le portable d'Izzy.

Il regarda vers le sud, là où la plage s'incurvait. Elle était là, courant vers lui, Barney à ses côtés.

Son expression ne changea pas, mais il sut quand elle le repéra. Sa foulée s'allongea et, même si elle était rouge vif à cause de l'effort, elle courut plus vite.

Elle s'arrêta à quelques mètres de lui, se penchant en avant pour reprendre son souffle. Kit lui tendit une bouteille d'eau, et il ça regarda en prendre une grande gorgée, le liquide coulant dans sa gorge en ruisseaux qu'il aurait voulu lécher sur sa peau.

Elle s'essuya la bouche.

— Salut, toi.

Elle semblait nerveuse, incertaine. Elle était toujours comme ça après une courte absence, comme si elle s'inquiétait que le temps de séparation ait pu le faire changer d'avis sur elle, sur eux. Ce n'était pas le cas.

— Tu es en avance.

— Je n'en pouvais plus d'attendre.

Il fit un pas, irrité par la canne qu'il devait encore utiliser pour se déplacer. Il enroula sa main libre autour d'elle et l'attira vers lui. Elle posa ses paumes sur sa poitrine. Son poignet ne portait plus qu'un léger plâtre à présent ; elle était presque guérie.

Il l'embrassa au moment où elle allait lui dire qu'elle était en sueur. Comme s'il s'en souciait. Il avait passé treize jours sans elle, et le vide dans sa vie ressemblait à un trou noir. Elle s'abandonna à lui, son goût aussi doux qu'une brise marine. La chaleur envahit tout son corps – pas seulement à cause du désir, bien que le désir y soit pour beaucoup. Mais par amour également. Un amour profond et durable qu'il voulait nourrir et chérir. Il devait le lui dire. Il devait prononcer ces mots.

Quelqu'un se racla la gorge, et il se rappela qu'ils avaient un public.

Kit.

Barney bondit sur eux et Frazer se pencha pour faire un câlin au chien.

Izzy fit un pas en arrière.

— Comment va ta cheville ?

— Elle me rend dingue.

— Encore plus dingue, marmonna Kit.

Il l'ignora.

— Elle te fait mal ? lui demanda Izzy.

— Seulement quand le kiné prend un malin plaisir à essayer de me mutiler pendant nos séances.

Elle sourit, une étincelle illuminant ses magnifiques yeux verts.

— Je la masserai plus tard.

— OK, ça suffit. Je me casse d'ici, dit Kit en levant les bras avec un air de dégoût.

Elle leur fit un clin d'œil et monta les marches.

— À plus tard, le féd'.

— Elle est de service au *diner*, elle exagère juste.

— Kit, exagérer ? Jamais.

Il avait tenu la main de la fille quand ils avaient enterré sa meilleure amie. Izzy n'avait pas assisté aux funérailles par respect pour Duncan Cromwell. Kit avait étonnamment bien tenu le choc, et elle et Jesse Tyson s'étaient soutenus mutuellement pendant cette épreuve.

Frazer reprit Izzy dans ses bras. Elle n'allait pas s'éloigner de lui si facilement. Elle était en congé depuis l'arrestation de Seth Grundy. Il savait que les vacances forcées la rendaient folle, mais elle avait mis ce temps à profit pour remettre Kit sur les rails.

— J'ai des nouvelles pour toi, lui dit-il en la tenant fermement dans ses bras.

C'était la chose qu'elle craignait le plus. Être envoyée en prison et peut-être se voir retirer le droit d'exercer la médecine.

— Le bureau du procureur a décidé de ne pas porter plainte.

Elle enfonça sa tête contre sa poitrine, et son souffle chaud passant à travers sa chemise.

— Ils veulent quand même que tu témoignes contre Grundy. La vérité pourrait éclater lors du procès.

Sa prise sur sa chemise se resserra.

— Je ferai n'importe quoi pourvu que ce salaud soit condamné.

Frazer lui caressa les cheveux.

— Honnêtement, je doute qu'ils t'appellent à la barre. L'accusation a déjà Mary Neville, et la camionnette de ton oncle Ted. Il y a des preuves médico-légales provenant du baril dans lequel il a essayé de brûler les chaussures de ses victimes – certaines étaient encore identifiables. Il y a des images sur son téléphone, et il y a son lien avec feu Ferris Denker.

— Je suis bien contente que Denker soit mort. Ces pauvres femmes.

Frazer acquiesça. Il ne lui dit pas qu'il avait assisté à son exécution. Lui, Art Hanrahan, et une douzaine de membres de la famille de certaines victimes de Denker. Cela n'avait pas été joli, mais justice avait été rendue.

— Comment va Duncan Cromwell ?

Izzy le tira vers le haut des escaliers. Ils étaient des blessés ambulants. Elle avec son poignet fracturé, lui avec sa stupide canne.

— Il écope d'un sursis.

Il scruta son visage à la recherche d'une réaction. Elle croisa les bras, mais hocha la tête.

— Tant mieux. Je sais qu'il m'a fait du mal, mais je ne pense pas qu'il était vraiment lui-même à ce moment-là. Ça me rappelle un peu ma mère quand elle a tué mon père.

— Kit arrive à l'encaisser ?

Ils avaient convenu d'attendre les funérailles d'Helena

avant de lui dire la vérité. Cela faisait beaucoup à gérer.

Izzy haussa les épaules.

— Elle l'a remarquablement bien pris. Elle veut que notre père soit enterré avec notre mère. Je suppose que c'est approprié – elle grimaça – compte tenu des circonstances.

Elle consulta sa montre et plutôt que de le traîner dans la salle de bain pour une douche économique à deux, elle le conduisit vers la porte d'entrée. Et l'ouvrit en grand.

— Tu me mets à la porte ? Je viens juste d'arriver, fit-il remarquer en souriant.

Puis il fronça les sourcils en entendant le bruit d'un marteau. Sur le bord de la route, il remarqua un homme qui installait deux panneaux blancs.

— Qu'est-ce que… ?

— Chut.

Elle posa deux doigts sur ses lèvres, et il les embrassa.

— Regarde.

L'homme accrocha un grand panneau immobilier, d'abord sur la maison de plage, puis sur cette propriété.

Il se dit que c'était le vent qui lui faisait couler les yeux.

— Vraiment ?

— J'ai toujours eu l'intention de vendre. J'ai besoin de prendre un nouveau départ.

Elle s'arrêta un instant, le regardant du coin de l'œil.

— Fait intéressant, j'ai reçu cette semaine un appel d'un hôpital d'Aquia qui m'a proposé un emploi. Je suppose que tu ne sais rien à ce sujet, n'est-ce pas ?

Il se dit qu'il serait plus sage de ne pas tout avouer tout de suite. Il ouvrit la bouche pour se défiler, mais elle lui sourit.

— Je leur ai dit que je devais y réfléchir.

Elle lui prit la main.

— Avec cette nouvelle du procureur, je suis enfin libre d'avancer dans ma vie. Je veux faire ça avec toi. Je t'aime, Linc.

Elle le lui avait dit plusieurs fois, mais il n'avait pas eu le courage de lui répondre. Jusqu'à présent. Il prit son visage dans ses mains.

— Je vous aime, Dr Campbell. Merci de me faire confiance.

La joie brillait dans les yeux d'Izzy.

— Je n'ai pas vraiment eu le choix.

— Je connais ce sentiment.

Il sourit, puis grimaça quand une douleur passa de sa cheville à sa hanche.

Elle fronça les sourcils en regardant son pied.

— Je t'ai promis un massage.

— Ça va faire mal ? demanda-t-il, prudemment, parce qu'il était prêt à mettre une balle entre les deux yeux du kiné un peu plus tôt.

— Seulement si tu le veux.

Elle s'appuya contre sa poitrine et lui chuchota :

— Mais tu vas devoir t'accrocher, Linc.

Il rit et l'embrassa.

— Je ne lâcherai pas.

— Je ferai en sorte que ça en vaille la peine.

Les yeux d'Izzy pétillèrent, et à ce moment-là, il sut que, quelles que soient les ténèbres qu'il devrait affronter, il retrouverait toujours la lumière. Il rentrerait à la maison, auprès d'Izzy.

Découvrez le prochain tome de la série Le sommeil des justes,
En clair-obscur.

Agent de l'ombre, l'officier de la CIA Patrick Killion va devoir découvrir si Audrey Lockhart, biologiste au tempérament de feu, spécialiste des batraciens, est une redoutable meurtrière ou un innocent bouc émissaire. Pour cela, il doit gagner sa confiance.

Agressée et laissée pour morte, Audrey n'a pas le choix. Elle doit faire confiance à l'inconnu mystérieux qui la sauve d'une mort certaine. Mais elle va vite découvrir que son sauvetage n'est autre qu'un enlèvement, et que l'homme qu'elle prenait pour son héros est en réalité son ravisseur.

Killion est tombé sous le charme de sa cible, et maintenant, cette femme aussi belle que brillante est furieuse d'avoir été dupée. Dans ce climat de trahison, Killion ne sait plus qui croire. L'organisme pour lequel il travaille ? Ou la femme dont il est fou amoureux ?

En clair-obscur (tome 5) disponible ici.

Commandez dès aujourd'hui, *En clair-obscur*

Inscrivez-vous à la newsletter de Toni Anderson pour recevoir les dates des nouvelles parutions, des scènes bonus et un exemplaire gratuit de The Killing Game :

www.toniandersonauthor.com/newsletter-signup

DEFINITIONS UTILES DE QUELQUES ACRONYMES UTILISES DANS LES LIVRES DE TONI

PG : procureur général

ASAC (Assistant Special-Agent-in-Charge) : agent spécial adjoint responsable

ATF (Alcohol, Tobacco, and Firearms) : alcool, tabac et armes à feu

DSC : département des sciences du comportement

BOLO (Be On the Look-Out) : avis de recherche

BUCAR (Bureau, Car) : voiture du FBI

CIRG (Critical Incident Response Group) : groupe de réaction aux incidents critiques

CMU (Crisis Management Unit) : cellule de gestion de crise

CN (Crisis Negotiator) : négociateur de crise

CNU (Crisis Negotiation Unit) : cellule de négociation de crise

CODIS (Combined DNA Index System) : banque de données qui répertorie les profils ADN

PC : poste de commandement

DEA (Drug Enforcement Administration) : administration pour le contrôle des drogues

DDN : date de naissance

DOJ (Department of Justice) : département de la Justice

EMT (Emergency Medical Technician) : urgentiste

ERT (Evidence Response Team) : (police) scientifique

FOA (First-Office Assignment) : première affectation

FBI (Federal Bureau of Investigation) : bureau fédéral d'enquête

FO (Field Office) : bureau régional

IC (Incident Commander) : commandant des interventions

HRT (Hostage Rescue Team) : équipe de libération d'otages

HT (Hostage-Taker) : preneur d'otages

LAPD (Los Angeles Police Department) : département de police de Los Angeles

LEO (Law Enforcement Officer) : agent des forces de l'ordre

ML : médecin légiste

MO : mode opératoire

NAT (New Agent Trainee) : nouvel agent stagiaire

NCAVC (National Center for Analysis of Violent Crime) : centre national pour l'analyse des crimes violents

NCIC (National Crime Information Center) : centre national d'information sur la criminalité

NYFO (New York Field Office) : bureau local de New York

CO : crime organisé

OCU (Organized Crime Unit) : unité de lutte contre le crime organisé

OPR (Office of Professional Responsibility) : bureau de la responsabilité professionnelle

POTUS (President of the United States) : président des États-Unis

RA (Resident Agency) : agence locale

SA (Special Agent) : agent spécial

SAC (Special Agent-in-Charge) : agent spécial en charge

SAS (Special Air Squadron) : forces spéciales aériennes

SIOC (Strategic Information & Operations) : informations et opérations stratégiques

SSA (Supervisory Special Agent) : agent spécial superviseur

SWAT (Special Weapons and Tactics) : armes et tactiques spéciales

TC (Tactical Commander) : tacticien

TOD (Time of Death) : heure du décès

UNSUB (Unknown Subject) : sujet inconnu, suspect

ViCAP (Violent Criminal Apprehension Program) : programme d'arrestation pour actes criminels violents

WFO (Washington Field Office) : bureau régional de Washington

REMERCIEMENTS

Pour ce livre, j'ai passé beaucoup de temps à faire des recherches sur les Outer Banks de Caroline du Nord. J'ai pris des libertés avec le paysage et j'ai décidé de créer ma propre ville fictive en guise de décor. C'est une région vraiment fascinante, riche en histoire, qui mérite d'être explorée – de préférence depuis l'une de ces superbes maisons de plage :).

Je tiens à remercier tout particulièrement Sandra Buckenham, qui m'a guidée pour certains aspects médicaux de l'histoire. Il va sans dire que j'ai traité les informations qui m'ont été fournies avec une certaine licence artistique. Toute erreur est donc de mon fait.

Comme toujours, un grand merci à mon incroyable partenaire critique Kathy Altman – elle déchire ! Merci à mes relectrices, Alicia Dean et Joan de JRT Editing, qui ont aidé à mettre le manuscrit en forme, et à mes bêta-lecteurs. Je suis très reconnaissante à Regina Wamba d'avoir créé les superbes couvertures de la série *Le sommeil des justes*.

Merci à mon fabuleux mari et à mes enfants qui supportent ma folie. Rien de tout cela ne vaudrait la peine sans vous !

Je tiens également à remercier Diane Garo et Valentin Translation pour la version française.

DECOUVREZ L'UNIVERS DE LA SERIE COLD JUSTICE (EN ANGLAIS)

COLD JUSTICE

A Cold Dark Place (tome #1)

Cold Pursuit (tome #2)

Cold Light of Day (tome #3)

Cold Fear (tome #4)

Cold In The Shadows (tome #5)

Cold Hearted (tome #6)

Cold Secrets (tome #7)

Cold Malice (tome #8)

A Cold Dark Promise (tome #9 ~ nouvelle de mariage)

Cold Blooded (tome #10)

COLD JUSTICE – THE NEGOTIATORS

Cold & Deadly (tome #1)

Colder Than Sin (tome #2)

Cold Wicked Lies (tome #3)

Cold Cruel Kiss (tome #4)

Cold As Ice (tome #5)

La série *Cold Justice* en anglais est également disponible en audiolivres interprétés par Eric Dove, et dans de nombreuses collections et coffrets.

Surveillez les nouvelles parutions de Toni sur son site web (www.toniandersonauthor.com/books).

À PROPOS DE L'AUTEURE

Toni Anderson est une auteure de best-sellers classés par le *New York Times* et *USA Today*, finaliste de RITA®, accro aux sciences, touriste professionnelle, amoureuse des chiens, jardinière et maman. Originaire d'une petite ville d'Angleterre, Toni a étudié la biologie marine à l'Université de Liverpool (B.Sc.) et l'Université de St. Andrews (Ph.D.) avec l'intention de ne jamais s'éloigner de l'océan. Jusqu'à ce que ce plan vole en éclats et qu'elle atterrisse dans les prairies canadiennes avec son mari, professeur de biologie, deux enfants, un chien rescapé et un gecko léopard nonchalant. Ses plus belles réussites sont d'avoir compris le fonctionnement du métro de Tokyo, gravi le mont Ben Lomond, plongé dans la Grande Barrière de corail et survécu à de nombreux hivers à Winnipeg. Elle adore voyager à des fins de recherche et elle a eu la chance de visiter le centre des opérations et de l'information stratégique au quartier général du FBI à Washington en 2016. Elle a également réussi l'exploit notoire de déclencher une sortie de route lors de sa formation en course-poursuite à l'académie de police pour écrivains, dans le Wisconsin. Chaud devant, le monde, j'arrive !

Inscrivez-vous à la newsletter de Toni Anderson en anglais :
www.toniandersonauthor.com/newsletter-signup

Suivez Toni Anderson sur Facebook :
facebook.com/toniandersonauthor

Découvrez la bibliographie de Toni Anderson :
www.toniandersonauthor.com/books-2

Suivez Toni Anderson sur Instagram :
instagram.com/toni_anderson_author